U0083938

古典詩歌研究彙刊

第十二輯

龔鵬程 主編

第 23 冊

李調元詩學研究（上）

鄭家治、李詠梅 著

國家圖書館出版品預行編目資料

李調元詩學研究（上）／鄭家治、李詠梅 著 -- 初版 -- 新
北市：花木蘭文化出版社，2012〔民 101〕
序 4+ 目 4+250 面；17×24 公分
（古典詩歌研究彙刊 第十二輯：第 23 冊）
ISBN 978-986-254-919-3（精裝）
1.（清）李調元 2. 清代詩 3. 詩學 7. 詩評
820.91   101014520

ISBN-978-986-254-919-3

9 789862 549193

古典詩歌研究彙刊
第十二輯　第二三冊　　　　ISBN：978-986-254-919-3

李調元詩學研究（上）

作　者　鄭家治、李詠梅
主　編　龔鵬程
總 編 輯　杜潔祥
出　版　花木蘭文化出版社
發 行 所　花木蘭文化出版社
發 行 人　高小娟
聯絡地址　新北市永和區中正路五九五號七樓
　　　　　電話：02-2923-1455／傳真：02-2923-1452
網　址　http://www.huamulan.tw 信箱 sut81518@gmail.com
印　刷　普羅文化出版廣告事業
初　版　2012 年 9 月
定　價　第十二輯 24 冊（精裝）新台幣 33,600 元

李調元詩學研究（上）

鄭家治、李詠梅 著

作者簡介

鄭家治，四川營山人，1953 年生，17 歲從教，1978 年 3 月考入西南師範大學。1998 年進入西華大學教授古代文學，現為該校古代文學教授、學術帶頭人。主要研究古典詩學、巴蜀文學及經學，業餘從事文學創作。先後發表宣讀有關論文 60 餘篇，主要學術專著有《古代詩歌史論》、《明清巴蜀詩學研究》、《四川孝道文化》（合著）、《古典詩學論叢》、《李調元戲曲理論研究》、《李調元詩學研究》等，在詩歌體式研究、巴蜀詩學研究方面有一定影響。

提　　要

　　乾隆時期，四川羅江李家功名文采甚盛，所謂「父子四進士，兄弟三翰林」，李調元為其代表。作為「五話」（詩詞賦劇曲）俱全的文藝理論家，李調元以曲話、劇話、賦話最為著名，常被人稱引。其詩學理論著作主要有「話古人」的二卷本《雨村詩話》，「話今人」的十六卷本《雨村詩話》與四卷本《雨村詩話補遺》，時人有可與袁枚並列之說，但至今很少有人研究。

　　《李調元詩學研究》先以《李調元──清代巴蜀文化第一人》為代前言，與最後所附之《童山自記》來介紹李調元之經歷、思想及成就。第一章《李調元三種〈雨村詩話〉述評》總體論述介紹李調元之詩歌理論及歷史地位，有總綱作用。其後二至五章則在總論基礎上分別研究論述李調元之詩歌本質論、審美論、創作論、體式論與發展論，是為偏於宏觀之理論研究。第六章《李調元與性靈派》較為詳細地考辨他與性靈派主將蔣士銓、趙翼、袁枚之交往，還解讀了雙方互贈的詩歌，力圖闡明其詩學觀與當時流行之性靈說的異同。因為詩詞一體，所以第七章專門研究了李調元的詞話。作者經過系統的研究、翔實的考證，認為李氏以詩話、詞話為主的詩學不僅篇幅長，涉及廣，而且所論較深，有較為鮮明的時代特色與個性色彩，有進一步研究與傳播的必要。

序　言

　　巴蜀作爲華夏一個成就突出特色鮮明的文化區，從漢至宋均以文學知名，是當時詩文創作中心。其時大家、名家輩出，各領一代之風騷，享譽全世界，如漢賦之司馬相如、揚雄，唐詩之李白，唐宋散文八大家之「三蘇」，蘇軾更以詩文詞兼長而成爲兩宋文壇之魁首。延至元代以後，因爲種種原因，巴蜀文學漸趨式微與邊緣化，在約五百多年小說、戲曲等俗文學稱盛的階段竟然沒有聞名全國的名家誕生，不能不說是一大憾事。戲曲、小說如此，其他文學如詩文等亦如此。元明清三代，巴蜀文學之佼佼者當數明代之楊升庵，清代之李調元與張問陶。張問陶以詩歌馳譽當時，聞名後世，而楊愼與李調元則都以作家兼學者面目出現。

　　被譽爲清代巴蜀文化第一人的李調元是一位才子型學者、詩人，其著述豐碩，成就斐然，涉及領域甚多。作爲作家，他有大量詩詞文賦傳世。作爲學者，其著述遍及四部，達七十餘種，還曾編輯刊行大型文化叢書《函海》。作爲文藝理論家，他傳世之著作有《雨村詩話》三種共二十二卷、《雨村詞話》四卷、《雨村曲話》二卷、《雨村劇話》二卷、《雨村賦話》十卷，還有不少評論詩文創作的書信、書序，就其全面性而言，至少可稱清代西部第一人，就其份量而言，整個中國古代亦少有其比。其有關戲曲及賦之論述影響最廣，研究與引用者亦

較多。至於其詩學,則二卷本《雨村詩話》流傳較廣,而十六卷本《雨村詩話》與四卷本《雨村詩話補遺》則流傳不廣而未見研究。即便有所研究,也是批評諷刺者居多,缺乏公正的學術評價。

家治先生近年由研究古典詩歌體式而及于巴蜀詩學,有《明清巴蜀詩學研究》問世。接著又重點研究李調元的文藝理論,先有《李調元戲曲理論研究》問世,今又寫成《李調元詩學研究》。初讀一過,覺得此書至少有下列值得肯定之處:

一是選題具有開拓性。此前巴蜀及西部文學研究主要集中于漢唐宋三代,詩學研究亦如此。近年雖略有起色,但局面亦未根本改變。家治先生先以《明清巴蜀詩學研究》拓荒,今又有《李調元詩學研究》一書作深入系統之個案研究。

二是研究方法新穎,總體結構科學合理。作者運用系統論、文藝學、歷史學及傳統詩學研究方法,對李調元詩詞學理論進行了多側面、多視角之立體研究。全書先以《李調元——清代巴蜀文化第一人》為代前言,與最後所附經過校正之《童山自記》來介紹李調元之經歷、思想及成就,以便在知人論世之基礎上論述其詩學理論。第一章《李調元三種〈雨村詩話〉述評》總體論述介紹李調元之詩歌理論及歷史地位,有總綱作用。其後二至五章則在總論基礎上分別研究論述李調元之詩歌本質論、審美論、創作論、體式論與發展論,是為偏於宏觀之理論研究,較之一般詩學研究便顯得較為系統而又新穎。第六章《李調元與性靈派》以較大篇幅,較為詳細地考辨他與性靈派主將蔣士銓、趙翼、袁枚之交往,他對性靈派三大家的評價,還解讀了雙方互贈的詩歌,力圖闡明其詩學觀與當時流行之性靈說及格調說之異同。因為詩詞本是一體,所以第七章專門研究了李調元之詞話。

三是宏觀理論研究與微觀考辨相結合,具體論述創獲頗多。宏觀理論研究如上所述,微觀分析考辨亦可稱所得甚多。

比如第二章之《從人類發展史的角度追溯詩歌的本源》一節,對李調元「三代以前,詩即是樂,樂即是詩。若離詩而言樂,是猶大風

吹竅，往而不返，不得爲樂也。故詩者，天地自然之樂也。有人焉爲
之節奏，則相合而成爲」一段話的闡述；同章《從哲學的角度論述詩
歌的本質》一節，認爲李調元「承認人『稟氣成形』與『天賦人之氣
以成形』，同時又『賦人之理以成性』，氣是人的本體，德是附在氣上
的。什麼是氣呢？他的解釋既不是物質的氣，也不是較爲抽象的元
氣，而是憂悲喜怒，可稱人氣。他在《養氣論》中說：『憂悲喜怒，
人之氣也。』」作者認爲在中國文學批評史上，受到孟子「知言養氣」
說的啓發，開展了「爲人與作文」關係問題的討論，如曹丕的「文以
氣爲主」，劉勰的《文心雕龍・養氣》，韓愈的「氣盛則言之短長與聲
之高下者皆宜」，蘇軾論李白詩歌「氣蓋天下」等等，所論具體內容
或有差別，但是源遠流長，無不綿亘著一個以「氣」論文的優良傳統，
進而認爲「李調元則把氣解釋爲情，這對以氣論文是一個發展，值得
重視」。

　　又如第三章之《論詩風格美總綱：響、爽、朗》一節，結合古代
文獻，從文字、義理、時代等角度進行考辨，得出了較爲可信的結論。
認爲李調元之「響或者響亮指的是音律鏗鏘優美」，李調元「所謂『爽』
應該指詩歌所表現的人格、性情與氣勢，分言之，則人格要高尚正直，
性情要健康向上，即所謂『正大光明』，氣勢要充沛，即韓愈所謂『氣
盛宜言』，也就是人要開朗、豪邁、爽快，表現在詩文中要痛快」，李
調元「所謂『朗』是居於響亮與爽之上的審美概念」，還說「（李調元）
解釋朗說：朗者，冰雪聰明，無瑕瑜互掩之謂也。所謂冰雪聰明，指
詩歌充分表現了作者的聰明才智，或曰出眾的才華，也含有高潔之
意，所謂『無瑕瑜互掩』，即藝術上趨於完美，即杜甫所謂『思飄雲
物動，律中鬼神驚。毫髮無遺憾，波瀾獨老成』之意。」

　　再如第七章之《李調元詞學淵源發生論》一節論述李調元「詞乃
詩之源」之說。一般論者都認爲李調元不懂詞體的發展演變歷史與規
律，作者通過較爲詳細的考論，認爲李調元從文化人類學、音樂學的
角度考察，「認識到古代有樂隨詩傳的詞曲配合方法，倚聲填詞也包

含在樂隨詩傳之中。所謂『詩者，天地自然之樂也』，也就是上古先民為抒發感情而隨口吟唱的歌曲，其樂律、樂調、音階都是後世根據先民的歌曲總結出來的」，作者進而認為「因此李調元所說的『詞乃詩之源』有兩層意思：一是詞指上古歌謠及歌詞，後世狹義的詩當然源於它；二是詞指漢樂府，它分流為古詩（即不歌的徒詩），再發展為近體詩，用於演唱的長短句便發展為詞」。

家治先生三十多年前從川東北的山區走出來，以中學一年之學歷跳級考入西南師範大學，讀書期間便格外用功於古典文學與古代文化。家治先生進入古代文學研究領域雖然只有十多年，但其學術成果卻頗為豐碩，先有《明清巴蜀詩學研究》、《古典詩學論叢》、《李調元戲曲理論研究》，今又見其《李調元詩學研究》一書，可稱近年孜孜矻矻于人文領域之開拓者。其身影頗為冷落，其精神卻值得敬佩。文化血脈，庶幾不斷。筆者昔日曾到臺灣講學交流，深知臺灣學界對中國傳統文化，包括文學之研究極深，與大陸之交往亦日益廣泛深入。今《李調元詩學研究》有幸由臺灣花木蘭文化出版社刊行，這當然是海峽兩岸文化交流與發展方面的好事，作為同時代之同行，筆者樂見其成。並希望家治先生不負眾望，爭取學術與創作雙豐收，有道是「莫道桑榆晚，為霞尚滿天」，「不待揚鞭自奮蹄」。

本書因為成書較快，資料較缺，自然亦會留下一些遺憾與缺陷，比如行文偶有重複之處，某些論述尚欠深入，個別觀點還值得商榷。但瑕不掩瑜，該書填補了李調元詩學理論研究的空白，為近年來巴蜀出現的古代詩學理論研究力作。至於本書的學術性究竟如何，對文化及文學發展之促進又有幾何，相信讀者自有眼光，自能鑒別，時間將會做出公正之評價，不用筆者嘮叨。

是為序。

閻嘉

2011 年 12 月於四川大學

目次

代前言：李調元
——清代巴蜀文化第一人

　　李調元（1734～1802），字羹堂，號雨村、童山、蠢翁、鶴州，四川省羅江縣人。乾隆二十八年（1763）進士，爲翰林院庶吉士，散館後授吏部文選司主事、考功司主事，乾隆三十九年典試廣東，回京後任考功司員外郎，乾隆四十二年任廣東學政，乾隆四十六年任滿回京，升任直隸通永道，乾隆四十七年末因故入獄，後贖歸，乾隆五十年歸隱故鄉。李調元一生以二十九歲中進士、五十二歲落職歸鄉爲界，大致可分爲青少年蜀浙求學期、中年京粵爲官期、晚年歸隱故鄉期等三個時期，到過中國的東南西北，或求學交遊，或爲官，受到巴蜀文化圈、京都文化圈、吳越文化圈及嶺南文化圈的影響。李調元好交遊，友人中多才士，而且感情甚篤，誠如劉禹錫所說「談笑有鴻儒，往來無白丁」。〔註1〕他與這些鴻儒、名士及乾隆時期各大學派主將，詩酒唱和，互贈著述，相互品評，在文學創作及學術上廣泛交流。他通過交流而融會不同文化，博采百家，最終成爲清代西部乃至全國都著名的詩人、文藝理論家及學者。

　　作爲作家，他有大量的詩、詞、文、賦傳世。作爲學者，其著述

〔註1〕〔唐〕劉禹錫《陋室銘》，《全唐文》卷六百零八，中華書局，1983
　　　年影印本。

頗爲宏富，遍及四部，達七十餘種。他曾編輯刊行大型文化叢書《函海》，該叢書以文藝爲主，包括詩、詞、文、賦等文學作品，兼及書畫、金石、曲藝、戲劇等藝術，還囊括語言、音韻、歷史、考古、地理、農業、民俗、姓氏、庖廚等。李調元是著名的文藝理論家，傳世的編著有《雨村詩話》三種共二十二卷，《雨村詞話》四卷，《雨村曲話》二卷、《雨村劇話》二卷，《雨村賦話》十卷，還有不少評論詩文創作的書信、書序，對詩、詞、曲、文、賦，以及戲劇都有專著或專文評論，就其全面性而言，可稱清代第一人，也可稱古代第一人，就其份量而言，在整個中國古代也是少有其比的，因此李調元可稱爲清代中國著名的文藝理論家。

　　本書主要研究李調元的詩學理論。孟子強調「知人論世」〔註2〕與「以意逆志」，〔註3〕認爲論世而後可以知人，知人而後才可以論其文，因此本書擬先梳理簡述李調元的生平與成就，從時代社會，尤其是文化環境及氛圍中探索其所受的影響，清理探索其主導思想，以便在眞正知人的基礎上梳理闡釋其詩學理論。因爲後面附有李調元的《童山自記》，是爲瞭解作者生平經歷的權威材料，所以便只評述其成就、思想，及所受影響。〔註4〕

一、李調元的文學及學術成就

　　李調元是清代巴蜀著名的藏書家、編輯家，更是著名作家、文藝理論家，其成就如下：

　　作爲藏書家，他藏書十萬卷之多，可稱西川藏書第一家。其藏書來源一是父親所購之書，二是自己所購之書，三是手抄而來，四是自

〔註2〕　見《孟子・萬章下》，阮元十三經注疏本。原文爲：「頌其詩，讀其書，不知其人可乎？是以論其世也。」
〔註3〕　見《孟子・萬章上》，阮元十三經注疏本。原文爲：「故說《詩》者，不以文害辭，不以辭害志：以意逆志，是爲得之。」
〔註4〕　參見賴安海《李調元編年事輯》，北京：中國文史出版社，2005年版。賴安海《李調元文化研究述論》，北京：中國出版集團現代教育出版社，2008年版。

刊而藏，藏於萬卷樓，樓共五楹，貯集經、史、子、集共四十櫥。惜乎嘉慶五年四月初六其藏書的「萬卷樓」被土賊所焚，化爲灰燼，此實乃巴蜀文化乃至中國文化一大損失。李調元哭書詩有句云：「燒書猶燒我，我存書不存。」〔註5〕足見其愛書如命。

作爲編輯家，他編輯刊刻了《函海》叢書，傳承巴蜀文化。自乾隆四十三年（1778）春始編，乾隆四十六年辛丑開雕，乾隆四十七年壬寅冬初刻版成書146種；乾隆四十九年甲辰補刻版三十函成，收書157種；嘉慶六年增至四十函（即萬卷樓藏版），又補刊《續函海》六函。至嘉慶十四年其從弟李鼎元重校刊印，道光五年其子李朝夔補刊《函海》四十函，收書163種、852卷，一至十函爲晉、六朝以至唐、宋、元、明諸人未見書，十一至十六函收楊升菴不常見之書，十七至十八函收蜀中各家不常見之書，十九至四十函爲李調元自己所作之書。《續函海》共六函、62卷，第一函《長短經》9卷，第二函《楊成齋》10卷，第三函《環溪詩話》1卷、《金德運圖說》1卷、《韶舞九樂補》1卷、《清脾錄》4卷、《唾餘新拾》2卷，第四函《新搜神記》12卷、《榜樣錄》2卷，第五、第六函《雨村詩話》16卷、《雨村詩話補遺》4卷。〔註6〕

作爲學者，他的著述涉及經史子集四部。李調元十二歲有《幼學草》，今不傳，自此筆耕不輟，至六十九歲終老時，著述達七十餘種。今據詹杭倫《李調元學譜》統計，刊入其所編《函海》中者爲五十八種，加上單行及散佚（剔除誤收、未成、同時代人輯編其書五種 30卷外），李調元共計著書七十三種，579卷。現臚列如下：

一是經部著述十四種46卷：《易古文》3卷、《尚書古字辨異》1卷、《鄭氏古文尚書證訛》11卷、《童山詩音說》4卷、《周禮摘箋》5卷、《儀禮古今考》2卷、《禮記補注》4卷、《夏小正箋》1卷、《月

〔註5〕 《聞萬卷樓火和潘東菴三十韻》，《童山詩集》卷四十，叢書集成初編本，北京：中華書局，1985年版。

〔註6〕 參見詹杭倫《李調元學譜》，成都：天地出版社，1997年版。

令氣候圖說》1卷、《春秋左傳會要》4卷、《左傳官名考》2卷、《春秋三傳比》3卷、《逸孟子》1卷、《十三經注疏錦字》4卷。

二是小學著述六種19卷:《六書分毫》3卷、《古音合》2卷、《通詁》2卷、《方言藻》2卷、《卍齋瑣錄》10卷。

三是史部著述九種71卷:《制議科瑣記》4卷、《續記》1卷、《談墨錄》16卷、《井蛙雜記》10卷、《南越筆記》16卷、《然犀志》2卷、《出口程記》1卷、《蜀碑記補》10卷、《羅江縣志》10卷、《童山自記》1冊。

五是子部著述50卷:《諸家藏書簿》10卷、《唾餘新拾》10卷、《續拾》6卷、《補拾》2卷、《剿說》4卷、《尾蔗叢談》4卷、《新搜神記》12卷、《弄譜》2卷。

作為作家,他的創作涉及詩詞文賦等類,計有集部十種214卷,創作為《童山詩集》42卷、《童山文集》20卷、《補遺》1卷、《童山選集》12卷、《童山詩選》5卷、《粵東皇華集》4卷、《五代花月》1卷、《蠢翁詞》5卷,編輯者為《全五代詩》100卷、《蜀雅》20卷、《粵風》4卷。據說他還曾創作劇本:「曾作四種(《春秋配》、《梅降雪》、《花田錯》、《苦節傳》)」,「猶臨川之有『四夢』,雨村不用一神仙,嘗引以自豪。」〔註7〕

作為文藝理論家,他撰著的文學批評著述七種46卷:《雨村詩話》二卷本、《雨村詩話》十六卷本、《雨村詩話補遺》四卷本,共22卷;《雨村詞話》4卷、《樂府侍兒小名錄》2卷、《劇話》2卷、《曲話》2卷、《雨村賦話》10卷、《韓客巾衍集》(評點)4卷。

另外,李調元還有存疑或待訪二十五種162卷(冊):《骨董志》12卷、《佳之佳林冗筆》4卷、《官話》3卷、《楊升菴年譜》1卷、《金石品》2卷、《金石存》15卷、《釋雅》1卷、《梵言》1卷、《使粵程記》1卷、《嶺南視學冊》26卷、《觀海集》10卷、《粵東試牘》2卷、

〔註7〕 盧前《明清戲曲史·花部之紛起》,上海:商務印書館,1935年版107頁。

《遊峨日行記》1 卷、《冰清玉潤集》1 卷、《西川李氏藏書簿》30 卷、《史說》6 卷、《榜樣錄》2 卷、《贗書錄》1 卷、《戰國春秋》17 卷、《神譜》1 冊、《萬卷樓方》1 冊、《布衣集》1 冊、《續蜀雅》1 冊、《看雲樓集》22 卷、《全蜀詩話》（尚未刊）。

二、李調元的人格與思想特點

李調元一生雖然同許多釋道人物有交往，如羅江玉京山景樂宮道士劉虛靜、什邡羅漢寺和尚禮汀等，但所受佛道思想的影響很小。

李調元的思想主要是儒家思想，這與其家庭出身有關。李調元的曾祖李攀旺（1627～1700）三歲而孤，身歷明末清初的戰亂，是一歷盡艱辛白手起家的普通農戶。其祖父李文彩「嗜讀書，明事理，通大義，好施捨」，「鄉人以李善人稱之」，〔註8〕是一富有儒家仁德思想的鄉村讀書人。其父李化楠幼時隨父讀書，少有大志，以儒家積極入世與修齊治平為終身理想。最終因秉公辦事而與貪腐同僚及官場潛規則鬥爭失敗受辱，理想破滅，名節受損，憤而拔劍自刎「殉名」而亡。

祖父、父親對李調元不僅身教，而且言傳，甚至提出苛刻的要求。乾隆十年李調元將平時詩稿彙集成編，父親提其名為《幼學草》，並贈《夜坐偶成示調元》云：「一燈勤教子，誦讀莫辭辛。書是傳家寶，儒為席上珍。志高搴碧漢，落筆動星辰。受得苦中苦，方為人上人。」〔註9〕此詩自然較為俗氣，藝術性也不強，但卻是出身農戶初入仕途者的心聲，對少年李調元的影響必然很大。乾隆十六年，父親接到朝廷通知進京謁選之際，祖父訓誡父親說：「吾家世本布衣，今遭逢聖主，得叨一命幸矣！惟作好官可以報國，好官必以清為主。我雖年老，粗衣淡飯尚自不缺，無需祿養，爾其勤勞王事，毋玷清白以辱爾祖。」〔註10〕李調元亦在座聆聽，其影響應該很大。當李調元送父親至綿州

〔註8〕〔清〕李化楠《石亭文集·英華公傳》，叢書集成初編本，北京：中華書局，1985 年版。

〔註9〕〔清〕李化楠《石亭詩集》，乾隆綿州李氏萬卷樓本。

〔註10〕〔清〕李化楠《石亭文集·英華公傳》，叢書集成初編本，北京：中

時，父親也諄諄告誡他說：「從來紈綺習氣，大半皆望捐納，不肯讀書，汝如不（中）秀才，不必來任所，吾且不汝捐也。」〔註11〕李調元同時也受前代蜀中士人積極入世而又獨立不羈的影響，其思想是儒家思想，積極入世，「達則兼濟天下」，作朝廷的幹員清官，「窮則獨善其身」，加強自身修養，在文藝上取得成就，以孟子「威武不能屈，富貴不能淫，貧賤不能移」爲準則，而又不忘關心時事與百姓疾苦。

（一）少有壯志，終生不渝

李調元之志有兩個方面，一是士人之志，即勤奮學習，高中科舉，以入仕爲官，實現傳統士人修齊治平的理想。二是作爲才子文人，在詩文方面取得成就。李調元七歲有小詩《疏雨滴梧桐》：「浮雲來萬里，窗外雨霖霖。滴在梧桐上，高低各自吟」〔註12〕初露才華，十歲有「蚯蚓無鱗欲成龍」巧對父親友人之責難，十五歲作《遊山》詩「君看萬卷樓，只作萬嵂嵂」。〔註13〕在人生觀世界觀已經基本確定的青年時期，這種表述更爲明確。二十歲問學江南時有贈友人詩：「不共蝸居角蠻觸，要從鼇背上蓬瀛」道其志，二十三歲首次參四川鄉試落第，亦有贈友人詩「他年伯樂如垂顧，看我來修五鳳樓」〔註14〕展其抱負。爲官之後的《文選司廳堂記》說得更清楚直接：「以利天下，以濟民生，乃不怍於人，不愧於天。」〔註15〕憂國憂黎民蒼生，仰不愧於天、俯不愧於民的儒家人生觀與志向表露無遺。

不過作爲文人，他更多的時候是顯示其在詩文創作方面的大志。

華書局，1985 年版。

〔註11〕 李調元《石亭府君行述》《童山文集》卷十八，叢書集成初編本，北京：中華書局，1985 年版。

〔註12〕 《訪彰明舊同學明經郭幹》題下自注，《童山詩集》卷二十六，叢書集成初編本，北京：中華書局，1985 年版。

〔註13〕 《童山詩集》卷一，叢書集成初編本，北京：中華書局，1985 年版。

〔註14〕 《榜發下第買舟將南諸同人攜酒餞行留詩作別》《童山詩集》卷三，叢書集成初編本，北京：中華書局，1985 年版。

〔註15〕 《童山文集》卷七，叢書集成初編本，北京：中華書局，1985 年版。

他四十四歲有吟「下筆直倒三峽江，翻濤攪浪不肯住，竟欲手摘龍耳，刳鼇腹，拔鯨尾，以與光焰萬丈之李杜爭豪強」，〔註16〕抒發了在詩歌方面與李杜一爭雌雄取得同樣成就的昂揚豪放之氣。

四十九歲因「攻訐事」罷官入獄後贖歸鄉里，作《六不齋說》云：「不爲勢撼、不爲利誘、不爲欲迷、不爲境遷、不爲邪惑、不爲氣搖。」〔註17〕不屈於世風與權貴的浩然之氣，達到了擲地作金石聲的程度。同時又作詩曰：「羔袖龍鍾又欲行，蹇驢隨我上崢嶸。只求俯仰心無詐，何怯高低路不平。」〔註18〕表述了藐視厄運，笑傲山水、潛心著述的志向。

直至暮年，他仍然「豪氣未除猶倔強」，其《困園雜詠》吟唱說：「老來意氣尚縱橫，指點前賢入品評。未許陶潛稱酒隱，肯教杜甫占詩名。好官市上優兼僮，佳客門中弟與兄。看透世情惟冷眼，知予不是不平鳴。」〔註19〕詩中表明他老年時的志向，即老來猶意氣縱橫不衰，節操不改，要學前賢而名留青史。他所推崇的是陶潛與杜甫，既要像陶潛那樣潔身自好，隱於山水田園，以詩酒爲樂，又要像杜甫那樣即便身處厄運也不忘國家百姓，寫出憂國憂民的詩歌來。後面他對當時的耽於享樂而在市上聽戲看傀儡捧角的所謂「好官」表示鄙視，但並不羨慕他們，所謂「不是不平鳴」，因爲他已經用冷眼看透了世情。

歷世愈深，他對人生世態看得愈清楚，思想也愈通達。《答祝芷塘同年書》說：「夫人生如花開然。人之生也，以一世；花之開也，以一年。不論爲草爲木，而培植之，灌漑之，始而生葉，既而發幹，及其時之來也，必有著花繁茂，紅則如火、白則如雪之時，過此則或有時而落，

〔註16〕《八月中秋同人燕集雲谷借樹軒分韻得相字》《童山詩集》卷十八，叢書集成初編本，北京：中華書局，1985年版。

〔註17〕《童山文集》卷十，叢書集成初編本，北京：中華書局，1985年版。

〔註18〕《再登九龍山時西藏用兵》《童山詩集》卷二十六，叢書集成初編本，北京：中華書局，1985年版。

〔註19〕《困園雜詠四首》《童山詩集》卷二十八，叢書集成初編本，北京：中華書局，1985年版。

或無時而歇。譬如人之中年，或貴或富，皆必有炫耀得意之時，過此則華落愛渝，亦漸衰矣，而猶欲再索春風，轉爲少年，是猶花向東君請再開一度也。其能之哉！自不如同寒鳥蟄蟲塞戶閉口之爲得也。余家居來，雖容顏日衰，而鬚髮未白。然興尚不衰，頗能自遣。竊念此身非賤，萬金乃歸，不及時行樂，豈不負一刻千金之直？因就家童數人，教之歌舞，每逢出遊山水，即攜之同遊，不見官府，不談世事，今且十五年矣。」〔註20〕信中把人生比作草木，有花開就必有花落，有繁盛就必有衰敗，盛壯之時當兼濟天下，而年老身衰時則當獨善自樂。這種觀點雖然含有一些消極避禍的想法，但卻是領會了人生榮辱盛衰的見道之言，是對儒家的兼濟與獨善自樂人生觀的辯證詮釋。

（二）剛直不阿，廉潔自愛

即他所謂「稟介節而含芳，抱清標而自矢」。李調元乾隆二十八年入庶常館，作《指佞草賦》：「稟介節而含芳，抱清標而自矢。穎才濯露，儼乎白筆之操；動不因風，凜若青蒲之指。聳直幹之亭亭，灑芳蕤之纚纚。孤心向日，侔葵藿之傾城；勁氣凌雲，鄙虇蕳之萎靡……乃此草之當庭，遂宵人之迹掃。引鶼鰈以同期，怒豺狼之當道……常向日而次第敷榮，豈因風而翩翩欲倒。」〔註21〕指佞草原出晉張華《博物志》卷四：「堯時有屈軼草，生於庭。佞人入朝，則屈而指之。一名指佞草。」〔註22〕李調元的這篇賦可稱是他爲人爲官宗旨的宣示，是他的人格宣言。上面的話描繪了指佞草的節操與作用，且以指佞草自比，要「動不因風，凜若青蒲之指」，「聳直幹之亭亭，灑芳蕤之纚纚」，風骨凜然；要「勁氣凌雲，鄙虇蕳之萎靡」，「常向日而次第敷榮，豈因風而翩翩欲倒」，鄙視佞人軟骨頭；要「穎才濯露，儼乎白筆之操」，顯示文武才華，進而「孤心向日，侔葵藿之傾城」，忠於國家與君王，

〔註20〕 《童山文集》卷十，叢書集成初編本，北京：中華書局，1985 年版。
〔註21〕 《童山文集》卷一，叢書集成初編本，北京：中華書局，1985 年版。
〔註22〕 〔晉〕張華《博物志》卷四，叢書集成初編本，北京：中華書局，1985 年版。

同時「乃此草之當庭，遂宵人之迹掃。引瓣豸以同期，怒豺狼之當道」，要與姦佞之輩爭鬥到底，簡言之，就是「稟介節而含芳，抱清標而自矢」，即保持高尚的人格與節操，與一切小人姦佞爭鬥到底。

李調元一生爲官清廉剛直不阿的典型事例有三：乾隆三十二年（1767）翰林院散館，李調元授吏部主事，司掌進呈循環簿百官陞降簽粘履歷，內掌太監高雲從以李調元新任不循舊規，不行敬奉，便斥李調元誤時。李調元厲聲對之：「餘位雖卑，乃朝廷命官，有罪自有司法，汝何得擅罵！」〔註23〕扭其衣欲面見皇帝，在禮部侍郎德定圃的勸說下，高逡巡持簿去，自後此陋規遂廢。不久，此事被乾隆帝所知，查出高雲從漏泄循環簿百官陞降事，被處以極刑，大員株連者眾，六部官員皆佩服其剛直不阿。

乾隆四十二年（1777）已升爲員外郎的李調元因分發候補湖北監利縣典史之缺，與同司已經畫押，但其後他查出奉旨允准之事，便又銷去原已畫押，掌印郎中滿人永保堅持原議，李調元不從。永保對李調元阻議之行懷恨在心，以其袒護同鄉暗中報告大學士舒赫德、阿桂，舒、阿二人亦爲旗人，懷疑李調元受賄，即令李調元入軍機處面詢。李調元據理力爭，舒、阿二人大怒，命永保奏參徇私，雖然被吏部左侍郎邁拉遜出面勸阻，卻被舒、阿二人借「京察」之機填入「浮躁」而免官。當其慨然欲歸故里之時，因按規定凡京官去任必須引見聖上方得離開，乾隆帝令軍機處查知詳情，下旨令復官。其復任之時，宮中引頸擠觀者上千人，皆稱其爲「鐵員外」。

乾隆四十七年（1782）正月，李調元隨欽差德寶查四十八年（1783）皇上至盛京回蹕之營盤，德保於三河、薊州縱使奴才騷擾索銀，李調元便鎖其奴才。年底因護送《四庫全書》，盧龍知縣郭棣泰不備雨具，裝書之黃箱被粘濕，永平知府弓養正拒不聽調，李調元以「徇庇揭」稟之。在已升任臬司的永保挑唆下，弓養正與李調元相互攻訐，永保

〔註23〕見《童山自記》丁亥部分。四川省圖書館藏。

又向和珅外祖父，時任直隸總督的英廉又進讒言，李調元被罷職入獄。後實查出李調元的家丁呂福、衙役喜吉升各收取十五兩門包銀，他因此獲罪而被遣戍伊犁。適遇英廉卒，在新任總督袁守侗的保奏下，乾隆允其以二萬金贖罪，並准其復官。李調元變賣家產，四處借貸，逾兩月繳納二萬金畢。李調元之罪止於失察，今已贖，並無入已贓罪，諸友皆勸捐錢復官。當時和珅攬權，凡遇上報捐銀復官者無論合例與否，必須行賄方准接收，而且賄賂多於捐銀。李調元慮「一賄且成和黨，臭名萬古，百事莫屬」，〔註24〕故歸田意決。

李調元歸鄉後仍然「不爲利疚，不爲威惕」。〔註25〕先是因爲懲罰於醒園行竊的「啯嚕子」，三次致書綿州知州嚴作明要求懲處，繼且又拒交金川叛亂平定後仍按田畝加派完項夫馬錢。嚴作明以《大清律例》相威嚇，李調元不予理會。嚴見威嚇不動，暗中勾結盜匪宋士義兄弟竊其衣被，李調元上報省制軍李世傑，蒙批准，最終鎖二宋至省。年末，嚴作明被李制軍參入大計而革職。

因爲一生剛直不阿，所以他將人品看得極其重要，相反，他不僅將官位利祿看得很輕，而且將名也看得很輕。乾隆六十年（1795），李調元歡惜京中友人吳省欽、吳省蘭兄弟時所謂之「名士」誤入歧途，黨附和珅，寄信與京師同年至交大司農沈初予以規勸，書中云：「夫名士二字，最足誤人。昔晉陸機、陸雲，名士也，時稱二陸。而機好遊權門，與賈謐親善，委身王穎，卒爲孫秀所害。潘岳、潘尼，名士也，時稱二潘，而岳性輕躁，趨世利，與石崇詔事賈謐，每候其出，與崇望塵而拜。謐二十四友，岳爲其首，官至黃門侍郎，乾沒不已，詔事王倫，卒爲孫秀所害。又唐貞元時柳宗元、劉禹錫，皆名士也，奔走於王叔文之門，與翰林學士韋執誼及當時朝士有名而求速進者，定爲死友。順宗即位，以執誼爲相，王叔文爲起居舍人，轉相交結，

〔註24〕見《童山自記》壬寅部分，四川省圖書館藏本。
〔註25〕《四桂先生傳》《童山文集》卷九，叢書集成初編本，北京：中華書局，1985年版。

每事先下叔文可否，然後宜中書承行，謀議唱和，日夜如狂，互相推獎，皆以爲伊、周、管、葛。素與往還者，相次拔擢，日除數人。俄而王叔文敗，賜死，執誼貶崖州司馬，柳貶永州，劉貶連州。由此觀之，名士多有失身於權門者。其何故也？蓋名士負其才，思附青雲而顯，必借權門爲快捷方式。而權門多作孽，思得善人以掩蓋，必借名士爲黨援。此必然之理也。然而亦有孤立而不肯失身者。」〔註26〕這段話以二陸、二潘，及唐代柳宗元、劉禹錫等爲例來說明名士與權門的關係，雖然對柳宗元、劉禹錫的評價有些偏頗而近乎貶低，但認爲名士與權門二者相互爲用有必然性，即「名士負其才，思附青雲而顯，必借權門爲快捷方式。而權門多作孽，思得善人以掩蓋，必借名士爲黨援」，名士最終身敗名裂也是必然的。名士能保持令名的關鍵在保持人格操守，名重要，人格操守更重要，寧可孤立不用，不可依附而失身。文章接著寫道：「然今名士，吾聞之矣，有所謂『二吳』（吳省欽、吳省蘭）、『二李』（李潢、李光雲）者，位躋九卿、名列六部，可謂赫赫矣。其趨勢何人余不敢知，果然能自立否？吾竊爲憂也。二李予尚未識，二吳則因我與君同年也。君當規之，勿避數疏之嫌也。予老矣，無求於事。然鴻飛寥廓，弋人何慕，竊欲效前人而賦之也。」文中的「何人」指的是和珅，他以親近與討得皇帝歡心而權傾朝野數十年，可稱「炙手可熱勢絕倫」，李調元卻敢於暗中譏刺之，還叫老朋友去規勸「二吳」不要上賊船。

他是這樣說的，更是這樣作的。前述李調元因與郭隸泰、弓養正的攻訐案而下獄，經繳納贖金後可予免罪，還可以納金復官，但因和珅當權，遇報捐者無論合例與否都必須行賄，方准接收。李調元慮「一賄且成和黨，臭名萬古，百事莫屬」，故決意歸田。《與董蔗林同年書》也說：「自通州解組以來，本無贓累，原可捐復。但以事類於賄，恐一朝失足，貽誤終身。是以浩然歸里，今已十五年，而甘心不悔者爲

〔註26〕《與沈雲椒同年書》《童山文集》卷十，叢書集成初編本，北京：中華書局，1985 年版。

此也。」〔註27〕

　　《答姚姬傳同年書》說：「弟之所以伏處而不出者，有三意焉。其一：一生賦性至蠢，過於剛正，不慣外任，誠恐再遭傾覆，不知何處又覓萬金也。其二：多與宰相爲忤，畫稿則得罪於阿、舒二公，揭員則得罪於英公。雖冤結前生，事由同官釀成，而內而同部，外而同省，事皆由永姓一人慫恿。詩曰：永言配命。當安命也。其三：一生以清廉居官，本無贓累，原可捐還。而首相當關，非賄不准，若一入其門，便爲其黨，誠恐冰山見日，遺臭萬年。此則寧終身廢棄而不肯爲也。」〔註28〕書信聲明不再入世的原因有三，歸結起來就是一貫剛正不阿，且因此而得罪權臣，但又不願隨波逐流而行賄入首相和珅之黨，於是便只好潔身自好，隱居林泉，以保持自己的人格與操守。

　　李調元不僅自己這樣作，還以這種堅持正義、剛直不阿的人格操守來教育親朋，他說：「墨莊由檢討改官中書後，心平氣和，無向時拔劍張弩之態，其論古亦多折衷前賢。嘉慶元年自書大門對聯云：『立定腳跟，從吾所好；放開眼界，與物無爭。』然余以爲『從吾所好』則未知所好之是否也；『與物無爭』則未知所爭之當否也。所好是如仁義禮信，此可好也，否則放僻邪侈、流連荒淫，亦可好乎？所爭當如忠孝廉節，必爭也，否則權奸誤國、傷風敗俗，亦無爭乎？余作一詩寄之，云：『立定腳跟須擇步，放開眼界看施爲。人間多少當行事，做出來時始見奇。』」〔註29〕李調元贊同李鼎元「心平氣和，無向時拔劍張弩之態，其論古亦多折衷前賢」，但卻認爲他所書的對聯「立定腳跟，從吾所好；放開眼界，與物無爭」沒有原則，應該好該好之物，爭該爭之事，即好儒家的仁義禮信，而不好放僻邪侈、流連荒淫，對忠孝廉節必須堅持，對權奸誤國、傷風敗俗則必須爭鬥到底。因此，他既要「立定腳跟須擇步，放開眼界看施爲」，還要做出人間當行事，

〔註27〕《童山文集》卷十，叢書集成初編本，北京：中華書局，1985年版。
〔註28〕《童山文集》卷十，叢書集成初編本，北京：中華書局，1985年版。
〔註29〕詹杭倫、沈時蓉《雨村詩話校正》，成都：巴蜀書社，2006年版388頁。

即便做出異於常人常規的奇事也不必在心，這當是他一生至老不改不衰的志向、人格基礎，值得後世士人及官員聽取之實行之。

（三）同情民眾，嫉惡如仇

古代眞正的清官良吏、志士仁人都是既憂國又憂民、既忠君又愛民的，李調元正是這樣的人，儘管他深切同情人民的不幸遭遇是有前提的，即民眾不能反叛造反起義，否則便是亂民。李調元的憂民與愛民表現在兩個方面。一是同情百姓的苦難，二是揭露社會黑暗。李調元乾隆己丑（1769）為吏部郎中時，曾作《石匠行》：「有翁折腳啼道上，皮肉淋漓新吃杖。如狼差吏驅出門，不許攔街呈訴狀。旁人指點翁來因，舊是南山伐石匠。問翁胡為遭鞭棰，眉皺胸塡氣沮喪。往時縣中倒立碑，去思德政屹相向。不知有益黔首無，各謂甘棠何足讓。十字市口樹如林，幾欲斫盡青山幛。自吾祖父供此役，日往高岩親度量。車輦夫扛百不停，巍巍鼇戴萬人仰。立時官府顏色歡，給賞才足沽村釀。此項名為里下派，何曾一家解索償。而今室內無一丁，只餘老母權補放。字刻青天過手多，至今名姓半遺忘。朝來新令初陞堂，便有循聲千口揚。不及鳩工垂不刊，龔黃未免心快快。昏夜傳呼急於火，天明縣前聽點唱。可憐蕭條一細民，囊槖無錢倩誰餉。今者悄悄訴私情，拍案立即遭考掠。君看腰間錘與鑿，薄技陷入無地葬。但使官名果不朽，身雖餓莩亦何妨。」〔註30〕詩歌為新樂府，通過一個「皮肉淋漓新吃杖」「折腳啼道上」的老翁的傾訴揭露了官員的罪行：為了立所謂德政碑，強迫百姓開山伐石，卻少給甚至不給工錢，「給賞才足沽村釀。此項名為里下派，何曾一家解索償」，石匠及百姓「今者悄悄訴私情」，結果卻「拍案立即遭考掠」，以至「皮肉淋漓」連腿也打折了，簡直是世無天理。詩歌眞實地反映了所謂康乾盛世的眞面目，表現了作者強烈的義憤，和一針見血的批判與譴責，具有很強的史詩性。接著的《窯戶行》中說：「洵陽城外逢窯戶，面目黧黃衣襤

〔註30〕《童山詩集》卷九，叢書集成初編本，北京：中華書局，1985年版。

褸。見人自指腸中饑，唏噓欲說頭先俯。自言本是村中農，薄田不足療貧窶。聞道縣官方築城，磚甓所需億萬數。」〔註31〕反映了當時農戶無田，或者只有薄田，無法生活，只能外出服勞役作窰戶，不僅萬分辛苦危險，而且拿不到工錢，仍然生活艱難，弄得「面目黧黃衣襤褸」，時時「腸中饑」，攔住監司欲申冤告狀，結果卻「反以盜賣遭笞股」，與《石匠行》中的石匠遭遇與命運都相同，足見當時百姓的貧苦無辜，與官吏的貪婪與橫行。

稍後，其《石壕》詩寫道：「何處催租吏，又來打人屋。」〔註32〕《乞兒行》寫道：「無數小兒身無衣，馬前跪啼一錢乞」，「一聞其言心凄惻，救汝那無囊中物」，「揮去哭聲聞漸遠，我亦車中淚嗚咽。」〔註33〕這些詩歌大膽揭露了社會黑暗，抒發了作者滿腔的憤怒，表現了對貧苦百姓的深切同情。乾隆丁酉（1777）為廣東學政時的《呻吟行》寫道：「呻吟復呻吟，乃在滇陽之江皋。沙汭雲錦淺露脊，河闊如掌船如刀，忽聞呻吟聲囂囂。疑是遠村嫠夜哭，凄凄松壑來風濤。又疑庚癸呼餓殍，乞憐搖尾相嘲嘈；又疑餓鳶喚哀鴻嗷，鞭血負屈冤籲號。八月寒螿三更雁，孤臣孽子悲離騷。一時嗚啼軒集充兩耳，使人沁心動魄斗覺頭霜毛。細聽非近亦非遠，聲乃出自所坐舠。黃毛敝衣不掩骭，伏舷長叫身橫篙。不知噈舌喃喃作何語，但見赬肩赤腳連睢尻。我聞築者邪許舂者相，祇以助力寫〔註34〕作勞。何為無疾無痛楚，不為後笑為先嗂。愧無欒巴噀，安得一簞醪，投之上流之高高，千人萬人沾瓊膏，使汝溫飽舟自操，吾亦銷金帳裏烹羊羔。嗟嗟呻吟奈汝曹。」〔註35〕詩歌描寫拉船役夫的艱辛與痛苦，所謂「黃毛敝衣不掩骭，伏舷長叫身橫篙」，「赬肩赤腳連睢尻」，其拉船號子也如凄酸恐怖的呻吟，所謂「呻吟復呻吟」，「呻吟聲囂囂」，像「八月寒螿

〔註31〕《童山詩集》卷九，叢書集成初編本，北京：中華書局，1985年版。
〔註32〕《童山詩集》卷十，叢書集成初編本，北京：中華書局，1985年版。
〔註33〕《童山詩集》卷十，叢書集成初編本，北京：中華書局，1985年版。
〔註34〕原本作「寫」，似當作「協」。
〔註35〕《童山詩集》卷二十，叢書集成初編本，北京：中華書局，1985年版。

三更雁，孤臣孽子悲離騷」，以至使人懷疑是「庚癸呼餓殍」，「餓鳶喚哀鴻嗷，鞭血負屈冤籲號」。作者聯繫古代，認為這種號子當與古代「築者邪許舂者相」一樣，是表現「助力協作」的勞動號子，不料卻如此淒酸甚至恐怖，所謂「嗚啼軵集充兩耳，使人沁心動魄斗覺頭霜毛」，這種無疾無痛楚卻自然發出的悠長的呻吟是一個時代勞苦民眾的真情流露與普遍反映，它比受鞭笞而痛苦呻吟更為淒酸，更令人恐怖而深思，因為它是所謂康乾盛世的民眾心聲的真實表露，是無所不在的濃重的時代陰霾的表現。作者最後希望自己像東漢成都的欒巴一樣，能夠噀酒救火甚至救民，所謂「安得一簞醪，投之上流之高高，千人萬人沾瓊膏，使汝溫飽舟自操」，他自己「銷金帳裏烹羊羔」，有解除民眾貧困痛苦的心願，與杜甫「安得廣廈千萬間，大庇天下寒士俱歡顏，風雨不動安如山」〔註36〕同一機杼。不過杜甫的《茅屋為秋風所破歌》是亂世悲歌，李調元的這首詩卻是盛世悲歌，既表現了他對百姓的同情，也表現了他對時事政治的高度敏感。

　　李調元下獄獲釋歸鄉後依然有憂國憂民的情懷。面對農村土地大量向官僚集中，農村中的中小業主紛紛自願主動變賣田地，易田主為佃農，租地耕種，他久思不得其解。當時乾隆剛平定大小金川之亂，又出兵西藏。徭役賦稅仍不斷增加，雖說是所謂「乾隆盛世」，但普通百姓卻生活在水深火熱之中，當時四川「嘓嚕復起」，李調元對此更是心急如焚，於是深入農村瞭解情況：「父老知我至，招呼相逢迎。彼此邀還家，以我為人情。」〔註37〕他在訪問貧苦中寫下了著名的《賣田說》和《與嚴署州論嘓嚕》三書。《賣田說》借「賣己田租余田的王澤潤」之口論述了農民賣田之因——由於連年稅賦疊加，農民雖然有田，但繳納稅賦後所剩無幾而無法生存，而佃田且

〔註36〕〔清〕楊倫《杜詩鏡銓》卷八，上海：上海古籍出版社，1980年版364頁。

〔註37〕《入山》《童山詩集》卷三十一，叢書集成初編本，北京：中華書局，1985年版。

交付押金和租穀後尚有餘資，官紳之田卻「租有家丁代完，糧差不敢追也，又例免差徭，里正不敢及門也。所冀者，須世世子孫讀書做官耳！若一日無官，誠恐我輩等也」。﹝註38﹞他面對潛伏已久而即將爆發的農民起義，有感於「官逼民反」，四川啯嚕四起，紛紛投奔反清復明組織白蓮教的現狀，感歎說：「今日之啯嚕，乃明日之教匪也」。於是先後作《與嚴署州論啯嚕》三書，其論於「啯嚕之成因、組織與散佈之狀，綜錄實聞，稽核詳備」，提出「上者先以德意宣佈之，後以刑法齊一之」，還得停征金川用兵所增稅賦，「意在化民成俗之方」。﹝註39﹞他的穩定的良策難為官府所用，於是便拿起手中的筆痛斥權奸鼠竊之輩。他的《鷹觜崖》寫道：「何年一隻鷹，垂天下雲翅。竦然不受韝，樸纇如裂眥。一旦化為崖，猶見鷹觜利。其立若愁胡，其貪如伺餌。狐兔未秋肥，問何側目視。毋乃鼠竊多，職掌失其位。我來有追逐，正座少趦趄。安得借蒼隼，為我一縱臂。籲嗟速歸來，人鷹正滿地。」﹝註40﹞詩歌寫的是鷹觜崖，卻將其想像成一隻不受拘束「垂天下雲翅」的裂眥、利觜、立若愁胡，正側目而視獵物的雄鷹，像杜甫《畫鷹》詩中的鷹一樣「竦身思狡兔，側目似愁胡」，「何當擊凡鳥，毛血灑平蕪」，﹝註41﹞不過它攫取的卻不是普通獵物，而是「鼠竊多」，即遍佈朝廷的大小貪官污吏，之所以「鼠竊多」是因為上下「職掌失其位」，即皇帝荒淫昏庸，正邪不分，監察失責所致。李調元對此痛心疾首，不由向天大呼：「安得借蒼隼，為我一縱臂。」縱臂「借蒼隼」，「籲嗟速歸來」之時，便能

﹝註38﹞ 《賣田說》《童山文集》卷十一，叢書集成初編本，北京：中華書局，1985 年版。

﹝註39﹞ 《與嚴署州論啯嚕書》《童山文集》卷十，叢書集成初編本，北京：中華書局，1985 年版。

﹝註40﹞ 《鷹觜崖》《童山詩集》卷三十一，叢書集成初編本，北京：中華書局，1985 年版。

﹝註41﹞ 〔清〕楊倫《杜詩鏡銓》卷六，上海：上海古籍出版社，1962 年版 6 頁。

看見清正廉明的人和吃「竊鼠」的蒼鷹遍地都是，天下便太平清明
了。乾隆五十八年（1793），大將軍福康安出征西藏入川坐著三十二
名轎夫輪替值役的大轎路過綿州，在羅江大肆鋪張擺闊，李調元作
《清江行》詩痛斥其窮奢極欲。詩前的序言說：「爲福公出征後藏過
綿作也。公館之盛，亙古所無。因用杜詩『綿州公館清江濆』起韻。」
詩歌云：「綿州公館清江濆，榱題畫栭高閈閎，水晶爲柱玻璃楹。四
面光射窗櫺明，紅羅細疊甋甀平，剪錦百匹懸爲棚。兩廊陳列充琇
瑩，金枝向夕飛流星，九華照耀銅龍槃。洞房尚少卓倚屛，花櫩紫
檀民不寧。借問何官不敢名，田禾將軍方進城。一齊鐘鼓聲鏗鍧，
肉山酒海人縱橫。三聲炮作晨登程，花櫩紫檀俱隨行。」〔註42〕福
康安是乾隆寵臣，連和珅也不敢招惹，李調元卻作詩加以諷刺。詩
歌與岑參的歌行體形式上近似，句句押韻，而三句一組，風格卻近
似杜甫的《麗人行》。詩歌先描繪福康安下榻的綿州公館的高大神氣
與裝飾的豪華奢侈，所謂「榱題畫栭高閈閎，水晶爲柱玻璃楹。四
面光射窗櫺明，紅羅細疊甋甀平，剪錦百匹懸爲棚。兩廊陳列充琇
瑩，金枝向夕飛流星，九華照耀銅龍槃」，所謂「公館之盛，亙古所
無」，已經窮極奢侈了，但還嫌不如意，因爲「洞房尚少卓倚屛」，
於是官府派人四處征派搜羅搶奪「花櫩紫檀」，以至鬧得雞飛狗跳，
當然便「民不寧」了。接著作者發問：借問何官。但人們都「不敢
名」，足見其聲勢顯赫到了極點，這種描寫與杜甫的「炙手可熱勢絕
倫，慎莫近前丞相嗔」〔註43〕相似。這位「方進城」的「田禾將軍」
其實並不是漢代非常孝悌而不擾民的趙孝，也不是趙孝之父田禾將
軍，〔註44〕當時是「一齊鐘鼓聲鏗鍧」，其後便「肉山酒海人縱橫」，

〔註42〕《清江行》《童山詩集》卷三十二，叢書集成初編本，北京：中華書
　　　　局，1985年版。

〔註43〕〔清〕楊倫《杜詩鏡銓》卷二，上海：上海古籍出版社，1980年版
　　　　59頁。

〔註44〕事見《太平御覽卷》卷一九四：「趙孝父爲田禾將軍，孝嘗從長安來，
　　　　欲止亭。亭長難之，言有貴客過，掃瀧，不欲穢污地，良久乃聽止。

從迎接的鐘鼓與接風宴會的吃喝來表現其顯赫的聲威與極度的享樂。最後兩句語氣似乎平靜，但卻具有畫龍點睛、餘味無窮之效：此公臨走將所有禮品包括從百姓家征調搜羅來的「花櫚紫檀」都席捲而去。面對這種權貴，不僅百姓，連地方官員大約也都敢怒而不敢言，李調元卻敢於寫詩諷刺之，足見他有過人的膽量。

面對百姓的苦難與權貴的奢侈，他深感清王朝逐漸走向沒落，悲憤至深，在遊覽成都草堂寺後的《謁杜少陵草堂祠》首先說：「詩自三百後，正聲淪憲章。流傳經喪亂，史官失其詳。惟公起大唐，雄文獨有光」，讚揚杜甫的詩歌是「正聲」，是「史詩」，是「獨有光」的「雄文」，然後概括敘述杜甫應舉至逝世的經歷，讚揚其憂國憂民的精神，最後讚揚說：「至今草堂寺，名與江水長。醫國少靈藥，疾惡如探湯。我公真詩史，俎豆誰同香。」〔註45〕詩中的「醫國少靈藥，疾惡如探湯」既評價讚揚杜甫，實際上也是詩人自己對時事的感歎和憂國憂民情懷的抒發。後人，包括今人都盛稱康乾盛世，其實乾隆中後期皇帝好大喜功，遊獵享樂無度，重用權奸和珅，上下享樂與貪腐成風，單單一個和珅就貪占清王朝八年的財政收入，成了世界上前無古人後無來者的巨貪，其餘大小貪官更不知有多少，民眾焉得不貧困？社會焉能不動亂？民族矛盾與階級矛盾焉能不日趨激烈？國家和民族焉能不衰微？李調元耳聞目睹，再加上自己的親身經歷，他又焉能不痛恨，焉能不歎息？「醫國少靈藥」是說大清王朝已經病入膏肓了，不可救藥了，他又焉能不「疾惡如探湯」？這當是清醒者的歎息與吶喊，憂國憂民之悲呼，視之為喚醒民眾之號角亦當不為之過矣。從以上簡要論述可以看出李調元與袁枚至少在思想上不大同道，把他拉入性靈派實在有些失之偏頗。

吏因問曰：『田禾將軍子從長安來何時發？幾日至？』孝曰：『尋到矣。』」范曄《後漢書》卷三九有《趙孝傳》。

〔註45〕《童山詩集》卷三十二，叢書集成初編本，北京：中華書局，1985年版。

三、李調元學術與文藝之淵源

李調元既是著名學者，又是著名作家與文藝理論家，其學術思想與文藝思想應該既有聯繫，又有區別，而所受的影響則是多方面的。簡言之，有如下幾個方面：

（一）巴蜀深厚文化文學傳統積澱的影響

巴蜀之地，古稱「天府之國」。漢代「文章冠天下」，〔註46〕司馬相如、揚雄及王褒以賦稱雄天下，唐宋時期，「繁勝與京師同」，〔註47〕時人號稱「揚一益二」，〔註48〕文學更加燦爛輝煌：唐代陳子昂以復古為革新，奠定了唐詩繁盛的基礎，李白更是流傳千古享譽世界的大詩人；兩宋巴蜀文學登上頂峰，「唐宋八大家」中宋代眉山蘇氏居其三，蘇軾更是獨領千年風騷。

但隨著宋末元初蒙元平蜀，巴蜀遭受長達數十年的戰亂，「蜀人受禍慘甚，死傷殆盡，千百不存一二」，〔註49〕明末清初巴蜀在還未復蘇的情況下又遭受數十年的史無前例的戰亂，加之元明清時期中國政治經濟文化中心的北上與繼續東移，形成了北京至杭州運河沿線的繁盛數百年不衰的文化帶，巴蜀文化因這兩大原因而走向衰微與邊緣化，值得稱道者唯元代的虞集與明代的楊慎而已。

巴蜀文化先賢，自司馬相如、揚雄開始，中經三蘇，到楊慎，揚名後世者都不是純粹的學者，而是詩（文）人而兼學者。巴蜀文人有三個方面的傳統，一是普遍重視自身人格的完美，保持士人的浩然正氣，不趨炎附勢，不隨波逐流，不因為時風而放棄自己的政治觀點與思想觀點，但又不頑固僵化；二是重視文學創作，將詩文辭賦當作自己的名山事業，以詩賦散文享譽當代，馳名後世；三是在學術研究中

〔註46〕〔漢〕班固《漢書·地理志》，百衲本二十四史。

〔註47〕〔宋〕周密《癸辛雜識》續集卷上，北京：中華書局，1988年版209頁。

〔註48〕〔宋〕司馬光《資治通鑒》卷二百五十九，四部叢刊初編本。

〔註49〕〔元〕虞集《史氏程夫人墓誌銘》，見《道園學古錄》卷二十，四庫全書文淵閣本。

重視文學與其他學術研究的結合，注重學術研究與經世致用的結合，重視學術傳統的繼承而又有所創新，倡導獨立思考而又不隨便開宗立派，學術思想則以儒家為主而兼及其它。

在第一個方面，李調元做得很好，具體表現就是前面所說的積極入世，少有大志，且一生矢志不渝，剛正不阿，人格獨立高尚，還一生憂國憂民。

第二個方面李調元也很成功。李調元一生真正心儀者當是漢代的司馬相如、唐代的李白、宋代的蘇軾，而直接仿傚與趕超的對象應該是同樣以博學與著作之富揚名於後世的才子楊慎，所以他成了藏書大家，編輯大家，而且學術研究的範圍極廣，著作甚多，但成就最大者還是詩文創作與文藝理論研究。他在詩文創作上以巴蜀先賢為楷模與趕超對象。李調元《讀祝芷塘德麟詩稿》說：「抗懷思古人，屈指嘗竊評。緬維炎漢初，文章我蜀盛。司馬與王揚，洪鐘破幽磬。祠壇列俎豆，萬古殘膏剩。子昂起射洪，高蹈寡聲應。感遇篇三十，丹砂金碧瑩。刪述志非誇，垂輝千載映。眉州蘇父子，玉局我所敬。大海揚鴻波，餘流空汀澄。後來頗落落，道古或差勝。斷獄老吏（指虞集）能，遺山集可并。有明三百載，升菴獨雄橫。百代為牢籠，肯與李何並。……鄉風敢云繼，庶幾有獨醒。大雅君扶輪，前賢我作鏡。君當為羽翼，我亦堪佐乘。誰蹠巨靈掌，一手湮河珊。誰持照妖鑒，遏斷邪魔徑。偽體儻不裁，風騷滅真性。」〔註50〕因此有人說：「可見，在漢代司馬相如、王褒、揚雄、唐代陳子昂、李白、宋代三蘇、元代虞集、明代楊慎之後，李調元有意重整文苑蜀學雄風，他畢生都在為實現這一目標艱苦奮鬥。」〔註51〕對於杜甫這個長期寓蜀的先賢，他也是敬慕有加，還多方面繼承之，典型的例子是他雖然倡導學詩當從李白入手，但他在詩歌創作中從思想、藝術等方面仿傚杜甫處卻更

〔註50〕《童山詩集》卷八，叢書集成初編本，北京：中華書局，1985 年版。
〔註51〕沈時蓉《李調元文藝美學思想發微》，《李調元研究》，成都：巴蜀書社，2007 年版 322 頁。

多，而且其最有理論意義的二卷本《雨村詩話》總共只有八十三條，論述讚揚杜甫者竟然有二十二條之多，且說：「余於詩酷愛陶淵明、李太白、杜少陵、韓昌黎、蘇東坡，丹鉛數四矣，率多為人竊去。就中少陵全集，批點最詳，今宦遊四方，半濕於水，十忘七八矣。漸衰漸耗，不知何時再得細讎一過也。」〔註52〕於此可以說明他對杜甫詩歌及詩學的重視，也可以說明他的詩學與詩歌和袁枚相去甚遠。

第三個方面，李調元也是成功的。從本質上講，他是一個才子型作家而兼學者。作為才子型作家而兼學者，他的學術研究受巴蜀文化的深刻影響。巴蜀學者，自司馬相如、揚雄開始，中經三蘇，到楊慎，揚名後世者都不是純粹的學者，而是詩（文）人而兼學者，在學術研究中則重視文學與其他學術研究的結合，注重學術研究與經世致用的結合，重視學術傳統的繼承而又有所創新，倡導獨立思考而又不隨便開宗立派，學術思想則以儒家為主而兼及其它。他注重學術研究與經世致用的結合，以儒家思想為主而兼及其它的典型表述，如《策一》說：「文必本乎經術，而後為有用之文。經術者，經濟所從出也。仲舒《繁露》，根抵《春秋》；賈誼《新書》，出入《大戴》。子雲之《太玄》、《法言》，未免艱深；相如之《上林》、《子虛》，尤精華贍。司馬、班、范，則固文章之巨擘也。劉歆著《七略》，說者以為即集之所肇端。然荀悅之《申鑒》，桓譚之《新論》，皆集之純雜互見，不足稱也。晁《家令》、《對策》，泛引五帝之德，公孫宏《召對》改為媚悅之詞，所謂緣飾經術，白衣取卿相者，反不如桑宏羊論鹽鐵厲害，尤為有用之文也。黃初、建安之間，三曹、二陸、三張、王粲、孔融、陳琳、應瑒、徐幹、劉楨之徒，緣情綺靡，漸趨華縟。謝靈運、康樂、顏延之、任昉、何遜、沈約、江文通、徐陵之輩，則未免以文滅質，以博溺心矣。」〔註53〕策論自然免不了

〔註52〕郭紹虞《清詩話續編》（三），上海：上海古籍出版社，1983年版1526頁。

〔註53〕《童山文集》卷二，叢書集成本初編本，北京：中華書局，1985年

要迎合主流思想，但結合李調元的全部作品，可知這段話還是表現了他的基本思想，即詩文創作要本於儒家經術，也即以儒家思想爲準則，爲基礎，進而要求「爲有用之文」，其功能便是經世濟用，也即孔子所說的「興觀群怨」，「邇之事父，遠之事君」，與「多識鳥獸草木之名」。〔註54〕後面他評論漢代的文章辭賦，認爲董仲舒、賈誼的著作都本乎經術，而揚雄的《太玄》、《法言》雖本乎經術而未免艱深；司馬相如之《上林》、《子虛》則只長於華瞻，司馬遷、班固、范曄的史書是「文章之巨擘」，但卻與經術無關；後來的文章或者「純雜互見，不足稱」，或者乾脆成了「媚悅之詞」，祇是「緣飾經術」罷了，只有桑宏羊的《鹽鐵論》是經世濟用的有用之文。後面他進而認爲魏晉建安、黃初、太康之文是「緣情綺靡，漸趨華縟」，已經背離經術，而東晉六朝的詩文則「以文滅質，以博溺心」。這說明李調元的文藝理論思想是以儒家爲基礎，非常重視經世致用。

李調元非常重視道德人品對畫品文品詩品的影響，這種論述很多。如《跋鶴峰墨蘭十二冊》第二冊跋說：「芝蘭生於深谷，不以無人而不芳；君子修道立德，不爲窮困而改節。觀此畫可以知其爲人矣。」〔註55〕認爲君子的人格道德不應該因榮辱窮達而改變，這種道德節操像芝蘭的芳香一樣是不受世俗影響的，它自然表露在文章書畫之中，是文章書畫之本，因此人品影響並決定詩品、文品與畫品。

李調元論詩文還強調儒家的性情，認爲詩歌應該表現性情。《雲谷詩草序》：「詩也者，人之性情也。人之性情稟乎五行。五行者金木水火土也。在天爲五星，在地爲五方，在時爲五德，在人爲五常，發於文章爲五色，播於音律爲五聲，而總其精氣之用，謂之五行。五行者，互相生而間相勝也……本於水者，其詩漂流沒溺；本於火者，其

版。

〔註54〕《論語·陽貨》，朱熹《四書集注》，北京：中華書局，1983 年版 178 頁。

〔註55〕《童山文集》卷十四，叢書集成本初編本，北京：中華書局，1985 年版。

詩燔燎焦然；本於木者，其詩幹舉機發；本於金者，其詩鋒刃銛利；
惟本於土者，其詩敦靜安鎮，而能含萬物，為萬化母。廣漢張雲谷名
邦伸者，余同年姻家也。為人敦靜安鎮，得於土之德為多。故其待人
也，以忠以信；處事也，必敬必恭；由己卯孝廉歷宰襄城、固始，實
心實政，孚及豚魚者孚萬民；誠己誠人，格及鬼神者格造化。故其發
而為詩，無非勸善規過，激濁揚清，義取關乎風化，而不以剪紅刻翠
為工。詞取通乎賢愚，而不以風雲月露為巧。初讀之，若無一奇字異
句，足以動人。而細味之，則興觀群怨無不包焉。此非能含萬物，而
以萬化為母哉。吾故曰：得於土之德為多也，讀其詩，凡體乎水火木
金者，胥拜下風矣。」〔註56〕文章認為詩歌的本質是抒情，不過這個
情不是潘岳所說的「詩緣情而綺靡」的情，而是儒家所說的性情，即
他所讚揚的張雲谷的「待人也，以忠以信；處事也，必敬必恭」；以
及「實心實政，孚及豚魚者孚萬民；誠己誠人，格及鬼神者格造化」，
即儒家所倡導的忠信、恭敬、誠己誠人而又推及萬物，以及憂國憂民。
本著這種思想，所以「發而為詩，無非勸善規過，激濁揚清，義取關
乎風化，而不以剪紅刻翠為工。詞取通乎賢愚，而不以風雲月露為
巧」，其美學風格便是所謂土德之詩，既包含著興觀群怨，而又不失
溫柔敦厚。這是典型的儒家詩學思想。

　　他說：「詩雖發於情，而實本於性，性不篤者，情不真也。吾同
年友鶴林篤於性者也。其為人沖和澹雅，使人望之如瀰瀰千頃之波，
可望而不可即。而其與人談論往古及天下之事，則又踔厲風發，率屈
座人。嗟乎，何多才也。此豈但學力成之，要所謂篤於性矣……夫以
吾友如此之天性，使假之年，吾烏能測其學之所到，而即此殘篇斷簡，
已似珠光劍氣，照耀人間。則更數千百年，其不埋沒於荒煙蔓草可知
也。」〔註57〕這段話論述性情，認為「詩雖發於情，而實本於性」，

〔註56〕《童山文集》卷五，叢書集成本初編本，北京：中華書局，1985年版。
〔註57〕《張鶴林詩集序》《童山文集》卷五，叢書集成本初編本，北京：中
　　　　華書局，1985年版。

強調詩歌當情眞，「眞」源於道家，但他強調的「眞」的前提卻是儒家的「性篤」，即以仁義爲本，內在「沖和澹雅」，心胸開闊博大，外在則「踔厲風發，牽屈座人」，關心時代社會，表現爲一種陽剛之美。

他的詩學思想也兼及道家思想，但其根本是儒家思想。《直如朱絲賦》中說：「情自儕於爽籟，術豈濫於吹竽。況既知白而守黑，尤嚴惡紫之奪朱。」〔註58〕說琴弦演奏表現的情感要眞實自然，有如「爽籟」，「爽籟」即天籟，也即追求自然之美，這是道家的觀點。演奏之術要精妙，還要知白而守黑，知白而守黑語出《老子》：「知其白，守其黑，爲天下式。」意爲內心光明行爲潔白，卻要以沉默昏暗自守而做到和光同塵。還要「惡紫之奪朱」。「惡紫之奪朱」語出《論語‧陽貨》：「子曰：『惡紫之奪朱也，惡鄭聲之亂雅樂也。』」邢昺疏：「此章記孔子惡邪奪正也。惡紫之奪朱也者，朱，正色；紫，間色之好者。惡其邪好而奪正色也。」〔註59〕所謂惡紫之奪朱，便是不能用鄭衛之聲影響眞正的風雅精神，也即前面提到的「義取關乎風化，而不以剪紅刻翠爲工。詞取通乎賢愚，而不以風雲月露爲巧」。

因此可以說巴蜀文化的優良傳統與深厚積澱是李調元成功的歷史文化原因，而李調元對先賢的追慕與趕超則是其成就產生的主觀動因。

（二）乾嘉學風對李調元學術思想的影響

李調元的學術研究也受時代學術思潮的影響，即乾嘉學派的影響。乾嘉學派又稱漢學、樸學、考據學派。因其在乾隆、嘉慶兩朝達於極盛，故名。乾嘉漢學家繼承古代經學家考據訓詁的方法，加以條理發展，治學以經學爲主，以漢儒經注爲宗，學風平實、嚴謹，不尚空談。以古音學爲主要研究對象，通過古字古音以明古訓，明古訓然後明經，此爲其共同的學術主張。此風自清初顧炎武開其端，中經閻若璩、胡渭等人的推闡，至惠棟、戴震、錢大昕而張大其說，至段玉

〔註58〕《童山文集》卷一，叢書集成本初編本，北京：中華書局，1985 年版。
〔註59〕《論語注疏》卷十七，阮元刻十三經注疏本。

裁、王念孫、王引之而臻於極盛。這一學派首重音韻、文字、訓詁之
學，擴及史籍、諸子的校勘、輯佚、辨偽，留意金石、地理、天文、
曆法、數學、典章制度的考究。在諸經的校訂疏解中，取得了超邁前
代的成就。對古籍和史料的整理，亦有較大貢獻。但清初漢學興起之
時，有濃厚的反理學內容及反民族壓迫的思想，而考據祇是藉以通經
致用的手段。顧炎武關注社會現實，反對理學，進而主張以經學去取
代理學，目的就在於「經世致用」。顧氏之後，此風漸趨蛻變。段玉裁、
王念孫、王引之以下，更是遠離社會現實，止於訓詁考據。總之，清
初之學，以博大為其特色；乾嘉漢學，則以專精而揚其旗幟。乾嘉學
派諸學者，無論在經學、史學、音韻、文字、訓詁，還是金石、地理、
天文、曆法、數學等方面，都取得了當時最好的成就。其平實、嚴謹
的學風以及精湛的業績，是值得肯定的。李調元的學術走的也是乾嘉
學派的路子，所以他在經、史、子、集四部及小學等方面都有不少著
述，涉及面之廣在清代可稱居西部之首，在整個中西部也只有王船山
可與其相比，元明清三代巴蜀學者中也只有明代的楊慎可與其相比。

　　李調元的學術研究不僅著述極多，而且範圍極廣，既重視音韻、
文字、訓詁之學，也重視經、史、子的研究，以及金石、地理、天文、
曆法、數學、典章制度的考究，在這些領域進行校勘、輯佚、辨偽工
作。因為李調元是才子型學者，且一生以修齊治平為己任，青壯年時
期又多在求學、求仕及為官，晚年隱居林泉期間亦沒有專力於學問，
而是以詩酒戲劇自娛，整個一生都沒有定下心來專心深研學問，所以
其學術涉獵甚廣，著述甚多，在各個領域都有一定成就，但其總體成
就，尤其是學術深度與影響，與清初王夫之、黃宗羲、顧炎武相比，
不僅沒有清初三大家濃厚的反理學內容及反民族壓迫的思想，其影響
也相對很小，即便與乾嘉時期的經學家、子學家、小學家，如李調元
著作中涉及或者與其有交往的乾嘉學派代表人物惠棟、戴震、錢大
昕、段玉裁、王盛鳴、全望祖、阮元，以及長於詩詞文的杭世駿、厲
樊榭、朱竹垞、方苞、姚鼐相比，還是與長於戲劇、小說的李漁、金

聖歎等相比，也較爲遜色，史學研究與其好友趙翼相比，其差距也很大。這自然與明清時期學術中心東移，中西部學者沒有話語權而得不到重視有關，也與其成就相對遜色有關。不過隨著李調元研究的全面開展與深入，對其學術成就的評價也會改變。

綜合而言，李調元最有成就的學術還是文藝理論研究，留下了數十卷的詩話、詞話、賦話、劇話、曲話，就種類齊全的角度看是超越前人的，就總體成就而言也可稱清代一個大家，但他卻沒有開宗立派，其深度與影響以戲曲研究、辭賦研究爲大，而詩話、詞話則相對遜色。其文藝理論研究受其人格思想的影響，也受巴蜀文化的影響，還受時代風氣的影響，其鮮明特點是注重學術研究與經世致用的結合，以儒家思想爲主而兼及其它。

（三）李氏家族忠厚家風深厚家學的影響

李調元曾祖李攀旺（1627～1700），羅江縣雲龍壩人，三歲而孤，隨母王氏再適而育於同里南村壩李雲卿，明末亂後回鄉，白手起家，歷盡艱辛。四十一歲始娶官宦孤女李氏爲妻，五十一歲定居南村壩，六十二歲得孿生二子。祖父李文彩（1688～1757），李氏《族譜》云：文彩公「嗜讀書、明事理、通大義、好施捨」，「鄉人以李善人稱之」。〔註60〕父親李化楠幼時隨父耕讀於壟上，少有大志，年十九爲諸生，乾隆辛酉（1741）秋鄉試中舉。壬戌（1742）進士及第，官選咸安宮教席，卻不就而歸。回鄉後先於雲龍壩築醒園，執教鄉人子弟，又受羅江縣令沉潛之聘參與修撰《羅江縣志》，後又受聘於縣城東街豐都廟教學，繼又辦學於綿州。乾隆十六年（1751）補官浙江，歷任餘姚、秀水知縣，嗣權平湖，曾兩充鄉試同考官。其爲官浙江七年，政績卓著，被譽爲第一循良，曾被保舉升任知府。旋因父喪，回四川羅江丁憂，離去之日，「父老焚香跪送者數萬，哭聲震野如失父母」。〔註61〕

〔註60〕〔清〕李化楠《石亭文集·英華公傳》，叢書集成初編本，北京：中華書局，1985年版。

〔註61〕賴安海《李調元編年事輯》附編《李化楠傳》，北京：中國文史出版

乾隆二十五年（1760），入京補授直隸滄州知州；二十七年（1762）
扈駕乾隆南巡，榮賜荷包，遷涿州；二十八年調任天津海防同知，是
年丁母憂回川。三十一年（1766）補官宣化府同知，三十三年調任順
天府北路廳同知，委辦平谷城工，又兼署密雲縣事，辦理乾隆秋獮諸
事，被乾隆帝嘉爲「強項令」。是年末，因懲處密雲知縣任寶坊勒索
銀兩案，已定讞，然而上憲提審時任某卻翻供。直隸臬司、保定知府、
冀州知州與任某皆爲姻親，三人從中袒護，李化楠反因此而遭受諷刺
侮辱。李化楠素重名節，便突發「氣喘怔忡」之症，拔劍自刎「殉名」
而亡。李化楠著有《石亭詩集》十卷，《石亭文集》六卷，《醒園錄》
食譜二卷。他在鄰近宗祠處修醒園、築書樓，「以川中書少，多購諸
江浙，航來於家貯之」。〔註 62〕李調元的好學、好書、好園林，尤其
是廉潔勁直的氣性當與父親的影響有密切關係。

　　如前所述，平民出身，祖、父數輩所顯示的忠厚家風爲李調元的
人格思想提供了典範，所謂身教重於言教。尤其是父親李化楠，這位
積極入世、以修齊治平爲理想、堅守人格操守剛正不阿的重視詩文的
模範士子與清官能吏，對李調元的影響是巨大的，也可以說是超越其
他影響的。可以說李調元一生是他父親的翻版，只不過他在文藝與學
術上走得更遠，成就更大。李調元的思想是儒家思想。這與其家庭出
身有關。李調元的曾祖李攀旺（1627～1700），三歲而孤，身歷明末
清初的戰亂，是一歷盡艱辛白手起家的普通農戶。其祖父李文彩「嗜
讀書、明事理、通大義、好施捨」，「鄉人以李善人稱之」，〔註 63〕是
一富有儒家仁德思想的鄉村讀書人。其父李化楠幼時隨父讀，少有大
志，以積極入世與修齊治平爲終身理想。進士及第後以未成翰林而遺
憾，初官選咸安宮教席即不就而歸，意在有實權能做實事。乾隆十六

　　　　社，2005 年版 143 頁。
〔註62〕賴安海《李調元編年事輯》附編《李化楠傳》，北京：中國文史出版
　　　　社，2005 年版 146 頁。
〔註63〕〔清〕李化楠《石亭文集・英華公傳》叢書集成初編本，北京：中
　　　　華書局，1985 年版。

年（1751）補官浙江，爲官浙江七年，政績卓著，譽爲第一循良，保
舉升任知府。乾隆三十一年（1766）補官宣化府同知，三十三年調任
順天府北路廳同知，委辦平谷城工，又兼署密雲縣事，辦理乾隆秋獮
諸事，被乾隆帝嘉爲「強項令」。綜合其一生行爲，可知其是典型的
幹員良吏。最終因秉公辦事而與貪腐同僚及官場潛規則鬥爭失敗受
辱，理想破滅，名節受損而突發「氣喘怔忡」之症，進而拔劍自刎「殉
名」而亡。父親忽然卒於任所，其根本原因是乾隆中後期日漸驕墮專
斷，朝政委於和珅等人，外則階級矛盾與民族矛盾日益尖銳，內則腐
化墮落，傾軋爭鬥無已，官場官官相護的潛規則盛行，一心報效國家
與聖明君王的李化楠難以適應，極度憤忿，再加上疾病，最終暴亡於
任所，這對李調元的影響與刺激是很大的，甚至是空前的。

（四）清代巴蜀移民開放交融風氣的影響

明末清初四川的戰亂長達五十年，崇禎七年甲戌（1634）「旋以
賊亂，師辭館」。〔註64〕順治元年張獻忠入川至順治三年敗死，此後
又有姚黃十三家與夔東十三家起事，其「蹂躪川東北，屠割之慘，不
在張獻忠下」，〔註65〕農民軍餘部、流民軍、南明軍及清軍在川展開
拉鋸戰式混戰，稍後又有三藩叛亂與平叛之戰，至康熙二十年（1681）
戰亂才得以平息，四川耕地由明萬曆時的十三萬餘頃減少至順治時的
萬餘頃，〔註66〕四川不少地方「十室九空」，〔註67〕「百里無煙，人
民所存有數，頻年進剿，遷移僅存皮骨」，〔註68〕時人認爲百姓「自
甲申以來，民之死於兵者半，死於荒者半，死於虎者半」〔註69〕「今

〔註64〕〔清〕張烺《爐餘錄》，見胡傳淮《爐餘錄注》，北京：中國文史出
版社，2010年版8頁。
〔註65〕〔清〕向庭庚《史詠》，同治《成都縣志》卷16《雜類志・紀餘》。
〔註66〕參考《明會要》及《清文獻通考》卷1《田賦》。
〔註67〕民國《蒼溪縣志》卷13。
〔註68〕康熙《四川總志》卷10《貢賦》第19～26頁。
〔註69〕〔清〕韓相國《流民傳》，見譚紅主編《巴蜀移民史》，成都：巴蜀
書社，2006年版468頁。

統十分而計之：其死於獻賊之屠戮者三，死於搖黃之擄掠者二，因亂而自相殘殺者又二，其一則死於病也」，〔註70〕順治十八年統計四川人口僅 8 萬餘人，〔註71〕即便如李世平研究的結果，也不過 50 萬左右，〔註72〕也是十餘一了。

針對這種情況，清政府先後提出了「安民爲先」、「裕民爲上」、「便民爲要」的治蜀方針。在清朝統治者的支持鼓勵下，四川開始了空前規模的大移民活動。順治十年（1653）清政府提出「四川荒地，官給牛種，聽兵民開墾，酌量補還價值」〔註73〕的政策，康熙五十一年（1712）玄燁諭令各地「滋生人丁，永不加賦」，〔註74〕四川貫徹落實得較爲徹底。隨著「湖廣塡四川」的大移民活動，全國各地人民，尤其是湖廣、陝西、江西、福建、廣東等地的百姓彙聚四川，使四川在人口、政治、經濟、文化藝術、科學技術等方面進行了廣泛的雜交，出現了新的面貌。大量湖廣及江南士子來川爲官，各地重教興學、文化教育逐漸復蘇，官員認爲「書院與義學均爲造就人才之根本」，〔註75〕清代四川書院總數超過前代，特別是乾隆一朝所建最多，清代民辦書院占總數的 30～40%，官辦書院約占 60～70%。〔註76〕但是，由於康熙、雍正、乾隆時期大興文字獄，故乾嘉時以考據之風爲盛。時之羅江，據《羅江縣志》：「（羅江）明季兵燹後廢爲頹垣，國朝初，併入德陽。欣逢皇恩廣被，文教日新，遐陬僻壤，咸爲樂郊。羅雖蕞爾，邑亦木拔道通，人民輻集，又屬皇華孔道，商旅絡繹不絕。雍正七年（1729）復設羅江縣，衙署、祠廟煥然一新，士習民風，蒸蒸向化。以視從前，榛莽荒蕪、不啻相隔霄壤

〔註70〕〔清〕張烺《爐餘錄》民國本《遂寧張氏族譜》卷四。又見胡傳淮《爐餘錄注》，北京：中國文史出版社，2010 年版 29 頁。
〔註71〕陳世松主編《四川通史》第五冊，成都：四川大學出版社，1993 年版 177 頁。
〔註72〕李世平《四川人口史》，成都：四川大學出版社，1987 年版 155 頁。
〔註73〕嘉慶《四川通志》卷 60《食貨·田賦》。
〔註74〕《清聖祖實錄》卷二百四十九。
〔註75〕道光《城口廳志》卷 20《藝文》。
〔註76〕胡昭曦《四川書院史》，成都：巴蜀書社，2000 年版 194 頁。

矣。」〔註77〕又據《羅江縣志》李化楠《明倫堂碑記》說:「乾隆乙丑
（1745），旌陽闞明府來治吾羅，下車之始，目擊學宮曠缺，慨然議新
之」。「自今羅人士執經問業，博習親師，不患無地」。〔註78〕總的講，
清代在廢墟上建立起來的四川教育，既繼承了四川悠久的教育傳統，又
吸收各省創辦教育的經驗，培養出了大批進士、舉人和生員士子，也造
就出繼明代楊升菴後又一位巴蜀文化巨匠——世居羅江的「全才大學
者」〔註79〕李調元。因此受清初大移民影響的四川經濟文化的開放與交
流是李調元橫空出世的社會時代外因。

　　李調元欣逢政治較為穩定，經濟較為繁榮，而文化教育又經過大
半個世紀積纍發展的乾隆嘉慶時期，一生少年時在家學習生活，就學
於羅江、綿州，以及成都的錦江書院，如果沒有清初的大移民與文化
融合，以及教育的發展，他就不可能受到這種多種文化融合的良好教
育與影響。他晚年隱居家鄉，交遊活動於蜀地，以詩酒、戲劇自娛，
還舉辦家庭戲班，創作戲劇，其《雨村劇話》與《雨村曲話》的編撰
與大移民之後形成的融會南北東三方戲劇而形成的川劇有直接的關
係。而且四川戲曲本身便是移民文化影響的結晶，一般而言，昆曲或
者源自清初以來到川官員的提倡，或者順長江水道而上，彈戲來自陝
西，高腔或順江而上，或從湖南傳來，胡琴戲或由江西傳來，或受漢
調二黃影響。可以說，如果沒有大移民而來的而又本土化的戲曲，便
不會有李調元的戲曲理論研究與戲曲實踐活動。

（五）四方師友及四種文化相交融的影響

　　巴蜀文化是一種成熟的有自身鮮明特點的文化，但如不與全國其
他文化交流，也不會有輝煌的成就，唐宋時期的杜甫、元稹、李商隱、
范成大、陸游等都是典型。自古天下詩人皆入蜀，入蜀則面貌大變，

〔註77〕清嘉慶《羅江縣志·闞昌言〈舊志〉序》。
〔註78〕〔清〕李化楠《明倫堂碑記》，見清嘉慶《羅江縣志》卷二十六。
〔註79〕張力《全才學者李調元》《李調元研究》，成都：巴蜀書社，2007 年
　　　　版 56 頁。

成就突出；反之，巴蜀文人則要北上東出，融入華夏文化的大家庭，否則也不會成爲享譽當時稱雄後世的傑出人才。縱觀巴蜀本地文人，真正生長於蜀地而名家的文人只有五代前後蜀的「花間詞派」，以及以詞學著稱的王灼，但前者僅僅是一風格單一、內蘊也單一的詞派，後者除了詞學，在其他方面則可取之處不多。而出川便成大家、名家者則舉不勝舉，可以說已是規律，典型者如司馬相如、揚雄、李白、蘇軾、蘇轍、楊愼等人。

說到老師的影響，父親李化楠是李調元的第一個老師，也是其影響最大的老師。除父親之外，李調元授業之師頗多，如中江縣一碗水嚴師生劉一飛、父親門生三臺諸生周光宇、綿州涪江書院名師張巨堂、浙江餘姚姚江書院掌教李祖惠、浙江舉人俞醉六、其父同年進士嘉興府教諭施滄濤、錢塘名士陳學川、編修徐君諱、進士查吾崗、善詩畫的陸宙沖、詩名重朝野的退休大司寇錢香樹、錦江書院父親同年進士高白雲，這些都是學問人品俱佳的名師，主要是文化教育正處於蒸蒸日上時的巴蜀名師名士，以及積澱深厚自宋代起就引領潮流的江浙名士與名師。巴蜀文化與江浙文化既有異質性，又有同質性，二者共同作用於才子李調元，對李調元的詩文創作、文藝理論及其它學術研究產生了很大的影響，至少主導了他的主要方向，使他最終成爲才子型詩人、文藝理論家兼學者。

談到益友，後面《童山自記》有關生平經歷與交遊時提到，達數百人之多，就身份而分，有大臣學者名士、普通官員同僚、同科舉人進士及學生、鄉邦官員及文人、無名文人，以及僧道閨媛與傭僕；從地域來看，則遍及全國各地，主要是巴蜀、江浙、京都等地的文人與官員。這些友人中除極少數後來曾經投靠和珅，如吳省欽、吳省蘭，其餘都是方正而有學問者，李調元與他們交遊，或者吟詩唱和，或者切磋學問，或者互相交流，對李調元的創作與研究著述必然會產生很大的影響。典型者如李調元著名的《雨村劇話》就應當受江浙友人及京都友人的影響，因爲江浙既是乾嘉學派的中心，也是戲曲等俗文學

的中心，而北京則是當時北方的文化中心與各地戲曲的彙聚地與成熟地。與李調元交往（包括書信）密切者有袁枚、趙翼這兩員性靈派主將，所以李調元的詩歌創作與性靈派詩歌有相似之處，當時及後世一般人也把他看作性靈派詩人，他的《雨村詩話》十六卷本、《雨村詩話補遺》四卷從編寫宗旨、編排體例、所選詩歌、評論觀點都與袁枚的《隨園詩話》有相似之處，從某種角度看，甚至可以說李調元的《雨村詩話》就是袁枚《隨園詩話》的四川版。

從經歷交遊可以看出，李調元一生到過中國的大江南北，主要生活活動的地方有四處，這四處其實是四個不同的文化區，即巴蜀文化區、京都文化區、江浙文化區、閩粵文化區。他早年在故鄉接受基礎教育與巴蜀文化熏陶，晚年又隱居故鄉，從記事之年開始共約三十四年，包括青少年家鄉求學期（十五年）、錦江書院讀書期間（約一年半）、晚年歸居羅江期（十七年）。巴蜀文化區是一個有深遠歷史與巨大影響、元代以後逐漸衰微而又在清代逐漸中興的融合有荊楚文化、客家文化、秦隴文化、嶺南文化，以及江浙文化的傳統，又與現代相結合的文化區。他在巴蜀生活時間最長，這種早年的教育與熏陶最爲關鍵，使他受用終生，而飽經宦海風波之後的十多年又是他最爲成熟的時期，因此他受巴蜀文化的影響與熏陶最深。其次是京都爲官時期，前後共約十七年，包括國子監學錄時期（約兩年）、翰林唱和時期（約兩年）、吏部任職時期（約十一年）、直隸通永道時期（約三年），這是他人生最爲重要的時期，也是風華正茂的時期。北京自元代起便成爲中國的政治中心，同時也成爲中國北方經濟文化的中心，北起北京南至杭州的運河沿線的經濟文化帶至清而達到極盛。李調元在京城及近郊直隸求學、爲官，瞭解了上層社會，熟悉了京都文化，濡染了北方文化，開闊了眼界，因此便能宏觀地全面地認識與把握中國社會與中國文化，這對他的詩文創作、文藝理論研究與其他學術研究產生了重大影響。其主要影響如因朝廷編撰《四庫全書》便有了編輯出版大型叢書《函海》的想法，而且也有了搜集有關書籍的方便；北京是各地方戲劇的融彙地，也是京劇的形成地，他也

因此而熱愛戲劇，進而撰寫《雨村曲話》與《雨村劇話》；北京是政治中心，文化中心，李調元長處其中，融合其中，在熟悉的基礎上深思，因而其詩文表現時代及其思想的角度更爲廣闊多變，而且在思想內蘊的高度、深度等方面也有所提升。第三是隨浙江父問學期（約五年，從乾隆十九年至乾隆二十三年夏），這是他求學與世界觀形成的最爲重要的時期。在浙時期，他先後授業於李祖惠、俞醉六、施滄濤、陳學川、徐君諱、查吾崗、陸宙沖、錢香樹等人，與之交遊者主要有張義年、邵晉函、沈初、錢受之、錢受谷等人。江浙求學時期雖短，但對他的影響卻很大。江浙自南宋其就是中國的經濟文化中心，其文化積澱極爲深厚，特色非常鮮明，在乾隆時期，江浙的詩文創作、戲曲小說創作、文藝理論研究、乾嘉學派的學術研究都引領潮流，走在全國前列，才子、大師輩出，李調元身處其中，通過對比與交流，更能找到自身的差距，進而在學習仿傚的基礎上創造，最終成爲才子型作家兼學者。因此可以說李調元的詩詞創作、文藝理論研究及其它學術研究都沾溉於江浙文化。具體表現一是詩歌創作融合性靈派與格調派而形成獨有的風格特點，二是有感於袁枚的《隨園詩話》而作《雨村詩話》十六卷與《雨村詩話補遺》四卷，有繼承袁枚且與之媲美的意思，三是受江浙學術研究，尤其是乾嘉學派的影響，對其成爲研究領域全面的西部學術大師有促進作用，四是江浙是戲曲創作演出及研究的中心，這對他熱愛戲曲研究戲曲編撰《雨村劇話》、《雨村曲話》有直接的啓發。李調元曾兩次宦遊廣東，第一次是乾隆三十九年（1774）五月充任廣東鄉試副主考，與主考王懿修結交，與同考官廣東仁和許石蘭、龍門趙雪樵、連山李雲圃、澳門司馬宋天波互相唱和，十一月返京。第二次是南下廣東督學期（乾隆四十三年至四十五年），前後約三年時間。李調元在廣東時間不長，但對其的影響卻不小。因爲廣東遠在嶺南，南宋以前還屬於所謂天涯海角的煙瘴不毛之地，此後逐漸發展成爲有特色的客家文化與南洋文化交融的文化圈，自明代葡萄牙佔據澳門以來，則逐漸發展成爲與西方交流的前沿與中心，相對嶺北黃河文化與長江文化，其異質性最強。李調元在粵時間

雖短，且公務繁忙，但他天生敏感，好新喜異，編著了《粵東皇華集》
十卷、《使粵程記》一卷、《然犀志》二卷，《雨村賦話》十卷，還有《嶺
南視學冊》二十六卷、《觀海集》十卷、《粵東試牘》二卷、《全五代詩》
一百卷、《南越筆記》十六卷、《制義科瑣記》四卷、《粵風》四卷，這
些創作與學術研究在當時以至後來很長一段時期都是具有開拓性的，在
研究民風民俗與地方文化方面，以及對西方交往等都具有很大的作用。
因此可以說李調元是開眼看嶺南文化的巴蜀第一人，甚至可以說是開眼
看西方的巴蜀第一人。

　　上面簡述了清代巴蜀文化第一人李調元的文學及學術成就，也概
括梳理介紹了李調元的人格與思想，還從四個主要方面論述李調元的
學術思想與文藝思想所受的各種影響，這樣做意在對李調元一生的經
歷思想有一個大致的瞭解，爲下面探討李調元的文藝理論思想作鋪
墊。綜合而言，李調元一生在思想上以儒爲主，積極入世，以儒家達
則兼濟天下，窮則獨善其身爲宗旨，剛正不阿，憂國憂民，以清官良
吏自律，始終保持了高尚的人格操守。同時作爲才子，他在文學創作
的各個領域如詩詞賦文及戲曲上勤奮筆耕，成爲全才型文學家，在經
史子集等領域，尤其是文藝理論研究方面取得巨大的學術成就，成爲
著述最富的清代西部第一學者與涉及範圍最廣中西部第一文藝理論
家，其理論特色鮮明，比如創作與理論研究並重，善於縱向繼承前代
巴蜀的優秀文化傳統與橫向繼承清代不同地域的文化，以儒家觀點爲
主而又兼及其它，繼承傳統而又獨立思考與創新，善於創新而又不倡
導異端，理論研究與實踐結合而不故弄玄虛，這些成就與特色，既源
於他超人的天分與勤奮，也源於他一生閱歷豐富，交遊廣泛，其中包
括縱向繼承巴蜀深厚文化文學傳統並超越前賢，繼承忠厚家世與深厚
家學並光耀祖宗，橫向則受乾嘉學風的影響與四方師友及四種文化圈
交融的影響而與時俱進，而清代巴蜀移民形成的文化開放與交融則爲
其成功提供了外在環境。

第一章　李調元三種《雨村詩話》述評

　　李調元的學術研究著作以文藝理論研究最著名,文藝理論研究中又以詩話最豐富,因爲他以光大超越巴蜀前輩詩人自任,是清代巴蜀甚至全國的著名詩人,於詩歌創作甚有體會,且又受當時風氣影響,所以便有了三種不同的《雨村詩話》,即兩卷本《雨村詩話》、十六卷本《雨村詩話》與四卷本《雨村詩話補遺》,其餘著作之中也有散見論詩之語。李調元的三種《雨村詩話》是各自獨立、互不重複的三種書,下面擬對其予以評述。

一、話古人的兩卷本《雨村詩話》

　　兩卷本《雨村詩話》最爲常見,也最爲普及,其原因一是它收入李調元編刻的大型叢書《函海》,後有嘉慶間刊童山全集本;二是民國二十五年(1936)商務印書館出版的由王雲五主編的《叢書集成初編》收入了李調元輯刊的《函海》,裏面有兩卷本《雨村詩話》,且1985年中華書局再版了《叢書集成初編》;三是收入了郭紹虞、富壽蓀校點的《清詩話續編》,因此流傳漸廣;四是重慶出版社1991年出版了吳熙貴的《雨村詩話(二卷本)評注》單行本。此外還有臺灣廣文書局1971年古今詩話叢編影印本。因此此書流傳甚廣,而其他兩

種《雨村詩話》則較爲罕見，所以一般人引用論述者多是兩卷本。

《函海》兩卷本《雨村詩話》卷首收錄了李調元所撰《自序》，而流傳最廣的《清詩話續編》本卻失收。今錄於此：

> 古人詩話類多摘句，以備採取，唐宋而降，指不勝屈矣。余非敢然也，但自念生平於詩有酷嗜，而以日以月，總覺前此之非。古人云醫，三折肱爲良醫，不知於此道究何如也？積習未忘，嘗以爲詩法不出乎諸大家，每於同人多諄諄論辯。今擇摘可以爲法者略舉一二以課兒，與俗殊酸鹹，在所不計也。因所論皆詩，故亦曰詩話。羅江李調元鶴州識。〔註1〕

這篇序言沒有署明時間，文中的語氣頗爲謙虛，當是李調元詩話的嘗試之作，因爲此書贈收入乾隆初刻本《函海》，而《函海》輯成在乾隆四十七年（1782），因此兩卷本詩話當是李調元五十歲以前的作品。其總體特點是縱向「話古人」，以理論闡述爲主，摘句很少。

短序說明了李調元編寫詩話的原因，是因爲古人詩話多數都「類多摘句，以備採取」，心中頗不以爲然，且還覺得昔日以日以月地「詩有酷嗜」是所謂「非」，頗有揚雄認爲賦是壯夫不爲的雕蟲小技的意思。但他又醉心詩歌，既然「三折肱知爲良醫」，〔註2〕便也想藉此考察一下自己於詩道的水平，講論一下詩道與詩法。因爲酷愛詩歌，且常常與同人論辯，認爲「詩法不出乎諸大家」，於是便「擇摘可以爲法」的心得體會，「略舉一二以課兒」，且名之曰詩話。從序言可知，他的撰寫這部兩卷本詩話的目的是論述前代大家名家的詩道與詩法，而不重古人常用的「摘句」，寫作中「與俗殊酸鹹，在所不計」，即追求創造性。仔細考察兩卷本詩話，可知作者的話不虛：上下兩卷僅僅八十三條，但卻縱向評述了上起上古歌謠到明代文人詩歌爲止的

〔註1〕 二卷本《雨村詩話》卷首，詹杭倫、沈時蓉《雨村詩話校正》，成都：巴蜀書社，2006年版2頁。

〔註2〕 《左傳‧定公十三年》《春秋左傳正義》卷五十六，阮元刻《十三經注疏》本。

全部詩歌，評述時注重理論性，追求理論與創作實踐的結合，即弄清詩道，講論詩法，而摘錄古人詩句則很少，與他後兩部詩話區別很大。

該書上卷前九條概論詩歌的發源、詩與樂的關係，以及常用創作方法，涉及的詩體有樂府、古體、近體，以及五言詩、七言詩、六言詩，還有詞曲，論述到的創作方法有賦比興、起承轉合、平仄韻律等。自第十條到二十九條（上卷末）考察評論漢末無名氏古詩十九首、樂府到南北朝末年的詩歌，包括建安之三曹、七子，正始之嵇康、阮籍，太康之三張二陸兩潘一左，西晉末年的劉琨、盧諶，東晉南朝的王羲之、陶淵明、鮑照、謝朓、江淹、何遜、任昉、徐陵、江總、蕭衍、蕭繹，以及北朝的庾信。他特別推崇陶淵明與庾信，對曹操、曹植則肯定其「沉雄俊爽」的美學風格與「籠罩一代」的地位，但卻認為其是「文奸」。〔註3〕

下卷第一條至三十六條論唐五代詩歌，如初唐四傑、陳子昂，李白、杜甫、韓愈、王昌齡、王維、孟浩然、高適、岑參、韋應物、錢起、張籍、王建、白居易、柳宗元、李賀、李商隱、杜牧、鄭谷、溫庭筠、司空圖、韓偓、韋莊等。他推崇李白、杜甫、韓愈，論杜甫者最多，計有二十二條之多，這說明他的詩學觀與性靈派差別很大。從第三十七條到四十七條論宋代詩歌，第一句話便是「余雅不好宋詩而獨愛東坡」，〔註4〕然後論及歐陽修、司馬光、魏野、林逋、唐庚、蘇叔黨、黃庭堅、陸游、楊萬里、范成大等人，多以唐人為參照，有較明顯的尊唐抑宋傾向。第四十八條至五十條論金元詩歌，肯定元好問，論及楊鐵崖、虞集。第五十一條至五十四條論明詩，論及明初四傑、李東陽及前後七子，最後論楊慎。

綜合而言，本書論及的詩人不多，僅僅只有八十餘人，摘錄的詩歌也很少，僅僅五首短詩另五十句或聯，其中卷上第二十九條即採錄庾信詩十四聯，卷下又採錄杜甫二十六聯並二首，其餘詩人被採錄的

〔註3〕郭紹虞編選《清詩話續編》，上海：上海古籍出版社，1983年版1523頁。
〔註4〕郭紹虞編選《清詩話續編》，上海：上海古籍出版社，1983年版1532頁。

作品則少得可憐，但論述的時間跨度很長，可謂上下數千年，詩壇大家名家基本上都有論述，主要流派也都涉及到了。縱向看，本書可以稱爲一部簡明的中國詩歌發展史；橫向看，則涉及到詩歌創作、審美、體式等方面，其中不少地方頗有新意。〔註5〕

二、話今人的 20 卷本《雨村詩話》

　　繼兩卷本《雨村詩話》之後，李調元又有十六卷本《雨村詩話》，該書序言署明爲乾隆乙卯，即乾隆六十年（1795），當時他六十二歲，此後時有增補，因爲該書卷十六記有嘉慶三年（1798）之事。據詹行倫《雨村詩話校正》前言，該書有八個版本，一是嘉慶元年善成堂刊本，二是綿州李氏嘉慶 6 年《續函海》萬卷樓刊本，三是嘉慶 11 年刊本，四是道光 24 年暎秀書屋刊巾箱本，刻於道光丙午（1844），五是道光 26 年萬卷書屋刊本，六是九經堂重刊巾箱本，七是蔚文堂藏版，根據萬卷樓本的翻刻本，八是鴻章書局石印本，由民國年間上海文瑞樓印行。另有日本西島蘭溪鈔本（不分卷，日本二松學舍大學）。以《續函海》本最善。〔註6〕版本雖多，近現代流傳卻欠廣。該書序言云：

> 《雨村詩話》前著名矣，而此復著，何也？前以話古人，此以話今人也。詩者，天之花也，花閱一春而益新，詩閱一代而益盛。穠桃繁李，比豔爭妍，而最高者爲梅蘭竹菊；唐宋元明，分壇列坫而最大者爲李杜韓蘇。然梅蘭竹菊高則高矣，而藝圃者不遍植奇花，非圃也；李杜韓蘇大則大矣，而談詩者不博及時彥，非話也。茲之作也，上自名公巨卿、高人宿士，下逮輿臺負販、道釋閨媛，無論隻字單詞，莫不口記手錄。譬之於花，可謂四時俱備，五方並采矣。夫花既以新爲佳，則詩須陳言務去。大率詩有恒裁，思無定位，立言先知有我，命意不必猶人。詩衷於理，要

〔註5〕 鄭家治《明清巴蜀詩學研究》，成都：巴蜀書社，2008 年版 611～649頁。

〔註6〕 蔣寅《清詩話考》，北京：中華書局，2005 年版 13 頁。

有理趣，勿墮理障；詩通於禪，要得禪意，勿墮禪機。言
近而指遠，節短而韻長，得其一斑，可窺全豹矣。乾隆歲
在乙卯六月下浣綿州童山老人李調元雨村撰。〔註7〕

這段序言首先說明本書寫作的原因是因為以前的兩卷本「話古人」，
所以新作十六卷本便「話今人」。接著從詩歌發展和審美當百花齊放
的角度來說明為何要「話今人」，因為「花閱一春而益新，詩閱一代
而益盛」，所以雖然李杜韓蘇如梅蘭竹菊一樣為花中最高最美者，但
也當如園圃當遍植奇花一樣，應該「博及時彥」而「話今人」，否則
便不是真正的詩話了。他的「話今人」範圍極廣，「上自名公巨卿、
高人宿士，下逮輿臺負販、道釋閨媛」一例收錄，而且還收錄「隻字
單詞」，即一聯詩或一句詩。後面還發表了一些頗為新穎而又概括性
很強的詩學觀，諸如強調創新與變化，詩歌可有理趣與禪意，但卻勿
墮理障與禪機等。

《雨村詩話》卷十三云：「余《詩話》初成，一時求者甚眾，並
各有寄佳句，以求選錄者，然未見用入典。」後面引吳庭壽的《別諸
生》七律詩，其末聯「去年棘闈傳詩話，針芥猶餘爨下薪」自注云：
「甲寅恩榜，予於科試首拔四人：彭田橋、張懷湘、陳一泂、劉曙。
榜發皆雋，而彭落孫山。今科則彭將脫穎而出矣。此事盛傳，李雨村
已編入《詩話》。時方入闈，故屬望尤切。」李調元最後說：「時余《詩
話》方出，不謂已入詩注。」〔註8〕據此可知《雨村詩話》編成在乾
隆甲寅（1794），當時即有人引用進入詩注，影響很大很廣，所謂「一
時求者甚眾，並各有寄佳句，以求選錄」，李對此甚為自得。《詩話》
初成的時間可能更早，次年乙卯年才正始寫序刊行。這則詩話也說明
編寫如袁枚《隨園詩話》一類類似詩紀事的著作在當時是一件時髦而
又風雅的事，李調元也樂此不疲。

〔註7〕 詹杭倫、沈時蓉《雨村詩話校正》，成都：巴蜀書社，2006 年版 26
頁。
〔註8〕 詹杭倫、沈時蓉《雨村詩話校正》，成都：巴蜀書社，2006 年版 298
頁。

　　《雨村詩話》卷十一說：「乙卯夏五，余弟墨莊自京中寄余書云：
『弟有《登岱圖》一幅，係黃司馬名易號小松者所畫。又寫意一幅，
帶雨景過江，得袁簡齋為首唱，現在名人題者已四十餘家，吾兄有興，
可遙題一首見寄否？前見簡齋，聞吾兄為彼搜詩上刻，甚感，伊已覓
得《粵東皇華集》入彼《詩話》，為相報之意。若遇便，吾兄可將己
作《童山全集》寄彼一部，即索其全集，想無不報命。』余答云：『此
公神交已久，刻入余《詩話》者甚多，況我兩老人相知，原不在區區
結納也。』」〔註9〕可知袁枚聽說他的詩歌被大量錄入《雨村詩話》而
「甚感」，其報答便是「覓得《粵東皇華集》入彼《（隨園）詩話》」。
李墨莊便勸李調元將《童山全集》寄袁枚一部，然後索袁枚全集，袁
枚肯定後爽快答應。李調元的回答是他與袁枚神交已久，袁枚的詩刻
入《雨村詩話》者很多，更何況兩人相知原不在區區結納，最終婉言
拒絕了。這說明袁枚與李調元的詩話都摘錄對方的詩句，有互相欣賞
互相標榜之意，是一時的風氣。

　　因為「一時求者甚眾」，想錄入詩話以揚名者亦多，所以此後李
調元又撰寫了四卷本《雨村詩話補遺》，其序言說：

　　人以愈生而愈眾，詩亦愈出而愈工。沙不披不知其中有金
　　也，石不琢不知其中有玉也。乾隆乙卯六月，余已著有《雨
　　村詩話》刊行矣，一時求之者頗盛，海內以詩見投者日踵
　　於門，每有佳句，存之篋笥，愛不忍釋，韞櫝而藏，今又
　　七年矣。嘉慶五年二月，忽遭烽火，避寇錦城，因得與當
　　道諸公及四方流寓交接往來，幾及半載，於是所積益夥。
　　秋後回綿，稍有餘閒，揀金擇玉，又得百十餘篇，乃分為
　　四卷，名曰《雨村詩話補遺》，非謂我用我法，不失古規矩，
　　亦云予取予求，聊以自怡悅爾。嘉慶六年辛酉四月下浣綿
　　州李調元童山老人撰。〔註10〕

〔註9〕 詹杭倫、沈時蓉《雨村詩話校正》，成都：巴蜀書社，2006年版258頁。
〔註10〕詹杭倫、沈時蓉《雨村詩話校正》，成都：巴蜀書社，2006年版380
　　　　頁。

四卷本《雨村詩話補遺》只有《續函海》本。本書序言認爲如人愈生而愈眾一樣，詩歌亦愈出而愈工，持的是詩以代進觀念，但魚龍混雜，泥沙俱下，所以應當披沙揀金，琢石得玉。然後敘述《雨村詩話補遺》的寫作緣起，即十六卷《詩話》撰成刊行之後「一時求之者頗盛，海內以詩見投者日踵於門」，此後他「每有佳句」便「存之篋笥，愛不忍釋，韞櫝而藏」，至嘉慶五年（1800）「避寇錦城」，秋後回到家中，稍有餘閒，便「揀金擇玉，又得百十餘篇，乃分爲四卷，名曰《雨村詩話補遺》」，次年編成並作序。編寫目的是所謂「予取予求，聊以自怡悅」，這與十六卷本《雨村詩話》相似，體例也與十六卷本一樣。十六卷本《雨村詩話》與四卷本《雨村詩話補遺》都具有典型的詩紀事功能，其體例或者只採錄詩歌，或者採錄詩歌而又介紹本事，或者採錄詩歌而簡要評述，如二卷本《雨村詩話》一樣全部評論的條目極少。但是因爲二書卷數多，篇幅長，其中涉及評論的片言隻語合起來數量也不少，其中不少具有較強的理論性與創新性，與二卷本《雨村詩話》一樣，是李調元詩學的有機組成部分，值得珍視。

　　根據十六卷本《雨村詩話》與四卷本《雨村詩話補遺》的序言及正文，可知李調元這兩種詩話的理論性論述很少，而摘錄的詩歌卻極多。據筆者初步統計，兩書共計有 988 條，採錄詩歌約 1214 首、1002 聯（或段、句），入選詩人應該在千人左右。

　　兩書中採錄有詩歌或者論及的人以其社會地位，可分爲以下幾類，〔註11〕現依書中順序羅列其主要者如下：

第一類：官員名士

　　一是名公巨卿及名士，如：大司寇錢香樹、相國張廷玉、相國鄂爾泰、襄勤伯鄂虛亭容安、布政使陳東浦奉茲、趙翼、蔣士銓、相國尹繼善、王夢樓、相國傅恆、清恪公袁守侗、厲鶚、仁和巡撫孫補山、

〔註11〕見賴安海《李調元文化研究述論》之《交遊：「從善如登」》，北京：現代教育出版社，2008 年版 17～27 頁。

王昶、大宗伯曹地山秀先、學使吳頡雲鴻、總制桂秀岩林、查儉堂、查梧岡鳳三、武進相國程文恭公、宋犖、相國蔣廷錫、侍郎繆湘芷沅、于成龍、錢大昕、余秋實、顧炎武、尤侗、覺羅祥鼎藥圃、旗人穆荔帷丹、沈歸愚、王盛鳴、黎簡、畢秋帆、羅兩峰、紀曉嵐、法式善、大司馬周文恭公煌、汪文端公由敦、胡總憲期恒復齋、全望祖、相國英夢堂廉、劉石菴墉、劉統勳、大宗伯蔡公升元、中丞奇麗川、大司農王百齋、杭世駿、巡撫李恭毅公又川湖、大司寇秦味經、相國陳敬廷、王新城、李漁、國棟、乾隆、姚鼐、黃梨洲、相國王人偉傑、桐城方敏恪公、蒲松齡、金聖歎、岳鍾琪、相國張鵬翮、大廷尉鄧遜齋、屬樊榭、段玉裁、金農、鄭板橋、戴震、溧陽史相國、金壇于相國敏中、無錫嵇相國璜、副憲竇東皋光鼎、朱竹垞、桐城方靈皋苞、司寇錢維城、惠瑤圃琳、鐵冶亭保、桂馥、四川布政使林西厓、阮元。

二是普通官員及士人，如：施瞻山、朱孝廉子穎、閣學王禮堂、程漁門晉芳、杜於湟濬、毛奇齡、翰林汪灝與何焯、蕭山陶篁村元藻、袁枚弟袁香亭、嶍峨周立厓、費密、費錫璜、商介廬、張逸峰、梅文鼎、汪淡洋、昝抱雪、同年徐芷塘、太守徐鄰哉良、殿撰金雨叔甡、太守胡德琳、祝芷塘、唐芝田侍陛、殿撰王方若式舟、太史吳山掄廷楨、太史宮友槪鴻歷、徐大臨昂發、張大受、吳荊山士玉、顧俠君嗣立、王麟照圖炳、楊青村掄、李百藥必恒、顧星橋宗泰、陸元綋。

三是家鄉官員，如：中江書院王敏亭捷中、安岳令朱景韓琦、大足劉乙齋天成、內江姜爾常錫嘏、張霖川懷泗、王心齋純一、內江布衣張又益祖詠、遂寧李子靜仙根、巴縣劉如漢卓如、金堂高白雲、中江孟鷺洲、成都張鶴林與弟張翥、通江三李（李蕃、李鍾莪、李鍾璧）、合江董槱齋新策、漢州張雲谷邦伸、永川李桂山天英、秀水劉漁六宙沖、綿竹唐堯春樂宇、金堂陳一油蒙仙、合州張西村乃孚、什邡尉周青門佩蘭、安縣令呂守謙功、張雨山懷溥、四川四仙尉（彭縣盛竹亦、彰明周大可、安縣顧墉、峨眉李靜源齋）、丹棱三彭（彭端淑樂齋、肇洙、遵泗）、三楊（楊岱、楊岐、楊昆）、渠縣李藝圃漱芳、丹棱諸

生彭田橋蕙支。

第二類：諸生女媛僧道

一是諸生，如：李更生潔軒、幕友丁傳與其父丁敬、秀才劉霞裳、隱士程鍾在山、郭於宮元釪、徐學人永宣、吳下名士9人、弟子劉世馨、布衣丁鶴泉煌、布衣金雙英、陶元藻、眉山布衣「椿坪老人」、錢塘江四布衣（符林、唐雨江、俞槐谷、符樹谷）、上元布衣陳古漁毅、安豐布衣吳野人。

二是女媛，如：棟鄂氏、董蘭谷、錢浣青、王筠、畢太夫人張於湘與母親張若憲、周月尊、朱夫人、商寶意妾環娘、劉宛委之章夫人、覃光瑤、輕雲、寶雲、葉慧光、董苣紉、戴玉萼、胡雲英、胡慎容、慎淑、慎儀「胡氏三才女」、思慧、劉淑慧、魯湘芷、王小春、黃孝廉莘田之女淑宨與淑畹、侍女金櫻、伎人秀珍、媵陳坤維、歸安葉氏三姐妹（葉令儀、葉令嘉、葉令昭）、揭陽謝玉娘、商景徽、徐昭華、王端淑、崔夫人、方敏恪公第三妹、岳鍾琪夫人高氏與侍兒巫雲、蔡季玉、西充馬士騏蘊雪、紀曉嵐侍姬沈氏、許燕珍、陳古漁妻、蕭鳳齡、青衣薛筠、吳氏、和珅侍兒吳美人、蕭鳳齡、許暘繼室璩姬。

三是僧道僕役，如：蝴蝶道人、蜀中綿州新店壽福宮玉池、越中詩僧元宏、天台放憨和尚明愚、什邡羅漢寺禮汀禪師達徹、歸州捕役何清、自牧道人張子還、綿州玉京山道士劉虛靜、綿竹伏虎寺僧源明、揚州釋湛泛、盤山拙菴和尚智樸、釋竹隱祖德、鹽商查蓮坡爲仁、醫生薛一瓢。

此外還有：

國外詩人，如：朝鮮李德懋懋官、朝鮮人柳琴、柳得恭、朴齊家、徐浩修、李書九洛瑞、安南探花阮輝瀅。

親友，如：李化楠、李鼎元、李驥元、女婿張玉溪與何異齋、李朝彥、親家陳蘊山琮、妹妹李小蘭、老師張巨堂、姻家何鼇峰登榜與其子何如瀚。

　　所採錄評論的詩歌非常廣泛，就體裁看，有古體、樂府，更有大量的近體，既有流行的五言詩、七言詩，也有少量在雜言詩。就長短看，有百韻長詩，如汪文端公由敦的長詩《述懷三百字奉同事諸君子詩》、袁枚的雜言長篇《子才子歌》、七言長詩《爲補山作平南歌》、五言長篇《送別詩》，蔣士銓的百韻五言長詩《攜樂集百花洲分韻得鳥字》，趙翼的七古長篇《李郎曲》，還有李調元自己的一些長詩，更有大量的近體律絕短詩，以七言絕句最多。就題材內容看，多數是文人雅士抒情寫景及唱和之作，還有一些政治抒情詩、戰爭行役詩、懷古詩與民生詩，與袁枚的《隨園詩話》一樣，書中閨媛詩不少，多表達歡愛、幽怨一類感情。除了這些之外，外有不少歌詠民俗異物的詩歌，具有很強的民俗價值與歷史價值，如詠蠶豆、豆腐、火米、蜀中燒酒、臘肉、象棋、石瓜、火鍋、馬弔牌、春聯、荔枝、繡花鞋、湯圓、木棉、變童、川劇、影戲、眼鏡、煙草、窯器、咂酒，還有寫海上天后、出使琉球的詩歌，且錄有一些俚語對句。就題材而言，可稱應有盡有，是區別於同期其他詩話的一大特點。

　　在諸多詩人中，採錄較多者除了作者自己的作品外，最多者爲性靈派三大家，其中袁枚的詩歌最多，計有 44 處，117 首或聯，包括袁枚的雜言長篇《子才子歌》、七言長詩《爲補山作平南歌》、五言長篇《送別詩》，其次是趙翼，計有 26 處，81 首，包括七古長篇《李郎曲》。三人的作品加起來幾乎占兩書的三分之一以上，因此說李調元親近性靈派，是性靈派詩人是有一定根據的。

三、研究李調元詩話詩學的意義

　　以上是對李調元三種《雨村詩話》的簡單介紹。三種《雨村詩話》是其詩學專著，分成兩類：一是兩卷本《雨村詩話》，一是十六卷本《雨村詩話》和四卷本《雨村詩話補遺》。前者縱向論述先秦至明代的詩歌，注重理論闡述與詩法的研究，採錄的詩歌較少，而且多是詩句或者一聯；後者橫向採錄評論清代的詩歌，主要是乾隆時期與他有

交往的詩人的詩歌，其餘則較少，採錄的詩歌與詩聯很多，內容廣泛，具有明顯的詩紀事性質，專門闡述理論者甚少，採錄而兼評論者也不多，但因爲篇幅長，內容廣，裏面涉及的詩學內容也不少，值得認眞梳理與研究。二卷本《雨村詩話》與十六卷本《雨村詩話》及四卷本《雨村詩話補遺》在詩學觀上，既有相同者，也有不同者，不同者主要是對情詩的看法，前者批評較多，且幾乎沒有採錄，後者批評較少，且採錄較多，這應該是受袁枚《隨園詩話》影響的結果。

　　三種《雨村詩話》相加共有二十二卷之多，就數量而言超過了明代楊愼的《升菴詩話》，也超過了費經虞的《雅倫》，因爲費經虞（1599～1671）的《雅倫》雖然有二十六卷（實爲二十四卷）洋洋四十餘萬言，是巴蜀詩話中篇幅最長者，但其主要是彙編資料，自己撰寫的文字並不多，所以李調元的《詩話》不僅在巴蜀歷代詩話中是最長的，在整個西部詩話中是最長的，在整個中西部詩話中也是最長的，即便與同時的名家比，也長於翁方剛的《石洲詩話》八卷、趙翼的《甌北詩話》十二卷，僅僅比袁枚的《隨園詩話》正集和補遺共二十六卷少四卷，其重要性是不能否定的。雖然，卷數的多寡並不能說明價值的高低。〔註12〕

　　從上面所列的印行版本看，李調元的詩話在當時的影響應該是不小的。但後世對其的評價卻褒貶不一，差別甚大。褒之者多認爲李調元的詩學，尤其是十六卷本《雨村詩話》和四卷本《雨村詩話補遺》論詩近乎性靈派，確乎如袁枚寫於嘉慶二年（1797）的《奉和李雨村觀察見寄原韻》所云：「醒園篇什隨園句，蘭臭同心更有誰？」〔註13〕又如黃培芳說：「雖時有辨正子才處，要之其心摹手追只在子才，宗旨同也。」〔註14〕肯定其宗旨同於袁枚的《隨園詩話》，但對袁枚的

〔註12〕詹杭倫、沈時蓉《雨村詩話校正·前言》，成都：巴蜀書社，2006年版。

〔註13〕《童山詩集》卷三十四附，叢書集成初編，北京：中華書局，1985年版。此二詩今《小倉山房詩文集》不載。

〔註14〕〔清〕黃培芳《香石詩話》卷二，續修四庫全書本。

觀點有所辨正。評價最高者當屬現代的劉聲木，他說：「於詩學研究甚深，確有心得之語。」〔註15〕貶之者如林昌彝的《射鷹樓詩話》卷二十三將其評爲「濫收」之代表。具體而言，則或是認爲多拾袁枚唾餘，人目之隨園唾壺。〔註16〕二是記載袁枚事迹太多，幾成傳敘，令人生厭。如梁九圖謂：「大抵雨村所欲言而子才已言之，雨村所欲爲而子才已爲之，故不覺津津有味。然子才長處，雨村未及其一；子才短處，雨村已逾其數。」〔註17〕三是好以時文之法說詩，技術性的說明較多，缺乏理論開拓。如潘清撰的《挹翠樓詩話》謂：「李雨村詩頗有性靈，而局於邊幅。即其詩話，亦囿於貼括而有頭巾氣，不及隨園多矣。」〔註18〕朱庭珍稱：「李雨村則專拾袁枚唾余以爲能，並附和雲松。」〔註19〕應該說以上的褒貶都有一定的依據，但都有抓住一點而不及其餘的遺憾，沒有在綜合考察全面梳理的基礎上進行客觀的評價。〔註20〕綜而言之，李氏一生並非專力於學術，卻著作極多，因此「間有疏漏，人所難免。人或以此輕之，實未全面深入知其全人」，〔註21〕其文藝理論著作可作如是觀，其三種詩話亦可作如是觀。

綜合而言，李調元的詩學著作除了二十二卷《雨村詩話》還包括爲他人及自己的詩集作的序言和其他有關文章，如《童山文集》中的《德勝其氣性命於德論》、《養氣論》、《策一》與《策五》、《童山著書序》、《剿說序》、《唾餘新拾序》、《重刻太白全集序》、《陸詩選序》、《袁詩選序》、《張鶴林詩集序》、《雲谷詩草序》、《南遊集序》、《梟塘集序》、

〔註15〕劉聲木《萇楚齋五筆》卷二，續修四庫全書本。
〔註16〕〔清〕胡曦《湛此心齋詩話》卷一，興寧先賢叢書影印守先閣藏傳鈔本。
〔註17〕〔清〕梁九圖《十二石山齋詩話》，清道光 26 年順德梁氏十二石山齋本。
〔註18〕〔清〕潘清撰《挹翠樓詩話》卷二，同治二年自刊巾箱本。
〔註19〕〔清〕朱庭珍《筱園詩話》，《清詩話續編》，上海：上海古籍出版社，1983 年版第 2335 頁。
〔註20〕參見蔣寅《清詩話考》，北京：中華書局，2005 年版 396～398 頁。
〔註21〕楊世明《巴蜀文學史》，成都：巴蜀書社，2003 年版 481～482 頁。

《明農初稿集序》、《姜山集序》、《謝小樓吟稿序》、《嶺云詩集序》、《鄭夾漈遺集序》、《冰清玉潤集序》、《跋鶴峰墨蘭十二冊》、《寄墨莊梟塘兩弟書》、《寄袁子才先生書》、《與紀曉嵐先生書》、《答趙雲松觀察書》、《答余秋室侍講書》、《與董蔗林同年書》、《與沈雲椒同年書》、《答祝芷塘同年書》等，這些序言、書信與策論多是專門的論文，所包含的詩學思想是豐富而又較爲完整的，在詩歌本質論、發展論、美學論、創作論、體式論等方面都有不少精到的論述。綜合李調元的所有詩學著述，主要是話古人的二卷本詩話、話今人的二十卷本詩話，以及其他詩文中的論述，可知其詩學觀主要繼承巴蜀先賢如李白、杜甫、蘇軾、楊愼的詩學，又融合乾隆時期的格調說與性靈說等，再加以創新，其總體成就是較高的，至少是西部可稱第一詩學家。

縱觀整個巴蜀古代詩學，漢唐是產生發展期，兩宋是繁榮期，清明是專門化時期，其詩學著作篇幅遠超前代，但明清時期的巴蜀詩學在全國的地位與影響卻遠不及漢唐宋。〔註22〕其原因一是沒有如漢代司馬相如、揚雄、唐代陳子昂、李白、宋代三蘇這樣的創作大家名家，其詩學也因創作成就欠佳而默默無聞；二是〔元〕明清時期的文學主流是戲劇、小說，巴蜀因爲經濟文化及地緣政治等原因始終沒有融入主流文學大潮，因此既無創作大家名家，也少開宗立派的理論名家；三是〔元〕明清形成了北京至杭州運河沿線的文化及文學帶，其地的文人掌握了話語權，失去話語權的巴蜀詩學的影響自然較小。但巴蜀有兩千年深厚的文化及文學積纍，且在經濟文化等方面相對領先於西部及中部，所以在傳統詩學方面產生了楊愼、費經虞、李調元、張問陶等名家，其中楊愼、費經虞、李調元三人以其宏偉的氣魄寫出了篇幅甚巨的《升菴詩話》、《雅倫》、三種《雨村詩話》，張問陶的《船山詩草》中也有豐富的詩學。現今學界對楊愼詩學的研究已有一定成果，對張問陶詩學的研究較多，在詩學界的影響也最大，只有費經虞、

〔註22〕參見鄭家治《明清巴蜀詩學研究》，成都：巴蜀書社，2008 年版 807
～813 頁。

李調元的詩學則尚少專門研究，其原因主要是費經虞與李調元的詩學
著作印行傳播不廣。幸運的是吳文治主編的《明詩話全編》（江蘇古
籍出版社 1997 年版）與周維德主編的《全明詩話》（齊魯書社 2005
年版）均收入了費經虞的《雅倫》，而詹杭倫、沈時蓉則合三種《雨
村詩話》爲《雨村詩話校正》（巴蜀書社 2006 年版），爲研究者提供
了方便。因此筆者深望巴蜀學界同仁一起來發掘明清巴蜀詩學這個富
礦，繼承這一份珍貴的古代文化遺產，爲蜀學及中國古典詩學研究做
出應有的貢獻，爲促進西部文化的發展盡一份力量。

第二章　李調元詩歌本質論初探

　　李調元的文藝理論著作頗多，研究面頗廣，但用力最勤成就最大的還是詩歌理論與批評。當今之人之所以不大重視他的詩論，原因在於人們多祇熟悉其二卷本《雨村詩話》，而多不知他還有十六卷本《雨村詩話》、四卷本《雨村詩話補遺》及一些有關的序言、策論。如果仔細研讀，在這些卷帙繁富的詩話及相關文章中，他對詩歌本質論、美學論、創作論、發展論、體式論都有系統的論述。本章擬據他的全部詩話及相關論述，對其詩歌本質論作較為全面的論述，認為他非常重視對詩歌本源及本質的探討，較之前代巴蜀詩學家，他提出了許多更深更新的觀點，值得進一步研究。

一、從人類發展史的角度追溯詩歌的本源

　　他論述詩歌的本源說：「三代以前，詩即是樂，樂即是詩。若離詩而言樂，是猶大風吹竅，往而不返，不得為樂也。故詩者，天地自然之樂也。有人焉為之節奏，則相合而成焉。」〔註1〕從人類發展史的角度看，上古歌謠是詩樂（舞）一體的，因為其時還沒有專門的樂譜與離開歌曲的純音樂，於是便樂隨詩傳，呈現出「詩即是樂，樂即

〔註1〕二卷本《雨村詩話》卷上，見郭紹虞《清詩話續編》，上海：上海古
　　　籍出版社，1983 年版 1517 頁。

是詩」的詩樂不分的現象；後世音樂發展了，「有人焉爲之節奏，則相合而成焉」，詩與樂便逐漸分家，歌曲的詩樂配合就呈現出按詞譜曲與倚聲填詞兩種方式，而民間的民歌則多還沿襲著樂隨詩傳、詩樂一體的模式。上古三代時的詩歌，主要是先秦歌謠和《詩經》，它們都是詩樂（還應包括舞）一體的，這是詩論家公認的觀點。李調元認同這個觀點，認爲：「三代以前，詩即是樂，樂即是詩。」他認爲「若離詩而言樂，是猶大風吹竅，往而不返，不得爲樂也」，相應，離樂而言詩也如此。他進而認爲詩淵源於「天地自然之樂」。所謂「天地自然之樂」，是說天地自然中如風吹竅、鳥蟲鳴叫等自然之聲本身便具有一定的節奏韻律與美感，聽來令人愉悅，於是先民便有意無意地模倣之，當先民在勞動或者休息的時候模倣之，發出「哦哦，啊啊，呼呼」以及「杭唷、嘿喲」之類的以表達人簡單情意的呼聲，這種呼聲吆喝聲最初只表情而不表意，是有聲無義的詩歌，到語言日益豐富，先民便將這種吆喝呼喊聲部分轉換成能夠表達情感思想的詞語及句子，如「候人兮猗」，〔註2〕或者全部轉換成能夠表意的詞語及短句，如「斷竹，續竹；飛土，逐肉」，〔註3〕於是就有了有聲有義的詩歌，即最初的詩歌，這種最初的詩歌就是「天地自然之聲」，相應，其所表現的便是先民的「天地自然之情」，因此詩歌便是「天地自然之樂」與先民的自然真實之情的結合。

他在《直如朱絲賦》中說：「情自儕於爽籟，術豈濫於吹竽。況既知白而守黑，尤嚴惡紫之奪朱。」〔註4〕這段駢文主要闡述人應保持正直的人格與操守，區分是非正邪善惡，守正懲惡，即所謂「知白而守黑」與「惡紫之奪朱」，但前面兩句卻說明了情感或者性情之源，所謂「情自儕於爽籟」之「爽籟」即天籟，「儕」此處是動詞，解作「等於」、「類於」或者「來源於」，全句意爲人的情感來自天然，應該以真實自

〔註2〕學林出版社《呂氏春秋校釋》卷六。
〔註3〕〔清〕沈德潛《古詩源》卷一，北京：中華書局，1963年影印本。
〔註4〕《童山文集》卷一，叢書集成初編本，北京：中華書局，1985年版。

然爲本，所以便「術豈濫於吹竽」，即表現情感思想的文藝，當然也包括與經相對的「術」便不能像濫竽充數一樣作假。上面他說詩歌是「天地自然之樂」與先民的自然眞實之情的結合，此處又說「情自僑於爽籟」，這說明李調元已經從人類歷史發展的角度來追溯情感與音樂的本源是自然眞實之情與天地自然之音，進而說明詩歌源於情感的抒發，其本質便是抒情，而且應當抒發眞實自然之情。所以李調元在具體論詩之時便經常強調情感或者性情，進而強調眞實自然之情。

二、從哲學的角度論述詩歌的本質

李調元是詩論家，同時也是學者，對經學與哲學有獨到的研究，所以他也從哲學的角度來論述詩歌的本質。李調元的經學主要受時風的影響，即乾嘉學派的影響，其主要著作如《易古文》、《古文尙書證訛》、《周禮摘箋》、《儀禮古今考》、《禮記補注》、《古文尙書辨異》、《尙書古字辨異》、《春秋三傳比》、《春秋左傳會要》、《左傳官名考》、《十三經注疏錦字》、《逸孟子》等，主要用功於輯佚與考辨，哲學上的論述不多。他對有關文學、詩學的哲學論述主要在一些策論與書序裏，觀點源自儒家，但又有所創新。

他的《德勝其氣性命於德論》說：

> 人生之初，稟氣成形而性生焉。有義理之性，即有氣質之性雜乎其中，故論性不論氣不備，論氣不論理不明。而合氣質與義理之性並論，則又無以見固有之良，而不假於外之德。嘗試即張子德勝其氣、性命於德之說而申之。

> 今夫天賦人之氣以成形，即賦人之理以成性。就義理之性而論性，本善也；而合氣質之性以觀，則止可謂之近。故曰：「性相近，習相遠也。」乃曲學之日起，而異端縱橫之說，莫不置義理之性而不言，而專言氣質，遂謂性有善有不善者。而無稽之說有直謂性惡者。凡此者皆氣質之性誤之，而未嘗以義理之性明之也。

> 夫所謂義理之性者何？德是也。人心固有之良足乎已無待

於外者也。德爲有生之初，渾然皆備，不設繼起；若氣則
固屬後起者也，儘其心以復其初，則氣爲之退聽矣。

然則言性者，蓋不離乎氣之說矣。而言性者，又安能外乎
德之說乎？欲知氣之說，明乎德而氣之理明矣。明乎德之
說，則知氣統於性，性統於德，而性之理明，即德之理亦
無不明矣。〔註5〕

他持的是原始唯物論觀點，認爲萬物源於氣，人也「稟氣成形」，同時也「性生焉」。他認爲人有義理之性，即儒家所說的仁德之性，但他同時又認爲「氣質之性雜乎其中」，形成氣、性、理三者合一與相雜，所以論性就要論氣，論氣就要論理。他認爲「天賦人之氣以成形」，同時即「賦人之理以成性」，以義理之性，即儒家仁德義理來論性，人就「性本善」，但人性中又有氣質之性，即人的自然本性，用「氣質之性」來衡量則人便「性相近，習相遠」，所以就有性有善有不善之爭，即荀子所倡的「性惡」論與孟子所倡的性善論。他認爲人的義理之性，即德是人所固有的，與生俱來的，而氣質之性則屬於後起的，如果「儘其心以復其初」，「則氣則爲之退聽矣」，即恢復義理之性而壓抑氣質之性，恢復仁德善心，就會「氣統於性，性統於德」，即孟子所謂「人之初，性本善」。這些都是孟子的觀點。

他與孟子的不同處在於承認人「稟氣成形」與「天賦人之氣以成形」，同時又「賦人之理以成性」，氣是人的本體，德是附在氣上的。什麼是氣呢？他的解釋既不是物質的氣，也不是較爲抽象的元氣，而是憂悲喜怒，可稱人氣。他在《養氣論》中說：「憂悲喜怒，人之氣也。」〔註6〕意即人的根本在於有喜怒哀樂等感情，因此無情則無氣，無氣則不成形，即無氣則非人。因此，人便要養氣，要節制氣，而養氣、節制氣的方法便是儒家的詩、樂和禮。所以同文接著說：「凡人之氣和平爲貴，憂則失犯，怒則出端。是故止怒莫若詩，去憂莫若樂，

〔註5〕 《童山文集》卷二，叢書集成初編本，北京：中華書局，1985年版。
〔註6〕 《童山文集》卷二，叢書集成初編本，北京：中華書局，1985年版。

節樂莫若禮，守禮莫若敬，守敬莫若靜。內靜外敬，能反其性，氣將大定。靈氣在心，一來一逝，其細無內，其大無外，所謂靜則得之，躁則失之也。」認爲「止怒莫若詩，去憂莫若樂，節樂莫若禮」，即用儒家的詩、樂和禮來節制過度的感情與不良的感情，最終通過「敬」而達到「靜」的境界。如此「內靜外敬」，便「能反其性」，即培養與得到仁德之性，進而則「氣將大定」，即喜怒哀樂既活動於心，又歸於和諧適宜的程度，也就是《禮記·中庸》所謂「喜怒哀樂之未發，謂之中；發而皆中節，謂之和。中也者，天下之大本也；和也者，天下之達道也。」〔註7〕朱熹的解釋是：「喜怒哀樂，情也。其未發，則性也，無所偏倚，故謂之中。發皆中節，情之正也，無所乖戾，故謂之和。」〔註8〕這就是他所謂「靈氣」。這種靈氣「一來一逝，其細無內，其大無外」，包容一切，變化無窮，即《禮記·中庸》所謂「致中和，天地位焉，萬物育焉」，功能強大，無所不在，它因靜而得而生，因躁而失，近乎莊子的「心齋」與「坐忘」，是文學創作的最好的心靈境界。簡言之，是一種中和之氣，表現在詩歌等文學作品中，便是一種中和之美。

不過李調元的中和之情與中和之氣，與儒家常講的中和有一定的區別，《養氣論》又說：「養氣正以養神，養神即以養命。孟子曰：『我四十不動心。』所謂浩然之氣也。故曰：『其爲氣也，至大至剛，以直養而無害。』然則直其養氣之本乎？」這說明他所說的氣主要是《孟子·公孫丑上》所說的的「浩然之氣」。

李調元認爲只有養氣才能養神，且只有養神才能養命，其重要性可稱無以復加。孟子之所以能「四十不動心」，關鍵在養氣，且養的是「浩然之氣」，這種浩然之氣用孟子自己的話說就是「至大至剛，以直養而無害」，是至大至剛的意氣感情，因此要用正義去培養它而

〔註7〕《禮記·中庸》，見阮元刻《十三經注疏》本。

〔註8〕〔宋〕朱熹《四書章句集注·中庸》，北京：中華書局，1983 年版18 頁。

不能加以傷害。他最後說：「然則直其養氣之本乎？」意即剛直就是養氣之本。因此他所推崇的氣、所養的氣是浩然之氣，是至大至剛之氣，且「直」是養氣之本，因此就與普通的喜怒哀樂不同，甚至也不是中和之氣，與中和之美。因此可以說李調元人「稟氣成形」，「天賦人之氣以成形」的同時，「即賦人之理以成性」，因此人同時便具有義理之性與氣質之性，義理之性即德，氣質之性即氣。與天之氣、地之氣一樣，人之氣則是喜怒哀樂一類意氣感情，其理想狀態應該是中和。但他在諸多意氣感情中，重視的是浩然之氣，是至大至剛之氣，因此他的詩學所宣揚的美主要是陽剛美，而其詩歌所表現的思想也多是正氣，而非靈氣與柔情，其核心內涵則是修齊治平，是國計民生與憂國憂民，所以他的《樵夫笑士賦》說：「原夫鋪張治理，端重醇儒。以學術爲表裏，以經濟爲訏謨。侃侃而談，要歸王佐；便便而論，奚取嗇夫。」〔註9〕因此他在《策一》中明確表示：「文必本乎經術，而後爲有用之文。經術者，經濟所從出也。」〔註10〕《廣東鄉試錄後序》說：「臣竊惟道之顯者爲文，而文所以載道。易曰：修辭立誠。書曰：辭尚體要。蓋必學有根柢，言無枝葉，而後文以足言，言以足志，志以明道。故文之所在，即道之所在也。」〔註11〕

爲了全面理解這段話，我們可以分析一下著名的「知言養氣」說。《孟子》的原文：「『敢問夫子惡乎長』曰：『我知言，我善養吾浩然之氣。』『敢問何謂浩然之氣』曰：『難言也。其爲氣也，至大至剛，以直養而無害，則塞於天地之間。其爲氣也，配義與道；無是，餒也。是集義所生者，非義襲而取之也。行有不慊於心，則餒矣。……』『何謂知言』曰：『詖辭知其所蔽，淫辭知其所陷，邪辭知其所離，遁辭知其所窮。』」〔註12〕所謂「知言」，是指辨別語言

〔註9〕 《童山文集》卷一，叢書集成初編本，北京：中華書局，1985 年版。
〔註10〕 《童山文集》卷二，叢書集成初編本，北京：中華書局，1985 年版。
〔註11〕 《童山文集》卷三，叢書集成初編本，北京：中華書局，1985 年版。
〔註12〕 《孟子‧公孫丑上》，見阮元刻《十三經注疏》本。

文辭是非美醜的能力。「知言」的重要性，孔子早已指出：「不知言，無以知人也。」〔註13〕言辭是人品的表現，因而通過分析語言文辭也可以瞭解其人的質量。孟子自稱對於片面的、過分的、歪曲的、閃爍的言辭都能察知它們的蒙蔽、沉溺、叛離、辭屈理窮的實質所在。《孟子》又云：「言無實不祥。」〔註14〕正面要求語言有眞實豐滿的內容，這是他「充實之謂美」〔註15〕的審美理想的反映，與其「知言養氣」之說密切相關。所謂「養氣」，強調的是人的內心道德修養功夫，也就是人的內在品德的「充實」之美，「養氣」需要「配義與道」，長期修養鍛煉，才能達到「至大至剛」的境界。孟子稱：「富貴不能淫，貧賤不能移，威武不能屈，此之謂大丈夫。」〔註16〕不受任何環境的干擾，威脅、利誘無法改變其操守，這種豪邁氣魄對於封建社會中正直知識份子的砥礪氣節是很有鼓舞力的。至於「知言」與「養氣」的關係，孟子雖然沒有直接的說明，但是對於原文細加咀嚼，就可以體會到「知言」植根於「養氣」。人的道德修養、思想認識提高了，自然會加強辨別語言文辭是非美醜的能力。

後來的文學家和理論家受到孟子「知言養氣」說的啓發，開展了「爲人與作文」關係問題的討論，影響很大。在中國文學批評史上，如曹丕的「文以氣爲主」，〔註17〕劉勰的《文心雕龍・養氣》，韓愈的「氣盛則言之短長與聲之高下者皆宜」，〔註18〕蘇軾論李白詩歌「氣蓋天下」〔註19〕等等，所論具體內容或有差別，但是源遠流長，無不

〔註13〕《論語・堯曰》，見阮元刻《十三經注疏》本。

〔註14〕《孟子・離婁下》，阮元刻《十三經注疏》本。

〔註15〕《孟子・盡心下》，見阮元刻《十三經注疏》本。

〔註16〕《孟子・滕文公下》，見阮元刻《十三經注疏》本。

〔註17〕〔魏〕曹丕《典論・論文》，六臣注《文選》卷五十二，四部叢刊影宋本。

〔註18〕〔唐〕韓愈《答李翱書》，《昌黎先生集》卷十六，四部叢刊本。

〔註19〕〔宋〕蘇軾《李太白碑陰記》，《蘇軾文集》，北京：中華書局，1986年版 318 頁。

綿亙著一個以「氣」論文的優良傳統。而李調元則把氣解釋爲情,這對以氣論文是一個發展,值得重視。

三、詩歌本於性情──「詩道性情」

前面的論述已經說明李調元從人類歷史發展的角度來追溯情感與音樂的本源是自然眞實之情與天地自然之音,說明詩歌源於情感的抒發,其本質便是抒情,又從哲學的角度解釋氣、性、理的關係,認爲人的本源氣即人的喜怒哀樂之情,且認爲「直其養氣之本」,詩歌本於性情之說已經非常明確了。所以他在論詩的時候多次強調「詩道性情」。他的性情說源自儒家。所謂性情,即本性眞情,本性即孟子所謂仁德之性,情既指未發之喜怒哀樂,又指發而皆中節的喜怒哀樂,即《禮記‧中庸》所謂「中和」,是受性節制的中和之情,它是哀而不傷、怨而不怒的有節制的不過度的感情。李調元的性情說源自儒家,而又有所發展變化。

他在《張鶴林詩集序》中論述性與情的關係說:「詩雖發於情,而實本於性,性不篤者,情不眞也。吾同年友鶴林篤於性者也。其爲人沖和澹雅,使人望之如彌彌千頃之波,可望而不可即。而其與人談論往古及天下之事,則又踔厲風發,率屈座人。嗟乎,何多才也。此豈但學力成之,要所謂篤於性矣……夫以吾友如此之天性,使假之年,吾烏能測其學之所到,而即此殘篇斷簡,已似珠光劍氣,照耀人間。則更數千百年,其不埋沒於荒煙蔓草可知也。」〔註20〕這裡的性即孟子所謂的不待後天養成的本善之性,也即李調元所謂的「天性」,具體到文中的張鶴林而言就是「爲人沖和澹雅,使人望之如彌彌千頃之波,可望而不可即」,但又積極入世,「與人談論往古及天下之事,則又踔厲風發,率屈座人」,有孟子所謂的浩然之氣,即既有高尚的人格操守,開闊博大的胸懷,又積極入世關心社會時代,這是儒家君子與士人的典型形象,即篤於性的君子。他認爲「詩雖發於情,而實

〔註20〕《童山文集》卷五,叢書集成初編本,北京:中華書局,1985年版。

本於性」，即人本然的善性是根本，喜怒哀樂等類自然之情是受性節制的，所以性不篤，則情不眞，即情眞基於性篤，也即基於性善。

他又說：「人有性而自汨之，有情而自漓之，似乎智而愚孰甚！毛嬙、麗姬雖粗服亂頭，無損其爲天質之美也。捧心效顰，人望而卻走矣。」〔註 21〕是說人的性情不能「自汨（擾亂）」、「自漓（薄，看輕）」，否則便似智而實愚。後面他使用了一個著名的比喻：「毛嬙、麗姬雖粗服亂頭，無損其爲天質之美也。捧心效顰，人望而卻走矣。」即本諸性情，即便隨意任性而爲，「雖粗服亂頭」，也「無損其爲天質之美也」。反之，如「自汨」、「自漓」，則「捧心效顰，人望而卻走矣。」即人如擾亂、看輕自己的性情，胡亂仿傚甚至僞飾，喪失本性眞情，則反而不美又不善。因爲人的性情是自然的隨便的，所以他進而認爲詩歌風格也當自然簡易。

他說：「人各有所長，李白長於樂府歌行而五七律甚少，杜少陵長於五七律而樂府歌行亦多，是以捨李而學杜。蓋詩道性情。二公各就其性情而出，非有偏也。使太白多作五七律，於杜亦何多讓。若今人編集，必古今體分湊平勻，勻則勻矣，而詩不傳也。」〔註 22〕這段話論述比較李杜，認爲李杜之所以取得巨大的成家，其根本原因是「各就其性情而出」，遵循了「詩道性情」這一詩歌本質，換言之，遵循詩歌抒情的本質是詩歌創作成功的根本原因。他進而認爲詩人各自所用所長的詩歌體式也源於性情，合於自身性情則用，否則便不用或者少用，能表現自身性情便用，否則便不用或者少用，所以李白的五七言律較少不是不能作，而是不願作。因此這段話說明李調元既公開宣示「詩道性情」的本質，還認爲不僅作詩源自性情，學詩也源自性情，較前人的論述有所延伸。

〔註 21〕二卷本《雨村詩話》卷下，郭紹虞《清詩話續編》，上海：上海古籍
　　　　出版社，1983 年版 1525 頁。
〔註 22〕二卷本《雨村詩話》卷下，郭紹虞《清詩話續編》，上海：上海古籍
　　　　出版社，1983 年版 1526 頁。

　　他對學詩也源於性情有進一步的論述。他說:「詩三百篇有正變,後人學焉而各得其性情之所近。楚騷之幽怨,少陵之憂愁,太白之飄豔,昌谷、玉川之奇詭,東野、閬仙之寒儉,從乎變者也。陶靖節以下,至於王昌齡、王維、孟浩然、高適、岑參、韋應物、儲光羲、錢起輩,俱發言和易,近乎正者也。白居易以和易享遐齡,長吉以瑰詭而致夭折。記曰:『和故百物不失,冬寒故景短,夏酷烈而秋悲,春日遲遲,信可樂也。』知此可與言詩矣。」〔註23〕這段話主要論述自《詩經》之後詩人風格與情感的演變,認爲《詩經》有正有變,即正風、正雅與變風、變雅。《詩經》正變之說原自《詩大序》:「至於王道衰,禮義廢,政教失,國異政,家殊俗,而變風變雅作矣。」〔註24〕變風、變雅指《風》、《雅》中周政衰亂時期的作品,以與「正風」、「正雅」相對。「正」、「變」的劃分,不是以時間爲界,而是以「政教得失」來分的。認爲「正風」、「正雅」是西周王朝興盛時期的作品,「變風」、「變雅」是西周王朝衰落時期的作品。時代的衰亂影響詩人的思想感情,當然也影響詩人詩歌的內蘊情感,進而也間接影響詩歌的風格,當然也與詩人的經歷性格有關,這是有道理的。李調元認爲《詩經》是後世詩人學習的典範,但學習不是單純的模倣,而是在學習中有所嬗變與創新,其關鍵是「學焉而各得其性情之所近」,即既以性情爲本,又近乎其性情。因爲詩人的思想性情與時代有關,所以詩歌的內蘊與風格也與時代風氣有關。他所謂正,就是雍容恬淡,發言和易,所謂變,就是所列的「幽怨、憂愁、飄豔、奇詭、寒儉」一類不大「和易」的風格。他認爲無論正變,都是正常合理的,原則是本於性情,與「得其性情之所近」。李調元此處所說的性情主要是和易的性情,所以他以和易爲正,以其他爲變,提倡和易中和之美,實際就是提倡儒家溫柔敦厚的詩教。

〔註23〕二卷本《雨村詩話》卷下,郭紹虞《清詩話續編》,上海:上海古籍出版社,1983年版1530~1531頁。

〔註24〕《毛詩正義》卷一,阮元刻《十三經注疏》本。

　　他又說：「詩不可以貌爲，少陵《發同谷》諸篇，昌黎、東野聯句，
皆偶立一體。至昌谷之奇詭，義山之獺祭，各有寓意，不可以貌爲。
乃今人襲取二李隱僻字句，以驚世眩目。叩其中絕無所謂，是皆無病
呻吟，效顰而不自知其醜者。詩以道性情，自淵明而上溯《三百篇》，
何嘗有不可解字句，使人眩惑，而其意之所託，或興或比，往往出人
意表，千百載竟無能道破者。余嘗謂古之詩文，句平而意奇，後人句
奇而意平，可笑也。」〔註25〕這段話論述詩歌的風格以及體式，所謂
「偶立一體」者，認爲它們的思想內蘊與風格各有其產生的原因，可
以學習，但卻「不可以貌爲」，從形式或者隱僻字句上模倣，以驚世眩
目，不然便有東施效顰，襲貌遺神之嫌。他進而認爲學習超越前人的
關鍵在「詩以道性情」，再次強調詩歌的抒情本質，而反對「無病呻吟」，
情感虛假。他認爲「自陶淵明而上溯《三百篇》」，包括楚辭、漢樂府
與五言古詩、建安正始詩歌等的語言都非常平易，但都或比或興，蘊
意深厚複雜，出人意表，即他所謂「句平而意奇」，而後世詩歌則多「句
奇而意平」，兩相對比，成敗優劣的關鍵在於是否違背詩歌的本質。

　　他的《雲谷詩草序》說：「詩也者，人之性情也。人之性情稟乎五
行。五行者金木水火土也。在天爲五星，在地爲五方，在時爲五德，
在人爲五常，發於文章爲五色，播於音律爲五聲，而總其精氣之用，
謂之五行。五行者，互相生而間相勝也……本於水者，其詩漂流沒溺；
本於火者，其詩燔燎焦然；本於木者，其詩幹舉機發；本於金者，其
詩鋒刃銛利；惟本於土者，其詩敦靜安鎮，而能含萬物，爲萬化母。
廣漢張雲谷名邦伸者，余同年姻家也。爲人敦靜安鎮，得於土之德爲
多。故其待人也，以忠以信；處事也，必敬必恭；由己卯孝廉歷宰襄
城、固始，實心實政，孚及豚魚者孚萬民；誠己誠人，格及鬼神者格
造化。故其發而爲詩，無非勸善規過，激濁揚清。義取關乎風化，而
不以剪紅刻翠爲工。詞取通乎賢愚，而不以風雲月露爲巧。初讀之，

〔註25〕二卷本《雨村詩話》卷下，郭紹虞《清詩話續編》，上海：上海古籍
　　　　出版社，1983 年版 1530 頁。

若無一奇字異句，足以動人。而細味之，則興觀群怨無不包焉。此非
能含萬物，而以萬化爲母哉。吾故曰：得於土之德爲多也。讀其詩，
凡體乎水火木金者，胥拜下風矣。」〔註26〕這篇序言首先論述詩歌的
本質，認爲詩歌的本質就是抒發性情，進而從五行的角度，也即從哲
學的角度認爲「人之性情稟乎五行」，如同天之五星、地之五方、時之
五德、人之五常、文章之五色、音律的五聲一樣「總其精氣之用」，是
一類事物或者精神倫理的精華所在與所形，這種說法有一些比附皮相
的嫌疑。但他以五行來概括詩歌的五種風格卻有一定道理。他認爲本
於水、火、木、金者的詩歌有與之相應相似的風格特點，也有其局限
或者缺陷，只有本於土者最爲高妙，本於土之詩「敦靜安鎭，而能含
萬物，爲萬化母」，這種觀點源自《周易・坤卦》的象辭：「地勢坤，
君子以厚德載物。」〔註27〕認爲土德之詩像大地一樣具有「敦靜安鎭」
的特點，且能含萬物，爲萬化母，即能承載萬物，化育萬物。本於土
之詩，其作者也有土德，其「待人也，以忠以信；處事也，必敬必恭」，
爲官，則「實心實政，孚及豚魚者孚萬民」，進而「誠己誠人，格及鬼
神者格造化」。人格操守影響其詩歌的風格與成就，反之，作者的人格
操守與言行感情發而爲詩，則思想內容健康向上，「勸善規過，激濁揚
清」，「義取關乎風化」，而不剪紅刻翠，與表現風雲月露；在藝術表現
上則「詞取通乎賢愚」，即以平易自然爲美，而不以剪紅刻翠等手段來
追求工巧。簡言之，就是作者當有仁德忠信恭敬寬厚之性情，在詩中
興觀群怨，形成一種「敦靜安鎭」之詩風，也即溫柔敦厚的含蘊深厚、
感染力強的詩風，其實也就是儒家所崇尚的詩風與詩歌美。

他說：「述菴云：『詩之爲道，偏至者多，兼工者少。分茆設蕝，
各據所獲以自矜。學陶韋者，斥盤空硬語、妥帖排奡爲粗；學杜韓者，
又指不著一字、盡得風流爲弱。出主入奴，二者恒相笑，亦互相絀也。
吾五言詩期於抒寫性情，清眞微妙，而七言長句頗欲驅使典籍，縱橫

〔註26〕《童山文集》卷五，叢書集成初編本，北京：中華書局，1985 年版。
〔註27〕《周易正義》卷一，阮刻《十三經注疏》本。

變化。世之偏至者或可以無譏也。』又云：『士大夫略解五七字，輒以詩自命，故詩教日卑。吾之言詩也，曰學、曰才、曰氣、曰調，學以經史為主，才以運之，氣以行之，調以舉之，四者兼而弇陋生澀者，庶不敢妄廁於壇坫乎？』其論如此，今觀所著《述菴詩鈔》，清華典麗，經史縱橫，然學、調其長，而才、氣略短，總之近體勝於古體，七律勝於五律，而七律尤以《從軍》諸詩為最。蓋身列戎行，目所經歷，故言之親切而痛快也。」〔註28〕這段話先引述人家的話來論述詩歌風格有兼工與偏至，各種風格不能相互排斥攻訐，即學陶韋者，不得斥盤空硬語、妥帖排奡為粗，學杜韓者，不得指責不著一字、盡得風流為弱，而應該相互包容，取長補短，這是一種胸懷博大的見解。又引人之話，認為詩體，如五言與七言，各有其相對的表現對象與風格特點，即「五言詩期於抒寫性情，清真微妙，而七言長句頗欲驅使典籍，縱橫變化」。後面還引述人家的話說明論述詩歌寫作之要在學、才、氣、調兼有。最後評價述菴的詩歌「身列戎行，目所經歷，故言之親切而痛快也」，即詩歌當寫真實見聞經歷，抒發真情，如此才能既「親切」又「痛快」，即既表現真實性情，使之親切有味，又痛快有力。文中所謂五言詩與七言詩的表現對象與風格特點的區分應該是相對的，其實無論何種詩歌都應該抒發性情，也可以適度的驅使典籍，形成或者清真微妙或者縱橫變化的風格特色，而不是五言才追求清真微妙，七言才追求縱橫變化。

他還說：「乾隆戊己之間，長洲沈歸愚德潛以詩受特達之知，天下翕然宗之，所選唐、明詩別裁，家有其書，一時後生求序詩文者幾乎踏破鐵限，其一時壇坫之盛，差與漁洋頡頏。迨後復進呈《國朝詩別裁》，適值普天同慶，而開卷即《陸宣公墓道》，被旨切責，詩名遂衰矣。然平心而論，其詩格律整嚴，音調諧叶，雖描頭畫角，徵帶蘇人習氣，而模倣太過，反失性情，此其失也。余雅不喜讀其集，以其臺

〔註28〕詹杭倫、沈時蓉《雨村詩話校正》，成都：巴蜀書社，2006 年版 209頁。

閣氣重也，惟《田家雜興詩》一首，題雖擬古，而自出新意，尚可爲法。」〔註29〕這段話評價沈德潛的詩歌與詩選，先敘述沈氏「以詩受特達之知」，因此「天下翕然宗之」，而且其「所選唐、明詩別裁，家有其書」，後來又因「進呈《國朝詩別裁》」而「被旨切責」，讓後世人明白君主及朝廷的好惡對詩歌創作及風向的巨大影響，與士人及詩人命運的可悲。後面評價沈氏的詩歌，認爲其詩有特點，即「格律整嚴，音調諧叶」，體現了格調派的特點，但卻「模倣太過，反失性情」，說明了保持詩歌抒情本質對於創作的重要性，即模倣就要「失性情」，反之抒發性情則意味著創新，或者在創新。因爲性情是代代不同的，人人不同的，只要表現了各自真實的性情，就有了區別於他人與前人的特點，這是基礎，是根本，至於詩歌優秀與否，則還有其他許多要素。

《和鐵冶亭保陶然亭醉歸韻》句云：「平生多塊磊，得酒更崢嶸。以此陶胸臆，無端露性情。」〔註30〕詩中說他自己平生胸中多塊磊，即多憂憤不平之情，而想借酒澆愁解憤，不料飲酒之後，酒興卻使憂憤更甚更烈。因此他覺得以酒來陶冶胸臆與平抑憂憤是不可能的，因爲真正的性情是必然會流露出來的，甚至是會無端流露出來的。既然「無端露性情」，那麼作爲以抒情爲本的詩歌，肯定也會時時處處自然地流露與表現作者的本性真情的。簡言之，真實性情必然流露，詩歌也必然是性情的真實表現。

四、詩歌要抒發真情──「語語從肺腑中流出」

如果李調元僅僅祇是重視並宣揚「詩道性情」，便實際上與儒家性情相連、以性節制情的詩學觀沒有多大區別。李調元的高明之處在「詩道性情」的前提下進而宣揚詩歌要抒發真情，這就從一定程度上突破了傳統儒家的詩學觀。他的強調詩歌當表現真情的論述多在十六

〔註29〕詹杭倫、沈時蓉《雨村詩話校正》，成都：巴蜀書社，2006年版362頁。

〔註30〕《童山詩集》卷十七，叢書集成初編本，北京：中華書局，1985年版。

卷本《雨村詩話》之中，且多是普通的人情溫情愛情，這說明他晚年的詩學較前有較大的變化與進步。

他說：「詩須體貼人情。鄞縣施瞻山句云：『欠伸妻勸睡，盥洗僕嗔煩。』此情逼真。」〔註31〕強調「詩須體貼人情」，此處只提人情而不說性情，說明他在具體論詩的時候已經把儒家節制情的性忘掉了，或者束之高閣了。聯繫後面他評論的詩句，「欠伸妻勸睡」寫的是丈夫疲倦而欠身，妻子便勸其早點睡覺，這是夫妻間的溫情與愛情，而「盥洗僕嗔煩」大概寫的是因為詩人年老而盥洗不當不得法，傭僕便指點之又善意地埋怨之，以致詩人嫌其嘮叨，這也是一種主僕間頗為親熱隨便的感情，場面頗帶戲劇性。這說明他這裡說的人情是普通人的普通的感情，即一般的喜怒哀樂愛惡欲，而不是前面所說的浩然之氣與大丈夫之情、憂國憂民之情。

他又說：「毘陵邵子湘有《悼兒》句云：『過愛翻成薄，求全屢受笞。』最近人情，為子者當知之。」〔註32〕所舉的詩句表現了普通人的愛子之情，所謂愛之深而責之切，所謂恨鐵不成鋼，於是便「過愛翻成薄，求全屢受笞」，以至兒子夭亡後感到後悔。李調元評其「最近人情」，即表現了普通人的愛子之情，而且認為「為子者當知之」，希望為子女的體諒父母一番苦心與好心，也希望子女反思之，借鑒之，含義是很深的。

他說：「袁子才《生女詩》云：『墮地無人賀，遙知瓦在床。為誰添健婦，懶去報高堂。妄想能招弟，佯歡且為娘。江干有黃竹，慣作女兒箱。』若不經意，而曲盡人情。」〔註33〕袁枚的這首詩歌寫出了當時渴望苦望生兒子的父親的情感與心理，非常真實，也非常典型，

〔註31〕詹杭倫、沈時蓉《雨村詩話校正》，成都：巴蜀書社，2006 年版 33頁。

〔註32〕詹杭倫、沈時蓉《雨村詩話校正》，成都：巴蜀書社，2006 年版 122頁。

〔註33〕詹杭倫、沈時蓉《雨村詩話校正》，成都：巴蜀書社，2006 年版 73頁。

而語言卻非常平易，所以李調元評其「若不經意，而曲盡人情」，說明他認爲詩歌不僅要抒情，而且要抒發眞情，還要用「不經意」之語，達到「曲盡人情」的高度。

如何抒發眞情與「曲盡人情」呢？李調元認爲就是要「語語從肺腑中流出」。他說：「鄂文端以詩示同考諸公曰：『三場試畢，檢閱從此始矣。』《述懷三百字奉同事諸君子詩》云……語語從肺腑中流出，闈中詩亦從無此纏綿懇摯，信名臣自有眞也。」〔註34〕鄂文端的《述懷三百字奉同事諸君子詩》寫的是閱讀進士試卷的大事，告誡同事諸君要公忠體國，勤勉認眞，體恤士人，這種詩歌最容易流於膚廓乾癟，但鄂氏卻寫得較爲成功，其原因是「語語從肺腑中流出」，即不僅抒情，而且是抒發眞情，既保持了名臣風範與襟懷，又纏綿懇摯超過其他闈中詩。這說明李調元認識到愛情詩當纏綿懇摯，「語語從肺腑中流出」，其他詩歌，諸如述懷、言志、贈酬等，只要重視眞情的抒發，同樣可以達到這種程度。他又說：「商寶意詩於無意之中時露警策，有《留別和袁子才》句云：『困人禮法相沿久，入世英華欲斂難。』寫名人處世之難，盡此二句。……《還家》云……皆字字從肺腑中流出。」〔註35〕在重視警策的同時，也重視抒情的眞實感人，所謂「字字從肺腑中流出」。他又說：「『西蜀櫻桃也自紅』，『也自紅』三字，感慨悲涼，令人低徊不已。總之胸中先有無限感慨，然後遇題而發，故有此三字吐出。」〔註36〕所謂「總之胸中先有無限感慨，然後遇題而發，故有此三字吐出」，即情感是引發詩歌的媒介與根本，有情才能有詩，有眞情深情才能作出好詩，詩歌以眞實情感爲本的指向非常明確。

〔註34〕詹杭倫、沈時蓉《雨村詩話校正》，成都：巴蜀書社，2006 年版 202
頁。

〔註35〕詹杭倫、沈時蓉《雨村詩話校正》，成都：巴蜀書社，2006 年版 320
頁。

〔註36〕二卷本《雨村詩話》卷下，郭紹虞《清詩話續編》，上海：上海古籍
出版社，1983 年版 1528 頁。

強調抒發眞情，就必須反對虛假。他的《寄題徐副使浩修見一亭二首》句云：「自古詩人無假語，如今若個是眞心。世傳永叔歸田錄，客奪昌黎諛墓金。」〔註37〕所謂「自古詩人無假語」意在讚揚古代詩人好就好在抒發了自己的眞情實意，而如今的詩歌不如古代，其原因就是沒有眞心或者眞情，將「假語」與「眞心」對舉，使兩者相得益彰。後面他讚揚歐陽修的《歸田錄》，不屑韓愈爲了金錢而寫的過度吹捧墓主的諛墓之詞，敢於對他多次推崇的韓愈的「假語」表示不敬，足見他對抒發眞情的重視，與反假、打假的決心。他說：「巢縣向霞樓說有《醉翁亭》句云：『是眞山水原無價，最好文章只近情。』最工。」〔註38〕這裡不僅僅讚揚對方詩句之工，而且表示了他對其詩意的認可，即眞實自然的景色與事物最寶貴，相應，表現了眞實情感的詩文也最好。

他還多次強調情意的眞摯。他說：「渠縣李藝圃漱芳……有自題小照四圖……張玉溪亟稱之，謂情詞懇摯，必傳無疑。」〔註39〕認同張玉溪的觀點，認爲李漱芳的題畫詩「情詞懇摯，必傳無疑」，說明詩歌的好於不好與傳與不傳，關鍵在於是否抒發了眞實感情，與是否達到了「情詞懇摯」的程度。

在諸多情感中，李調元特別強調悲怨情感的表現。他說上海趙璞函文哲與吳鑒南參與金川之役，戰死，「余挽鑒南有句云：『縹緲魂穿深箐月，嶙峋屍裏亂山雲。』趙雲松挽璞函有句云：『偶翻書箚猶前日，忽憶鬚眉已古人。』皆極凄婉。至云『遊魂血污空山裏，知化猿身化鶴身』，則諸人同聲一哭矣。」〔註40〕哀悼爲評定內亂而戰死的

〔註37〕《童山詩集》卷十九，叢書集成初編本，北京：中華書局，1985 年版。
〔註38〕詹杭倫、沈時蓉《雨村詩話校正》，成都：巴蜀書社，2006 年版 346 頁。
〔註39〕詹杭倫、沈時蓉《雨村詩話校正》，成都：巴蜀書社，2006 年版 274 頁。
〔註40〕詹杭倫、沈時蓉《雨村詩話校正》，成都：巴蜀書社，2006 年版 66 頁。

友人，文中所引他自己的詩歌「縹緲魂穿深箐月，嶙峋屍裏亂山雲」，對仗工整，意象慘澹奇譎，情意深沉，意近杜甫《詠懷古迹五首》的「環佩空歸夜月魂」。〔註41〕趙翼的挽詩「偶翻書箚猶前日，忽憶鬚眉已古人」則以平易的語言寫真實細節，而情感卻非常自然真摯，誠所謂「皆極淒婉」。而「遊魂血污空山裏，知化猿身化鶴身」，則化用杜甫《哀江頭》「明眸皓齒今何在，血污遊魂歸不得」，〔註42〕確實情感悲傷動人，可引「諸人同聲一哭」。他又說：「王雨莊世維……有《題先北路公滋蘭小照》云：『鴻雪仙蹤杳莫尋，丹青空見故園心。可憐身為勤民死，辜負華亭鶴夜鳴。』讀之令人墮淚。」〔註43〕文中記錄了王世維悼念李調元父親李化楠的詩歌《題先北路公滋蘭小照》，詩中先寫逝者已矣，所謂「鴻雪仙蹤杳莫尋」，連蹤迹也難以尋覓了，卻突然在故園見到逝者的丹青小照，但斯人已逝，所以只能是「空見」，後面追溯與哀悼逝者勤民而死，「華亭鶴夜鳴」用南朝劉宋時劉義慶《世說新語‧尤悔》：「陸平原河橋敗，為盧志所讒，被誅。臨刑歎曰：『欲聞華亭鶴唳，可復得乎！』」〔註44〕既表現了作者的思念、懷舊之意，亦慨歎了仕途險惡、人生無常，詩歌蘊含了很深的哀傷之情，所以「讀之令人墮淚」。

他說：「合肥張小山《贈沙西岩》云：『人非豪氣無肝膽，士到奇窮見性情。』語極烹煉。又《偶成》云：『西風吹樹葉聲乾，追憶年來興欲闌。不讀書人偏厚福，但成名士總清寒。蛩當秋令爭鳴易，花未春時著色難。負郭有田尊有酒，閉門真覺夢魂安。』每於無聊中寫出至情至理。」〔註45〕張小山的詩歌「人非豪氣無肝膽，士到奇窮見性

〔註41〕〔清〕楊倫《杜詩鏡銓》卷十三，上海：上海古籍出版社，1980 年版 652 頁。

〔註42〕〔清〕楊倫《杜詩鏡銓》卷三，上海：上海古籍出版社，1980 年版 123 頁。

〔註43〕詹杭倫、沈時蓉《雨村詩話校正》，成都：巴蜀書社，2006 年版 70 頁。

〔註44〕《世說新語‧尤悔》，濟南：齊魯書社，2007 年版 234 頁。

〔註45〕詹杭倫、沈時蓉《雨村詩話校正》，成都：巴蜀書社，2006 年版 343

情」，概括了人的似乎有些矛盾的兩種情志，即人沒有豪氣則沒有肝膽，不能成爲光明磊落、正直忠實之人，而人生不順到極點則最容易表露本性眞情，李調元認爲詩句「語極烹煉」，既讚揚詩歌的藝術表現，也有肯定詩歌表露眞情肝膽的意思。後面他採錄了張小山《偶成》一詩。這首詩先寫景，以秋風蕭瑟，連樹葉發出的聲音也顯得乾枯磣人作爲象徵；接著抒情：「追憶年來興欲闌」，即一年來事事不順，頗爲不平。次聯補寫不平的原因是「不讀書人偏厚福，但成名士總清寒」。第三聯明裏寫景，實則象徵人一生必然有順逆興衰禍福悲歡，言下之意是應該順應之，不能逆勢而爲，否則只能自討苦吃，自生閒氣，所謂「蚤當秋令爭鳴易，花未春時著色難」。尾聯寫詩人隨遇而安，自然無爲，安然享受田園之樂。這首詩寫景抒情融合無間，比喻象徵較爲貼切自然，對世事世理的概括與諷刺較爲深刻，感慨深沉，文人的情感與心理也表現得很眞實。此處的「無聊」，意即處在坎坷落寞無所依傍中，人在這種「無聊」中最容易品味出人生有順逆興衰禍福悲喜的變化，且認識到這是一種必然，所以應當隨遇而安，處之泰然，及時隱居。詩歌寫出了這種「至理」，且表現眞實，所以李調元認爲其「無聊中寫出至情至理」，不僅強調了與前面相同的詩歌要表現悲怨之情，而且還強調了詩歌要表現蘊含在情感中的「至理」。這說明李調元論詩不僅重情，而且有時也情理相兼，重視「至理」的形象的表現。

　　因爲重視詩歌的抒情性，所以他進而強調「言爲心聲，書爲心畫」之說，且說自己的著作都是「心畫」。他的《童山著書序》說：「著書之名見於《法言》。子雲曰：『通諸人之嚻嚻者莫如言，著古人之唔唔者莫如書。故言心聲也，書心畫也。聲畫出，君子小人見矣。聲畫者，君子小人之所以動情乎？蓋言君子以明義，而小人以明利也。楊升菴謂：『其妙論通微，可參易理。』誠深有味乎其言之也。余蜀人也，搦管操觚數十年於茲矣。景仰先賢，窮年屹屹（矻矻），竊欲學步邯

～344 頁。

鄲，而有志未逮。雖間多掇拾遺文，大概皆詹詹小語，未足以鉤玄，亦未能以明道，其不爲君子而爲小人之歸也明矣。余有心畫四十種，本不敢問世。因刻《函海》中升菴著書，客有慫余附其後者。故亦靦然曰：著書亦多見其不自量也。其續刻各種亦附見於後云。」〔註46〕揚雄說：「面相之，辭相適，捈中心之所欲，通諸人之嘿嘿者，莫如言。彌綸天下之事，記久明遠，著古昔之唔唔，傳千里之忞忞者，莫如書。故言，心聲也；書，心畫也。聲畫形，君子小人見矣。聲畫者，君子小人之所以動情乎？」〔註47〕序文引揚雄之語，說明言與書都是表現作者的眞實思想感情的，強調「言爲心聲」，更強調「書爲心畫」，即作者的著作如詩文集等都是情感思想的形象的表現，只不過有「君子以明義，而小人以明利」的區別罷了。後面他說自己的著作雖然「未足以鉤玄，亦未能以明道」，但卻是地道的「心畫」，因此有刻錄面世的必要。

綜上可知，李調元非常重視詩歌的抒情本質。他不僅從人類發展史的角度追溯詩歌的本源，認爲「詩者，天地自然之樂也」，而且從哲學的角度論述論述詩歌的本質，認爲萬物源於氣，人也「稟氣成形」，進而認爲「憂悲喜怒，人之氣也」，爲詩歌的抒情本質奠定了哲學基礎。在具體的論述中，他不僅多次強調詩歌本於性情——「詩道性情」，還進而強調詩歌要抒發眞情——「語語從肺腑中流出」，這些論述都是非常系統的深刻的，超越了巴蜀前代詩學家。在這種思想的指導下，他論詩還重視人品與詩品的聯繫，重視人品之高與性情之正，主張詩歌「時有寄託」，要「規諷勸誡」而又「旨隱詞微」。因爲篇幅的限制，本文不再一一詳論。

〔註46〕《童山文集》卷三，叢書集成初編本，北京：中華書局，1985 年版。
〔註47〕〔漢〕揚雄《法言》卷六《問神》，叢書集成初編本，北京：中華書局，1985 年版。

第三章　李調元的詩歌美學論

　　李調元作爲著名的詩人、選詩家，其欣賞品味的能力必然是很高的，其詩歌審美鑒賞力也是很強的，所以他的詩論中必然有很多相關美學的論述，且包含著很豐富的美學思想。他的詩歌美學觀主要散見於三種詩話中，但在幾篇序言中也有集中的論述中；論述時既有高度概括的論述，也有鑒賞詩歌而生的具體論說，既有全新的提法，也常繼承前人的成說而加以發展。總之，既有理論論述，又有具體說明，且形成了繼承與創新相結合的理論體系。下面擬分別論述。

一、論述詩歌風格美的不同及其演變

　　李調元詩歌美學的過人之處首先在他深刻地認識到詩歌風格美是多樣的，所謂「穠桃繁李，比豔爭妍」，因而便應該「四時俱備，五方並采」，而不能一花獨放，定於一尊。

　　《雨村詩話》十六卷本序言說：

　　　　《雨村詩話》前著名矣，而此復著，何也？前以話古人，
　　　　此以話今人也。詩者，天之花也，花閱一春而益新，詩閱
　　　　一代而益盛。穠桃繁李，比豔爭妍，而最高者爲梅蘭竹菊；
　　　　唐宋元明，分壇列坫而最大者爲李杜韓蘇。然梅蘭竹菊高
　　　　則高矣，而藝圃者不遍植奇花，非圃也；李杜韓蘇大則大
　　　　矣，而談詩者不博及時彥，非話也。茲之作也，上自名公

　　巨卿、高人宿士，下逮輿臺負販、道釋閨媛，無論隻字單
　　詞，莫不口記手錄。譬之於花，可謂四時俱備，五方並采
　　矣。夫花既以新爲佳，則詩須陳言務去。大率詩有恒裁，
　　思無定位，立言先知有我，命意不必猶人。詩衷於理，要
　　有理趣，勿墮理障；詩通於禪，要得禪意，勿墮禪機。言
　　近而指遠，節短而韻長，得其一斑，可窺全豹矣。〔註1〕

這篇序言意在闡述爲何有了「話古人」的二卷本《雨村詩話》，又要
編寫十六卷本《雨村詩話》。他在序言中將詩歌比喻爲「天之花」，然
後說：「花閱一春而益新，詩閱一代而益盛。」即花在新的春天裏應
該更加新鮮奇特，相應詩歌在新的時代也應該更加繁榮昌盛，既有新
面貌，也有新風格。花中「最高者爲梅蘭竹菊」，而「梅蘭竹菊高則
高矣，而藝圃者不遍植奇花，非圃也」，所以即便是「穠桃繁李」一
類普通花草，也應該「比豔爭妍」。相應，古代詩壇「最大者爲李杜
韓蘇」，而「李杜韓蘇大則大矣，而談詩者不博及時彥，非話也」，所
以他便要編寫「話今人」的詩話，採錄並評論「上自名公巨卿、高人
宿士，下逮輿臺負販、道釋閨媛」的詩歌，而且只要是好詩，有風格
特色的詩歌，便「無論隻字單詞，莫不口記手錄」。這話近乎楊愼的
「代代有詩，人人有詩」〔註2〕說。但其中也涉及到詩歌風格及審美
的發展變化與多樣化。因爲代代有詩，主旨在於說詩歌是發展變化
的，裏面自然也包含著詩歌風格的發展變化，而人人有詩，則意味著
人的思想性格經歷不一樣，其詩歌的思想內容與風格特色也不一樣，
因此像花一樣，不能只採摘與欣賞一地一時之花，而必須「四時俱備，
五方並采」，對詩歌也應如此，即如梅蘭竹菊、穠桃繁李一樣，評論
欣賞他們的不同風格與審美特徵。後面的「詩有恒裁，思無定位，立
言先知有我，命意不必猶人」，論的是創作，強調的是創新，其中自
然也包含著風格的創新，所以他便將「理趣」詩與「禪意」詩這類頗

〔註1〕 詹杭倫、沈時蓉《雨村詩話校正》，成都：巴蜀書社，2006年版26頁。
〔註2〕 〔明〕楊愼《李前渠詩引》，《升庵全集》卷二十二，上海商務印書
　　　　館，1938年版。

不招人待見的詩歌也列入詩歌百花園中。

　　李調元進而認識到詩歌，包括詩歌風格美是發展變化的，各種風格美各有特點與存在的理由，不能非此即彼，互相排斥。他說：

> 周書昌在京，嘗謂余云：「質文遞變，原不一途。宋末文格猥瑣，元末文格纖穠，故宋景濂諸公力追韓歐，救以舂容大雅；三楊以後，流爲臺閣之體，日就膚廓，故李崆峒諸公又力追秦漢，救以奇偉博麗。隆、萬以後，流爲僞體，故長沙一派，又反唇焉。大抵能挺然自爲宗派者，其初必各有根柢，是以能傳其後；亦必各有流弊，是以互詆。然董江都、司馬文園文格不同，同時不相攻也；李杜王孟詩格不同，亦同時不相攻也，彼所得者深焉耳。後之學者論甘則忌辛，是丹則非素，所得者淺焉耳。」其論最確。〔註3〕

周永年（1730～1791），字書昌，山東歷城人，乾隆三十六年（1771）進士，三十八年入四庫館，任校勘《永樂大典》纂修兼分校官，主持《四庫全書總目》子部的編寫。這段話《閱微草堂筆記》卷十四《槐西雜誌》也有記載。李氏引用周書昌的這段話主要論散文的發展演變，但也可引申到論詩。文中所論的前提是「質文遞變，原不一途」，源出劉勰《文心雕龍·時序》所謂「時運交移，質文代變」，〔註4〕強調文學作品的藝術風格都是發展變化的，即《周易》所謂「窮則變，變則通，通則久」，〔註5〕也即劉勰《文心雕龍·通變》所謂「文律運周，日新其業。變則其久，通則不乏」，〔註6〕而且變化的途徑是不同的，即一種文體的風格流行既久，便會產生流弊，於是就要追求發展變化以求克服這種流弊，因此文學創作及其風格是代變的，而不能看成今不如古。文中概括了宋末至明代後期文風的變化，稍加改變也同樣適用於詩風，即宋末江湖派、四靈派趨於萎弱平淡，元詩多數纖穠，

〔註3〕 詹杭倫、沈時蓉《雨村詩話校正》，成都：巴蜀書社，2006年版293頁。
〔註4〕 范文瀾《文心雕龍注》，北京：人民文學出版社，1958年版671頁。
〔註5〕 《周易正義·繫辭·下傳》，阮元刻十三經注疏本。
〔註6〕 范文瀾《文心雕龍注》，北京：人民文學出版社，1958年版521頁。

明初四傑救以「春容大雅」，其後的臺閣體詩歌日趨膚廓，前後七子則倡導「文必秦漢，詩必盛唐」，以奇偉博麗爲尚，此後公安派與竟陵派或倡俚俗、浮淺，或倡幽深孤峭風格而加以匡救。文中說有成就的文人「挺然自爲宗派者，其初必各有根柢，是以能傳其後；亦必各有流弊，是以互詆」，即文學作品各有其風格特點也才有存在與流傳後世的根柢，但同時也各有弱點與流弊，所以就有論證與褒貶的產生。又認爲古人文風、詩風不同不相攻，原因是「得者深焉」，即對文學風格的發展變化有深刻的認識。最後闡明不能「論甘則忌辛，是丹則非素」，即要允許各種風格爭奇鬥豔，共榮並存。一句話，文學藝術的風格流派沒有最好，只有更好，因此應該包容互補，百花齊放，而不能互相攻擊，一花獨放。他還說：

> 述菴云：「詩之爲道，偏至者多，兼工者少。分鑣設鑣，各據所獲以自矜。學陶韋者，斥盤空硬語、妥帖排奡爲粗；學杜韓者，又指不著一字、盡得風流爲弱。出主入奴，二者恒相笑，亦互相紬也。吾五言詩期於抒寫性情，清眞微妙，而七言長句頗欲驅使典籍，縱橫變化。世之偏至者或可以無議也。」又云：「士大夫略解五七字，輒以詩自命，故詩教日卑。吾之言詩也，曰學、曰才、曰氣、曰調，學以經史爲主，才以運之，氣以行之，調以舉之，四者兼而夅陋生澀者，庶不敢妄廁於壇坫乎？」其論如此，今觀所著《述菴詩鈔》，清華典麗，經史縱橫，然學、調其長，而才、氣略短，總之近體勝於古體，七律勝於五律，而七律尤以《從軍》諸詩爲最。蓋身列戎行，目所經歷，故言之親切而痛快也。

李調元引述他人的話，說明詩道，聯繫後文，所謂「詩道」應該主要指詩歌風格，是所謂「偏至者多，兼工者少」，即各工一體，各有特色，而很難各體皆工，各種風格都具備，各種風格都突出。從風格學的角度看，一個文人，尤其是大家，有其與其他人絕然不同的風格，但其在不同時期、不同題材與體裁上還可能有不同的亞風格，各種亞

風格之間有區別，但都受其總體風格的制約與影響，例如杜甫，即各
體兼工而又以沈鬱頓挫爲主。不過多數人的亞風格是不明顯的，是偏
至於一種的。因此各種風格不能相互排斥攻訐，即學陶韋者，不得斥
盤空硬語、妥帖排奡爲粗，學杜韓者，不得指責不著一字、盡得風流
爲弱，而應該相互包容，取長補短，這是一種胸懷博大的見解。他又
引人家的話，認爲詩體，如五言與七言，各有其相對的表現對象與風
格特點，即「五言詩期於抒寫性情，清眞微妙，而七言長句頗欲驅使
典籍，縱橫變化」。這種體式不同，風格也有所不同的體式風格論，
是一種有識之見。因爲，詩歌風格固然主要受個人性格氣質與審美追
求的影響，也受時代思潮的影響，但同時也受體裁的一些影響，例如
同一題材用絕句、律詩或古體來表現，其風格韻味肯定有所不同。不
過文中所謂五言詩與七言詩的表現對象與風格特點的區分應該是相
對的，其實無論何種詩歌都應該抒發性情，也可以適度的驅使典籍，
形成或者清眞微妙或者縱橫變化的風格特色，而不是五言詩才追求清
眞微妙，七言詩才追求縱橫變化。

　　他還以五行來比喻風格的多樣化。他在《雲谷詩草序》中說：
　　　詩也者，人之性情也。人之性情稟乎五行。五行者金木水
　　　火土也。在天爲五星，在地爲五方，在時爲五德，在人爲
　　　五常，發於文章爲五色，播於音律爲五聲，而總其精氣之
　　　用，謂之五行。五行者，互相生而間相勝也──本於水者，
　　　其詩漂流沒溺；本於火者，其詩燔燎焦然；本於木者，其
　　　詩幹舉機發；本於金者，其詩鋒刃銛利；惟本於土者，其
　　　詩敦靜安鎭，而能含萬物，爲萬化母。廣漢張雲谷名邦伸
　　　者，余同年姻家也。爲人敦靜安鎭，得於土之德爲多。故
　　　其待人也，以忠以信；處事也，必敬必恭；由己卯孝廉歷
　　　宰襄城、固始，實心實政，孚及豚魚者孚萬民；誠己誠人，
　　　格及鬼神者格造化。故其發而爲詩，無非勸善規過，激濁
　　　揚清，義取關乎風化，而不以剪紅刻翠爲工。詞取通乎賢
　　　愚，而不以風雲月露爲巧。初讀之，若無一奇字異句，足

以動人。而細味之，則興觀群怨無不包焉。此非能含萬物，
而以萬化爲母哉。吾故曰：得於土之德爲多也，讀其詩，
凡體乎水火木金者，胥拜下風矣。〔註7〕

這段話論述詩歌的本質，崇尚儒家詩學觀，重點是以五行比附五種風
格，認爲人本於五行之一，便有不同的性格氣質特點，其詩也有風格
特點，即所謂「本於水者，其詩漂流沒溺；本於火者，其詩燔燎焦然；
本於木者，其詩幹舉機發；本於金者，其詩鋒刃銛利；惟本於土者，
其詩敦靜安鎮，而能含萬物，爲萬化母」。這種比喻確實有比附之嫌，
但以五行來比喻五種詩歌風格，以說明詩歌風格的多樣性卻是值得肯
定的。他所謂「本於土」的「敦靜安鎮」風格便是本於儒家仁義思想
的「溫柔敦厚」的風格，也即中和之美。儒家仁義之道既是倫理的，
又是哲學的，是自然萬物的根本，如五行之土之於其他「金木水火」
四行一樣，「能含萬物，爲萬化母」，詩歌自然當以此爲本，詩歌風格
也以此爲本，簡言之便是彰顯蘊含儒家仁義人格人情，顯現爲中和之
美。後面他讚揚張雲谷的詩歌「得於土之德爲多」，高於「體乎水火
木金者」，其關鍵在於其「待人也，以忠以信；處事也，必敬必恭」，
爲官也，則「實心實政，孚及豚魚者孚萬民」，進而還「誠己誠人，
格及鬼神者格造化」，人格影響詩格，人品影響詩品，即古代所謂的
「文如其人」，也即現代所謂「風格即人」。表現在內容上是「勸善規
過，激濁揚清」，「義取關乎風化，而不以剪紅刻翠爲工」，語言表達
則「詞取通乎賢愚，而不以風雲月露爲巧」。總之，其風格是「若無
一奇字異句，足以動人」，表現爲「句平意奇」，或者說是句平而意境
美妙，能夠感動人感染人，全面實現「興觀群怨」的功能。他兩次強
調的「非能含萬物，而以萬化爲母」，是說如同儒家之道一樣雖然不
能包含自然萬物，卻是自然萬物的本源，彰顯蘊含儒家仁義人格人情
的中和之美，雖然不能包含各種風格變化，卻是各種風格之本源。總
之，他既主張風格的多樣化，但又認爲儒家的「溫柔敦厚」的中和之

〔註7〕《童山文集》卷十，叢書集成初編本，北京：中華書局，1985年版。

美是各種風格美中影響最大者，是本源，可稱以和爲本。

　　他對風格美的多樣化在其他地方還有論述。他在《冰清玉潤集序》中說：「老夫耋矣，未能借少年遊。童子何知，偏不喜與俗人伍。然南村晨夕，長憶淵明；東瀼風煙，恒思子美……響出行間，不驚人而不止；香生楮外，每遇物而偏工。五字城高，得隋州之俊爽；六朝體驪，有開府之清新。遂疑歌有琴聲，詩含畫意。」〔註8〕文中認爲詩情畫意相通，主要論述風格美，崇尙俊爽與清新，要以淵明、子美爲榜樣，追求風格的多樣化。他《跋鶴峰墨蘭十二冊》的第一冊跋說：「鶴峰畫蘭，多於醉後握筆，一掃千紙，斜斜整整，肥肥瘦瘦，曲儘其態。醒視之，有嫋娜如美人者，有秀逸如高士者，無不神氣逼肖。」〔註9〕這裡雖然論畫，但同樣適宜於論詩，詩畫創作的關鍵在於曲儘其態與神氣逼肖，使其具有美感，也具有獨特的風格，文中所謂「斜斜整整，肥肥瘦瘦」，與「嫋娜如美人」及「秀逸如高士」，既是不同的表現效果，也是不同的審美感受，也即不同的風格美。

　　李調元進而將風格大致劃分爲陰柔陽剛兩大類。他的《寄墨莊梟塘兩弟書》說：

> 兩弟詩文，迂徐和緩，無激昂蹈厲之音。其不及阿兄處在此，其高出阿兄處亦在此。譬諸水然，峭厓束峽，懸流倒瀑，非水之性也。其中必有怪石奇峰以激之，而後奮而爲雷霆，散而爲風雨，遊者爭賞其巖之競秀，谿之爭流，以爲千古奇勝。而挐舟者望之而心驚，稍一不愼，則舟爲齏粉焉，人皆沉溺焉。雖奔騰至海，而多沖決之患。是故矜才使氣者，工於得禍。若長江大河則不然，彌彌平流，無岸無涘，一望了不異人，而舟楫濟焉，水族生焉，浩浩渾渾，徐行而至於海。故其源遠流長，不見其奇而多厚福。其前所言，則阿兄之詩文也。故見爲其奇者，亦見其禍。其後所言，則兩弟之詩文也。故見爲其平者，實見其福。

〔註8〕　《童山文集》卷十九，叢書集成初編本，北京：中華書局，1985 年版。

〔註9〕　《童山文集》卷十四，叢書集成初編本，北京：中華書局，1985 年版。

爲人亦然。……去年黿塘有見懷詩云：「著作留天壤，功名
付太虛。」可謂深知我幸。墨莊亦有句云：「詩人例窮塞，
蜀士多坎坷。」則又深爲我悲。幸我固非，悲我亦非也。
而今而後，悲與幸皆置罔聞。我之爲我，一付之蒼蒼之彼
天而已。〔註10〕

這段話以詩歌風格來推知性格情懷，進而推測禍福是非，顯出了作者
對世道不平的憤激，對命運坎坷的悲傷。文中將詩歌分爲迂徐和緩與
激昂蹈厲兩類，即通常所說的陰柔陽剛兩類。他認爲風格的產生是受
環境影響的，如水一樣，「峭厓束峽，懸流倒瀑，非水之性也」，這當
是他的新發現。他認爲自己的詩歌風格「激昂蹈厲」，是因爲如同水
「有怪石奇峰以激之」，而後便「奮而爲雷霆，散而爲風雨」，引得遊
者「爭賞其岩之競秀，谿之爭流，以爲千古奇勝」，換言之，這種激
昂蹈厲的詩風是發憤抒情、矜才使氣的結果，以力量與氣勢取勝，以
雄奇爲特點，但卻令人望之而心驚，甚至爲自己招來禍患；反之，迂
徐和緩的詩風，如同長江大河一樣「彌彌平流，無岸無涘，一望了不
異人，而舟楫濟焉，水族生焉，浩浩渾渾，徐行而至於海」，雖迂徐
和緩，卻源遠流長，必有厚福。

　　他進而認爲對前人的風格應該多方汲取而後形成自己的風格。在
《黿塘集序》中以製陶比喻作詩時說：「參於陶、謝、徐、庾、李、
杜、韓、蘇，以立其格，此詩中之定模也。」〔註11〕此所謂「格」即
風格，所謂「定模」即確定風格。他認爲風格也是在學習模倣前人的
基礎上，再結合自身性格思想實際而後才創立產生的。這說明對不同
詩歌風格應該一視同仁，然後汲取其符合自身創作實際的養分，如同
採花釀蜜一樣，形成自己的風格。他還認爲風格無所謂優劣好壞，同
一種風格在不同對象上其表現是不同的。他在《明農初稿集序》中說：
「日月星辰，天文也，而絺乎旗裳。昆蟲鳥獸，地文也，而上乎彝鼎。

〔註10〕《童山文集》卷十，叢書集成初編本，北京：中華書局，1985 年版。
〔註11〕《童山文集》卷五，叢書集成初編本，北京：中華書局，1985 年版。

徐方之士於社侯，夏翟之羽於旌旄，登龍於章，升玉於藻，百工婦人雕礱染練，以供宗廟祭祀之文何者？取精多而用物宏也，詩文之道亦然。今之嗤六朝者，率曰綺曰靡。夫所惡乎綺靡，爲其淫色蛙聲，柔而鮮振也。若啓朝華，披夕秀，樹丰骨，於選言之路，亦何害乎其綺靡乎？司馬之文如天，以其神全也；班固之文如地，以其氣厚也。朴楚亭東方之麗於文者也，其人短小勁棱，才情蓬勃，上探騷選，旁採百家，故其爲文詞，有如星光、如貝氣之采焉，有如屯雲、如久陰之色焉，有如春陽、如火燥者焉，有如海運、震怒動蕩、怪異百出者焉，豈非天下之奇文哉？」〔註12〕文中他以天文、地文等爲喻，說明詩文之道在於取精用宏。這裡的取精用弘是全面的，當然也包括在風格上的多方學習模倣而後發展創造。後面他認爲今人嗤笑六朝詩風之綺靡，其原因在其所表現描繪的是「淫色蛙聲」，因此便「柔而鮮振」。如果以其「啓朝華，披夕秀，樹丰骨」，即便綺靡也是可以的。他進而認爲詩文如天地陰陽一樣，可以像司馬遷的《史記》一樣如天而「神全」，也可以像班固的《漢書》一樣如地而「氣厚」，儘管風格迥然不同，或者追求神全，或者追求氣厚，都不失爲眞正的好作品。他評論朴齊家〔註13〕的詩歌是「麗於文者」，即追求文章之美，當然也包括風格之美，其人「短小勁棱，才情蓬勃」，即有個性特點，有才情，且在此基礎上「上探騷選，旁採百家」，取精用弘，採花釀蜜，因而形成了自己的鮮明文風，成爲天下之奇文。文中說其文風是多樣的多變的，有的「如星光」，有的「如貝氣」，有的「如屯雲」，有的「如久陰」，有的「如春陽」，有的「如火燥」，總之是「有如海運、震怒動蕩、怪異百出」，形成一種剛柔相兼變幻莫測的風格。這說明只有根據自身性格才情而「上探騷選，旁採百家」，經過長期的融彙熔煉

〔註12〕《童山文集》卷五，叢書集成初編本，北京：中華書局，1985年版。
〔註13〕〔朝鮮〕朴齊家（1750～1805），字修其，號楚亭，朝鮮漢城人，十八世紀朝鮮著名思想家，卓越詩人、重要散文家，文人畫家和書法家，朝鮮「詩文四大家」之一。著有《暫遊集》、《貞蕤稿略》、《北學議》、《燕行錄》等。

醞釀，最終才能形成創立自己的獨特風格。

二、論詩風格美總綱：響、爽、朗

　　上面梳理了李調元對詩歌風格美的不同及其演變與產生的論述，可以說是他詩歌美學論的總論或總綱，只不過他沒有明說。對於詩歌風格美，李調元其實有自己的總綱，即「響亮、爽朗」。他說：「詩有三字訣，曰：響、爽、朗。響者，音節鏗鏘，無沉悶堆塞之謂也；爽者，正大光明，無囁嚅不出之謂也；而要歸於朗，朗者，冰雪聰明，無瑕瑜互掩之謂也。言詩者不得此訣，吾未見其能詩也。」〔註14〕響，繁體作響，是較爲晚出的形聲字。《說文》云：「響，聲也。從音，鄉聲。」〔註15〕本意指回聲，後引申爲聲音高而大，即響亮。他所謂響，即響亮，主要指詩歌的音韻節奏要鏗鏘有力，擲地有金石聲，而不能沉悶堆塞。他論「響」說：「越中俞煥文樵，作詩專學義山，有《邊詞》云：『內苑驊騮多苜蓿，邊城婦女盡胭脂。』最爲人傳誦。余尤愛《揭陽道中》，詩云：『籃輿屈曲度危岑，石勢初驚筍出林。燒後草痕經雨活，春來花瘴滿山深。防身劍臥枯蛟影，失路詩多猛虎吟。不敢逢人矜七尺，頓令貧賤負初心。』余謂作詩須響，即此也。」〔註16〕又說：「詩最響亮者，莫如蕭山陳山堂太史。至言屬對，雄整而出以流麗，眞擲地金聲手也。五言如……細意熨帖，無一字可移他處。」〔註17〕李商隱是唐代七律的集大成者，格律精嚴，音韻鏗鏘，也有「雄整而出以流麗」的特點，李調元以爲專學李商隱者爲「作詩須響」的典範，說明他所謂響或者響亮指的是音律鏗鏘優美。他還說：「近時詩推袁、蔣、趙三家，然皆宗宋人。子才學楊誠齋，而能各開生面，此殆天授，

〔註14〕詹杭倫、沈時蓉《雨村詩話校正》，成都：巴蜀書社，2006 年版 27 頁。

〔註15〕〔漢〕許愼《說文解字》，北京：中華書局，1963 年版 58 頁。

〔註16〕詹杭倫、沈時蓉《雨村詩話校正》，成都：巴蜀書社，2006 年版 182 頁。

〔註17〕詹杭倫、沈時蓉《雨村詩話校正》，成都：巴蜀書社，2006 年版 180 頁。

非人力也。心餘學山谷，而去其艱澀，出以響亮，亦由天人兼之。子才亦自言：『余不喜山谷而喜誠齋，心餘不喜誠齋而喜山谷。』雲松立意學蘇，專以新造爲奇異，而稗家小說，拉雜皆來，視子才稍低一格，然視心餘，則殆過之而無不及矣。」〔註18〕這段話評論性靈派三大家，說蔣士銓之詩學黃庭堅而「去其艱澀，出以響亮」，黃庭堅及江西詩派的詩歌以生新勁瘦爲追求，在音韻節奏與文字上都有艱澀之病。因此李調元此處的響亮既指音韻，也指語言文字。

　　他似乎更強調爽。《與袁子才先生書》：「先生論詩曰新，調元論詩曰爽；先生有《隨園詩話》，調元有《雨村詩話》，不相謀也，而輒相合，何哉？豈亦如珠玉、珊瑚、木難與夫荔枝、葡萄、梨棗之不擇地而生歟？」〔註 19〕說袁枚論詩以一個字概括是新，他論詩則是「爽」。爽字較爲古老，金文中即有多例。《說文》云：「爽，明也。從㸚，從大。」〔註20〕「㸚」爲網眼，會意字，人兩手平提著網，網眼張開，所以明亮，明白。魏晉以後又引申爲開朗、豪邁、爽快、痛快之意。《文心雕龍·樂府》說：「至於魏之三祖，氣爽才麗，宰割詞調，音靡節平。」〔註21〕李調元的向「爽」當是從《文心雕龍》而來。據前面的解釋，他所謂「爽」應該指詩歌所表現的人格、性情與氣勢，分言之，則人格要高尚正直，性情要健康向上，即所謂「正大光明」，氣勢要充沛，即韓愈所謂「氣盛宜言」，也就是人要開朗、豪邁、爽快，表現在詩文中要痛快。李調元十分重視人格人品，認爲人格人品是詩歌成功的關鍵，性情要健康向上，要以性節情，即孟子所謂的有浩然之氣的「大丈夫」，這在《李調元的詩歌本質論》中有詳細的論述，此處不重複。如他說：「詩足徵品。蘇州太守童心樸華，初以明經起家運漕，有金陵使者，其故人也，言之當道，欲以官餂之，答云：

〔註18〕詹杭倫、沈時蓉《雨村詩話校正》，成都：巴蜀書社，2006 年版 33 頁。
〔註19〕《童山文集》卷十，叢書集成初編本，北京：中華書局，1985 年版。
〔註20〕〔漢〕許慎《說文解字》，北京：中華書局，1963 年版 70 頁。
〔註21〕范文瀾《文心雕龍注》，北京：人民文學出版社，1958 年版 102 頁。

『越客秋深讀楚騷，禦寒猶戀舊綈袍。偶沾食指嘗羊酪，肯借微軀備馬曹。脫穎未能酬趙勝，投書只合謝山濤。江天歸路帆如織，幾夜鄉心見二毛。』可以想見人品。」〔註22〕童氏不願蠅營狗苟而作高官，毅然決然推辭了故人的好意，表現了高尚的人品與凜然正氣，即所謂正大光明，爽朗正直，敢做敢爲敢說，即所謂「無囁嚅不出」。李調元論詩重氣勢，追求氣盛宜言，氣勢充沛，他說：「昌黎云：『氣盛則言之長短與聲之高下皆宜。』此可與知者道，難與不知者言也。詩以氣行，氣盛則詩奇；有奇氣者，必能傳也。但空疏者不可言氣，糅雜者亦不可言氣。以空疏言氣，則白話而已；糅雜言氣，則粗鹵而已。方且抹之批之不暇，何暇觀其氣乎？空疏者必入打油，粗鹵者必墮惡道，勢所必至也。」〔註23〕這段話論述氣，贊同韓愈的氣盛宜言說，進而認爲「詩以氣行」，他所謂「氣」，指的是喜怒哀樂等感情，因此所謂「氣盛」指的就是感情充沛，感情充沛則敢說敢表達，而無囁嚅不出之病，進而則「詩奇」，而有奇氣的詩歌則必定能流傳後世。他認爲有兩種人不能言氣：空疏者不可言氣，糅雜者亦不可言氣。因爲空疏者便無實無學，其詩歌也便言之無物與無學，成爲打油詩；糅雜者沾染世俗之習，其詩便只能流於粗魯，墮於惡道。

　　他所謂「朗」是居於響亮與爽之上的審美概念，所謂「而要（關鍵之意）歸於朗」。朗是後起的形聲兼會意字。《說文》云：「朗，明也。從月，良聲。」〔註24〕意即好月爲朗，明月爲朗。引申爲明亮。《詩經‧大雅‧既醉》：「昭明有融，高朗令終。」〔註25〕魏晉時引申爲高潔。《世說新語》說：「王子猷說，世目士少爲朗。」〔註26〕他解

〔註22〕詹杭倫、沈時蓉《雨村詩話校正》，成都：巴蜀書社，2006 年版 188～189 頁。

〔註23〕詹杭倫、沈時蓉《雨村詩話校正》，成都：巴蜀書社，2006 年版 71 頁。

〔註24〕〔漢〕許慎《說文解字》，北京：中華書局，1963 年版 141 頁。

〔註25〕《毛詩正義》卷十七，阮元十三經注疏本。

〔註26〕〔南朝〕劉義慶《世說新語‧賞譽下》，濟南：齊魯書社，2007 年版 124 頁。

釋朗說：朗者，冰雪聰明，無瑕瑜互掩之謂也。所謂冰雪聰明，指詩歌充分表現了作者的聰明才智，或曰出眾的才華，也含有高潔之意，所謂「無瑕瑜互掩」，即藝術上趨於完美，即杜甫所謂「思飄雲物動，律中鬼神驚。毫髮無遺憾，波瀾獨老成」〔註27〕之意。對此，他說：「詩尤貴潔。金在沙必揀其礫，米在箕必簸其秕，理也。若揀金而不去礫，簸米而不去秕，則塵飯土羹，知味者必不食；以瑕掩瑜，善鑒者必不觀矣。」〔註28〕此所謂「潔」，就是「冰雪聰明，無瑕瑜互掩之謂也」，要達到這個目標，就必須披沙揀金，簸糠見米，在藝術上進行不懈的追求，以達到完美的境界。他對藝術之精美論述很多，下面有具體的論述，此處不多談。

　　李調元提出了論述詩歌美的總綱，即所謂「響、爽、朗」，合而言之，也即所謂響亮爽朗，但他卻沒有圍繞中心展開具體論述，不過他在具體論述詩歌風格與審美的時候卻多有涉及。

三、提倡天然平易之美

　　李調元對天然平易的詩歌及天然平易之美情有獨鍾，迥異於明清時期尚典雅尚雕琢的時代風氣，所以值得特別重視。前後對照，他在前的二卷本《雨村詩話》對天然平易之美的論述較爲朦朧，而在後的十六卷本《雨村詩話》、四卷本《雨村詩話補遺》及一些序言的提法則更爲鮮明，論述也更加深入與辯證。

　　中國古代先人在審美欣賞活動中所追求的是天人合一的審美境界。宋代黃休復在《益州名畫錄》中，把中國書畫分爲「能品」、「妙品」、「神品」、「逸品」四格。「四格」中，最受推崇的是「逸品」。所謂「逸品」即是：「拙規矩於方圓，鄙精研於彩繪，筆簡形具，得之自然，莫可楷模，出於意表，故名之曰逸格爾。」〔註29〕

〔註27〕〔唐〕杜甫《敬贈鄭諫議十韻》，楊倫《杜詩鏡銓》，上海：上海古籍出版社，1980 年版 45 頁。
〔註28〕詹杭倫、沈時蓉《雨村詩話校正》，成都：巴蜀書社，2006 年版 71 頁。
〔註29〕《益州名畫錄序》，成都：四川人民出版社，1982 年版。

「逸」是道家的審美精神，故其得之於自然而又復歸於自然，追求的是「樸」與「簡」，亦即通常所謂「返樸歸眞」。這是中國書畫以及中國藝術所追求的最高品格，是一種超脫世俗的生活態度和精神境界。「逸」的「嗤笑徇務之志，崇盛忘機之談」〔註30〕的超出流俗的生活形態和精神境界融入到藝術中便是「逸品」。「得之自然」即崇尚自然，「筆簡形具」即反對雕琢，崇尚的是一種反對雕琢、虛靜坐忘、得意忘言，不以物累、超出現實功利性的身心狀態。這種身心狀態就是一種天人合一的審美境界。李調元對天人合一的天然平易之美論述頗多，今論列如下：

1、提倡「自然之音」

他在《薑山集序》中說：「詩非出於情之難，出於情而不失其正之爲難。三百篇多出於委巷與婦女之口，其人初未嘗學其辭，頗足爲法者何也？情之正也。漢魏以來作詩者，體裁不一，務爲綺靡，而去古愈遠。唯晉之陶靖節和平淡遠，爲千古學詩者之宗，後之王、孟、韋、柳各得其一體，而終失其自然之音。香山之擬，東坡之和，蓋又遠矣。信乎作詩之難也。豈非不得夫情之正之故乎？吾獨於薑山稿而竊歎靖節之去人未遠也。其爲詩也，可樂可觀而無淫詞，可哀可歌而無怨詞，鋪錦列繡而不失於綺，長江大河而不失於濫，渢渢乎一出於情之正焉。今試讀其句，如：『攜筇出柴門，微雨過平陸。川途曖新晴，墟裏翳嘉木。』『家住碧溪頭，日夕溪風急。修林不逢人，水田鷺鷥立。』『豆人立沙岸，柳陰喚津船。數點洲邊火，遙知估客舷。』『篙子宿寒雨，夜聞蓬（篷）底語。朝來兩岸樹，不見停舟處。』『松下斷人蹤，小徑明殘雪。千峰落日明，人煙淡初夕。』如此例者，實得淵明自然之趣。余尤愛之，以其不事雕鏤而得乎情之正也。太羹不和，太音聲希，此之謂也。余不復窺其全豹，而所見已如此，所謂『不著一字，盡得風流』者乎？後之讀薑山集者，即謂之讀陶集可也。」

〔註30〕范文瀾《文心雕龍注》，北京：人民文學出版社，1958年版67頁。

〔註31〕文中反對綺靡詩風，崇尚自然之音，讚揚陶淵明之詩和平淡遠爲千古學詩者之宗，唐代的王孟韋柳雖各有其長，而終失其自然之音，其他和作者擬作者則相差更遠。此所謂自然之音即自然之美，它以和平淡遠爲標誌，也就是追求自然平易之美。試讀所舉《薑山集》的詩句，可知這些詩歌確實和平淡遠，「得淵明自然之趣」。李調元還論述了自然平易之美的根源是不僅重視抒情，而且重視「情之正」，也即只要抒發了眞實自然健康的感情，詩歌就是自然之音，就具有自然平易之美。他還對比論述相反相成的幾組範疇，如「可樂可觀而無淫詞，可哀可歌而無怨詞，鋪錦列繡而不失於綺，長江大河而不失於濫」，如此則能「不著一字，盡得風流」。這說明自然之美是類乎道家所謂太羹、太音的「大美」，也就是不事雕鏤而得乎情之正的詩歌。

2、提倡「天質之美」

他說：「人有性而自汨之，有情而自灕之，似乎智而愚孰甚！毛嬙、麗姬雖粗服亂頭，無損其爲天質之美也。捧心效顰，人望而卻走矣。沈隱侯曰：『文章當從三易：易見事，一也；易識字，二也；易誦讀，三也。乾以易知，坤以簡能，易簡而天下之理得矣。』詩之道亦然。」〔註32〕如上面所論，李氏重視人的性情，以抒發眞性至情爲詩歌之本。因爲人的性情是自然的隨便的，所以他進而認爲詩歌風格也當自然而簡易。即本諸性情，即便隨意任性而爲，「雖粗服亂頭」，也「無損其爲天質之美也」。反之，如「自汨」、「自灕」，「捧心效顰，人望而卻走矣。」即人如擾亂、看輕自己的性情，胡亂仿傚甚至僞飾，喪失本性眞情，則反而不美又不善。六朝梁代詩壇領袖沈約就詩歌創作及詩歌之美提出了「三易說」，但此後卻很少有重視引述及發揮。李氏在此引述並發揮之，以自然簡易爲美，具有重要的意義。因爲明清文人詩歌尚模倣，尚典雅，尚雕琢，而極少有人尚平易或者簡易。

〔註31〕《童山文集》卷五，叢書集成初編本，北京：中華書局，1985年版。
〔註32〕二卷本《雨村詩話》卷下，郭紹虞《清詩話續編》，上海：上海古籍出版社，1983年版1525頁。

儘管典雅雕飾、險怪等也可以是美的，但較之自然簡易之美，則後者的境界更高，更受平民歡迎，更符合一般人的審美趣味。

3、提倡「天然古秀」

他說：「夔州太守徐鄰哉良……其書不擇筆，而天然古秀……詩亦有古意，見《題金英種菊圖》云：『菊莊來菊徑，對菊攜書讀。愛菊又愛書，書聲出茅屋。』」〔註33〕文中先論書法，讚揚首肯其書法有天然古秀之美，將天然與古秀合在一起，說明天然與古秀有近似的一面。所謂天然，就是自然平易，不矯揉造作，不過多的雕琢粉飾，所謂古秀，就是古樸自然而又兼有秀逸之風。接著認為其詩亦有古意，這裡的古意也就是天然古秀之意。如果品賞《題金英種菊圖》詩句，則可知詩中景物自然，情感自然，語言自然平易，整首詩顯示出一種天然古秀之風。

他說：「袁子才《生女詩》云：『墮地無人賀，遙知瓦在床。為誰添健婦，懶去報高堂。妄想能招弟，佯歡且為娘。江干有黃竹，慣作女兒箱。』若不經意，而曲盡人情。」〔註34〕文中認為袁枚的詩歌「若不經意」，即具有天然平易之美，不過他既強調天然平易，也強調「曲盡人情」，即同時具有含蓄蘊藉之美。

4、提倡「天骨自然」

他的《跋鶴峰墨蘭十二冊》第十一冊跋說：「墨蘭大要以淡為主，所謂淡者，天骨自然，脫去塵俗者也。故不作聲色，愈淡而愈工。若有意為淡，去之愈遠矣。姜白石論書云：『亦須人品高。』李日華亦曰：『人品不高，用墨無法。』乃知鶴峰墨蘭之高，亦由人品之高也。」〔註35〕這段話論畫，認為「墨蘭大要以淡為主」，所謂淡，就是脫去塵俗的「天骨自然」。這說明他不僅論詩崇尚自然美，而且論畫論書

〔註33〕詹杭倫、沈時蓉《雨村詩話校正》，成都：巴蜀書社，2006年版53頁。
〔註34〕詹杭倫、沈時蓉《雨村詩話校正》，成都：巴蜀書社，2006年版73頁。
〔註35〕《童山文集》卷十四，叢書集成初編本，北京：中華書局，1985年版。

都崇尚自然美。接著他還論述了追求自然之美的方法，是本於自然而「不作聲色」，如此則詩畫既自然又工麗，反之若「有意爲淡」，則達不到追求自然之美的目的。他還認爲自然之美的源頭是人品之高，換言之，人品高則詩品畫品也高，人品自然則詩品畫品也就自然。

5、不滿雕琢，提倡白描

他說：「詩社吳越居多，率多出於好事者爲之提倡。……乾隆二十三年，海寧施蘭垞倡爲詩社，皆詠物，其題松球限『魚』字，柳帶限『眞』字，竹粉限『侵』字，榆錢限『尤』字，一時諸作，非不雕肝刻腎，譬諸七竅，鑿而混沌死，詩之生氣無存矣。其佳者……此殆所謂意行骰中，神遊象表，觸於物而不滯於物者乎？」〔註36〕這段話批評吳越詩社唱和限韻之作「雕肝刻腎」，就像莊子所嘲諷的「七竅鑿而混沌死」，詩歌便了無生氣。這說明他非常讚賞莊子所說的自然，首肯詩歌的自然之美。

他進而又論述說：「蔡雪村以《畫窗稿》屬余作序，其雕肝琢腎句固多，而尤愛其善於白描。有句云：『生不擇交憐我拙，死無他恨惜君貧。』又云：『知無後會思前會，感到憐才愧不才。』直使千古才人一哭。」〔註37〕這段話主要論述寫作，他將盡力雕琢修飾與白描對舉，而「尤愛其善於白描」。白描是寫作手法，其表達效果則是天然平易之美。從後面所舉的例子可以看出，兩聯「直使千古才人一哭」的詩歌確實是善於白描而具有天然平易之美，但又對偶工穩，用字安帖，表現出深沉的悼惜之情，這說明李調元不但強調與欣賞天然平易之美，而且還欣賞盡力雕琢而達到不見雕琢之痕的藝術境界。

6、讚賞「詩似雕琢，卻極自然」

他又說：「陶元藻，號篁村，會稽諸生，有《二十四橋》等集。

〔註36〕詹杭倫、沈時蓉《雨村詩話校正》，成都：巴蜀書社，2006 年版 165 頁。

〔註37〕詹杭倫、沈時蓉《雨村詩話校正》，成都：巴蜀書社，2006 年版 175 頁。

篁村著述甚富,詩似雕琢,卻極自然。《由紅橋至平山堂》……俱可入畫。」〔註38〕鮮明地欣賞似雕琢,卻極自然的詩歌。

他的《陸詩選序》說:「夫取法乎上,僅得乎中。詩貴溯源,漢魏以至盛唐李杜諸家,學者自當奉爲鼻祖。而余獨選先生詩如此之多者,何也?蓋以示初學入門之基也。先生取材宏富,對仗精工,而出以雋筆。每遇佳句,不啻如楊柳承露,芙蓉出水,天然不假雕飾。而嘔出心血者,雖鏤冰刻骨,無以過之。洵後學之津梁也。」〔註39〕文中認爲陸游的詩歌不僅「取材宏富」,而且「對仗精工,而出以雋筆」,是精心創作,精於錘煉與雕琢的結晶,其好詩佳句卻又在錘煉雕琢的基礎上顯示出「楊柳承露,芙蓉出水」的美學特色,達到了「天然不假雕飾」的境界。

7、提倡「發言和易」

他說:「詩三百篇有正變,後人學焉而各得其性情之所近。楚騷之幽怨,少陵之憂愁,太白之飄豔,昌谷、玉川之奇詭,東野、閬仙之寒儉,從乎變者也。陶靖節以下,至於王昌齡、王維、孟浩然、高適、岑參、韋應物、儲光羲、錢起輩,俱發言和易,近乎正者也。白居易以和易享遐齡,長吉以瑰詭而致夭折。記曰:『和故百物不失,冬寒故景短,夏酷烈而秋悲,春日遲遲,信可樂也。』知此可與言詩矣。」〔註40〕此條論述學詩,追溯詩歌的源頭,認爲《詩經》也有正變,「後人學焉而各得其性情之所近」。作者認爲詩歌當以和易爲正,還引《禮記》的話,「和故百物不失」,如「春日遲遲,信可樂也」,還以白居易以和易享遐齡,長吉以瑰詭致夭折作正反兩個方面的證明,其提倡自然和易之美的指向是非常鮮明的,它與儒家的中和之美

〔註38〕詹杭倫、沈時蓉《雨村詩話校正》,成都:巴蜀書社,2006 年版 194 頁。

〔註39〕《童山文集》卷五,叢書集成初編本,北京:中華書局,1985 年版。

〔註40〕二卷本《雨村詩話》卷下,郭紹虞《清詩話續編》,上海:上海古籍出版社,1983 年版 1530～1531 頁。

有聯繫，但也有區別。至於白居易是否以和易享遐齡，長吉是否以瑰詭致夭折，則另當別論。

8、讚賞「句平而意奇」

他說：「詩不可以貌爲，少陵《發同谷》諸篇，昌黎、東野聯句，皆偶立一體。至昌谷之奇詭，義山之獺祭，各有寓意，不可以貌爲。乃今人襲取二李隱僻字句，以驚世眩目。叩其中絕無所謂，是皆無病呻吟，效顰而不自知其醜者。詩以道性情，自淵明而上溯《三百篇》，何嘗有不可解字句，使人眩惑，而其意之所託，或興或比，往往出人意表，千百載竟無能道破者。余嘗謂古之詩文，句平而意奇，後人句奇而意平，可笑也。」〔註41〕此條講詩歌創作「不可貌爲」，不能襲取前人的「隱僻字句，以驚世眩目」，結果卻是「絕無所謂，是皆無病呻吟，效顰而不自知其醜者」。後面認爲「詩以道性情」，自陶淵明而上溯《三百篇》的文字及風格都非常自然平易，但又有很深的蘊意。李氏讚美「句平而意奇」，極力反對「句奇而意平」的詩風。

因爲讚賞「句平而意奇」，所以他便反對「險怪」。他說：「王建、張籍樂府，何曾一字險怪。而讀之入情入理，與漢魏樂府並傳。古人不朽者以此，所以詩最忌艱澀也。」〔註42〕評論張籍、王建的樂府，認爲其樂府自然平易而不險怪艱澀，讀之入情入理，所以與漢魏樂府並傳，所以不朽，對自然平易的詩歌風格給予極高的評價。

李調元論詩充滿辯證性，所以他又提倡「險而實平」。他說：「韓昌黎詩云：『險語破鬼膽，高詞媲皇墳。』此是公自贊其詩，不可作贊他人詩看。然皆經藉光芒，故險而實平。」〔註43〕李氏評贊了張籍王建樂府的自然平易之美，又接著將其與倡導奇險詩風的韓愈對比，

〔註41〕二卷本《雨村詩話》卷下，郭紹虞《清詩話續編》，上海：上海古籍出版社，1983 年版 1530 頁。

〔註42〕二卷本《雨村詩話》卷下，郭紹虞《清詩話續編》，上海：上海古籍出版社，1983 年版 1531 頁。

〔註43〕二卷本《雨村詩話》卷下，郭紹虞《清詩話續編》，上海：上海古籍出版社，1983 年版 1531 頁。

認爲韓愈所謂「險語」「高詞」實際上是「險而實平」，而非險怪艱澀。

四、重視風骨，提倡陽剛之美

　　蜀中歷代著名詩人得到巴蜀雄奇秀麗山川的感染，都以學識廣博著稱，爲詩也追求陽剛之美，司馬相如、李白、陳子昂、蘇軾是如此，即便是詩詞傾心六朝初唐的楊愼也心儀李白蘇軾的飄逸豪放的風格美。性格剛直一生以忠君愛國爲己任的李調元尤其鍾情於陽剛之美。李調元論詩總綱爲：「詩有三字訣，曰：響、爽、朗。響者，音節鏗鏘，無沉悶堆塞之謂也；爽者，正大光明，無囁嚅不出之謂也；而要歸於朗，朗者，冰雪聰明，無瑕瑜互掩之謂也。言詩者不得此訣，吾未見其能詩也。」〔註44〕雖然包含著陰柔之美，但其中的響與爽卻主要指陽剛之美。他論詩推崇盛唐李杜，說：「詩貴溯源，漢魏以至盛唐李杜諸家，學者自當奉爲鼻祖。」〔註45〕他還多次以李杜韓蘇爲大家與典範，如說「分壇列坫而最大者爲李杜韓蘇」〔註46〕這些都說明他論詩主要推崇陽剛之美。李調元寫詩也主要呈現陽剛之美，他說自己的詩風「譬諸水然，峭厓束峽，懸流倒瀑，非水之性也。其中必有怪石奇峰以激之，而後奮而爲雷霆，散而爲風雨，遊者爭賞其岩之競秀，豁之爭流，以爲千古奇勝。而挈舟者望之而心驚，稍一不愼，則舟爲齏粉焉，人皆沉溺焉。雖奔騰至海，而多沖決之患。」〔註47〕顯示的是一種典型的陽剛之風。同時代的詩人也認可這種觀點。《臘月郎中馮星實應榴視學蜀中余適北上相遇於鳳縣心紅峽見示道中詩余亦出詩相質蒙贈四絕奉和元韻》說：「詩筒一葉倩郵傳，驚看光芒萬丈懸。趨壯子平吾豈敢，褒詞虛負玉堂仙。」自注云：「文同《寄子平詩》云：『之子富才華，筆力趨且壯。』子平即

〔註44〕詹杭倫、沈時蓉《雨村詩話校正》，成都：巴蜀書社，2006年版27頁。
〔註45〕《陸詩選序》《童山文集》卷五，叢書集成初編本，北京：中華書局，1985年版。
〔註46〕十六卷本《雨村詩話》序言，詹杭倫、沈時蓉《雨村詩話校正》，成都：巴蜀書社，2006年版26頁。
〔註47〕《寄墨莊兗塘兩弟書》，《童山文集》卷十，叢書集成初編本，北京：中華書局，1985年版。

蘇軾初字也，來詩有『風規直接大峨仙』之句，故云。」〔註48〕認爲其
筆力趣且壯，不下蘇軾。程晉芳《粵東皇華集序》說：「若其詩之雄肆
超詣，固有不愧昔賢者。」〔註49〕程氏也認爲李調元的詩歌「雄肆超詣」
具有較強的陽剛之美，不愧巴蜀前輩陳子昂、李白、蘇軾及杜甫。顏酩
山贈李調元詩有「君家西蜀謫仙裔，淋漓大筆嗤鄒枚」〔註50〕之句，乾
脆認爲他大筆淋漓，雄奇飄逸，繼承的李白的衣缽，不愧爲李姓的後裔。
李調元論詩重視盛唐李杜，二卷本《雨村詩話》卷下論古人詩，讚揚杜
甫達二十多條，學詩則倡導從李白入手，說：「太白詩根柢風騷，馳驅
漢魏，以遺世獨立之才，汗漫自適，志氣宏放，故其言縱恣傲岸，飄飄
然有凌雲馭風之意，以視乎循規蹈矩含宮咀商者，眞塵飯土羹矣。蓋其
仙風道骨實能不食人間煙火，故世之負屍載肉而行者，望之張目咋舌，
譬如天馬行空，不施鞿勒，其能絕塵而追者幾人哉！」〔註51〕肯定讚揚
李白爲人的「遺世獨立之才，汗漫自適，志氣宏放」，爲詩則「縱恣傲
岸，飄飄然有凌雲馭風之意」，「如天馬行空，不施鞿勒」，無可爭議地
說明他重視盛唐以李杜爲首的陽剛詩風。

　　因爲以上原因，所以在他的《詩話》中稱引提出了不少有關陽剛
之美的美學範疇。今論列如下：

1、他提倡風骨、氣骨

　　風骨之說起於《文心雕龍・風骨》。劉勰說：「是以綴慮裁篇，務
盈守氣，剛健既實，輝光乃新，其爲文用，譬征鳥之使翼也。故練於
骨者，析詞必精；深乎風者，述情必顯。捶字堅而難移，結響凝而不
滯，此風骨之力也。」〔註52〕其後陳子昂提倡復興漢魏風骨或建安風

〔註48〕《童山詩集》卷十二，叢書集成初編本，北京：中華書局，1985 年版。
〔註49〕李調元《粵東皇華集》卷首，叢書集成初編本，北京：中華書局，
　　　　1985 年版。
〔註50〕詹杭倫、沈時蓉《雨村詩話校正》，成都：巴蜀書社，2006 年版 177 頁。
〔註51〕《重刻太白全集序》《童山文集》卷五，叢書集成初編本，北京：中
　　　　華書局，1985 年版。
〔註52〕范文瀾《文心雕龍注》，北京：人民文學出版社，1978 年版 513 頁。

骨，所謂「骨氣端翔，音情頓挫，光英朗練，有金石聲」。〔註53〕因此風骨是一個追求詩歌力度與深度的表示陽剛之美的美學範疇，中唐之後意境說漸興，與意境說相近或者相同的興趣說、韻味說、神韻說、性靈說繼起，風骨說漸漸淡出詩壇，而李調元卻多處大力提倡風骨。

他直接提倡風骨。他說：「江陰翁霽堂照，少以《蓑衣詩》『煙波雙鬢老，風雨一身秋』得名……其《漂母祠》云……足見其傲岸有風骨。」〔註54〕文中以其《漂母祠》顯現其「傲岸有風骨」，而不是說其詩有風骨，但因爲人品影響詩品，人格影響詩格，人的傲岸正直剛烈的品格也必然影響其詩風，所以李調元實際上也在讚揚其詩有風骨之美。他說：「永川李孝廉桂山天英，工詩，豪放中時有古音。如《皖江》云：『山添一夜雨，綠過大江來。』《梅花》云：『一片月橫水，十分香到人。』皆有丰骨。」〔註55〕豐通風，丰骨即風骨。看其所舉詩句都較爲大氣朗煉，即他所謂「豪放中時有古音」，所以丰骨即風骨。他說：「大司寇秦味經先生……有《味經窩就正稿》，詩不多而精。有《燕子磯與黃唐堂邵北菴分韻》……想見丰骨崚嶒。」〔註56〕丰骨崚嶒即風骨凜然，人風骨凜然，詩歌也風骨凜然。

他還提倡「氣骨」。他說：「唐子西庚亦眉山人，詩多佳句，其氣骨類東坡而稍乏變幻。後亦謫惠州，人稱小東坡，亦奇事也。」〔註57〕風即氣，所以氣骨即風骨。這段話評價宋代蜀地詩人唐庚，認爲唐氏的詩歌風格是「氣骨類東坡而稍乏變幻」，所以人稱「小東坡」，說明他認爲蘇軾的詩歌具有追求風骨的陽剛之美，是他學習效法與趕超的對象，

〔註53〕〔唐〕陳子昂《陳伯玉文集》卷一，《四部叢刊》影明本。

〔註54〕詹杭倫、沈時蓉《雨村詩話校正》，成都：巴蜀書社，2006 年版 323 頁。

〔註55〕詹杭倫、沈時蓉《雨村詩話校正》，成都：巴蜀書社，2006 年版 96 頁。

〔註56〕詹杭倫、沈時蓉《雨村詩話校正》，成都：巴蜀書社，2006 年版 167 頁。

〔註57〕二卷本《雨村詩話》卷下，郭紹虞《清詩話續編》，上海：上海古籍出版社，1983 年版 1533 頁。

其首肯讚揚的也是風骨一類的陽剛之美。他又說：「成都杜南林……有《春遊瀯亭詩》云：『蘚皮溜雨千年樹，翠羽吟風一院春。記否瀯江亭子上，扶筇曾有杜陵人。』氣骨尙自不凡。」〔註58〕他說：「給諫上元王友亮……並寄余詩一冊，中多佳句，如五言：『四圍山立雪，一線路盤雲。』七言：『楓高幾樹作霞影，柔櫓一行如雁聲。』皆骨力高古，而懷古詩尤工，《張麗華祠》……。」〔註59〕風骨以表現力度著稱，所以也稱骨力。高古包含著高雅、古拙、古老之意，不合流俗之意。司空圖形容高古爲：「畸人乘眞，手把芙蓉。泛彼浩劫，窅然空蹤。月出東斗，好風相從。太華夜碧，人聞清鐘。虛佇神素，脫然畦封。黃唐在獨，落落玄宗。」〔註60〕是一個重視人格力量與精神境界的偏於陽剛的詩風，所以李調元將其與骨力相連，並讚揚之。

2、他讚揚「渾厚樸茂」

他說：「唐王楊盧駱四傑，渾厚樸茂，猶是開國風氣。自吾蜀陳子昂，始以大雅之音，振起一代，颯颯乎清廟明堂之什矣。昌黎詩云：『國朝盛文章，子昂始高蹈。』信不誣也。吾蜀文章之祖，司馬相如、揚雄而後，必首推子昂。」〔註61〕認爲初唐四傑的詩歌具有「渾厚樸茂」的風格美，與崇尙「綺豔」的齊梁詩風具有明顯的不同。後面又論及陳子昂。陳子昂論詩反對「齊梁間詩，彩麗競繁，而興寄都絕」而主張比興寄託，提倡復興漢魏風骨，即所謂「骨氣端翔，音情頓挫，光英朗練，有金石聲」〔註62〕的風骨之美。認爲陳子昂的詩歌是所謂「大雅之音」「清廟之什」，振起了一代唐詩。後面還讚揚陳子昂的詩

〔註58〕詹杭倫、沈時蓉《雨村詩話校正》，成都：巴蜀書社，2006 年版 327 頁。

〔註59〕詹杭倫、沈時蓉《雨村詩話校正》，成都：巴蜀書社，2006 年版 310 頁。

〔註60〕〔清〕何文煥《歷代詩話》上，北京：中華書局，1981 年版 39 頁。

〔註61〕二卷本《雨村詩話》卷下，郭紹虞《清詩話續編》，上海：上海古籍出版社，1983 年版 1525 頁。

〔註62〕〔唐〕陳子昂《陳伯玉文集》卷一，《四部叢刊》影明本。

歌及詩論是繼司馬相如、揚雄賦之後的「文章之祖」，其繼承先賢，提倡風骨一類的陽剛之美的指向十分明顯。

3、他讚賞「堅渾雄博」

他說：「五代以韓偓、韋莊二家爲陞堂入室，然執牛耳者，必推羅江東。其詩堅渾雄博，亦自老杜得來，而絕不似宋江西派之貌襲，世之稱者少，何也？皮、陸輩雕文刻鏤，近乎土木偶人，少生趣矣。」〔註63〕這段話評論唐末五代的詩歌，高度讚揚羅隱的詩歌自杜甫來，不似江西詩派的「貌襲」，而是神似，自有一種「堅渾雄博」的陽剛之美。羅隱的詩歌造意深刻，語言新穎，富有諷刺性，但前人卻很少以「堅渾雄博」來評價讚賞羅隱的詩風，所以這話體現了李氏對陽剛之美的推重。

4、他讚賞「雄深渾厚」

他說：「西江詩派，余素不喜，以其空硬生湊，如貧人捉襟見肘，寒酸氣太重也。然黃山谷七言古歌行，如歌馬、歌阮，雄深渾厚，自不可沒；與大蘇並稱，殆以是乎？後山詩，則味如嚼蠟，讀之令人氣短。如『且然聊爾耳，得也自知之』二句，係集中五律起筆，竟成何語？眞謂之不解詩可也。擁被呻吟，直是枯腸無處搜耳。」〔註64〕李氏論詩重唐而輕宋，更素不喜江西詩派，只喜歡蘇軾。但這裡卻認爲黃庭堅的「七言古歌行如歌馬、歌阮，雄深渾厚，自不可沒」，讚揚黃氏之詩有一種陽剛之美，並認爲單就這一點來講，黃氏便可以與蘇軾並稱。

5、他讚揚「高健雄渾」

他說：「奉節傅副憲濟菴汝楫……曾從出征厄魯特，至烏泥圖，即所謂渤海也，故詩有橫槊之風。著有《雪堂》、《燕山》、《遼海》、《西

〔註63〕二卷本《雨村詩話》卷下，郭紹虞《清詩話續編》，上海：上海古籍出版社，1983 年版1532 頁。

〔註64〕二卷本《雨村詩話》卷下，郭紹虞《清詩話續編》，上海：上海古籍出版社，1983 年版1534 頁。

征》、《南行》等集，美不勝收，已選入《蜀雅》。其佳句如……高健雄渾，李於鱗不足多也。七絕如《感懷》云……其音節洪亮，直逼龍標。」〔註65〕這段話說傅汝楫從軍出征，有英雄之氣，所以詩歌也有曹操的「橫槊之風」。所謂「橫槊之風」，即敖陶孫《詩評》所說：「魏武帝如幽燕老將，氣韻沉雄。」〔註66〕劉熙載所說：「曹公詩氣雄力堅，足以籠罩一切，建安諸子未有其匹也。」〔註67〕還認爲其佳句「高健雄渾」，超過了明代的李於鱗，且音節洪亮，直逼唐代的王昌齡。李調元對明詩評價頗高，今天看來有些偏頗。其原因是他論詩重唐，尤其是重盛唐之李杜及邊塞詩派，所以便對模倣盛唐的明代前後七子評價偏高。其實因爲時代、時代精神及詩人的精神發生了巨大的變化，李于鱗等人的「高健雄渾」之詩多徒有盛唐詩歌之表，是所謂「瞎盛唐」或者假盛唐。

6、他讚賞「精深老健，魄力沉雄」

他說：「元遺山詩，精深老健，魄力沉雄，直接李杜，上下千古，能並駕者寥寥。」〔註68〕李調元對唐末五代以後的詩人及詩歌殊少讚語，尤其是很少完全的肯定。此處卻對元好問給予了極高的評價，認爲元氏之詩歌具有一種「精深老健，魄力沉雄」的陽剛之美，所以能「直接李杜」，還認爲元氏在詩壇上「上下千古，能並駕者寥寥」，具有極高的地位。應該說李氏的評價是準確的，稱頌也是有據的，其崇尙陽剛之美的意向十分明顯。此處雖然說的是「直接李杜」，但根據李白、杜甫風格的不同，「精深老健，魄力沉雄」應該指的是杜甫。

〔註65〕詹杭倫、沈時蓉《雨村詩話校正》，成都：巴蜀書社，2006 年版 273 頁。

〔註66〕〔宋〕敖陶孫《詩評》，見《詩人玉屑》卷二，乾隆刻本。

〔註67〕〔清〕劉熙載《藝概・詩概》，郭紹虞《清詩話續編》，上海：上海古籍出版社，1983 年版。

〔註68〕二卷本《雨村詩話》卷下，郭紹虞《清詩話續編》，上海：上海古籍出版社，1983 年版 1535 頁。

7、他讚賞杜甫沈鬱頓挫的詩風

他說：「湖南中丞天津查儉堂禮老……其詩沈鬱頓挫。」〔註69〕李調元「話古人」的二卷本詩話特重杜甫，尤其是重視杜甫以沈鬱頓挫爲標誌的陽剛詩風，所以以此來讚揚友人的詩歌。

他說：「玉溪自京來，帶余弟編修驥元《梟塘詩稿》一冊，囑余點定，並云：『弟之詩出於兄之指示，非兄閱定，弟不敢自信其爲詩也。煩爲細閱，擇其可者存之，不可存者刪之。』余閱之，見卷首有王述菴先生跋云：『清蒼奇傑，源本杜少陵；酌理準情，又不減白少傅。繾幽鑿險，筆力排奡，而一種蒼老之氣溢於紙墨。西川文人前爲費此度，近爲彭樂齋，皆遠不逮也，當爲蜀中一大名家，亟錄入鄙製《湖海詩傳》以爲弁冕。』所言雖不無溢詞，然而閱歷既多，學問亦進，較少時作，漸入老境。」〔註70〕這段話引用他人之語，讚揚李驥元的詩歌有杜甫「清蒼奇傑」的風格，又說他的詩歌「繾幽鑿險，筆力排奡，而一種蒼老之氣溢於紙墨」，這話既可用於韓愈，也可用於杜甫，後面的「閱歷既多，學問亦進，較少時作，漸入老境」也是對杜甫詩歌，尤其是杜甫中晚年詩歌風格的概括，也即杜甫自己所說的「沈鬱頓挫」。所以他常常將杜韓並列，他說：「有新署梟臺董大人諱教增……《和楊方伯荔裳貢院即事詩》……通首功力悉敵，出入韓杜。」〔註71〕

他說：「余師……錢塘陳學川先生云……『詩力追少陵』。」〔註72〕直接以「力追少陵」爲詩歌的審美追求。他又說：「安居王中安中丞……皆學力淵博，氣象沉雄，必傳無疑。此應從杜入手而兼學西昆者。」〔註

〔註69〕詹杭倫、沈時蓉《雨村詩話校正》，成都：巴蜀書社，2006 年版 56 頁。

〔註70〕詹杭倫、沈時蓉《雨村詩話校正》，成都：巴蜀書社，2006 年版 182 頁。

〔註71〕詹杭倫、沈時蓉《雨村詩話校正》，成都：巴蜀書社，2006 年版 405 ～406 頁。

〔註72〕詹杭倫、沈時蓉《雨村詩話校正》，成都：巴蜀書社，2006 年版 235 ～236 頁。

〔註73〕詹杭倫、沈時蓉《雨村詩話校正》，成都：巴蜀書社，2006 年版 264 頁。

73）所謂「學力淵博，氣象沉雄」是對杜甫詩歌及其審美特徵的準確概括，他認爲學詩當從杜甫入手而兼學西昆，實則是應從李商隱入手而進於杜甫。

　　他說：「蜀中詩當以費滋衡錫璜爲大宗，其詩如百戰健兒，三鼓不竭。五言如《燕山》：『鐘聲寒似雨，燈影白如霜。』《野步》云：『溪浮田字草，路放碗兒花。』……七言如《黃溢阻雨》云：『雨聲收入何朝寺，殺氣蒸爲半夜潮。』《蝶》云：『香中昨夜知何國，夢裏前身是落花。』皆有少陵風格，自名其集曰《掣鯨》，不誣也。」〔註74〕這段話說蜀中詩當以費錫璜爲大宗，原因在其詩剛健有力，如「百戰健兒，三鼓不竭」，有杜甫的詩風，也有杜甫所追求與推崇的碧海掣鯨的力量，所以其詩集敢於命名爲《掣鯨集》。他自己也以杜甫爲榜樣。他的《陪祝芷塘鄧筆山兩太史遊少陵草堂》說：「此地獨千古，爲因素美祠。只容人載酒，不許客題詩。今遇雙星至，同參百世師。不知滄海上，誰定掣鯨鯢。」〔註75〕明確以杜甫爲「百世師」，且以杜甫沈鬱頓挫、碧海掣鯨的風格美爲典範。

8、他提倡「英氣」與「豪氣」

　　他說：「青浦王述菴昶……《蘄王廟詩》……寫出英氣勃勃。」〔註76〕《蘄王廟詩》寫名將韓世忠，自然應當寫其英氣，王昶的詩歌本來偏於陽剛，所以便能「寫出英氣勃勃」，詩歌自然也「寫出英氣勃勃」，有一種陽剛之美。他說：「華亭王麟照太史圖炳，詩有英氣。」〔註77〕所謂英氣，也就是陽剛之氣。他還說：「湘潭龔太史大萬荻浦……《過洞庭湖》詩云……頗有凌雲之概。」〔註78〕所謂凌雲之概

〔註74〕詹杭倫、沈時蓉《雨村詩話校正》，成都：巴蜀書社，2006年版362頁。

〔註75〕《童山詩集》卷十一，叢書集成初編本，北京：中華書局，1985年版。

〔註76〕詹杭倫、沈時蓉《雨村詩話校正》，成都：巴蜀書社，2006年版54頁。

〔註77〕詹杭倫、沈時蓉《雨村詩話校正》，成都：巴蜀書社，2006年版64頁。

〔註78〕詹杭倫、沈時蓉《雨村詩話校正》，成都：巴蜀書社，2006年版69頁。

也就是英雄之氣。

他提倡豪氣。他說金匱杜凝臺玉林「詩最雄壯，有《登雅州城》四首，其一云：『大渡河西畫角聲，投鞭撫髀若爲情。空言司馬能傳檄，漫學參軍欲請纓。春盡林香猶作瘴，雨餘山氣不全晴。關心最是從征客，雪沒弓衣夜研營。』頗有豪氣，一時和者甚眾。」〔註79〕李調元所列舉的《登雅州城》是一首唐代以後少見的邊塞詩歌，風格雄壯，確實是頗有豪氣。他說：「王蘭泉昶自從軍金川而後，詩又一變……出其《蜀中集》以示，如《大崖》、《楚卡》諸古體，直奪昌黎之席。有《羅博瓦曉行》云：『炙轂途泥滑，攢刀石角分。泉聲千壑雨，霧氣四山雲。驕馬嘶還躍，啼烏近漸聞。兵鋒乘破竹，已擬進前軍。』想見橫刀握槊之風。」〔註80〕說王昶從軍之後詩風大變，其古體詩有韓愈豪橫之氣，甚至超過了韓愈。後面又引他的五言律詩《羅博瓦曉行》，品味這首詩歌，確實較爲眞切地描寫了邊地軍營與征戰的境況，表現了將士的豪情壯志，亦可以想見抒情主人公那橫刀握槊的風采，詩歌自有一種英豪之氣，與陽剛之美。他說：「余同年寶應王少林嵩高，詩有豪氣，《大梁懷古》云：『金明池水上河通，宋帝諸陵白露中。花石南來軍國病，翠華北狩寢園空。煙寒桑柘連秋社，雨綠蘼蕪滿故宮。莫問樊樓舊燈火，東京遺事夢華同。』」〔註81〕說同年之詩有豪氣，其所舉例子確實縱橫開闔，視野廣闊，感慨深沉，有較強的思想深度與情感力度，可以與以懷古詩著稱的唐代名詩人號稱「詩豪」的劉禹錫一較高下。他說：「歙人方子雲正澍，詩家之豪也，有句云：『逢世自憐強弩末，思鄉空說大刀頭。』『平田入野橫棋局，遠嶂排空展畫屏。』皆奇句也。」〔註82〕所舉詩句意象雄奇，感慨深沉，境界廣遠，頗有英豪之氣。

〔註79〕詹杭倫、沈時蓉《雨村詩話校正》，成都：巴蜀書社，2006 年版 285～286 頁。
〔註80〕詹杭倫、沈時蓉《雨村詩話校正》，成都：巴蜀書社，2006 年版 286 頁。
〔註81〕詹杭倫、沈時蓉《雨村詩話校正》，成都：巴蜀書社，2006 年版 326 頁。
〔註82〕詹杭倫、沈時蓉《雨村詩話校正》，成都：巴蜀書社，2006 年版 352 頁。

9、他強調「奇峭生崾」

因爲重視李杜韓蘇的詩歌，重視表現英豪之氣，這樣的詩歌必然具有奇峭生崾等風格特點，具有「驚心動魄」與「慷慨淋漓」的氣勢。他說：「昌黎云：『氣盛則言之長短與聲之高下皆宜。』此可與知者道，難與不知者言也。詩以氣行，氣盛則詩奇；有奇氣者，必能傳也。」〔註83〕認爲詩以氣行，也即詩的根本是氣，即他所謂的喜怒哀樂等感情，氣盛即感情充沛，如此則詩歌顯得新奇而有感染力衝擊力，富有陽剛之美。他又說：「雲在先生詩刻意奇峭。」〔註84〕所謂奇峭即奇偉峭拔，也是一種陽剛之美。他說：「同年韋藥軒謙恒有《鐵畫歌》云……題既生崾，筆亦屈鐵。」〔註85〕說《鐵畫歌》題目生崾，筆法屈鐵，意即詩歌的題目與筆法及風格都崾峭如鐵，有一種陽剛之美。他說：「呂少農名履恒，字名素，詩亦生峭，有『萬山爭隙地，一徑入高天』之句。」〔註86〕從所舉詩句看，確實有生新崾峭之風。

因爲肯定讚揚奇峭生崾之類的風格美，所以他論詩便格外重視氣勢。他說：「楊荔裳方伯歌行學梅村，而音調工整，似出其上，有《己未五月由蜀營調赴甘藩呈兄蓉裳》七古詩一首最爲慷慨淋漓。」〔註87〕讚揚楊方伯的詩歌學習梅村體，不僅音調工整，而且其七古詩還慷慨淋漓，富有感染力與衝擊力。他又說「趙雲松……其爲詩千變萬化，不可以格律拘，而筆舌所奮，如諧如莊，往往令人驚心動魄。人皆推其古歌，余獨愛其近體。」〔註88〕趙翼的詩歌是性靈派中最爲恣肆而富於變化者，即李所謂「千變萬化，不可以格律拘」，在形式上最富有變化，而且「筆舌所奮，如諧如莊」，即信筆而寫，情感充沛，風格多變，或者諧謔，或者莊嚴剛正，有驚心動魄的藝術效果，也是富有陽

〔註83〕詹杭倫、沈時蓉《雨村詩話校正》，成都：巴蜀書社，2006 年版 71 頁。
〔註84〕詹杭倫、沈時蓉《雨村詩話校正》，成都：巴蜀書社，2006 年版 122 頁。
〔註85〕詹杭倫、沈時蓉《雨村詩話校正》，成都：巴蜀書社，2006 年版 104 頁。
〔註86〕詹杭倫、沈時蓉《雨村詩話校正》，成都：巴蜀書社，2006 年版 325 頁。
〔註87〕詹杭倫、沈時蓉《雨村詩話校正》，成都：巴蜀書社，2006 年版 392 頁。
〔註88〕詹杭倫、沈時蓉《雨村詩話校正》，成都：巴蜀書社，2006 年版 51 頁。

剛之美，以感染力與衝擊力見長。

　　不過李調元雖然首肯陽剛之美，提倡表現英豪之氣，但他卻堅決反對「粗豪」。他說：「子才有《論唐堂集詩》云：『莫將死句入詩中，此訣傳來自放翁。掃盡粗豪見靈活，唐堂真比稼堂工。』」〔註89〕說明他同意袁枚的觀點。

五、提倡清遠閒放之美

　　中國古代的山水田園詩歌自產生以來就一直長盛不衰，而且越到後來越盛，幾乎所有詩人都大量寫作山水田園詩，都有名作傳世。因為山水田園詩歌融合了儒釋道的山水意識，表現了文人兼濟不成而求獨善的憂患意識，是中國古典詩歌追求意境美的典範。〔註90〕李氏生長在風景秀麗雄奇的巴蜀，為官時飽覽南北山水，後又歸家悠遊山水田園，寫作了不少優美的山水田園詩歌，故而在詩論中標舉陶謝王孟為代表的山水田園詩歌的清遠閒放之美也就是必然的了。他不僅論古人如此，而且論今人也如此，特別重視「清」與「逸」。今論列如下：

1、提倡清遠閒放

　　李調元重視自然平易之美，就必然也非常重視清遠閒放。他說：「淵明清遠閒放，是其本色，而其中有一段深古樸茂不可及處。或謂唐王、孟、韋、柳學焉，而得其性之所近，亦有見之言也。」〔註91〕稱引並讚揚陶淵明詩歌的「清遠閒放」之美，認為這是其本色，而「其中有一段深古樸茂不可及處」，還同意前人唐代山水田園詩歌的代表人物王孟韋柳都學陶「而得其性之所近」的觀點。清則淡，則和。所以他又提倡和平淡遠。他在《薑山集序》中說：「漢魏以來作詩者，體裁不一，務為綺靡，而去古愈遠。唯晉之陶靖節和平淡遠，為千古

〔註89〕詹杭倫、沈時蓉《雨村詩話校正》，成都：巴蜀書社，2006年版91頁。

〔註90〕參見鄭家治《古代詩歌史論》，成都：巴蜀書社，2003年版152～175頁。

〔註91〕二卷本《雨村詩話》卷上，郭紹虞《清詩話續編》，上海：上海古籍出版社，1983年版1523頁。

學詩者之宗，後之王、孟、韋、柳各得其一體，而終失其自然之音。香山之擬，東坡之和，蓋又遠矣。」〔註92〕將陶淵明提高到後世詩人永難企及的千古學詩者之宗的至高無上的地位。他還說：「《荊圃唱和集》自以金匱蓉裳、荔裳兩先生爲冠。蓉裳公詩似王孟韋柳，和平淡遠；方伯則藻思縱橫，各擅其長，不辨誰軒誰輊，皆自出機杼，不肯蹈襲前人一字。」〔註93〕認爲和平淡遠與藻思縱橫一偏靜一偏動，一偏陰柔一偏陽剛，二者不可妄分伯仲。

2、提倡清新俊逸

他說：「『筆落驚風雨，詩成泣鬼神』，太白詩也。又有『興酣落筆搖五嶽，詩成笑傲凌滄州』之句，此殆公自寫照也。而杜少陵詩『白也詩無敵，飄然思不群。清新庾開府，俊逸鮑參軍。』又不似稱白詩，亦直公自寫照也。」〔註94〕這段話引述杜甫評李白的詩句，及李白自我寫照的詩句，讚揚李白的詩歌有一種飄逸狂放之風，具有驚風雨、泣鬼神的氣勢與藝術感染力。後面又引杜甫評價李白的詩句，但卻認爲這「不似稱白詩，亦直公自寫照也」，即杜甫的詩歌具有清新俊逸之美，飄然不群之思，達到了「無敵」的高度，與傳統所認爲的「沈鬱頓挫」不同，不惟與李白的詩歌美近似，而且與陶謝王孟的「清遠閒放」之美近似。這種評價可謂別具一格，具有獨創性。

3、提倡氣清骨秀

他說：「桐城相國張文和廷玉，少年入館，詩氣最清……後遂大拜，由其骨秀。」〔註95〕此處之清即詩風清新自然，沁人心脾，這種氣清源於骨秀，即人品高尙高潔。他又說：「錢塘方芳佩芷齋，乾隆丁丑編修汪芍波新夫人也，著《在璞堂稿》。沈歸愚稱其『清而不靡，

〔註92〕《童山文集》卷五，叢書集成初編本，北京：中華書局，1985 年版。
〔註93〕詹杭倫、沈時蓉《雨村詩話校正》，成都：巴蜀書社，2006 年版 391 頁。
〔註94〕二卷本《雨村詩話》卷下，郭紹虞《清詩話續編》，上海：上海古籍出版社，1983 年版 1526 頁。
〔註95〕詹杭倫、沈時蓉《雨村詩話校正》，成都：巴蜀書社，2006 年版 28 頁。

如水仙一囊,緗梅半萼』。……《詠秋海棠》云:『幾夕和煙更和雨,一時無語本無人。』可謂化工之筆。」〔註96〕清與濁相對,爲詩則與綺靡相對,所以清則如「水仙一囊,緗梅半萼」,顏色不豔,而清香之氣幽淡襲人,沁人心脾。他又說:「山陰蕭超群……有《夏日絕句》云……詩思極清。」〔註97〕單單標舉一個清字,則包括清遠清新清眞清切等。極清就是清絕。他說:「上元車養源研,詩名最著,七絕尤佳,《南河道中》、《野店》……筆意清絕。」〔註98〕

4、提倡清真微妙

他說:「述菴云:『詩之爲道,偏至者多,兼工者少。分茆設蕝,各據所獲以自矜。學陶韋者,斥盤空硬語、妥帖排奡爲粗;學杜韓者,又指不著一字、盡得風流爲弱。出主入奴,二者恒相笑,亦互相詘也。吾五言詩期於抒寫性情,清眞微妙,而七言長句頗欲驅使典籍,縱橫變化。世之偏至者或可以無譏也。』」〔註99〕這裡標舉清眞微妙,且將杜韓的盤空硬語、妥帖排奡之風與陶韋的不著一字、盡得風流對舉,說明陽剛、陰柔各有所長,不得妄爲軒輊。進而認爲各種體式有其相對分別的表現對象與風格特色,即五言詩期於抒寫性情,清眞微妙,而七言長句頗欲驅使典籍,縱橫變化,或者說前者偏於陰柔,後者偏於陽剛。此所謂清眞就是清新自然之意。

5、提倡清切有味

他說:「行役詩多有目前境而未經人道者。如廣元令吳明軒《嘉陵道中》句云:『酒逢茅店飲,馬過板橋騎。』簡州牧宋汝和《金臺》句云:『穿林驚宿鳥,殘夢逐村雞。』皆清切有味。」〔註100〕過清則淡,

---

〔註96〕詹杭倫、沈時蓉《雨村詩話校正》,成都:巴蜀書社,2006年版81頁。
〔註97〕詹杭倫、沈時蓉《雨村詩話校正》,成都:巴蜀書社,2006年版309。
〔註98〕詹杭倫、沈時蓉《雨村詩話校正》,成都:巴蜀書社,2006年版300頁。
〔註99〕詹杭倫、沈時蓉《雨村詩話校正》,成都:巴蜀書社,2006年版209頁。
〔註100〕詹杭倫、沈時蓉《雨村詩話校正》,成都:巴蜀書社,2006年版289頁。

淡則無味，所以他便強調清切，即清新而又真切，如此則有味。他還
強調清醇說：「嶽聳須如岱，江源要倒岷。四時春日好，萬象夏天新。
格調宗唐宋，杼機采宋人。大都先忌俗，乃可望清醇。」〔註101〕清醇
即既清淡，卻又不失醇厚有味。過醇則不能肆，過淡則不能腴，所以
他又辯證地強調詞醇而肆，味淡而腴，說：「粵東詩萃於德慶一州，而
州中詩復萃於溫氏一門，如溫承恭莊亭……今年自粵東復攜乃祖《青
雲詩集》見示，屬余定之，見其詞醇而肆，味淡而腴，乃直諸溫之淵
源有自來也。尤愛其《有憶》六首中一聯云：『義士肝膽同白日，美人
顏色屬黃金。』寓意尤為深遠。」〔註102〕詞醇而肆，味淡而腴之說源
自蘇軾。蘇軾說：「獨韋應物、柳宗元發纖穠於簡古，寄至味於淡泊，
非餘子所能及也。」〔註103〕李調元也認識到詩歌的醇與肆、淡與腴是
相對甚至相反的範疇，最佳的詩歌是二者的有機融合，所以他倡導二
者的融合與統一，簡言之就是語言似乎非常樸素自然，但寓意卻非常
深遠，像美酒一樣愈久而愈醇厚有味。為此，他又重視詩歌的餘味。
他說：「施瞻山滄濤……教余以詩法，余敬受之。未幾，卒。所刻有《石
雲樓集》……皆有味外味。」〔註104〕他還直接強調淡而有味：「諸暨
章無党平事……詩多淡而有味。」〔註105〕還強調幽淡。他說：「劉如
漢卓如《山居》云：『樹裏半開門，兒童報客訪。攜琴兩相忘，坐聽松
風響。』甚幽淡。」〔註106〕

〔註101〕　《答王梅溪怡問詩》《童山詩集》卷十五，叢書集成初編本，北京：
　　　　　中華書局，1985 年版。
〔註102〕　詹杭倫、沈時蓉《雨村詩話校正》，成都：巴蜀書社，2006 年版 375
　　　　　頁。
〔註103〕　〔宋〕蘇軾《書黃子思詩集後》，孔凡禮校標《蘇軾文集》卷 69，
　　　　　北京：中華書局，1986 年 2124 頁。
〔註104〕　詹杭倫、沈時蓉《雨村詩話校正》，成都：巴蜀書社，2006 年版 71
　　　　　～72 頁。
〔註105〕　詹杭倫、沈時蓉《雨村詩話校正》，成都：巴蜀書社，2006 年版 219
　　　　　頁。
〔註106〕　詹杭倫、沈時蓉《雨村詩話校正》，成都：巴蜀書社，2006 年版 84
　　　　　頁。

6、提倡沖淡秀逸

他說：「魏野、林和靖二家，皆宋逸民，詩雖不多，而沖淡有逸致。」〔註107〕評價北宋初年逸民詩人魏野、林逋的山水田園詩歌，認爲其詩歌有一種「沖淡」之美，表現了逸民的閒情逸致。他進而提倡風調秀逸說：「華亭張賓門永銓，詩人也，多新句，五言云……七言云……皆學放翁，而刻意出奇者，余最喜其《山莊夜宿》……風調最爲秀逸。」〔註108〕

7、提倡超脫幽淡

他說：「《紅梨書屋集》，成都李光緒耿堂作也。向余晤重慶守朱子穎孝純於省中護國寺見之，近體未見超脫，而五古獨造幽淡，於遊瑩華諸作尤妙，如《入關》云……於古峭中寫出閒淡光景，此得柳州筆法者。」〔註109〕

8、提倡神韻飛動

他說：「余在姚江，時伯升階官會稽令，往來其間，紹郡之中能詩諸生往還甚多，皆攜各家集見示，余戲爲『摘句圖』……不但新語解頤，亦且神韻飛動，必傳無疑。」〔註110〕這段話寫他與餘姚諸生交往，以詩會友，摘有詩友佳句，且對這些詩歌評價極高，所謂「不但新語解頤」是說諸生的詩歌富有創新性，「亦且神韻飛動」是讚揚諸生的詩歌富有神韻，所以便「必傳無疑」。所謂神韻是中國古代的一種美學範疇，指含蓄蘊藉、沖淡清遠的藝術風格和境界。它以抒寫主體審美體驗爲主，追求生動自然、清奇沖淡、委曲含蓄、耐人尋味

〔註107〕 二卷本《雨村詩話》卷下，郭紹虞《清詩話續編》，上海：上海古籍出版社，1983 年版 1533 頁。

〔註108〕 詹杭倫、沈時蓉《雨村詩話校正》，成都：巴蜀書社，2006 年版 255 頁。

〔註109〕 詹杭倫、沈時蓉《雨村詩話校正》，成都：巴蜀書社，2006 年版 105 頁。

〔註110〕 詹杭倫、沈時蓉《雨村詩話校正》卷十，成都：巴蜀書社，2006 年版 232 頁。

的境界，使人能從所寫之物中冥觀未寫之物，從所道之事中默識未道之事，即獲得古人常說的言外之意、象外之象、意味無窮的美感。「神韻」指一種理想的藝術境界，其美學特徵是自然傳神，韻味深遠，天生化成而無人工造作的痕迹，體現出清空淡遠的意境。通俗地說，神韻也可以說就是傳神或有味。神韻一詞，南齊謝赫《古畫品錄》中已出現。謝赫評顧駿之的畫說：「神韻氣力，不逮前賢；精微謹細，有過往哲。」〔註111〕宋代談「神韻」者歷來以嚴羽為代表，他在《滄浪詩話》中說：「詩之極致有一，曰入神。」〔註112〕明清時期，「神韻」一詞在各種意義上被普遍使用。胡應麟的《詩藪》有 20 處左右談到「神韻」，如評陳師道詩說：「神韻逐無毫釐。」〔註113〕評盛唐詩說：「盛唐氣象渾成，神韻軒舉。」〔註114〕而鍾嶸《詩品序》中所提出的詩應有「滋味」；嚴羽《滄浪詩話》中所提倡的「入神」以及「空中之音，相中之色，水中之月，鏡中之像」和「羚羊掛角，無迹可求」；司空圖所倡導的「味外之旨」、味在「鹹酸之外」，以及明人徐禎卿《談藝錄》中所談到的「神韻」，都是神韻說的濫觴。到王士禎，才把神韻作為詩歌創作的根本要求提出來。他早年編選過《神韻集》，有意識地提倡神韻說，不過關於神韻說的內涵，也不曾作過專門的論述，祇是在許多關於詩文的片斷評語中表述了他的見解。歸納起來，大致可以看到他的神韻說的根本特點，即在詩歌的藝術表現上追求一種空寂超逸、鏡花水月、不著形迹的境界。從神韻說的要求出發，王士禎還特別強調沖淡、超逸和含蓄、蘊藉的藝術風格。神韻為詩中最高境界，王士禎提倡神韻，自無可厚非。但並非只有空寂超逸，

〔註111〕　〔南齊〕謝赫《古畫品錄》「第二品」，叢書集成初編本。北京：中華書局，1985 年版。

〔註112〕　〔宋〕嚴羽《滄浪詩話·詩辨》，見《詩人玉屑》乾隆刻本。

〔註113〕　〔明〕胡應麟《詩藪·內編》卷四，上海：上海古籍出版社，1958 年版。

〔註114〕　〔明〕胡應麟《詩藪·內篇》卷五，上海：上海古籍出版社，1958 年版。

才有神韻。《滄浪詩話》說：「詩之法有五」；「詩之品有九：曰高、曰
古、曰深、曰遠、曰長、曰雄、曰渾、曰飄逸、曰悲壯、曰淒婉。……
其大概有二：曰優遊不迫，曰沉著痛快。詩之極致有一：曰入神。詩
而入神，至矣盡矣，蔑以加矣。惟李、杜得之。」〔註115〕可見神韻
並非詩之逸品所獨有，而為各品之好詩所共有。王士禎將神韻視為逸
品所獨具，恰是其偏失之處。王士禎的神韻說在清代前期統治詩壇幾
達百年之久，但在其後也遭到沈德潛、袁枚及翁方剛的批評。

李調元在此處倡導神韻飛動，但不是倡導神韻說。不過前面提到
的諸多美感都近乎神韻說，因此他也受神韻說的影響。因此他也公開
提倡提倡漁洋風調。他說：「仁和李若虛實天……嘗有《懷愚谷詩》……
風調不減漁洋。」〔註116〕此所謂漁洋風調就是王士禎的詩風，也即
追求神韻美的作品，這說明他還是贊同神韻說的，不過他還是特別崇
尚陽剛之美與沉著痛快。

他提倡風神秀麗。他說：「韓城相國王偉人傑……詩工柏梁古體，
喜用古韻，官少寇時，為人作《節烈詩》，深奧可勒，琬琰篇長，難以
備書。近體詩尤工整，曾記其見贈句云：『月檻開樽浮竹葉，晴窗滌硯
試松花。』風神秀麗，真不愧燕許手筆。」〔註117〕所謂風神可以指風
骨神氣，也可指風采神韻，《新唐書・蘇頲傳》載，蘇「自景龍後，
與張說以文章顯，稱望略等，故時號燕許大手筆」。〔註118〕二人主張
「崇雅黜浮」，以矯正陳、隋以來的浮麗風氣，講究實用，重視風骨。
就許頲、張說本身的詩文風格而言，應該指風骨神氣，但李調元此處
將風神與秀麗相連，則所說的當是風神風采神韻。所謂風神秀麗，就
是王士禎所倡導的效法王孟的神韻飛動，也即所謂漁洋風調。

〔註115〕 〔宋〕嚴羽《滄浪詩話・詩辨》，見《詩人玉屑》乾隆刻本。

〔註116〕 詹杭倫、沈時蓉《雨村詩話校正》，成都：巴蜀書社，2006年版 117
頁。

〔註117〕 詹杭倫、沈時蓉《雨村詩話校正》，成都：巴蜀書社，2006年版 260
頁。

〔註118〕 《新唐書・蘇頲傳》，百衲本二十四史。

　　他提倡含蓄蘊藉。他說：「七絕須含蓄蘊藉爲佳，近越中得此法者多……俱流麗芊綿，言有盡而意無窮。」〔註119〕這裡點明七絕這種體式的風格特點主要是含蓄蘊藉，這是有識之見，因爲七絕在唐代主要用於歌唱，因爲短小，便不適於敘事與議論，而只能抒情，或者借景抒情，以追求含蓄蘊藉的意境美。他認爲越中詩人知道七絕須含蓄蘊藉爲佳，且佳作頗多，其風格便是「俱流麗芊綿，言有盡而意無窮」，這也是符合實際的。他說：「吳興張雲客鶴，爲人落脫多狂，所畫山水，著墨不多，疏疏落落，而神韻如活。詩極超妙，書亦似枝山。」〔註120〕說張氏的畫著墨不多，筆墨疏淡，但卻表現得非常生動形象，韻味悠長，所謂「神韻如活」，詩歌也「神韻如活」，即所謂「超妙」。

9、他提倡誠齋風趣

　　他說：「安縣令龍門呂守謙功，有詩名，著《知非集》……俱酷似誠齋……皆有趣。」〔註121〕楊萬里是南宋四大詩人之一，詩歌風格非常鮮明，比如靈動自然，活潑通俗，幽默風趣等，這些都對明代的公安派詩歌及袁枚的詩歌有啓發與影響。他說：「眼前話，拈出便入神妙。」〔註122〕所謂誠齋風趣便是如此，眼前景物，眼前語言，一旦拈入詩中便顯得神妙而又自然。他說：「玉溪爲余言，郫縣金雲亭中鼎爲人瀟灑，詩有別致，《詠懷》云：『拙不隨年去，愁多逐境來。』又《移居》云：『砌階鵝卵石，蓋屋鬼毛針。』俱用蜀方言，亦趣。」〔註123〕他讚賞爲人瀟灑，詩有別致，及有趣，都與誠齋風氣近似，

〔註119〕　詹杭倫、沈時蓉《雨村詩話校正》，成都：巴蜀書社，2006 年版 175 頁。

〔註120〕　詹杭倫、沈時蓉《雨村詩話校正》，成都：巴蜀書社，2006 年版 117 頁。

〔註121〕　詹杭倫、沈時蓉《雨村詩話校正》，成都：巴蜀書社，2006 年版 126 頁。

〔註122〕　詹杭倫、沈時蓉《雨村詩話校正》，成都：巴蜀書社，2006 年版 189 頁。

〔註123〕　詹杭倫、沈時蓉《雨村詩話校正》，成都：巴蜀書社，2006 年版 112 頁。

也與袁枚的詩風近似。他說:「巴縣進士龍雨蒼爲霖『工詩,嘗與廣安大廷尉鄧遜齋唱和,有《尋梅詩》⋯⋯風味不減姜白石。』」〔註124〕姜夔的詩歌,如《除夜自石湖歸苕溪》十首,詞意清新,含蓄雋永,受到楊萬里的稱讚:「以爲有裁雲縫月之妙思,敲金戞玉之奇聲。」〔註125〕此處的風味近於誠齋風趣。

六、提倡輕倩秀豔之美

　　自南朝以後,宮體詩的名聲一直不好,但繼承其綺靡纖豔風格的人卻大有人在,其中既有詞,也有詩,如唐初、唐末的詩歌,元代詩歌的所謂「纖腐」也有「纖豔」的一面。明代中期,楊愼爲詩及論詩都效法六朝及初唐,對後世也有影響。這些都表現了綺靡纖豔詩風符合普通人,尤其是一般才子的審美趣味,具有巨大而深遠的影響力。李調元論詩重性情,講究以性節情,重視人品對詩品的影響,重視「情之正」,所以他對如宮體詩一樣綺靡的作品是持批評態度的。他說:「江南七子者,閣學嘉定王盛鳴鳳喈、學士錢曉徵大昕、曹來殷仁虎、進士長洲吳企晉泰來、光祿清浦王蘭泉昶、主事上海趙璞函文哲、布衣王芳亭文蓮也。爲沈歸愚所定,大抵所選聲調仍不出明七子窠臼,而佐以剪紅刻翠,失之靡麗矣。」〔註126〕認爲沈德潛所選定的江南七子之作「佐以剪紅刻翠,失之靡麗」,也即批評這些作品剪紅刻翠,表現豔情,風格靡麗,也即綺靡,不甚可取。他還認爲詩歌當「可樂可觀而無淫詞,可哀可歌而無怨詞,鋪錦列繡而不失於綺,長江大河而不失於濫,渢渢乎一出於情之正焉」,就是說愛情及個人悲怨都可以寫,但是應該有度,即在表現對象上及風格上「無淫詞」、「無怨詞」,

---

〔註124〕　詹杭倫、沈時蓉《雨村詩話校正》,成都:巴蜀書社,2006 年版 265
　　　　　頁。

〔註125〕　〔宋〕陳振孫《直齋書錄解題》卷二十,叢書集成初編,北京:中
　　　　　華書局,1985 年版。

〔註126〕　詹杭倫、沈時蓉《雨村詩話校正》,成都:巴蜀書社,2006 年版 80
　　　　　頁。

在風格上不綺、不濫，即便是女性的詩歌也應當「沖容大雅，淘寫性天，非塗脂抹粉作閨闈兒女態者比」。〔註127〕

不過他也不是一般地反對綺靡，而是認為綺靡詩風本身也是有區別的，即他在《明農初稿集序》所說的「夫所惡乎綺靡，為其淫色蛙聲，柔而鮮振也。若啓朝華，披夕秀，樹丰骨，於選言之路，亦何害乎其綺靡乎？」〔註128〕即只要不表現淫色蛙聲，不顯得柔而鮮振，綺靡也不失為一種風格美。且因為李調元是著名才子，崇尚效法蜀中先賢楊慎也是應有之義，故而他也承認綺豔詩風的地位，如他在《梟塘集序》中說：「參於陶、謝、徐、庾、李、杜、韓、蘇，以立其格，此詩中之定模也。」〔註129〕文中將南朝的徐陵、庾信，也即是將以綺靡著稱的徐庾體與他所一貫推崇的陶淵明及李杜韓蘇並列，足見他對這類詩風還是給予一定地位的。今論列如下：

1、他倡導輕倩秀豔

他說：「杜牧之詩輕倩秀豔，在唐賢中另是一種筆意。故學詩者不讀小杜，詩必不韻。」〔註130〕杜牧作為晚唐大家，其詩題材廣泛，長於七言律絕，於拗折峭健之中見風華流麗掩映之美。劉熙載說：「杜樊川雄姿英發，李樊南深情綿邈。」〔註131〕李商隱贈詩云：「刻意傷春又傷別，人間惟有杜司勳。」〔註132〕杜牧不很嚴肅的寫情詩歌所表現的輕倩秀豔風格，祇是其不被後世士大夫所看好的風格美之一，李調元在此特別提出，表現他對這種風格美的特別讚賞。李對杜牧的

〔註127〕　《謝小樓吟稿序》，《童山文集》卷六，叢書集成初編本，北京：中華書局，1985 年版。

〔註128〕　《童山文集》卷五，叢書集成初編本，北京：中華書局，1985 年版。

〔註129〕　《童山文集》卷五，叢書集成初編本，北京：中華書局，1985 年版。

〔註130〕　二卷本《雨村詩話》卷下，郭紹虞《清詩話續編》，上海：上海古籍出版社，1983 年版 1531 頁。

〔註131〕　〔清〕劉熙載《藝概》卷二，上海：上海古籍出版社，1978 年版。

〔註132〕　〔唐〕李商隱《杜司勳》《全唐詩》卷五百三十九，北京：中華書局，1960 年版 6157 頁。

評價應該是非常準確的，所謂「另一種筆意」，即具有鮮明的獨特性。他甚至還認爲學詩必須讀「小杜」，否則便「不韻」，也就是沒有詩歌的優美韻味或者意境。

2、他倡導典麗雋豔

他說：「吾蜀楊升菴，爲有明博學第一。其詩亦以典麗爲宗，嫌其太似六朝，如《春興八首》是也。然其吐屬雋豔，富有萬卷，故是有明一大家。」〔註133〕楊愼是離李調元最近的巴蜀大家，故而他在其詩文中多次提及並且評論這位先賢，在《詩話》自然也要評價楊愼。這段話先評其學，然後總評其詩，說「其詩亦以典麗爲宗，嫌其太似六朝」，意即以典麗爲宗可以，似六朝也可以，但太似六朝則有些遺憾了。後面他又讚揚楊愼吐屬雋豔，富有萬卷，即文辭華美，學問深博，因而是明代一大家。全面看來，李調元實際上是推舉讚揚楊愼詩歌的典麗雋豔之美的。

3、他讚揚「風流旖旎」

他說：「江蘇中丞奇麗川豐額……嘗爲余誦其《詠梅》句云：『淡影是雲還是夢，暗香宜雨又宜煙。』風流旖旎，酷似其人，余深賞之。」〔註134〕文中將人與詩歌風格相聯，因爲人風流旖旎，所以詩歌也風流旖旎。所舉的詩句寫的是梅花，似乎與愛情無關，但它至少具有愛情的暗示，因此也當是對愛情詩歌的首肯。

4、他讚揚流麗芊綿

李調元不僅讚揚輕倩秀豔、典麗雋豔、情詞工麗與風流旖旎，而且還進而認爲某種詩體特別適合表現愛情，顯現出流麗之美。他說：「七絕須含蓄蘊藉爲佳，近越中得此法者多……俱流麗芊綿，言有盡

〔註133〕 二卷本《雨村詩話》卷下，郭紹虞《清詩話續編》，上海：上海古籍出版社，1983 年版 1535 頁。

〔註134〕 詹杭倫、沈時蓉《雨村詩話校正》，成都：巴蜀書社，2006 年版 147頁。

而意無窮。」〔註135〕此處不僅認爲七絕當以含蓄蘊藉，言有盡而意無窮爲佳，而且認爲它還當呈現流麗芊綿的風格，也即前面所說的風流旖旎的風格。他甚至還認爲靡靡之風也值得肯定。他說：「南充令濮州張若泉人龍，丙午孝廉，能詩，與余相晤逆旅，一見如故，爲人奇偉而兼風雅，其《宜昌竹枝》六首、《有所見》等『俱極靡靡可聽，得風人之意』。」〔註136〕說靡靡之音只要可聽，有一定的勸誡諷喻之意，便不應當隨便否定。

5、他提倡情詞工麗

他說：「莆田鄭慎人王臣……有《閒情集》三十首，蓋本淵明《閒情賦》而名，大抵皆作客依人不得意之什，情詞工麗，爲溫李後第一作家。」〔註137〕文中追溯文人閒情與豔情詩文的源頭，認爲陶淵明的《閒情賦》一類作品是不得意的產物，不得意便產生閒情，有的人甚而至於還產生豔情。從道德的角度看，陶淵明的《閒情賦》可能有所寄託，但從純粹審美的意義觀，它理當是作者的愛情生活的情感抒寫。其後唐末的溫庭筠、李商隱更是發展之，使其成爲一個流派，即所謂「溫李」，一種詩風，即所謂「情詞工麗」。李調元此處隱含讚揚地敘述鄭王臣的《閒情集》，追溯其源頭，肯等其風格特點與地位，說明他對「情詞工麗」的溫李詩風是讚揚的。他又說：「崇寧許水南儒龍，工詩……皆流麗可喜。」〔註138〕流麗可喜之詩不盡是寫愛情與豔情，但多與愛情豔情有關，他欣賞流麗可喜之詩，說明他不一般地反對詩歌寫情。不過他轉而又認爲工巧

〔註135〕 詹杭倫、沈時蓉《雨村詩話校正》，成都：巴蜀書社，2006 年 175 頁。

〔註136〕 詹杭倫、沈時蓉《雨村詩話校正》，成都：巴蜀書社，2006 年 397 頁。

〔註137〕 詹杭倫、沈時蓉《雨村詩話校正》，成都：巴蜀書社，2006 年 366 頁。

〔註138〕 詹杭倫、沈時蓉《雨村詩話校正》，成都：巴蜀書社，2006 年 100 頁。

不能傷雅，豔麗不能過度，所以他說華亭黃石牧「所著有《香屑集》，膾炙人口。其詩巧不傷雅，麗不傷淫，人稱浦東才子。」〔註139〕

　　從上面的論述可以看出李調元對綺靡持一種批評態度，對綺麗亦如此。但作為詩人，他對麗也是非常重視的，不過卻常常與工結合，融合成為常用美學範疇——工麗。工即工整、工穩、工致、精緻、精煉之意，主要從音律、對偶、語言層面講的，與粗糙、粗率相對；麗即秀麗、華麗、美麗，與醜相對，因此工麗的反義詞就是粗醜。寫詩論詩當然不能求粗醜，所以工麗祇是文藝創作的一個基本要求。於是很多人因為其是基本要求，所以便不將其納入審美範疇，以為其不新奇，無特點，其實這是一種偏見。為了全面瞭解李調元的詩歌美學觀，現將其論述工麗的言論附論羅列於下，以饗讀者：

1、強調秀挺工麗

　　他說下：「蘇叔党《斜川集》，書肆多以劉過贋充。余於汪鹿園家始得眞本，爲之梓行。其集中好句，秀挺工麗，迭出層見，不止如世所稱『一天如許皆明月，二客所須惟濁醪』也。」〔註140〕這裡所稱許的「秀挺工麗」以優美爲主，但「挺」有挺拔傑出的意思，所以也包含著一定的陽剛之美。

2、他專門強調工麗

　　他說：「雲松詩有可學，有不可學。可學如……俱工麗。不可學者七古如……未免以詩爲戲也。」〔註141〕他說會稽童二樹鈺「其詩深入顯出，多流水對，工整而典麗」。〔註142〕論述流水對「工整而典麗」，也即工麗。他說趙璞函「有《秋日雜詩》三十首，最爲沉著工麗，如：

〔註139〕詹杭倫、沈時蓉《雨村詩話校正》，成都：巴蜀書社，2006 年 132頁。

〔註140〕二卷本《雨村詩話》卷下，郭紹虞《清詩話續編》，上海：上海古籍出版社，1983 年版 1533～1534 頁。

〔註141〕詹杭倫、沈時蓉《雨村詩話校正》，成都：巴蜀書社，2006 年 53 頁。

〔註142〕詹杭倫、沈時蓉《雨村詩話校正》，成都：巴蜀書社，2006 年 237 頁。

『詩因乞酒連宵和，僕為移花帶雨差。』押『差』新穎」。〔註143〕將沉著與工麗對舉，即詩意沉著，語言及對偶工麗，實現了內在情感與外在表現的雙美。他說：「會稽商太守寶意有妾環娘，絕愛之，隨至司馬任，卒。太史作《悼亡詩》四首，音極淒婉。厲太鴻和之……『商星』二字，用來何等雅切！」〔註144〕這裡的雅切即工麗，雅近乎麗，切近乎工。

3、他還專門調工，且連帶強調工穩、工整

他說：「臨汾周沂塘來謙，客於楚，著《楚聲》一卷，有《春盡》句云：『綠暗鶯啼老，紅稀蝶夢訛。』『訛』字絕工。」〔註145〕說某字某詞絕工，即某字詞精煉恰當生動形象之極，是為詩眼，用得好便成名句，為人津津樂道，「絕工」應該是對詩歌藝術表現的一個極高的審美標準。他說：「人皆知丹稜有三彭，而不知先有三楊……東子詩『句極幽險』，『讀之悽楚欲絕』，周子詩『亦體物之工者』。」〔註146〕所謂體物工，即描寫表現事物生動形象準確精煉。

4、他強調工穩

他說：「荊南喜誦人名句，嘗為余言：其鄉有李蘿村御者，有『昂藏鶴似真名士，消瘦梅如老病僧』。儀征黃北垞《江上晚眺》云：『估舶帆檣青雀少，人家門巷白鷗多。』蕪湖江秋輪謹云：『人在藕花香上立，月從桐葉破中行。』皆工穩可誦也。」〔註147〕說幾聯詩歌工穩。他又說鄧遜齋《病中》詩「皆工穩」。〔註148〕說一首詩工穩。他還強調工整。說：「韓城相國王偉人傑……近體詩尤工整，曾記其見贈句云：『月檻開樽浮竹葉，晴窗滌硯試松花。』風神秀麗，真不愧燕許手筆。」〔註149〕說一種詩工整。他說：「楊荔裳方伯歌行學梅村，

〔註143〕　詹杭倫、沈時蓉《雨村詩話校正》，成都：巴蜀書社，2006 年 350 頁。
〔註144〕　詹杭倫、沈時蓉《雨村詩話校正》，成都：巴蜀書社，2006 年 92 頁。
〔註145〕　詹杭倫、沈時蓉《雨村詩話校正》，成都：巴蜀書社，2006 年 128 頁。
〔註146〕　詹杭倫、沈時蓉《雨村詩話校正》，成都：巴蜀書社，2006 年 275 頁。
〔註147〕　詹杭倫、沈時蓉《雨村詩話校正》，成都：巴蜀書社，2006 年 343 頁。
〔註148〕　詹杭倫、沈時蓉《雨村詩話校正》，成都：巴蜀書社，2006 年 92 頁。
〔註149〕　詹杭倫、沈時蓉《雨村詩話校正》，成都：巴蜀書社，2006 年 260 頁。

而音調工整，似出其上，有《己未五月由蜀營調赴甘藩呈兄蓉裳》七古詩一首最爲慷慨淋漓。」〔註150〕說的是詩歌某一外在形式如音調、對偶、章法等工整。

七、提倡剛柔二美兼備

前面分別論述李調元提倡天然平易之美、陽剛之美、清遠閒放之美與清倩秀豔之美，其中天然平易之美、清遠閒放之美與清倩秀豔之美都屬於陰柔之美的範疇，合起來便已經顯示了他剛柔兼備的美學追求，且在論述詩歌風格美的不同及其演變、論詩總綱響爽朗兩點裏也有論述。此外，他還有一些論述乾脆將陰柔陽剛放在一起來說，所以下面擬作專門論列：

1、他強調沉雄俊爽

他評論建安、正始詩歌說：「論詩首推漢魏，漢以前無專家，至魏，曹操、植子建一家繼美，以沉雄俊爽之音，公然籠罩一代，可謂『文奸』矣。王粲、陳琳、劉楨、徐幹、應瑒、應璩起而和之，阮籍、嵇康輩皆淵淵乎臻於大雅。故論詩者以漢魏並論，不誣也。」〔註151〕認爲曹魏時的三曹、七子爲代表的建安詩歌的風格是所謂沉雄俊爽，這個沉雄俊爽就包含著陽剛與陰柔之美，其中沉雄是典型的陽剛之美，而俊爽之俊則是偏於陰柔之美，分言之，曹操偏於沉雄，所謂如「幽燕老將，氣韻沉雄」，曹丕則主要是便娟婉約，偏於陰柔，而曹植則融有乃父乃兄之長，詩歌既陽剛又陰柔，這種概括當是符合詩歌實際的。

2、首肯「氣必雄渾，詞必典麗」

他說查梧岡先生「詩本家法，格律謹嚴，有批點元人《瀛奎律髓》，深惡詩眼之非。余在平湖，曾授余讀之，大抵論詩以風韻、神韻爲主，

〔註150〕 詹杭倫、沈時蓉《雨村詩話校正》，成都：巴蜀書社，2006 年 392 頁。
〔註151〕 二卷本《雨村詩話》卷上，郭紹虞《清詩話續編》，上海：上海古籍出版社，1983 年版 1523 頁。

而氣必雄渾，詞必典麗，余詩得先生而益進。」〔註152〕文中闡述他的
老師查梧岡的詩學觀，認為其論詩大抵以風韻、神韻為主，近乎王士
禎，但卻又強調氣必雄渾，詞必典麗，崇尚的是剛柔兼濟。李調元受
其影響，不惟論詩如此，寫詩也如此。他還說：「詩最響亮者，莫如蕭
山陳山堂太史。至言屬對，雄整而出以流麗，真擲地金聲手也。五言
如……細意熨帖，無一字可移他處。」〔註153〕說陳氏之詩響亮，主要
指音律。至於對偶，則「雄整而出以流麗」，有擲地作金石聲之效。此
處雖然專論對偶，說其對偶外在的語言甚為流麗，顯示出一種和婉之
美，但內在的氣勢卻顯示出「雄整」，即雄壯雄奇而又整齊整練，有一
種內剛而外柔的韻味，也即通常所謂摧剛為柔，化剛為柔，剛柔相濟。

3、他提倡雄麗、壯麗

　　他說：「劉豹君有（寫王守仁之）《南昌雜感》……詩格雄麗，兼
具特識。」〔註154〕認為劉氏的這些詩歌的格調，或者說風格是雄麗。
雄麗即雄壯流麗，顯示出一種剛柔兼濟之美。他說蔣廷錫「在內廷，
應製詩最多，皆壯麗絕倫，有《東征凱旋遇雨詩》云」。〔註155〕壯麗
與雄麗同義，都是指剛柔結合之美。應該說雄、壯與麗分屬兩種迥然
不同的美學範疇，二者相互之間有一種排異性，即雄壯則難以秀麗，
秀麗則難以雄壯，實現二者的有機融合是一件難事，所以很少有人具
有這種風格美。中國詩歌史上第一個以雄麗或者壯麗著稱的詩人是鮑
照，他的詩歌風格是所謂「遒麗」，也即雄麗或者壯麗，對後來的詩
歌影響很大，李調元對此非常嚮往，所以多次提倡。

　　李調元不但提出了一些陽剛陰柔結合的觀點，而且在具體論述時
也含有剛柔二美兼備的意思。如他論六朝之詩時說：「詩之綺麗，盛
於六朝，而就各代分之，亦有首屈一指之人。如梁〔宋〕則以鮑照明

〔註152〕　詹杭倫、沈時蓉《雨村詩話校正》，成都：巴蜀書社，2006 年 122 頁。
〔註153〕　詹杭倫、沈時蓉《雨村詩話校正》，成都：巴蜀書社，2006 年 180 頁。
〔註154〕　詹杭倫、沈時蓉《雨村詩話校正》，成都：巴蜀書社，2006 年 125 頁。
〔註155〕　詹杭倫、沈時蓉《雨村詩話校正》，成都：巴蜀書社，2006 年 333 頁。

遠爲第一,其樂府如五丁開山,得未曾有,謝瞻輩所不及也。齊以謝朓玄暉爲第一,名句絡繹,俱清俊秀逸,武帝、簡文所不及也。梁則以江淹文通爲第一,悲壯激昂,何遜猶足比肩,任昉輩瞠乎後矣。陳則以陰鏗爲第一,琢句之工,開杜子美一派,徐陵、江總不及也。至北朝則唯庾信子山一人而已,不但詩凌轢百代,即賦啓四六,上下千古,實集大成,宜爲詞壇之鼻祖也。」〔註 156〕這段話論述六朝詩歌的風格美。先認爲六朝詩歌的總的風格特點是偏於陰柔優美的綺麗,然後分別指出各個時代的代表作家的風格特點,其中有陰柔,也有陽剛,如劉宋時期的鮑照,其樂府就以力量如「五丁開山」取勝,偏於陽剛之美,梁代的江淹之詩「悲壯激昂」,有一定的情感衝擊力,也偏於陽剛之美,而齊代的謝朓詩歌的風格則清俊秀逸,偏於陰柔之美,陰鏗追求琢句之工與表現的細膩,也是偏於陰柔之美。最後又給予了北朝詩人庾信以極高的評價,超過了今日對庾信是南北朝詩歌的集大成者的評價,是陰柔陽剛兼長的大家名家。

對六朝詩歌,歷代以來的評價都是偏於陰柔優美的「綺麗」,完整全面地評價論述尚不多見,李調元的這段評論應該具有一定的開創性。它首先肯定六朝詩歌的主體風格美是綺麗,且沒有否定的意思;接著分論各個時期的代表詩人的主體風格,既標舉讚揚清俊秀逸與琢句之工一類的陰柔之美,也看出並肯定了五丁開山與悲壯激昂一類的陽剛之美,有陰柔陽剛兼重的意思,說明李調元的詩歌美學沒有偏向與偏頗。

八、李調元鄙棄的詩歌風格

如上所論,李調元提倡天然平易之美、陽剛之美、清遠開放之美、清倩秀豔之美,主張詩歌風格當剛柔兼備,百花齊放。不過他也鄙棄一些風格:

〔註156〕 二卷本《雨村詩話》卷上,郭紹虞《清詩話續編》,上海:上海古籍出版社,1983 年版 1523〜1524 頁。

一是反對纖腐之習

《詩話》卷下說：「明詩一洗宋、元纖腐之習，逼近唐人。高、楊、張、徐四傑始開其風，而季迪究爲有明冠冕。前七子應之，空同、景明，其唐之李、杜乎？後七子王弇州、李於鱗輩，未免英雄欺人，而王爲尤甚。然集中樂府變可歌可謠，固足壓倒元、白。」〔註157〕這段話與楊慎一樣對明代詩歌持肯定態度，認爲宋元詩歌的總體美學傾向是所謂「纖腐」，即纖弱纖薄纖豔迂腐的意思，說「明詩一洗宋、元纖腐之習，逼近唐人」，即明詩宗唐、尤其是宗盛唐，還認爲高啓爲明代詩人之冠，這些都是有識之見。後面以前七子的李夢陽、何景明比附唐代的李杜，則屬於評價過高的一家之見了。後面又批評後七子中的王世貞、李攀龍是「英雄欺人」，反過來又說他們的樂府「足以壓倒元白」。他對宋元明三代詩歌的評價不一定準確，但反對纖腐的意向是明確的，也是值得肯定的。

二是不滿「太險怪」

他說：「楊鐵崖詩，太險怪矣，然其樂府，則不減宋謝皋羽也。」〔註158〕元后期詩人楊維楨詩歌風格穠豔險怪，號稱「鐵崖體」，風行一時。李調元不是反對「險怪」，而是不滿意「太險怪」，後面又說楊的樂府風格平易而富有眞情，因此不低於宋末的謝翺，他在《鳧塘集序》中也反對與不屑「盧、李、孟、賈之險僻古怪」。〔註159〕

三是不滿粗俗

他說：「余乙卯人日偶於陸園詠紅梅八首，一時和者甚眾，亦盛事也。其中佳作固多，而粗俚亦復不少，惟用『和羹』等字面，尤爲

〔註157〕　二卷本《雨村詩話》卷下，郭紹虞《清詩話續編》，上海：上海古籍出版社，1983年版1535頁。

〔註158〕　二卷本《雨村詩話》卷下，郭紹虞《清詩話續編》，上海：上海古籍出版社，1983年版1535頁。

〔註159〕　《童山文集》卷五，叢書集成初編本，北京：中華書局，1985年版。

可憎。」〔註160〕他在《答王梅溪怡問詩》中說:「格調宗唐宋,杼機採宋人。大都先忌俗,乃可望清醇。」〔註 161〕意思是無論何時何人的詩歌,都不能「俗」,即不能粗俗、俚俗、鄙俗,因爲俗則不清不醇,不是好詩。

四是不喜尖新

他說:「溫柔敦厚,詩之教也,余最不喜尖新……嘗讀袁子才《玉環》云:『可惜雲容出地遲,不將讕語訴人知。《唐書》新舊分明在,那有金錢洗祿兒。』論古最爲敦厚。」〔註 162〕他信奉儒家溫柔敦厚的詩教,而不喜歡尖新。所謂溫柔敦厚,即孔子所說的(《關雎》)「樂而不淫,哀而不傷」,〔註 163〕怨而不怒,不發極端之論。對照他所評論的袁枚的詩歌,可知這是他的一貫立場。

五是不喜江西詩派

他反對西江詩派詩歌的空硬生湊、寒酸氣、無病呻吟、搜索枯腸,沒有詩味。他說:「西江詩派,余素不喜,以其空硬生湊,如貧人捉襟見肘,寒酸氣太重也。然黃山谷七言古歌行,如歌馬、歌阮,雄深渾厚,自不可沒;與大蘇並稱,殆以是乎?後山詩,則味如嚼蠟,讀之令人氣短。如『且然聊爾耳,得也自知之』二句,係集中五律起筆,竟成何語?真謂之不解詩可也。擁被呻吟,直是枯腸無處搜耳。」〔註 164〕這段話點到了江西詩派及宋詩的短處,可謂一針見血,但又肯定黃庭堅七言古歌行的雄深渾厚。《謁黃文節公祠》:「聞道西江社,當年鼻祖黃。詩原

〔註160〕 詹杭倫、沈時蓉《雨村詩話校正》,成都:巴蜀書社,2006 年 410 頁。

〔註161〕 《童山詩集》卷十五,叢書集成初編本,北京:中華書局,1985 年版。

〔註162〕 詹杭倫、沈時蓉《雨村詩話校正》,成都:巴蜀書社,2006 年 157 頁。

〔註163〕 《論語·八佾》,阮元刻《十三經注疏本》。

〔註164〕 二卷本《雨村詩話》卷下,郭紹虞《清詩話續編》,上海:上海古籍出版社,1983 年版 1534 頁。

老杜出，名與大蘇長。快閣軒窗古，荒祠橘柚香。何如後山輩，饑鼠齧空囊。」〔註165〕此詩評價讚揚黃庭堅，認爲他的詩歌源自老杜，有一種蒼勁老成之風，因而能與大蘇一爭雄長，而陳後山則等而下之遠矣，其擁被呻吟，搜索枯腸猶如「饑鼠齧空囊」，不值得效法。

六是反對西昆體

他認爲西昆體濃縟餖飣，鏤刻粉飾，開餖飣瑣屑一門。他說：「世之好西昆體者，以爲李義山從杜脫胎，不知其流弊至開餖飣一門。當時溫庭筠已嫌濃縟，今之鏤刻粉飾者，大都以此藉口矣。」〔註166〕這段話梳理了西昆體的發展過程及其對後世的不良影響，即西昆體追隨李商隱，認爲李詩從杜詩脫胎而來，後世鏤刻粉飾者又追隨西昆體，主旨在反對西昆體的餖飣濃縟與鏤刻粉飾，與其主張自然平易的審美追求是相反相成的。

綜上可知，李調元的詩歌美學重視自然平易之美，但又強調工麗、典麗，稱許陽剛之美，但也稱引標舉清遠閒放、清倩秀豔一類的以優美爲特點的陰柔之美。綜合看來是他在美學上追求雅俗共賞，剛柔兼濟，沒有偏至。但他卻又激烈地批評反對某些時期某些人的諸如纖腐、險怪、空硬生湊、寒酸氣、無病呻吟、搜索枯腸，沒有詩味，以及濃縟餖飣與鏤刻粉飾等類風格，但在批評的同時又公正辯證地看問題，肯定其應該肯定的詩歌及風格美。從中還可以看出，李調元在宗唐學宋的爭論中是偏於宗唐的，尤其是崇尚盛唐，對宋詩則多致不滿，尤其是反對西昆體與江西詩派，對明詩則主要持肯定態度。相比楊愼而言，李調元的詩歌美學論有一些相似之處，主要是自然平易與工麗典雅並舉，追求雅俗共賞與剛柔兼濟，沒有明顯的偏頗，肯定稱引的風格比較多樣，所謂不主一格，博采眾長與眾美。不同處在他更

〔註165〕《童山詩集》卷二十，叢書集成初編本，北京：中華書局，1985年版。

〔註166〕二卷本《雨村詩話》卷下，郭紹虞《清詩話續編》，上海：上海古籍出版社，1983年版1531頁。

強調自然平易，對宋詩則主要持批評態度，對李杜則是揚李而不抑杜，讚揚杜甫「一朝詩史爲唐作，萬丈文光向蜀留。」〔註167〕但又反對處處以史來解詩，說：「注杜者全以唐史附會分箋，甚屬可笑。」〔註168〕肯定六朝與初唐，但並不崇尙六朝與初唐。

〔註167〕　《謁杜少陵祠》《童山詩集》卷三，叢書集成初編本，北京：中華書局，1985 年版。

〔註168〕　二卷本《雨村詩話》卷下，郭紹虞《清詩話續編》，上海：上海古籍出版社，1983 年版 1528 頁。

第四章　李調元的詩歌創作論

　　李調元是清代巴蜀具有全國影響的著名詩人，時人比其爲蘇軾。《臘月郎中馮星實應榴視學蜀中余適北上相遇於鳳縣心紅峽見示道中詩余亦出詩相質蒙贈四絕奉和元韻》：「詩筒一葉倩郵傳，驚看光芒萬丈懸。趜壯子平吾豈敢，褒詞虛負玉堂仙。」自注云：「文同《寄子平詩》云：『之子富才華，筆力趜且壯。』子平即蘇軾初字也，來詩有『風規直接大峨仙』之句，故云。」〔註1〕對其詩的評價，程晉芳《童山詩集序》說李調元：「生峨嵋秀異處，卓犖自負，於書無所不讀。發爲詩歌，嶔釜磊落，肖其爲人。」「合觀全集，大矣美矣。而就其大指論之，改官後工於翰林時，近作又工於改官時。非所謂逆則成文，非有慘不平，即不能出奇以驚世者也。雨村亦相視而笑，以余爲知言。」〔註2〕是其發憤而抒情的結晶。其詩風格鮮明，袁枚說：「其最擅長者，以七古爲第一。《觀錢塘潮》云……即此一首，可想見先生之才豪力猛矣。」〔註3〕今有論者以爲其詩「學太白、大蘇，但對杜甫極爲景仰」。〔註4〕程晉芳《粵東皇華集序》說：「若其詩之

〔註1〕　《童山詩集》卷十二，叢書集成初編本，北京：中華書局，1985年版。
〔註2〕　《童山詩集》卷首，叢書集成初編本，北京：中華書局，1985年版。
〔註3〕　〔清〕袁枚《隨園詩話補遺》卷九，北京：人民文學出版社，1982年版801～802頁。
〔註4〕　楊世明《巴蜀文學史》，成都：巴蜀書社，2003年版483頁。

雄肆超詣，固有不愧昔賢者。」〔註5〕從「雄肆超詣」的風格及其論
詩時對李白、蘇軾的推獎來看，當是融先賢李白、蘇軾及杜甫、白居
易爲一爐，而又自成風格。他的詩歌似乎也受黃庭堅、陸游的一些影
響，所以朝鮮國副使徐浩修說：「超脫沿襲之陋，一任淳雅之眞，非
唐非宋，獨成執事之言。而若其格致之蒼健，音律之高潔，無心於山
谷放翁而自合於山谷放翁，亦可謂歐陽子之善學太史公。」〔註6〕孫
桐生說：「詩文敏捷，天才橫溢，不假修飾，少作多可存，晚年有率
易之病，識者宜分別觀之。」〔註7〕

　　李調元的詩論及詩學在詩歌本質論、體式論、美學論多有發明，
且作爲著名詩人，在詩歌創作論上也肯定有許多心得經驗，因此其有
關創作的論述必然較多，而且有許多獨到之處，值得認眞梳理與研
究。下面擬從詩歌創作的總原則、具體創作方法與步驟、各種題材與
體裁的作法、作詩之忌、綜合論述等五個方面進行論述。

一、詩歌創作的總原則

　　李調元有關詩歌創作的論述很多，且顯得非常全面而又辯證。爲
了對這些總原則有一個系統清晰的把握，下面擬分條進行論述。

（一）詩歌創作總綱

　　響亮、爽朗。前面說過，李調元的論詩總綱是響、爽、朗。其實
這個總綱既是其詩歌美學觀，也是其詩歌創作總論。現在試對這些話
變換角度作重新詮釋。

　　他說：「詩有三字訣，曰：響、爽、朗。響者，音節鏗鏘，無沉悶
堆塞之謂也；爽者，正大光明，無囁嚅不出之謂也；而要歸於朗，朗者，

〔註5〕　《粵東皇華集》卷首，叢書集成初編本，北京：中華書局，1991 年
　　　　版。
〔註6〕　《粵東皇華集》卷首，叢書集成初編本，北京：中華書局，1991 年
　　　　版。
〔註7〕　〔清〕孫桐生《國朝全蜀詩鈔・李調元小傳》，成都：巴蜀書社，1985
　　　　年影印本。

冰雪聰明，無瑕瑜互掩之謂也。言詩者不得此訣，吾未見其能詩也。」〔註8〕從創作的角度看，他所謂響，就是音節鏗鏘，韻律和諧，富有音樂美與節奏美，這是詩歌區別於其他文體，如散文、小說、戲劇的主要外在形式美，對內在情感節奏與情感之美也有不可忽視的影響，所以現代人論詩歌要求外節奏與內節奏要高度諧和，這更是漢語詩歌區別於其他語言詩歌的主要特點，因爲漢語詩歌以漢語爲基礎，形成了獨特的以句爲單位的講究句式與音律的外在特點。分別而言，漢語詩歌的句式主要是詩化句式，也有少量的非詩化句式。詩化句式主要指符合漢語以單音節詞爲基礎，以雙音節詞爲主體的格局，構成四言爲二二節奏、三言爲二一或一二節奏、五言爲二二一或二一二節奏、七言爲二二一二或二二二一節奏，符合則爲詩化句式，不符合則爲非詩化句式，或爲拗句及散文句式；且在句式的基礎上講究音律和諧，也就是漢語詩歌特有的音律美，即重視雙字的平仄與句尾的韻腳，古體詩除外，近體詩形成一句之內平仄相間或者大致相間，一聯（上聯與下聯）之間平仄相對相反或者大致相對相反，兩聯之間平仄相似或者大致相似，押韻句尾爲平聲，不押韻句尾爲仄聲，有利於吟誦時延長：如此，節奏與平仄相互配合，形成一句內平仄相間、一聯平仄相對、兩聯平仄相似的以雙音字爲重音的詩歌節奏音律體式，吟誦起來便抑揚頓挫、鏗鏘動聽，和諧悅耳，富有節奏美與音樂美。合者則響亮，不合則沉悶、拗口。他又說：「心餘學山谷，而去其艱澀，出以響亮，亦由天人兼之。」〔註9〕此所謂黃庭堅詩歌的艱澀應當包含語言的艱澀，但主要指的是其故意寫作不合詩化句式節奏與平仄韻律的拗句，這種拗句自有拗峭奇險的特點，但多了就給人一種艱澀而難以吟誦的感覺，即所謂不響亮。他又說：「詩最響亮者，莫如蕭山陳山堂太史。至言屬對，雄整而出以流麗，眞擲地金聲手也。」〔註10〕這裡的響亮延伸到對偶。李氏認爲陳的詩歌整體響亮，而

〔註8〕 詹杭倫、沈時蓉《雨村詩話校正》，成都：巴蜀書社，2006 年版 26 頁。
〔註9〕 詹杭倫、沈時蓉《雨村詩話校正》，成都：巴蜀書社，2006 年版 33 頁。
〔註10〕 詹杭倫、沈時蓉《雨村詩話校正》，成都：巴蜀書社，2006 年 180 頁。

對偶更是雄整，即內蘊與氣勢雄壯而整齊，卻又給人以流麗的感覺，也即語言平易，音韻和諧，便給人以流麗之感。他又說：「越中俞煥文樵，作詩專學義山，有《邊詞》云……余謂作詩須響，即此也。」〔註11〕李商隱是唐代七律名家，其詩對偶工整，節奏與音韻和諧鏗鏘，所以是作詩響亮的典型。

李調元論詩似乎更重爽。他在《與袁子才先生書》中說：「先生論詩曰新，調元論詩曰爽；先生有《隨園詩話》，調元有《雨村詩話》，不相謀也，而輒相合，何哉？豈亦如珠玉、珊瑚、木難與夫荔枝、葡萄、梨棗之不擇地而生歟？」〔註12〕爽作為詩歌審美範疇，在審美論中已經有所論述。《文心雕龍‧樂府》說：「至於魏之三祖，氣爽才麗，宰割詞調，音靡節平。」〔註13〕李調元的尚爽當是從《文心雕龍》而來。據前面的解釋，他所謂「爽」應該指詩歌所表現的人格、性情與氣勢之美。詩歌之美要通過創作來實現，因此他創作重爽，就是詩歌要表現高尚正直的人格，健康向上的性情，與充沛的氣勢，也即既要表現「正大光明」，也要表現得「正大光明」，這就是韓愈所謂「氣盛宜言」，簡言之就是詩人內在要氣盛，也就是人要開朗、豪邁、爽快，氣盛則「宜言」，無往而不通，無往而不順，無往而不成詩，甚至是好詩，其結果便是一種痛快淋漓之勢之美。他說：「昌黎云：『氣盛則言之長短與聲之高下皆宜。』此可與知者道，難與不知者言也。詩以氣行，氣盛則詩奇；有奇氣者，必能傳也。但空疏者不可言氣，糅雜者亦不可言氣。以空疏言氣，則白話而已；糅雜言氣，則粗鹵而已。方且抹之批之不暇，何暇觀其氣乎？空疏者必入打油，粗鹵者必墮惡道，勢所必至也。」〔註14〕這段話論述氣，贊同韓愈的氣盛宜言說，進而認為「詩以氣行」，他所謂「氣」，指的是喜怒哀樂等感情，因此

〔註11〕詹杭倫、沈時蓉《雨村詩話校正》，成都：巴蜀書社，2006 年 182 頁。
〔註12〕《童山文集》卷十，叢書集成初編本，北京：中華書局，1985 年版。
〔註13〕范文瀾《文心雕龍注》，北京：人民文學出版社，1978 年版 102 頁。
〔註14〕詹杭倫、沈時蓉《雨村詩話校正》，成都：巴蜀書社，2006 年 71 頁。

所謂「氣盛」指的是詩人的感情要充沛，感情充沛則敢說敢表達，而
無囁嚅不出之病，進而則「詩奇」，而有奇氣的詩歌則必定能流傳後
世。他認為有兩種人不能言氣：空疏者不可言氣，糅雜者亦不可言氣。
因為空疏者便無實無學，其詩歌也便言之無物與無學，成為打油詩；
糅雜者沾染世俗之習，其詩便只能流於粗魯，墮於惡道。

　　他所謂的「朗」是居於響亮與爽之上的審美感念，所謂「而要歸
於朗」。朗是後起的形聲兼會意字，朗即明或者明亮之意，後世引申
為高潔。他解釋朗說：「朗者，冰雪聰明，無瑕瑜互掩之謂也。」所
謂冰雪聰明，指詩歌充分表現了作者的聰明才智，或者才華出眾，也
含有高潔之意；所謂「無瑕瑜互掩」，即藝術上趨於完美。對此，他
進一步論述說：「詩尤貴潔。金在沙必揀其礫，米在箕必簁其秕，理
也。若揀金而不去礫，簁米而不去秕，則塵飯土羹，知味者必不食；
以瑕掩瑜，善鑒者必不觀矣。」〔註15〕此所謂「潔」，就是「冰雪聰
明，無瑕瑜互掩之謂也」，要達到這個目標，在創作上就要披沙揀金，
簁糠見米，在藝術上進行不懈的追求與錘煉。他對追求藝術之精美的
論述很多，下面有具體的論述，此處不多談。

　　李調元提出的詩歌審美的總綱，即所謂「響、爽、朗」，分而言
之，音律要響，精神內涵要爽，審美總體上要朗，合而言之，也即所
謂響亮爽朗，因為音律與精神內涵是相通的，前者不響則後者不爽，
反之後者不爽則前者亦不響，不響不爽便不能達成明潔或高潔之美。
轉換為創作論，即音律要響亮和諧，精神內涵要正大充實充沛，即要
氣盛，氣盛則宜言，表現要順暢而有氣勢，使詩歌在精神內蘊、表現
方法與表現狀態上都響亮、爽朗，最終達成響亮爽朗之勢之美。他在
理論上是這樣說的，在創作上也是這樣實踐的，試讀《童山詩集》，
他的詩歌確實在創作上響亮爽朗，追求的也是響亮爽朗之美，但在內
蘊與風格上的深沉與表現手法上的多變等方面則顯得不足。

―――――――――――――――

〔註15〕詹杭倫、沈時蓉《雨村詩話校正》，成都：巴蜀書社，2006 年 71 頁。

（二）重視創新

李調元論詩首重創新，認爲作詩當自具手眼，重在創造。中國古代詩歌自晉代以後便存在仿眞復古之風，且愈來愈盛，或者效法漢魏六朝、或者效法盛唐、或者效法宋詩，元代、明代如此，清代影響最大的神韻說以效法王孟爲準的，格調說以仿傚盛唐李杜爲目標，性靈說倡導獨創其實卻「宗宋人」，以仿傚楊萬里、公安三袁爲特色，因此後於袁枚的李調元重視獨創就特別值得重視。

他認爲詩歌「立言」「命意」要創新，鮮明地提出「立言先知有我，命意不必猶人」的觀點。《雨村詩話》十六卷本序言說：「詩者，天之花也，花閱一春而益新，詩閱一代而益盛。穠桃繁李，比豔爭妍，而最高者爲梅蘭竹菊；唐宋元明，分壇列坫而最大者爲李杜韓蘇。然梅蘭竹菊高則高矣，而藝圃者不遍植奇花，非圃也；李杜韓蘇大則大矣，而談詩者不博及時彥，非話也。……譬之於花，可謂四時俱備，五方並采矣。夫花既以新爲佳，則詩須陳言務去。大率詩有恒裁，思無定位，立言先知有我，命意不必猶人。」〔註16〕這段話以花比詩，認爲「花閱一春而益新，詩閱一代而益盛」，因此創新便是詩歌發展繁盛的根本。這個新猶如梅蘭竹菊與穠桃繁李一樣不分高低，新則好，因此他便既要話古人，話名人，也要話今人，話普通人，只要是好詩都在採錄評論之列，實行「四時俱備，五方並采」的政策。最後他鮮明地提出「花既以新爲佳，則詩須陳言務去」，即惟新是采，惟新爲佳。他還說：「詩有恒裁，思無定位，立言先知有我，命意不必猶人。」即詩歌的體裁可能變化很小，但構思是多變的，立言與命意應當惟我，而不必猶人，也就是在構思、命意、立言等詩歌創作的各個環節都追求創新。

他認爲詩歌創作必須創新，所謂「作詩須自成一家言」。他說：「作詩須自成一家言，若徒東摹西仿，千百世後，又安知我爲誰乎？……於

〔註16〕詹杭倫、沈時蓉《雨村詩話校正》，成都：巴蜀書社，2006 年 26 頁。

是獨持一論，縱覽經典，刻意闢新，遂成一家。至今浙西論詩，必首屈焉。有《出都作》云：『四庫橫陳作老饕，南徐豈比北徐高？坐中客笑羊公鶴，帳底人窺魏武刀。到處啖名如畫餅，幾番檢韻失題糕。翠毛零落炎州冷，重爲山雞惜羽毛。』亦可謂能自樹立，不隨人俯仰者矣。」〔註17〕這段話首先提出「作詩須自成一家言」的觀點，說明獨創與否是詩歌好與不好傳與不傳的根本，如果一味東摹西仿，失掉特色，就會失掉存在價值。他還讚揚孫補山詩學上獨持一論，進而縱覽經典，刻意闢新，最終「遂成一家」，是「能自樹立，不隨人俯仰」的典範。

　　他認爲要創新就必須「詩無常師，惟取其是」。在李調元之前的清代，綜合而言，性靈派相對而言應該是較爲重視性靈的抒發的，所謂「獨抒性靈，不拘格套」。〔註18〕他說：「袁子才嘗云：『吾詩無常師，惟取其是。』有《遣興詩》云：『愛好由來落筆難，一詩千改始心安。阿婆還是初笄女，頭未梳成不許看。』『但肯尋詩便有詩，靈犀一點是吾師。夕陽芳草尋常物，解用都爲絕妙詞。』『平生作字類塗鴉，況復年衰腕力差。爭奈家家索親筆，不容老樹不開花。』又《題天台卓筆峰》云：『孤峰卓立久離群，四面風雲自有神。絕地通天一枝筆，請看依傍是何人。』皆夫子自道也。」〔註19〕這段話採錄了袁枚重視獨創的言論，與表現獨創的論詩之詩，諸如「吾詩無常師，惟取其是」，「但肯尋詩便有詩，靈犀一點是吾師」，「絕地通天一枝筆，請看依傍是何人」都是袁枚的夫子自道，李調元引述之，說明他也是這種觀點的擁護者。

　　他認爲詩歌風格要出新。他說：「《荊圃唱和集》自以金匱蓉裳、荔裳兩先生爲冠。蓉裳公詩似王孟韋柳，和平淡遠；方伯則藻思縱橫，各擅其長，不辨誰軾誰轍，皆自出機杼，不肯蹈襲前人一字。」〔註20〕

〔註17〕詹杭倫、沈時蓉《雨村詩話校正》，成都：巴蜀書社，2006 年 179 頁。
〔註18〕〔明〕袁宏道《敘小修詩》，《袁宏道集箋校》（第 4 卷），上海：上海古籍出版社，1981 年版 187 頁。
〔註19〕詹杭倫、沈時蓉《雨村詩話校正》，成都：巴蜀書社，2006 年 350 頁。
〔註20〕詹杭倫、沈時蓉《雨村詩話校正》，成都：巴蜀書社，2006 年 391 頁。

此處比較蓉裳、荔裳二人的詩，認為二人風格不同，各有特點，其產生的關鍵是「自出機杼，不肯蹈襲前人一字」，是一意追求創新的結晶。

他強調詩歌立意要新。他說：「古人為詩，貴於意外。如杜詩云：『國破山河在』，則無餘物矣；『城春草木深』，明無人矣，皆神於意外見之。類此頗多，最得詩人之體。」〔註21〕此處引用司馬光的說法來賞析杜詩，證明古人為詩，貴於意外，看似是專講詩歌寫作的操作性問題，但所謂「詩貴於意外」也涉及到創造性，或者主要講創造性。因為意內是人人都想得到也作得到的，而「意外」則是一般人想不到更作不到的，因而「詩貴於意外」也就是詩歌創作貴在有創造性。

他進而提出了創新的方法，即在創作的各個環節都「人不到，我卻獨到」。他說：「文章亦如造化也。四序雖定而萬物之生成不然，穀生於夏而收於秋，麥生於多而成於夏，有一定之時，無一定之物也。文之起承轉合亦然。徐文長曰：『冷水澆背，陡然一驚。』便是興觀群怨之副本。唯能於虛空中卒然而起，是謂妙起。本承也，而反特起，是謂妙承。至於轉，尤難言，且先將上文撇開，如杜詩云：『江雲飄素練，石壁斷空青。』此殆是轉之神境。所以古樂府偏於本題所無者，忽然排宕而出，妙在有意無意之間，如白雲卷空，雖屬無情，卻有天然位次。祇是心放活，手筆放鬆，忽如救火捕賊，刻不容遲；忽如蛇遊鼠伏，徐行慢衍，是皆轉筆之變化也。至於合處，或有轉而合者，有合而開者，有一往情深去而不返者。人所到，我不必爭到；人不到，我卻獨到。要在人神而明之。果能久於其道，定與古人並驅也。」〔註22〕說「文章亦如造化」，也就是說文章創作如同天地自然一樣變化無窮，因此「有一定之時，無一定之物」，即有一定的規律，但運用起來卻變化無窮，其結果也林林總總，千差萬別。接著具體論述起承轉合，起承轉合本是寫作

〔註21〕二卷本《雨村詩話》卷下，郭紹虞《清詩話續編》，上海：上海古籍
　　　　出版社，1983 年版 1527 頁。
〔註22〕二卷本《雨村詩話》卷上，郭紹虞《清詩話續編》，上海：上海古籍
　　　　出版社，1983 年版 1520 頁。

常規，甚至是寫作常套，他認為即便是常規與常套也要創新，轉當然要出人意外，而起得妙起，承要妙承，合亦要妙合。總之都要創造，最後的落腳點是創造，即所謂「人不到，我卻獨到」，就是創新。創新的關鍵在「人神而明之」，也就是獨立想像、聯想，神馳古今中外上下六合，最後凝結成作品。獨立創造開始時可能生疏，可能不大成功，但「果能久於其道」，則「定與古人並驅也」，即創造無難事，所謂「熟能生巧」。

（三）對創作主體的有關論述

　　清朝葉燮把詩文創作分為我者、物者兩大因素，也就是所謂反映和被反映的兩個方面。我者，包括才、膽、識、力；物者，指理、事、情。葉燮肯定文藝作品是客觀事物與作者頭腦相結合的產物，並對客觀事物和作者主觀方面作了詳細的論述，認為創作主體應該具有相當的才學膽識才能創作出好詩歌來，否則便會浪費材料，有辱斯文。他說：「大凡人無才，則心思不出；無膽，則筆墨畏縮；無識，則不能取捨；無力，則不能自成一家。」〔註23〕才即才思，指的是作家認識世界、反映世界的才華和相應的藝術表現才能；所謂膽，指的是作家敢於獨立思考、打破束縛的能力與創新精神；所謂識，指的是辨別是非美醜與認識世界、選擇題材的能力；所謂力，指的是作家表現思想反映現實的藝術功底和筆力。李調元對此沒有專門的集中論述，但他引王昶（1725～1806）之說來表明了自己的看法。他說：「（述菴）又云：『士大夫略解五七字，輒以詩自命，故詩教日卑。吾之言詩也，曰學、曰才、曰氣、曰調，學以經史為主，才以運之，氣以行之，調以舉之，四者兼而弇陋生澀者，庶不敢妄廁於壇坫乎？』其論如此，今觀所著《述菴詩鈔》，清華典麗，經史縱橫，然學、調其長，而才、氣略短，總之近體勝於古體，七律勝於五律，而七律尤以《從軍》諸詩為最。蓋身列戎行，目所經歷，故言之親切而痛快也。」〔註24〕王

〔註23〕〔清〕葉燮《原詩》內篇（上），《清詩話》下冊，上海：上海古籍出版社，1978 年版 571 頁。

〔註24〕詹杭倫、沈時蓉《雨村詩話校正》，成都：巴蜀書社，2006 年 209 頁。

昶這段話認爲當時詩教日卑,詩歌水平日低的關鍵在詩人沒有弄清創作主體應該具備學、才、氣、調四種因素,而且弄清其關係與各自的作用,所謂「學以經史爲主,才以運之,氣以行之,調以舉之」。他的學、才、氣、調與葉燮的才、膽、識、力有相同相似者,也有相異者。相同者爲才,相似者爲學,氣近乎葉燮的力與膽,相異者爲識與調。相較而言,作爲格調派先驅的葉燮的才、膽、識、力更爲全面重要,而王昶的學、才、氣、調則將外在的主要指格律格調的「調」納入,強調格律的重要性,顯然受格調派的影響。李調元贊成王氏之說,且以之評論王氏的詩作,認爲作爲學者王昶的詩歌「學、調其長,而才、氣略短」,但《從軍》等七律卻才、氣均足,原因是「身列戎行,目所經歷,故言之親切而痛快」。

李調元多次將氣解釋爲性情,也特別重視氣,此所謂氣足就是感情眞實充沛,發而爲詩,故「親切而痛快」。他還說:「昌黎云:『氣盛則言之長短與聲之高下皆宜。』此可與知者道,難與不知者言也。詩以氣行,氣盛則詩奇;有奇氣者,必能傳也。但空疏者不可言氣,糅雜者亦不可言氣。以空疏言氣,則白話而已;糅雜言氣,則粗鹵而已。方且抹之批之不暇,何暇觀其氣乎?空疏者必入打油,粗鹵者必墮惡道,勢所必至也。」〔註25〕認爲氣是詩歌成功的根本,所謂「詩以氣行,氣盛則詩奇;有奇氣者,必能傳也」,也即韓愈的「氣盛則言之長短與聲之高下皆宜」。但他又認爲「氣」應該以學爲根基,以「識」爲前提,他所謂空疏者就是學問不深厚者,所謂糅雜者即無識而粗鹵者,他所謂「空疏者必入打油,粗鹵者必墮惡道」,就是無學則必然寫出沒有根底的打油詩,無識則必然寫出思想醜惡之詩。

識與才相連,因此他很重視才。他說:「詠物體,……譬如射然,射者虎,徐而察之,則石;貫者風也,不知其視若車輪也,氣足以蓋之,才足以馭之,不爲事縛,不爲韻拘,而能事畢矣。」〔註26〕認爲

〔註25〕詹杭倫、沈時蓉《雨村詩話校正》,成都:巴蜀書社,2006 年 71 頁。
〔註26〕詹杭倫、沈時蓉《雨村詩話校正》,成都:巴蜀書社,2006 年 165 頁。

詠物詩當著題，但又「語忌太切，切則盡，盡則少味」，即蘇軾所謂「作詩必此詩，定知非詩人」，〔註27〕意即詩歌創作，尤其是詠物詩不能太實，太切盡。他進而認為寫出好詩的關鍵在「氣足以蓋之，才足以馭之，不為事縛，不為韻拘」，這裡的氣指充沛的情感與氣勢，才則指能駕馭並表現對象的才華與才能，非常重視氣與才。反之，他又認為詩歌當「不為事縛，不為韻拘」，則又不大重視前面所強調的所謂調了。

　　李調元是才子，尤其是有捷才，這是為當時文人所公認的。趙翼給李氏的信中說「足下動筆千言，如萬斛泉，不擇地湧出。而弟循行數墨，蚓竅蠅聲，其才固已萬不能及」，〔註28〕就是明證。李調元對捷才非常重視。他說：「詩有捷才，殆天賦也。古有七步八叉，本朝自宮詹張南華鵬翀而外，指不多屈，目見者唯廣漢玉溪一人而已。乃袁子才最不喜人敏捷，曾有《箴作詩》句云：『物須見少方為貴，詩到能遲轉是才。』此余所不解也。」〔註29〕認為捷才是天賦之能，古代有曹植七步成詩、溫庭筠八叉成詩之美談，而後世不多見。他對袁枚不喜歡捷才，有「物須見少方為貴，詩到能遲轉是才」之說感到不解。袁枚之詩前一句以物以稀為貴說明詩歌當獨創而具特異性，有一定道理；後一句認為創作能遲方是才則未必，因為只要能出創作好詩便是有才，而不論其遲速。李調元也認識到才華有天授與人力之分，天賦的才華固然重要，而經過後天的學習與歷練獲得才華也同樣重要，甚至更重要。他論性靈派詩人說：「子才學楊誠齋，而能各開生面，此殆天授，非人力也。心餘學山谷，而去其艱澀，出以響亮，亦由天人兼之。」〔註30〕認為袁枚的詩歌學習楊萬里而能別開生面，是天賦的結晶，此所謂天賦當主要指性情、性格，也包括對靈機活潑風趣的追求，

〔註27〕〔宋〕蘇軾《書鄢陵王主簿所畫折枝》，孔凡禮點校《蘇軾詩集》，北京：中華書局，1982 年版 1525 頁。

〔註28〕《童山文集》卷十附，叢書集成初編本，北京：中華書局，1985 年版。

〔註29〕詹杭倫、沈時蓉《雨村詩話校正》，成都：巴蜀書社，2006 年 69 頁。

〔註30〕詹杭倫、沈時蓉《雨村詩話校正》，成都：巴蜀書社，2006 年 11 頁。

確實主要來自天賦。又認爲蔣士銓學習黃庭堅「而去其艱澀，出以響亮」，自有特色，其原因則「天人兼之」，這也是較爲準確的。

自宋代嚴羽提出詩有別才別趣之說以來，後世不少人便將詩歌創作的才趣與讀書窮理學問對立起來。偏重其一者有之，二者兼重者亦有之。因爲詩歌的本質是抒情與審美的，所以嚴羽批評的宋人以文字爲詩、以才學爲詩、以議論爲詩而偏離詩歌的本質是有道理的，但卻不能反過來認爲詩歌創作可以離開文字、才學及議論。明代公安三袁提倡「獨抒性靈，不拘格套」也是有道理的，但不能反過來說「獨抒性靈，不拘格律」，更不能說「獨抒性靈，不需學問」。李贄等提倡童心說，也很有道理，但他所謂童心或者赤子之心指的是未受世俗污染之眞心善心，並不是蒙昧無知之心，因此才趣、性靈與學問是兩個範疇的概念，二者並不矛盾，完全可以在保持詩歌抒情審美本質的前提下二者兼重。

李調元便是如此。他說：「嚴滄浪云：『詩有別才，非關書也；詩有別趣，非關理也。』然廬陵文章爲有宋一代巨製，劉原父尙譏其不讀書；大蘇詩雄一代，而與程子言理不合。若非多讀書、多窮理，安能善其才與趣乎？」〔註31〕以宋代文學巨匠歐陽修、蘇軾爲例，證明詩文創作與讀書學問和窮理是有關的，認爲嚴羽的說法有些偏頗。進而認爲讀書窮理與創作的才趣不但不矛盾，而且還可以促進之、完善之，達成所謂良性互補。他還說：「太倉唐東江孫華……至康熙戊辰中進士，年已五十五。嘗論詩以爲學問、性靈缺一不可，有學問以抒性靈，有性靈以容學問，而後可與論詩。其言如此，與嚴滄浪之言相合，詢藝苑家之金丹大藥也。」〔註32〕他引人之言，認爲學問與性靈都是詩歌創作的要素，缺一不可。二者之間的關係是「有學問以抒性靈，有性靈以容學問」，這種說法是非常辯證的全面的，也是有實踐意義的。嚴羽提倡詩有別才別趣之說：「詩有別才，非關書也；詩有

〔註31〕詹杭倫、沈時蓉《雨村詩話校正》，成都：巴蜀書社，2006年188頁。
〔註32〕詹杭倫、沈時蓉《雨村詩話校正》，成都：巴蜀書社，2006年356頁。

別趣，非關理也。」但他接著又說：「而古人未嘗不讀書、不窮理。」
〔註33〕已然認識到才趣與讀書學問並不矛盾，所以李調元說性靈與學問二者兼重、良性互補之說是「藝苑家之金丹大藥」，這也證明李調元並不是純粹的性靈派，至少在創作上並不惟性靈是尚。

二、論述詩歌創作的具體原則與方法

（一）注意詩歌的聲律

中國古代詩歌與音樂有天然的關係，其中的歌詩如先秦古歌謠與《詩經》、楚辭中的《九歌》、漢魏六朝的樂府、唐代的歌詩與詞、元代以後的散曲與雜劇中的唱詞、明清小曲，以至以後的民歌小調，都是歌曲的歌詞，都是音樂文學，其與音樂的關係非常密切，此處不多說。非歌詞的徒詩或者說誦詩如古體詩、不入樂的樂府、近體，以及宋代以後不入樂的詞與元代以後不入樂的曲，可分為齊言古體與雜言古體、齊言格律詩與雜言格律詩四種，它們都具有很強的音樂性。古人讀書，尤其是讀詩講究抑揚頓挫，甚至於搖頭晃腦，一唱三歎，其具體方法被稱為「吟」或者「吟誦」。所謂吟詩，是一種聲情並重的表現方法，是處在今日的朗誦與歌唱之間的一種表現方法。古人以漢語的五聲（上平、下平、上、去、入）來比附五音，再配以陰陽開闔清濁輕重長短，還加上單音詞雙音詞的配合，節奏的變化，吟誦起來便具有一種獨特的音樂美，而近體格律詩則是表現漢語聲律之美的典範與極致，詞曲之類的雜言格律詩的聲律之美則比齊言格律詩更進一步。

李調元對詩歌的聲律非常重視。他說：「樂歌必要短長相接，長取其聲之婉轉，短取其聲之促節。律詩則與管弦無涉，而天然之樂自存於中。唐以五言七言為句，此定式也。間有六字成句者，與宮商不協，不必作也。」〔註34〕樂歌配合管弦自然要長短相接，長取聲之婉

〔註33〕〔宋〕嚴羽《滄浪詩話‧詩辯》，見《詩人玉屑》卷一，乾隆刻本。
〔註34〕《雨村詩話》卷上，郭紹虞《清詩話續編》，上海：上海古籍出版社，1983 年版 1517 頁。

轉，短取聲之促節。不用於歌唱的近體律詩雖然與管弦無涉，但也有「天然之樂自存於中」，即具有天然的聲律之美，或者說是音樂之美。源於樂府、定體於唐代的近體詩主要以五言、七言爲句，後來便只有五言、七言，成爲定式。而四言及六言則遭到淘汰，李調元認爲其原因是「與宮商不協」，即難以追求聲律美，或者音樂美。這話極有見地。因爲四言、六言缺少一個靈活的單音節節奏，便不僅不利於表情達意，而且格律變化少，吟誦起來顯得板滯，沒有應有的音律美。近體詩產生時應該有仄韻體，後來卻逐漸減少並且被淘汰，也與追求漢語的音樂美有關係。因爲每句的末字，尤其是押韻句的末字往往需要長聲吟誦，而仄聲，尤其是去聲與入聲則難以延長，所以便被淘汰。

李調元將漢語詩歌的五言比五聲與五音，七言比七音。他說：「天然之音，止有五字。今笛中之五六工尺上，配合宮商角徵羽之五音，猶琴之五弦。加文弦、武弦而成七，所謂變宮變徵而成七調也。故南北正調，原止有五，唐律之五言是也。若七字則爲變調，而名變宮、變徵矣。」〔註35〕說天然之音只有五個，以配五聲、五弦與五言，後加變徵、變宮而爲七，則七音配七字，此說雖不一定是眞理，但很有意思。

《高步雲親家問作詩法》：「詩思無涯語要該，摛章琢句費安排。請看大呂黃鐘調，略錯宮商韻總乖。」〔註36〕這首七絕從總體上論述作詩之法。因爲聲律是近體詩的最重要的外形式與外節奏，聲律不諧，或者錯誤，便會遭人譏笑，所以他格外強調聲律，用了兩句來說聲律。他認爲即便是黃鐘大呂一類的至美樂曲或大型樂曲，如果其中的音律（宮商）略有不諧或者舛誤，其總體之美，即「韻」便被損害。相應，詩歌的平仄及押韻也不能錯或乖，否則便不是詩歌或者不是合格的近體詩了。

〔註35〕《雨村詩話》卷上，郭紹虞《清詩話續編》，上海：上海古籍出版社，1983 年版 1517 頁。
〔註36〕《童山詩集》卷三十四，叢書集成初編本，北京：中華書局，1985 年版。

李調元論述詩歌的格律，強調近體詩的格律的重要性，衹是詩歌創作的一個方面。他所說的格律是後世規範化定型化的平仄押韻規律，後人認爲不可稍作變革與突破，他也如此。這話應該辯證地看。因爲格律的產生、發展、成熟與規範是一個流動的過程，往往先是有自然的聲律，而後逐漸爲多數人所應用與認同，最後規範化爲定律。所以無論近體詩及詞曲，其格律（平仄譜）總是在該詩體成熟繁盛以後才總結出來的，是據多數詩人或者大家的作品總結出來的，有其合理性。但同時所謂格律也有例外，不僅格律未確定之前如此，確定後也時有突破者，如果只追求格律的準確與和諧，而不顧表意的準確生動與詩味的厚薄及意境的優美，則有舍本逐末之嫌了。

（二）以賦比興為基本創作手法

他說：「《毛詩》三百篇，爲萬世詩原，然不出比、興、賦三字。首章云：『關關雎鳩，在河之洲。窈窕淑女，君子好逑。』試問後之詩人，有誰能出其範圍乎？」〔註37〕認爲《詩經》以賦比興爲根本。賦比興作爲《詩經》六藝的核心，歷代詩人及詩論家有數不清的闡釋，但都認爲是中國詩歌的三種表現手法。後世發展總結的藝術表現手法很多，但多是根據賦比興生發而來。李調元以《詩經》爲萬世詩原，進而以賦比興爲最基本的藝術表現手法，雖然沒有進一步論述，但卻抓住了詩歌創作的根本，有提綱挈領之效。

（三）作詩當自具手眼，重在創造

他認爲無論什麼體式的詩歌都要重視創造。他說：「七言難於五言十倍，以其雜變調故也。故雖變調，必須排蕩而成，不可輕易下筆。蓋八句不出起承轉收，神而明之，存乎其人爾。」〔註38〕先說七言難於五言，所以不可輕易下筆。最後說律詩八句「不出起承

〔註37〕《雨村詩話》卷上，郭紹虞《清詩話續編》，上海：上海古籍出版社，1983 年版 1518 頁。

〔註38〕《雨村詩話》卷上，郭紹虞《清詩話續編》，上海：上海古籍出版社，1983 年版 1518 頁。

轉收」，看似呆板或者簡單，但要作詩，作出好詩，則必須「神而明之，存乎其人」。所謂「神而明之，存乎其人」，就是根據作者的性格氣質才華學養，在符合基本規範的前提下感性與理性相結合，融會貫通，自具手眼，發揮內在能動性與創造性，才能創作出眞正的詩歌來。他進而比較論述古體、近體說：「今人易言近體，難言古詩，眞乃不知甘苦者。殊不知古詩可長可短，近體限定字數，若非具大手眼，便如印板，何足言詩！故唐律之聖者，間於八句之中，別有五花八門之妙，自成黃鐘大呂之音。」〔註39〕先比較古體、近體的特點與難易，後面強調近體詩創作要自具手眼，甚至自具大手眼，才能在規範的形式之中「別有五花八門之妙，自成黃鐘大呂之音」，成爲「聖於詩者」，否則「便如印板」。所謂「自具手眼」，即用自己的眼睛去觀察，用自己的腦子去思考，用自己的手（筆）去創作，眼、腦、手結成有機的一體去創造。

　　他綜合論述說：「文章亦如造化也。四序雖定而萬物之生成不然，穀生於夏而收於秋，麥生於冬而成於夏，有一定之時，無一定之物也。文之起承轉合亦然。……人所到，我不必爭到；人不到，我卻獨到。要在人神而明之。果能久於其道，定與古人並驅也。」〔註40〕說「文章亦如造化」，也就是說文章創作如同天地自然一樣變化無窮，因此「有一定之時，無一定之物」，即有一定的規律，但運用起來卻變化無窮，其結果也林林總總，千差萬別。接著具體論述起承轉合的種種變化與創新，後的落腳點都是創造，即所謂「人不到，我卻獨到」，就是創新。創新的關鍵在「人神而明之」，也就是獨立想像、聯想，神馳古今中外上下六合，最後凝結成作品。簡言之便是構思、立意、寫作、修改，乃至起承轉合等等環節都要重視創造，所謂「自具手眼」，

〔註39〕《雨村詩話》卷上，郭紹虞《清詩話續編》，上海：上海古籍出版社，1983 年版 1518 頁。

〔註40〕《雨村詩話》卷上，郭紹虞《清詩話續編》，上海：上海古籍出版社，1983 年版 1520 頁。

所謂「人所到，我不必爭到；人不到，我卻獨到」，達到「神而明之」
的程度，長期如此，便能「與古人並驅」。

（四）語言當以自然平易為宗旨

　　他說：「人有性而自汨之，有情而自漓之，似乎智而愚孰甚！毛
嬙、麗姬雖粗服亂頭，無損其為天質之美也。捧心效顰，人望而卻走
矣。沈隱侯曰：『文章當從三易：易見事，一也；易識字，二也；易
誦讀，三也。乾以易知，坤以簡能，易簡而天下之理得矣。』詩之道
亦然。」〔註41〕認為詩歌以性情為本，作詩以自然平易或者簡易為宗
旨，所謂平易或者簡易就以沈約所說的「易見事」、「易識字」、「易誦
讀」。沈約的話不為當時的人所重，也不為今天的人所推許，但其實
卻是一個永遠的真理，如瀏覽考察詩歌史，可知遠古的歌謠，包括《詩
經》中的風詩與大部分雅詩，都是用當時的口語寫成的，沒有冷僻的
字眼，寫的都是普通人的生活及感情，誦讀起來也非常流利順口。後
世的樂府與詞曲，包括早期文人創作的古體詩與近體詩，如漢末的《古
詩十九首》，最初也多是自然平易的，甚至是通俗的。後來文化修養
很高學問很多的文人加入進來，詩歌便得到長足的發展，即題材更廣
泛，思想內蘊更深厚複雜，語言更豐富雅致，表現手法更多樣，從自
然平易通俗到雅俗共賞，再到唯雅是尚，最後文人便談俗色變。其實
不僅百姓及無名氏的作品自然平易通俗，文人詩歌中也有這一路，而
尚雅尚深奧者如韓愈、孟郊、吳文英等的詩詞文最受歡迎的也是偏於
自然平易的作品。如果把三易改成三難，即難見事、難識字、難誦讀，
詩歌不就自取滅亡了麼？李調元是文人，是才子，有學問，但他卻愛
好如戲曲一類的俗文藝，所以他論述及作詩都崇尚自然平易及通俗。

　　他說：「王建、張籍樂府，何曾一字險怪。而讀之入情入理，與
漢魏樂府並傳。古人不朽者以此，所以詩最忌艱澀也。」〔註42〕以張

〔註41〕《雨村詩話》卷下，郭紹虞《清詩話續編》，上海：上海古籍出版社，
　　　　1983 年版 1525 頁。
〔註42〕《雨村詩話》卷下，郭紹虞《清詩話續編》，上海：上海古籍出版社，

王樂府為例，說明作詩用字要平易通俗，入情入理，而忌諱險怪與艱澀。他又說：「韓昌黎詩云：『險語坡鬼膽，高詞媲皇墳。』此是公自贊其詩，不可作贊他人詩看。然皆經藉光芒，故險而實平。」世人稱韓愈尙硬語、押險韻、用奇字，是奇險派的代表，但他也有自然平易之詩，如《山石》、《春雪》、《晚春》《早春呈張水部十八員外》等，故而李說韓愈的詩歌是「險而實平」，就創作的角度看，生新奇險的詩歌更著名，但從接受的角度看，自然平易流暢的作品更受人歡迎。

他說：「詩不可以貌為，少陵《發同谷》諸篇，昌黎、東野聯句，皆偶立一體。至昌谷之奇詭，義山之獺祭，各有寓意，不可以貌為。乃今人襲取二李隱僻字句，以驚世眩目。叩其中絕無所謂，是皆無病呻吟，效顰而不自知其醜者。詩以道性情，自淵明而上溯《三百篇》，何嘗有不可解字句，使人眩惑，而其意之所託，或興或比，往往出人意表，千百載竟無能道破者。余嘗謂古之詩文，句平而意奇，後人句奇而意平，可笑也。」〔註43〕這段話認為前人詩歌重視獨創，所以「皆偶立一體」，即便是不被看好的「昌谷之奇詭，義山之獺祭」也都「各有寓意，不可以貌為」。因此後世襲取隱僻字句以求驚世眩目的做法，無異於南轅北轍與東施效顰。所謂創新不在語言的隱僻或者新奇，而在保持詩歌的抒情本質，抒發真情實感，即便使用平易的語言與常見的手法也能出人意表，達到句平而意奇的藝術效果。反之，句奇而意平則極不可取。這則詩話說明李氏已經認識到語言表達的平與奇是一對矛盾統一體，主張詩歌要句平而意奇，即語言平易而立意新奇，蘊含深厚複雜，而不能反之，即句奇而意平。

（五）作詩要新要活要多變

他以杜甫為創新的典範，認為各個方面都要新要活要多變。他論述造句要新說：「庾子山詩對仗最工，乃六朝而後轉五古為五律之始。

1983 年版 1531 頁。

〔註43〕 《雨村詩話》卷下，郭紹虞《清詩話續編》，上海：上海古籍出版社，1983 年版 1530 頁。

其造句能新，使事無迹，比何水部似又過之。武陵陳允倩謂『少陵不能青出於藍，直是一步一趨』，則又太甚矣。名句如……少陵所云『清新』者。殆謂是也。」〔註44〕讚揚庾信為詩「對仗最工，乃六朝而後轉五古為五律之始」。接著又說其「造句能新，使事無迹」，這是非常實用的具有指導意義的造句及用典方法。他說：「故詩貴反用，詩題亦然。」〔註45〕詩歌全部從正面立意就不新，從反面立意就顯得新鮮動人，詩題也如此，從反面立意，從反面入題，就給人一種新奇感新鮮感。

　　他論述用字要活說：「作詩須用活字，使天地人物，一入筆下，俱活潑潑如蠕動，方妙。杜詩『客睡何曾著，秋天不肯明』，『肯』字是也。即元方回《瀛奎律髓》之所謂『眼』也。」〔註46〕用活字，不是一味的生新，甚至冷僻，而是使用平常字詞，描寫平常對象，二者有機結合，語言在詩中顯得非常貼切形象生動，有動感，有活力，有生氣，使人如臨其境，如聞其聲，如見其人其物。

　　他綜合論述杜詩之新說：「杜詩之妙，有以意勝者，有以篇法勝者，有以俚質勝者，有以倉卒造狀勝者。如《劍外忽傳收薊北》一首，倉卒間寫出欲歌欲哭之狀，使人千載如見。」〔註47〕風格多變詩歌的最高境界是「入妙」，所謂美妙、巧妙、靈妙，妙則新，則活，則多變，有用字造句之妙，有通首詩歌之妙。杜詩之所以妙，之所以成聖，在於整首詩歌表現手法多變，所謂「有以意勝者，有以篇法勝者，有以俚質勝者，有以倉卒造狀勝者」，根據不同的表現對象，參以多變

〔註44〕《雨村詩話》卷上，郭紹虞《清詩話續編》，上海：上海古籍出版社，1983 年版 1524 頁。

〔註45〕《雨村詩話》卷上，郭紹虞《清詩話續編》，上海：上海古籍出版社，1983 年版 1521 頁。

〔註46〕《雨村詩話》卷下，郭紹虞《清詩話續編》，上海：上海古籍出版社，1983 年版 1528 頁。

〔註47〕《雨村詩話》卷下，郭紹虞《清詩話續編》，上海：上海古籍出版社，1983 年版 1528 頁。

的手法造成多變的風格，所謂「倉卒間寫出欲歌欲哭之狀，使人千載
如見」，就是寫得新，寫得活。

他還說：「杜詩有最瑣屑事，且爲莫須有而煌煌成篇者。」〔註48〕
說的是題材要多變，瑣屑事可以入詩，莫須有的事也可以入詩，都可
以成爲煌煌大篇，傳世名作。他又說：「白樂天新樂府，夭矯變化，
用筆不測，而起承轉收井然。其規諷勸誡，直是理學中古文，不可作
詞章讀。元微之則宛然柔媚女郎詩矣。」〔註49〕講白居易的新樂府中
的佳作「夭矯變化，用筆不測」，但又起承轉收井然有序，在遣詞造
句、章法構思方面都富有變化。

（六）文章妙處，俱在虛空

他說：「樂府長短雖殊而法則一，短者一句中包含多義，長者即
將短章析爲各解，此即律詩之前後分解也。分解不出起承轉合四字。
若知分解，則能析字爲句，析句爲章，雖千萬言，皆有紀律。如四體
百骸，合而成人，能轉旋無礙者，心統之也。老子曰：『當其無有車
之用。』故文章妙處，俱在虛空，或奇峰插天，或千流萬壑，或喧湍
激瀨，或煙波浩渺，只須握定線索，十方八面，自會憑空結撰，並不
費力也。今人補綴裒集，遮掩耳目，何足言文乎？觀樂府『雞鳴高樹
巔』一篇，可以悟矣。」〔註50〕認爲詩歌無論長短，無論樂府古體及
近體律絕，都可以分解綜合，都有章法可尋，即所謂有紀律，以套語
來講，就是起承轉合，就像人體一樣，分開是「四體百骸」，合起來
就是人，活生生的人。怎樣分合？依靠什麼原則？依靠的是心，也就
是所謂精氣神，以此來統一四肢百骸。李調元講字句章法，講起承轉
合，都是實，但他認爲最重要的是「虛」，所謂「文章妙處，俱在虛

〔註48〕《雨村詩話》卷下，郭紹虞《清詩話續編》，上海：上海古籍出版社，
　　　　1983 年版 1528 頁。

〔註49〕《雨村詩話》卷下，郭紹虞《清詩話續編》，上海：上海古籍出版社，
　　　　1983 年版 1531 頁。

〔註50〕《雨村詩話》卷上，郭紹虞《清詩話續編》，上海：上海古籍出版社，
　　　　1983 年版 1519 頁。

空」。這裡已經涉及到創作的虛實相生的原則了。中國古代詩歌，尤其是近體詩及詞曲，講究意象與意境，由意象而構成意境。相比較而言，意象實而易意境虛；就意象與意境講，則意虛而象與境實；就字詞章法與詩歌的韻味神氣來看，前者實而後者虛，因此構成無數個虛實相輔相成的對立統一體，因此詩人講作法，就要重視實與虛。

三、論述學詩方法

前面說李調元強調創新，所謂「花既以新爲佳，則詩須陳言務去。大率詩有恒裁，思無定位，立言先知有我，命意不必猶人」、「作詩須自成一家言」、「自出機杼，不肯蹈襲前人一字」，以及所引袁枚的有關詩文都說明是非常重視創新的，甚至有惟新是尚的意思。但他同時也認識到繼承與學習是創新的前提，學習繼承是必須的重要的，進而還能夠辯證地看待創新與學習的關係，且有深入的論述。

（一）論述學習繼承與創新的辯證關係

他在《雨村詩話補遺》序言中說：「人以愈生而愈眾，詩亦愈出而愈工。沙不披不知其中有金也，石不琢不知其中有玉也。……非謂我用我法，不失古規矩，亦云予取予求，聊以自怡悅爾。」〔註51〕他從發展的角度出發，認爲詩歌是愈出而愈工，今勝於古的。但是古今的詩歌都是沙中有金、石中有玉的，因此要善於披沙揀金、琢石得玉，也就是要善於鑒別挑選優秀者，進而學習繼承優秀者，否則便不能創新。所以後面他強調正確的態度是既「我用我法」，又「不失古規矩」，即予取予求，我用我法，堅持創新，但又要學習繼承而「不失古規矩」。注意，這裡的「不失古規矩」不是亦步亦趨地模倣，而是披沙揀金，有選擇地學習繼承適合於我的好東西，而不是相反，或者無選擇的學習繼承。

他說：「袁子才曾有句云：『若問隨園詩學某，二唐二宋是誰應？』亦英雄欺人語，集中不盡然也。……大抵句法無有不學前人者，所謂

〔註51〕《雨村詩話補遺》序言，詹杭倫、沈時蓉《雨村詩話校正》，成都：巴蜀書社，2006 年 380 頁。

幼而習之、壯而行之也，雖前人亦然。……輾轉相學，亦不足爲病也。」
〔註52〕認爲袁枚自謂「若問隨園詩學某，二唐二宋是誰應」是大言炎
炎的英雄欺人語，這不僅與他詩集中的詩歌實際不合，而且更爲根本
的是違背了通與變、繼承與創新相輔相成的辯證原則。因爲沒有學習
繼承便沒有創新，而沒有創新就不會發展，進而學習繼承也不能存
在。所以創新的前提是學習繼承，而學習繼承的根本目的是創新，二
者是相互爲用的，是相輔相成缺一不可的。且就人類社會實踐來看，
生下來就創新或只創新的人是沒有的，而學習繼承是必須的也是必然
的。那種排斥創新或不創新的人是庸人，而排斥學習繼承或不學習繼
承的人則是妄人。李氏進而論述對於詩歌創作而言，學習繼承可能是
多方面的，但也有側重，例如句法就必須學習繼承，「所謂幼而習之、
壯而行之也」，因此形成代代創新、代代學習繼承的螺旋式循環鏈，
所以「輾轉相學，亦不足爲病」。

　　李氏還認爲創新並不是古人與今人、他人與我全然不同，因此不
能將古今、人我的相似統統都視爲因襲模倣而加以貶斥，因爲其中有
自然相合者，也有有意模倣因襲者；反之，因爲人的能動性，學習繼
承中也包含著創新。

　　他說：「古人謂詩句用地名者，詞氣多高壯，要之情思、筆路自
然相合，非有所承襲也，其源出於梁江總詩『函關分地軸，華嶽接天
壇』，庾子山『關山連漢月，隴水向秦城』。」〔註53〕文中專論詩句用
地名者詞氣多高壯，但卻具有普遍性，即古今、人我如果表現的對象
如情思，與藝術表現手法，即筆路，都相似，所創作的詩歌也就具有
一定的相似性，即所謂「自然相合」，而不是有意承襲。他的《剿說
序》說：「立言者不可以立異，而亦無取乎苟同。故《曲禮》之言曰：
『毋剿說。』明同之不可以訓也。而復繼之曰：『必則古昔。』若惟
恐人之或詭於異者，蓋同非也，異亦非也。考其同而辨其異，君子宜

――――――――――――――

〔註52〕詹杭倫、沈時蓉《雨村詩話校正》，成都：巴蜀書社，2006 年 45 頁。
〔註53〕詹杭倫、沈時蓉《雨村詩話校正》，成都：巴蜀書社，2006 年 381 頁。

何如審擇？而予乃以剿說名是編，毋乃反戾古人乎？顧義理本同得力自異。嘗見鉛槧之士，冥心孤詣，前無古人，自以抉從來未發之奧矣。及瀏覽篇章，而見古人之言早有與吾說相孚合者。是我雖不必蹈襲古人，而其說爲古人所已見。將不謂之剿說得乎？迨徐而驗其所爲，又未嘗不自成一家言，堪與古人並存而不廢，是剿說中亦不無有可採者，閉戶造車，出門合轍，其不求同而自同者，正其不求異而自異者也。」〔註 54〕李氏認爲同與異是相對的，創新與繼承也是相對，「義理本同得力自異」即義理的本質本體是相同的，但詩人主觀的表現與創造卻是不同的，即通過「自異」來表現「本同」，事物、情感有相似性，表現手法有相似性，因此作品也有相似性，關鍵在不能有意模倣，因此寫出此時此地的眞情實感，就是創新。

（二）廣泛學習，不專一家一體

他說：「編修上元朱元英師晦，作《學詩金丹》一卷，言詩有祖宗、父母、妻等各色十六條。所謂祖者，言《三百篇》爲詩祖；宗者，言大宗則陳思王、陶淵明、謝靈運、杜甫、李白之類；小宗則張、陸、庾、鮑、王、楊、盧、駱之類，言學詩不可不宗一人，可謂奇矣。至父，則己詩之所出也，母則己詩之所育，妻則與己齊者也，更爲紕繆。《論語》曰：『夫子焉不學，而亦何常師之有？』《三百篇》後無慮數百家，將誰氏之從？必執一人以爲宗，豈不謬乎？」〔註 55〕這段話分析批評朱師晦的《學詩金丹》，認爲學詩不能以一人爲宗，舉凡《詩經》以後所有詩歌都是學習繼承的對象，反對將歷代詩歌劃分爲祖宗父母妻等類等級，其中何者可學，何者不可學，就是杜甫「別裁僞體親風雅，轉益多師是吾師」〔註 56〕之意，只要是好詩、好的創作方法都在學習繼承之列。他贊成前人學習當取法乎上的觀點，他說：「放

〔註 54〕《童山文集》卷四，叢書集成初編，北京：中華書局，1985 年版。
〔註 55〕詹杭倫、沈時蓉《雨村詩話校正》，成都：巴蜀書社，2006 年 233 頁。
〔註 56〕〔清〕楊倫《杜詩鏡銓》卷九，上海：上海古籍出版社，1980 年版 399 頁。

翁詩非選不可,過選亦不可。何也?不選則卷軸煩多,難於翻閱;過選則片鱗隻羽,不免遺珠。今於劍南、渭南二集全部內悉心採錄,共得二千六百餘首。先生之詩盡在於是矣。夫取法乎上,僅得乎中。詩貴溯源,漢魏以至盛唐李杜諸家,學者自當奉爲鼻祖。而余獨選先生詩如此之多者,何也?蓋以示初學入門之基也。先生取材宏富,對仗精工,而出以雋筆。每遇佳句,不啻如楊柳承露,芙蓉出水,天然不假雕飾。而嘔出心血者,雖鏤冰刻骨,無以過之。洵後學之津梁也。」〔註57〕在這段話中,他贊成前人的觀點,認爲「夫取法乎上,僅得乎中」,因此學詩當取法乎上,而且「詩貴溯源」,即追溯詩歌的源頭,選取歷代詩歌的上品作爲學習繼承的對象,具體而言便是「漢魏以至盛唐李杜諸家,學者自當奉爲鼻祖」,即向歷代詩歌中的優秀作品學習,也包括向宋代著名詩人如陸游等人學習,所以他編選了《陸詩選》,向人示範初學入門之徑,而且指示了具體的學習對象,即取材、對仗與運筆等方面,藝術手法方面則是「楊柳承露,芙蓉出水,天然不假雕飾」。他的這個觀點與明代前後七子「詩必盛唐」有聯繫,所謂詩歌當溯源至「漢魏以至盛唐李杜諸家」,但也有區別,即不反對向宋代以後的詩歌學習。

(三)宗唐而不抑宋

詩歌從宋末嚴羽開始就有了詩宗盛唐之說,至明代前後七子發展成「詩必盛唐」的復古模倣說,宗唐宗宋便爭論不休,後世的詩人及詩論家便避不開這個敏感的話題。李調元從總體上看是提倡宗唐的,除了前面的「詩貴溯源,漢魏以至盛唐李杜諸家,學者自當奉爲鼻祖」外,他還多次提倡宗唐。如他說:「吳縣惠天牧士奇……詩有《南中集》,皆學盛唐。其《廣州抒懷》云……觀末句,可謂不愧文宗矣。」〔註58〕認爲惠士奇〔註59〕皆學盛唐,而且很成功,以至「不愧文宗。」

〔註57〕《陸詩選序》《童山文集》卷五,叢書集成初編,北京:中華書局,1985年版。
〔註58〕詹杭倫、沈時蓉《雨村詩話校正》,成都:巴蜀書社,2006年71頁。

他在《嶺云詩集序》中說：「詩以唐爲主。今人言詩，多趨於新，然新矣，而失之巧。多好爲異，然異矣，而失之尖。尖與新蘊於胸思，以追唐而去唐愈遠，則皆詩之歧路，而非詩之正渠也。余弟振青，字鶴林……詩其餘事也。然不作則已，作則必力追唐賢。……今乃得見所寄《嶺雲集》讀之，高者力趨王維，次亦不下許渾，乃知其詩又出墨蘭之上，賢者不可測固如是夫。」〔註60〕文章第一句話就鮮明地提出詩以唐爲主的觀點，宗唐的趨向是明確的。然後他批評今人言詩作詩的兩種傾向是趨新好異，但卻走向極端而失之於巧與尖。他進而認爲因爲「尖與新蘊於胸思」，所以便「追唐而去唐愈遠」，即欲趕超唐詩卻落於下乘。言下之意是追唐是正確的，至少是可以的，但方法不對，走上了「詩之歧路」，而脫離了「詩之正渠」，也就是隨意追新而近巧，多好爲異而近尖。總之，他明確地將學唐宗唐視爲正途。後面他又讚揚評價張鶴林的詩歌「不作則已，作則必力追唐賢」，是宗唐的成功者，還認爲其詩「高者力趨王維，次亦不下許渾」，趕上了唐詩名家許渾，接近了大家王維。

　　聯繫前面的論述，可知他對待唐宋詩歌是較爲辯證的，即宗唐而不主一體，宗唐而不抑宋。他說：「近時詩推袁、蔣、趙三家，然皆宗宋人。子才學楊誠齋，而能各開生面，此殆天授，非人力也。心餘學山谷，而去其艱澀，出以響亮，亦由天人兼之。……雲松立意學蘇，專以新造爲奇異，而稗家小說，拉雜皆來，……」〔註61〕這段話評論詩壇摯友與前輩性靈派三大家，謂「近時詩推袁、蔣、趙三家，然皆宗宋人」，承認學宋也是可以的，亦是可以成功的。關鍵在繼承學習的基礎上根據

〔註59〕　惠士奇（1671～1741），清經學家、文學家，字天牧，一字仲孺，晚號半農，人稱紅豆先生，惠棟之父。江蘇吳縣人。官編修、侍讀學士，曾典試湖南，督學廣東。其詩沈德潛謂爲「近唐人，以自然爲宗。」著有《紅豆齋詩文集》。

〔註60〕　《嶺云詩集序》《童山文集》卷六，叢書集成初編，北京：中華書局，1985 年版。

〔註61〕　詹杭倫、沈時蓉《雨村詩話校正》，成都：巴蜀書社，2006 年 11 頁。

自身的天分性情學力等條件而創新，他進而認爲袁枚學習楊萬里而有所
創新，所謂「各開生面」，原因是所謂「天授」，即在天資與性情上近似；
蔣士銓學黃庭堅的方法是去其短而揚其長，即「去其艱澀，出以響亮」，
所以能自成一家，其原因是天資與學力兼重。趙翼有意學蘇軾，方法是
「專以新造爲奇異」，追求蘇軾詩歌的氣勢與韻味，雖然內容內蘊雜了
一些，不如袁枚學楊萬里來得純粹，但成就仍然很大。這說明他認爲宗
宋學宋是可以的，關鍵在根據自身天資性情學力的情況而創新，而不能
如明代前後七子那樣亦步亦趨地模倣，弄成瞎盛唐。

　　對待唐詩宋詩他也有綜合辯證的論述。他說：「格調宗唐律，杼
機採宋人。」〔註62〕這一聯詩歌講對唐宋詩歌的具體態度。此處的「格
調」，義近格調派強調的所謂「格調」，重點指詩歌的格律，也包括詩
歌的風格，即詩歌的風韻儀態等綜合審美特點，聯繫他的其他論述可
知其含義是音律鏗鏘與風格雄渾清新，也即他所謂自許的響亮爽朗；
而杼機即機杼，也即杼軸，主要指詩歌的命意構思等寫作方法，他認
爲方法則要採自宋人。相較而言，宋詩較唐詩更講究方法，追求方法
的創新，因此宋人才能在唐詩的基礎上出新。「格調宗唐律，杼機採
宋人」說明他持的是宗唐而不抑宋，總體上偏於辯證的觀點。

　　對於唐人等前代人的詩歌，李調元的總體觀點是：「詩學唐人，
須要脫去唐人面目。」〔註63〕意思是唐人之詩可學也該學，但一定要
在學習中創新，即脫去前人面目而具有自己的特點，簡言之學習前人
衹是手段，而創新才是目的。他論宋詩說：「宋人一切綺語俱入詞曲，
而詩家專以理勝，以趣行，若律以唐調曰是爲合作，何異癡人說夢。
即如漢魏六朝，自當以《文選》爲正，若執是以律唐人，則無詩矣，
況宋元明各有一代之詩，豈可以唐人律律乎？」〔註64〕認爲宋詩因爲

〔註62〕《答王梅溪怡問詩》《童山詩集》卷十五，叢書集成初編，北京：中
　　　　華書局，1985年版191頁。
〔註63〕詹杭倫、沈時蓉《雨村詩話校正》，成都：巴蜀書社，2006年110頁。
〔註64〕詹杭倫、沈時蓉《雨村詩話校正》，成都：巴蜀書社，2006年411頁。

特殊的社會及文化環境，便有自身的特點，即「一切綺語俱入詞曲，而詩家專以理勝，以趣行」，這個概括是較爲準確到位的，因此便不能用唐詩唐調來衡量。如果以前代詩歌爲正來衡量後世的詩歌，則無異於以漢魏六朝之《文選》爲正來衡量唐詩，如此則詩歌就不會發展變化了，也就無詩了。他還進而認爲宋元明各有一代之詩，因此不能用唐人的詩律來規範與衡量之。換言之，宗唐而不抑宋，也就是代代有詩，人人有詩，詩歌的優劣不能以時代來論，只要成功地表現了詩人的思想感情與生活就是好詩。簡言之，只要創新就是好詩。

（四）讀書學詩要自具手眼

他說：「讀古人書，須自具手眼，又必奇而可法。如王或菴之《文章練要》，劉繼莊之《解樂府》，不必盡然，而得其法，可以他用。」〔註65〕講讀書要自具手眼，讀古人書與他人總結出來的所謂詩法要有棄有取，既不能不信，也不能盡信，要得其眞隨而棄其皮毛，得其法其神而舉一反三，而不能亦步亦趨地去模倣。他說：「李詩本陶淵明，杜詩本庾子山，余嘗持此論，而人多疑之。杜本庾信矣，李與陶似絕不相近。不知善讀古人書，在觀其神與氣之間，不在區區形迹也。如『問余何事棲碧山。笑而不答心自閒。桃花流水杳然去，別有天地非人間。「豈非《桃源記》拓本乎？」〔註66〕李杜之詩都是在繼承六朝的基礎上發展起來的，杜詩本於庾信，前人多有論述，已成定論。但李白的詩歌近乎陶淵明卻是還是李調元第一次明確提出來的，應該具有創見。李氏認爲李白的《山中問答》與陶淵明的《桃花源記》有直接的相似之處有一定道理，但也有皮相的一面，二人詩歌的相似不在個別作品表現內容的相似，而在內在精神的相似，即李氏所謂「在觀其神與氣之間，不在區區形迹也」。從飄逸閒適之氣與追求自然樸素

〔註65〕《雨村詩話》卷上，郭紹虞《清詩話續編》，上海：上海古籍出版社，
　　　　1983 年版 1518 頁。
〔註66〕《雨村詩話》卷下，郭紹虞《清詩話續編》，上海：上海古籍出版社，
　　　　1983 年版 1526 頁。

之美的角度看，二人確實有相近的一面。

　　他說：「論詩拘於首聯、頷聯、腹聯、尾聯，直是本領不濟，所謂跳不出古人圈套。」接著又說：「《鳳凰臺》詩，太白自詠鳳凰耳，人乃以爲太白學崔顥《黃鶴樓》而作，何其小視太白也！太白仙才，豈拾人牙慧者？」〔註67〕此處強調不要拘束於具體的首頷頸尾與起承轉合等類具體程式與方法，而要跳出古人圈套，也就是自具手眼，該拿則拿，該棄則棄，學到眞東西。李氏對崔顥《黃鶴樓》與李白的《登金陵鳳凰臺》的繼承發展及區別還可以討論，但說李白是仙才，即所謂天才詩人，不會隨便拾人牙慧的觀點卻是正確的，它道出了學習而後模倣與學習而後創造的區別，也道出了學詩的忌諱是拾人牙慧。

（五）學而得其性情之所近

　　他說：「淵明清遠閒放，是其本色，而其中有一段深古樸茂不可及處。或謂唐王、孟、韋、柳學焉，而得其性之所近，亦有見之言也。」〔註68〕陶淵明是山水田園詩歌公認的鼻祖與高峰，後世學陶淵明，也學謝靈運，形成了唐代著名的山水田園詩派，王孟韋柳學習陶淵明而得其性情之所近，因此便各有成就與特色。沈德潛說：「陶詩胸次浩然，其中有一段淵深樸茂不可到處。唐人祖述者：王右丞（維）有其清腴，孟（浩然）山人有其閒遠，儲太祝（光羲）有其樸實，韋左司（應物）有其沖和，柳儀曹（宗元）有其峻潔，皆學焉而得其性情之所近。」〔註69〕沈德潛的「學焉而各得其性情之所近」一話，看似簡單，卻道出一個學習的眞理，即都是某名師的弟子，或者都學習某種風格的詩文，但因學習者的性情不一樣，這個所謂性情包括先天的性格氣質才華，後天的學養、經歷、思想等等，產生的效果就不一樣，

〔註67〕《雨村詩話》卷下，郭紹虞《清詩話續編》，上海：上海古籍出版社，1983年版1526頁。

〔註68〕《雨村詩話》卷上，郭紹虞《清詩話續編》，上海：上海古籍出版社，1983年版1523頁。

〔註69〕〔清〕沈德潛《說詩晬語》，《清詩話》，上海：上海古籍出版社，1978年版535頁。

弟子或者學習者的風格特色也會與學習對象或者老師有差別，甚至完全相反，如諺語所謂「一龍生九子，九子各不同」。簡言之，除非性情與學習對象完全相近，或者了無才華，學習者必然得其性情之所近，也只能得其性情之所近。人們所說的亦步亦趨祇是相對的相似，而不可能極其相似或者完全雷同。關鍵在學習者是根據自身性情而自覺地有選擇地學習而得其性情之所近，還是被動地在不知不覺中得其性情之所近。李調元應該深知這個道理，所以他非常服膺這個真理，還經常加以發揮申說。

　　他說：「詩三百篇有正變，後人學焉而各得其性情之所近。楚騷之幽怨，少陵之憂愁，太白之飄豔，昌谷、玉川之奇詭，東野、閬仙之寒儉，從乎變者也。陶靖節以下，至於王昌齡、王維、孟浩然、高適、岑參、韋應物、儲光羲、錢起輩，俱發言和易，近乎正者也。白居易以和易享遐齡，長吉以瑰詭而致夭折。記曰：『和故百物不失，多寒故景短，夏酷烈而秋悲，春日遲遲，信可樂也。』知此可與言詩矣。」〔註70〕這一段話主旨在論述學詩。他認為《詩經》為中國古代詩歌之原之祖，是後人學習仿傚的典範，但學習的結果卻是得其性情之所近。《詩經》有正變，後人學習有的得其正，有的得其變。為何同是學習卻有如此大的區別，關鍵在學習者各自性情的不同。同是得變，其風格也有很大的差別，如李氏所說，便有幽怨、憂愁、飄豔、奇詭、寒儉的不同。近乎正者也如此，長於邊塞詩歌的王昌齡、高適、岑參與長於山水田園詩的王維、孟浩然、韋應物、柳宗元不同，而同為山水田園詩人的王孟韋柳也有各自不同的風格及面貌，只不過李氏沒有繼續深入論述罷了。後面他便提倡和易，也即提倡中和之美，認為和易則百物不失，人享遐齡，雖然有些偏頗，但也應該是抓住了詩歌及文藝的主要功用的中肯之論。

〔註70〕《雨村詩話》卷下，郭紹虞《清詩話續編》，上海：上海古籍出版社，1983 年版 1530～1531 頁。

（六）學詩當從李白入手

李白杜甫同爲唐代大詩人，對後世產生了巨大的影響。但自宋以後箋注杜詩學習杜詩者極多，學習李詩者極少，原因主要是認爲李白是「謫仙人」，其詩是其天才的迸發，無規律可尋，想學而不可學。李調元一反流行的觀點，提倡學詩必從太白入手。他說：「唐詩首推李杜，前人論之詳矣。顧多以杜律爲師，而於李則云仙才不能學，何其自畫之甚也？大約太白工於樂府，讀之奇才絕豔，飄飄如列子御風，使人目眩心驚；而細按之，無不有段落脈理可尋。所以能被之管弦也。若以天馬行空，不可控勒，豈五音六律亦可雜以不中度之樂章乎？故余以爲學詩者，必從太白入手，方能長人才識，發人心思。王漁洋曾有聲調譜，而李詩居其半，可謂知音矣。」〔註71〕批評時人學詩是畫地爲牢，接著說李白所長的樂府雖然「讀之奇才絕豔，飄飄如列子御風，使人目眩心驚，而細按之，無不有段落脈理可尋。所以能被之管弦也」，說李白的詩歌是有規律可尋的，是可學的。他又說：「若以天馬行空，不可控勒，豈五音六律亦可雜以不中度之樂章乎？」繼續批評所謂天馬行空，不可學的觀點。最後明確提出自己的主張，即學詩者，必從太白入手，接著還點出了學李詩的作用是「能長人才識，發人心思」。可以看出李氏倡導學習李白的詩歌，以及整個學詩，重點不在學習格律，也不在字詞的錘煉與起承轉合一類章法的模倣，而在啓發心思與增長才識，應該說這是一種更根本的學習。李氏的這種觀點似乎源自王士禎對古體詩聲調譜的研究。王氏的研究應該有一定的意義，不過李白等人的古體及樂府之長不在符合聲律聲韻規範，而在其內在精神與風格之美。李調元所據有誤，但其生發闡述卻很有道理。

李調元對當時「捨李而學杜」的現象還有進一步的比較與研究。他說：「人各有所長，李白長於樂府歌行而五七律甚少，杜少陵長於五七律而樂府歌行亦多，是以捨李而學杜。蓋詩道性情。二公各就其

〔註71〕《雨村詩話》卷下，郭紹虞《清詩話續編》，上海：上海古籍出版社，1983 年版 1525 頁。

性情而出，非有偏也。使太白多作五七律，於杜亦何多讓。若今人編集，必古今體分湊平勻，勻則勻矣，而詩不傳也。」〔註72〕先說明「捨李而學杜」的原因是「李白長於樂府歌行而五七律甚少，杜少陵長於五七律而樂府歌行亦多，是以捨李而學杜。」這話前人沒有提及，有一定的道理，但也有小誤。今人認為李杜都長於古體樂府，但近體詩中李白長於絕句，杜甫則長於律詩，其絕句雖多，也有特點，但不大符合當時及後人的審美趣味，這樣講才符合前面所講的「各有所長」的觀點。後面他又講詩歌的本質是道性情，李杜二人的長短都本於其性情，不是故意有所偏至，即李白於律詩不是不能也，而是性情使然而不為也。這種解釋是比較通達的。後世認為晚唐小李杜中杜牧近乎李白，而李商隱則近乎杜甫，所以李調元還倡導學習小杜。他說：「杜牧之詩輕倩秀豔，在唐賢中另是一種筆意。故學詩者不讀小杜，詩必不韻。」〔註73〕人謂杜牧的詩歌有雄姿英發與輕倩秀豔兩種看似相反而實則相關的風格，這兩種風格都與李白有關係，後者與晚唐綺豔詩風的流行有一定的關係，自然也與杜牧的性情有關係。李調元認為學詩者必須讀小杜，也就是學習輕倩秀豔詩歌風格，否則便"不韻"，也就是沒有韻味，沒有詩味。

李調元對李白情有獨鍾，其《重刻太白全集序》說：

> 凡詩賦，一代有一代之雄。揚子雲，漢之雄也。而論者必並相如而稱之，曰揚馬。李太白，唐之雄也，而論者必並少陵而稱之，曰李杜。意以非子美不足以並太白，而吾謂太白不借子美而後尊也。太白詩根柢風騷，馳驅漢魏，以遺世獨立之才，汗漫自適，志氣宏放，故其言縱恣傲岸，飄飄然有凌雲馭風之意，以視乎循規蹈矩含宮咀商者，真塵飯土羹矣。蓋其仙風道骨實能不食人間煙火，故世之負

〔註72〕《雨村詩話》卷下，郭紹虞《清詩話續編》，上海：上海古籍出版社，1983年版1526頁。
〔註73〕《雨村詩話》卷下，郭紹虞《清詩話續編》，上海：上海古籍出版社，1983年版1531頁。

屍載肉而行者，望之張目咋舌，譬如天馬行空，不施鞍勒，
其能絕塵而追者幾人哉！且太白亦非徒闊落浩蕩而無涯涘
也。今之人半以子美沉酣六籍，集古今之大成，爲風雅正
宗，使追步者有徑可尋，有門可窺。故談藝家迄今奉爲矩
矱，遂視太白爲登天然不可幾及者。此大謬也。以太白之
仙才，文質炳煥，發爲詩歌，無體不備，無體不精，當其
時使無子美，則後之人尋思玩繹，於擺脫騈儷軼蕩不群之
外，求其聲律，固自有軌轍之可遵。亦何至怖如河漢也。
太白詩云：『大雅久不作，吾衰竟誰陳。』又曰：『我志在
刪述，垂輝映千春。』又嘗言：『將復古道，非我而誰？』
則欲括風雅之源流，明著作之意旨，捨太白其將何師乎？
世之言詩者，不問津於太白，而先以子美爲寶筏，是猶所
謂斷港絕航而望至於海也。其視蓬島十二樓，何啻三千弱
水之隔乎！又安望溯而兩漢之源，以駕揚馬而上哉？

余自束髮授書，即喜太白所謂詩歌文章，每手一編，朝吟
而夕覽，其藏之篋笥有日矣。余友鄧玉齋爲彰明廣文。彰
明，古昌明，即太白所生地。鄧亦酷嗜太白詩，因秩滿來
京，寓於齋之西偏，相與把酒聯吟，因出所訂太白全集以
示余，而余亦出素所摩娑舊本而參考之。將付之剞劂，屬
余爲序。且曰：吾蜀爲古今文獻風教之祖，迄今而遂淪沒。
吾雖秉鐸於一鄉一邑，其何以不光昭先賢之遺風，而使鄉
人之揚風扢雅，有所從入之路也。昔人云：有爲者，亦若
是。吾願天下之學詩者，先從太白問津可也。〔註74〕

文中的觀點前面已經提到一些，因爲主要論述創作，所以再集中分析
一下。文章是爲朋友彰明教諭鄧玉齋所編的《重刻太白全集》所寫的
序言，因其「束髮授書，即喜太白所謂詩歌文章」，乃至「每手一編，
朝吟而夕覽」，所以感受與見解都較爲獨特，其主旨是「願天下之學詩
者，先從太白問津可也」。文章首先認爲詩賦等文學創作，一代有一代
之雄，持的是文學代進與代變觀。接著認爲如漢賦的揚馬並列一樣，

〔註74〕《童山文集》卷五，叢書集成初編，北京：中華書局，1985年版。

唐詩也當李杜並列，持的是李杜並列觀，與明代巴蜀前輩名人楊慎不一樣，較爲客觀正確。再後則概括李白詩歌創作的特點，以說明李杜並列的理由。他認爲李白才高、志大、性傲、人狂，所以其詩也獨具風采，即所謂「詩根柢風騷，馳驅漢魏，以遺世獨立之才，汗漫自適，志氣宏放，故其言縱恣傲岸，飄飄然有凌雲馭風之意，以視乎循規蹈矩含宮咀商者，眞塵飯土羹矣。」這是高度概括的有識之見。因此世俗之人不能理解李詩，「望之張目咋舌，譬如天馬行空，不施鞌勒，其能絕塵而追者幾人哉」，進而認爲李白之詩不能學，也學不了，關鍵在其詩不像杜詩一樣「有徑可尋，有門可窺」，可以「奉爲矩矱」。這種觀點在唐代以後確實存在。他認爲這種觀點是非常荒謬的。他認爲「以太白之仙才，文質炳煥，發爲詩歌，無體不備，無體不精」，相對而言，這話也是準確的，不過「無體不精」或曰「無體不長」之說有些過，因爲相比較而言，即便是大家也只能長於一些體裁。他進而認爲因爲有了更容易學習仿傚的杜甫，所以便不再於李白詩歌中「尋思玩繹，於擺脫駢儷軼蕩不群之外，求其聲律」。最後，他認爲李白志在復古道、承大雅，因此「欲括風雅之源流，明著作之意旨」，即創作出好詩歌，成爲名家大家，就一定應該學習李白，而不是杜甫或者其他詩人。總之，李調元不僅倡導學詩當從李白入手，而且認爲只能從李白入手，這種觀點是非常新穎的，前人幾乎沒有人提及。

　　綜合前面所有的論述，可知他認爲學詩必從李白入手的原因是李白之詩「細按之，無不有段落脈理可尋」，「尋思玩繹，於擺脫駢儷軼蕩不群之外，求其聲律，固自有軌轍之可遵」，是可學的。這話有一定道理，但是卻有失誤之處。因爲學詩固然應該重視段落脈理與聲律軌轍，但這衹是一般的技術層面的東西，並非大家名家的精華所在；進而還可學習風格層面的東西，如李白詩歌的飄逸自然，這已經很不容易了，因爲如李白的飄逸自然、杜甫的沈鬱頓挫後世學習模傚者代不乏人，但學得像的便不多，學得好的則極少見，而在學習的基礎上

創新且取得如李杜一樣成就的詩人則絕對沒有。文學的最高層面是其以語言藝術爲基礎體現爲獨特風格的藝術美與思想內蘊之眞與善,這些則是不可學的,李白如此,杜甫等其他詩人亦如此。因此那些宣稱自己學好了李白,甚至宣稱自己像李白,是李白的人不是無知,就是狂妄。李調元倡導詩從李白入手,自己也這樣作,不少人也這樣看,所以將其比爲李白的褒獎說法不少,比如錢塘王國梁有送別李調元詩云:「射虎屠龍竟未成,寄身天地一書生。桃花潭水誰能比?轉念青蓮送我情。」〔註75〕女婿張玉溪給他六十祝壽詩其四云:「青蓮家法得眞傳,何必洪崖更拍肩。」〔註76〕他也以李杜比人,如《祝八十詩四首》其一云:「誰有奇文萬丈光,君於李杜別生芒。」比袁枚爲李白,而畢秋帆《寄祝隨園前輩七十詩四首》亦比袁枚爲李白云:「地兼綠野平泉勝,人在青蓮玉局間。」〔註77〕他自己也不時以李白自許。

應該說李調元爲詩學李白有一定的必然性與合理性,即李白才大而敏捷,即杜甫所謂「敏捷詩千首」,〔註78〕詩風清新飄逸,李調元也多才而敏捷,詩風也清新爽朗,二人在這兩方面都有相似的地方。但是詩歌是時代生活與精神的反映及作者的經歷情感的表現,這是不可複製的,而作爲創作主體的詩人的精神思想性格氣質更是不可複製的,詩歌是主客體交融碰撞的結晶,也就是主題客體化、客體主體化的結晶,而主體與客體都是惟一的,不可複製的,因此眞正的詩人只有一個,不可能出現第二第三個。應該說後世才華、學問近乎李白者肯定有,但孕育李白的時代及時代精神消失了:盛唐時期是中國封建社會的黃金時期,是庶族士人初等政治舞臺的時期,是儒釋道三教並存、言論相對開放自由、士人精神高昂的時期,又是一個極盛轉衰的時期,與袁枚、李調元生活的乾隆時期很少相似性。生活於盛唐開元

〔註75〕詹杭倫、沈時蓉《雨村詩話校正》,成都:巴蜀書社,2006 年 68 頁。
〔註76〕詹杭倫、沈時蓉《雨村詩話校正》,成都:巴蜀書社,2006 年 82 頁。
〔註77〕詹杭倫、沈時蓉《雨村詩話校正》,成都:巴蜀書社,2006 年 373 頁。
〔註78〕〔唐〕杜甫《不見》,楊倫《杜詩鏡銓》,上海:上海古籍出版社,1980 年版 373 頁。

時期的李白才極大，不僅天分高，而且遍觀百家等奇書；志極高，希
望平步青雲而作帝王師；性極傲而人極狂，敢於平交王侯及批評蔑視
權貴甚至帝王，且既受到玄宗的極高禮遇，又被放還爲民，命運與情
感的落差有如天壤，是一個積極入世又具有濃厚道家、縱橫家思想的
命運落差極大的狂放型浪漫詩人，根據「學而得其性情之所近」的原
則，李調元除了才華高之外，與李白在思想精神個性及命運等方面都
很少相似性，所以他衹是一個敏捷多才的忠於封建王朝的詩人兼學
者，而袁枚也衹是一個抒發個人性靈的詩酒風流的詩人兼詩論家，是
一個「山林奇富貴，花月豔神仙」〔註79〕的閒散風流文人而已。其實，
李調元的成功處恰恰在於他是惟一的李調元，而不是李白第二第三，
袁枚亦如此。因此李氏自己說：「憂到蒼生但蹙眉，愁來濡筆便淋漓。
一生愛學青蓮體，只恐三分略似詩。」〔註80〕這應該是較爲客觀的自
我評價，而不是過分的謙虛。

（七）提倡專詣

　　他說：「詩有於一人一物一事，用全神全力而成家者，亦可傳，
如唐之《遊仙詩》、《比紅兒詩》，宋之《梅花百詠》是也。若用油滑
腐語編湊成集以圖名，後之人豈能欺乎？」〔註81〕詩人的才氣有大小
的分別，思想及經歷有複雜與單純或者單一的分別。才氣很足，思想
與經歷豐富複雜的詩人當然可以運用多變的手法表現豐富的題材內
容，形成在主體風格制約下的多變的風格特色。而一般的詩人，或者
業餘偶爾作詩者，則可如李調元所說全神全力寫一人一事一物而留下
可傳的佳作，甚至成家。這就是所謂「專詣」，它與「偏至」是相輔
相成的。這當是切實的說法，是所謂經驗之談。這裡李氏實際上已經

〔註79〕〔清〕張問陶《甲寅十一月寄賀袁簡齋先生乙卯三月二十日八十壽》
　　　　八首之三，《船山詩草》，北京：中華書局，1986年版295頁。
〔註80〕《和嚴麗生學淦題童山續集原韻二首》《童山詩集》卷三十九，叢書
　　　　集成初編，北京：中華書局，1985年版。
〔註81〕《雨村詩話》卷下，郭紹虞《清詩話續編》，上海：上海古籍出版社，
　　　　1983年版1534頁。

意識到，詩人，即便是大詩人，既有各自的特點與長處，也就有各自的局限與短處，不是樣樣都精通，什麼手法都純熟，什麼題材都能表現好，什麼體裁都熟練，即便如李白、杜甫與蘇軾等人，也並非萬能，也不是首首詩歌都精妙無比。作爲一般人，與其無意的「偏至」，則不如有意的「專詣」。

四、具體論述詩歌創作

　　李調元的二卷本《雨村詩話》寫作目的在於示人以詩法，所謂「嘗以爲詩法不出乎諸大家，每於同人多諄諄論辯。今擇摘可以爲法者略舉一二以課兒，與俗殊酸鹹，在所不計也」。也就是講述詩歌創作的具體方法與步驟，與創作中各種題材與體裁的處理方法。而十六卷本《雨村詩話》與四卷本《雨村詩話補遺》雖然重在採錄當時詩歌，也常常示以詩法，其他文章及詩歌中也有不少涉及到詩歌創作者，今一併臚列論述如下。

（一）綜合論述詩歌創作的步驟與方法

　　下面擬先採錄原文，再作簡要分析。

　　他以詩論詩說：「嶽聳須如岱，江源要倒岷。四時春日好，萬象夏天新。格調宗唐宋，杼機採宋人。大都先忌俗，乃可望清醇。」〔註82〕這首詩歌綜合論述學詩與作詩，首二句用比喻的方法說明學詩溯源，要「取法乎上」。次聯比喻說作詩的關鍵在創新，即隨時而變，與時俱進。頸聯的「格調宗唐律，杼機採宋人」是講對唐宋詩歌的具體態度。「格調」，此處主要指格調派強調的所謂「格調」，重點指詩歌的格律，也包括詩歌的風格，即詩歌的風韻儀態等綜合審美特點，聯繫他的其他論述可知是音律鏗鏘，風格雄渾清新，也即他所謂響亮爽朗；而杼機即機杼，也即杼軸，即詩歌的命意構思等寫作方法則要採自宋人。相較而言，宋詩較唐詩更講究方法，追求方法的創新，因此宋人才能

〔註82〕《答王梅溪怡問詩》《童山詩集》卷十五，叢書集成初編，北京：中華書局，1985 年版。

在唐詩的基礎上出新。尾聯說明他崇尚的風格，特別是其中的語言風格是清醇，反對的是俗。整首詩歌強調學習繼承，又強調創新，既重視「格調」，也重視方法，即「杼機」，宗唐而不抑宋，總體上是辯證的觀點。

　　他說：「詩思無涯語要該，摛章琢句費安排。請看大呂黃鐘調，略錯宮商韻總乖。」〔註83〕這首七絕從總體上論述作詩法。作詩的步驟頗為繁複難分，作詩之法多多，這裡涉及與論述到的是構思用語、摛章琢句與調律等環節。他首先強調「詩思」，「詩思」可以解釋成狹義的詩歌構思，也可以解釋成廣義的詩歌創作中的思考、聯想等思維活動與過程，即「神思」，也即劉勰所講「寂然凝慮，思接千載；悄焉動容，視通萬里；吟詠之間，吐納珠玉之聲；眉睫之前，卷舒風雲之色」，〔註84〕即便是狹義的「詩思」，它也包括選材、立意與章法安排等，它也是無涯的。詩歌是最精妙精美的語言藝術，所以詩歌構思好了，就要用語言表現出來，最終達到「語要該」的程度，所謂「該」，即準確妥帖生動形象。詩歌的具體寫作過程中，摛章琢句是非常重要的環節與步驟，古體詩要「摛章」，即劃分安排章段，然後再「琢句」，即錘煉詞句，寫成詩歌；近體詩雖短，常常以聯為單位表現一個相對完整的內容，然後再錘煉詞句。因為聲律是近體詩的最重要的外形式與外節奏，聲律不諧，或者錯誤，便會遭人譏笑，所以他格外強調聲律，用了兩句來說聲律。他認為即便是黃鐘大呂一類的至美樂曲或大型樂曲，如果其中的音律（宮商）略有不諧或者舛誤，其總體之美，即「韻」便被損害。相應，詩歌的平仄及押韻也不能錯或乖，否則便不是詩歌或者不是合格的近體詩了。這首詩歌全面論述了詩歌創作的構思、摛章、琢句、措詞及調律等環節，十分切實到位。

　　他說：「安慶昝抱雪與費此度論詩云：『論詩何所據？人各有詩

〔註83〕《高步雲親家問作詩法》《童山詩集》卷三十四，叢書集成初編，北京：中華書局，1985年版。

〔註84〕范文瀾《文心雕龍注》，北京：人民文學出版社，1978年版493頁。

腸。但悟十分活，先除一字忙。雲煙無鹵莽，花鳥費商量。其意果能
得，知希亦不妨。』此度答云：『老去才華盡，篇章久不關。群公出
高論，使我一開顏。彩筆從時變，遺篇未易扳。只愁年代遠，更復幾
經刪。』觀二公詩，深得旨趣。」〔註85〕這段話引述兩人的論詩詩，
然後對照其詩歌，認爲他們的理論與實踐相合，達到了「深得旨趣」
的程度，故而也可算他的綜合論詩詩。他所引的前一首詩首聯認爲「人
各有詩腸」，即每個人的詩情、詩思是不相同的。次連說寫詩的關鍵
在善悟，而且要「悟十分活」，即悟出眞諦，悟出鮮活的形象與意境，
而且不要急著下筆，即所謂「先除一字忙」。頸聯認爲對表現對象要
仔細觀察揣摩，即所謂「雲煙無鹵莽，花鳥費商量」，看透悟透，了
然於胸，以至與對象交流，達到物我一體的程度，形成鮮明的藝術形
象，然後才下筆寫作。尾聯認爲詩歌的最終目的是表達自己的情意，
這種情意應該是獨特的惟一的，所以即便他人不理解也無妨。後一首
詩頸聯認爲詩歌創作的藝術手法當隨時而變，不拘成法，又要認眞學
習繼承。尾聯認爲要不斷地反覆修改錘煉。這兩首詩歌論述了詩思的
不同、作詩重悟與謹愼下筆、觀察揣摩和與物交流而物我一體，及重
視表意的創新等有關創作的重要問題，與創作手法隨時而變、重視修
改等，涉及到創作的各個環節，許多觀點都可爲作詩者之借鑒。

　　他說：「述菴云：『詩之爲道，偏至者多，兼工者少。分茅設蕝，
各據所獲以自矜。學陶韋者，斥盤空硬語、妥帖排奡爲粗；學杜韓者，
又指不著一字、盡得風流爲弱。出主入奴，二者恒相笑，亦互相詆也。
吾五言詩期於抒寫性情，清眞微妙，而七言長句頗欲驅使典籍，縱橫
變化。世之偏至者或可以無譏也。』又云：『士大夫略解五七字，輒
以詩自命，故詩教日卑。吾之言詩也，曰學、曰才、曰氣、曰調，學
以經史爲主，才以運之，氣以行之，調以舉之，四者兼而夐陋生澀者，
庶不敢妄廁於壇坫乎？』其論如此，今觀所著《述菴詩鈔》，清華典

────────────

〔註85〕詹杭倫、沈時蓉《雨村詩話校正》，成都：巴蜀書社，2006 年 50
頁。

麗，經史縱橫，然學、調其長，而才、氣略短，總之近體勝於古體，七律勝於五律，而七律尤以《從軍》諸詩爲最。蓋身列戎行，目所經歷，故言之親切而痛快也。」〔註86〕他引述的王昶的兩段話內容甚爲豐富，前一段主要論述風格，認爲「偏至者多，兼工者少」，不能互相指責與排斥，而且各種體裁各有其風格特點與表現功能。後一段主要論述作家主體必備的條件，主要是才、氣、學、調，前面相關部分已經有所論述。合起來看，這兩段話強調創作者主體的才、氣、學、調，認爲「學以經史爲主，才以運之，氣以行之，調以舉之」，就能創作出好詩來，還強調親歷的重要性，認識到體裁的差異性，風格剛柔的區別與偏至、兼工，涉及到詩歌以及文學創作的很多重要方面。

他說：「……問師川曰：『作詩法門當如何入？』師川答曰：『即此席間杯盤果蔬，使令以至目力所及，皆詩也。君但以意剪裁之，馳驟約束，觸類而長，皆當如人意，切不可閉門合目，作鑴空鑿實之想也。』」〔註87〕這段話引述並贊成徐師川的觀點，首先講選材，認爲從題材的角度講「席間杯盤果蔬，使令以至目力所及」，即一切皆可以入詩，成爲詩料，關鍵在會不會發現與會不會選擇。其次，講對材料的選擇與使用，其中最重要的是剪裁，即「以意剪裁之」，既要有所發揮延伸（馳驟），又要有所約束，還要善於聯想，即所謂「觸類而長」，要點在其「皆當如人意」，即以意選材驅使材，而不是被材所驅使，當然更不能「閉門合目，作鑴空鑿實之想」，而落入胡編亂造與無病呻吟。

李調元論詩有時好立異與翻案，前面說詩當從李白入手是一例，反歐陽修「詩窮而後工」而倡「富而後工」又是一例，且可稱其特異之說。他說：

> 歐陽文忠公謂：詩必窮者而後工。此殆不然。詩必富者而後工也，非富於學則萬卷不破，非富於材則萬象不該。記

〔註86〕詹杭倫、沈時蓉《雨村詩話校正》，成都：巴蜀書社，2006 年 209 頁。
〔註87〕詹杭倫、沈時蓉《雨村詩話校正》，成都：巴蜀書社，2006 年 415 頁。

所謂多文以爲富者，正謂此也。錢塘袁子才先生今代之富
於詩者也。其學富，故出語邁李杜；其才富，故落筆無古
今。而又家本富豪，少掇巍科，遂入詞館。其年富，出宰
上元。其力富，未幾即築室於江陵，名曰隨園。其一切飲
食起居無不豐贍。以是發而爲詩，其富豈可及乎？夫世之
所謂窮而後工詩者，吾知之矣。諸子百家束之高閣，此腹
之窮也。詹詹小言，不見江河，此眼之窮也。而又蓽門圭
竇，藿藜不充，以是爲詩，其學不足以贍其用，其才不足
以達其辭。猶之室如懸磬，家無儋石，升其堂則聊蔽風雨
而已，視其身則捉衿見肘而已。以是爲工，非俗即鄙，非
怪即誕，豈尚有黃鐘大呂之音，清廟明堂之響，出於其中
哉！夫以子才先生才學如此之富，何不使之身居廊廟、黼黻
皇猷、燕許文章、姚宋事業，必有偉然可觀者，而顧使之
終老園圃，嘯傲林泉，慷慨抑揚，凌轢百代，自成一家。
是豈天之愛之，欲其專力於詩以成其名。故使壽登耄耋，
使得罄其懷抱乎？知先生亦必不以彼易此也。〔註88〕

這篇序言的這段話在於反成說而倡異論，勇氣可嘉，值得認真分析解
讀。他首先否定了歐陽修的「詩窮而後工」的名言。接著提出了詩富
而後工的觀點。然後分別解釋他所謂的富，包括學富，即成語所謂學
富五車，杜甫所謂「讀書破萬卷」；才富，即能認識貫通世間萬象的
才華。單就這兩富來講，他的「詩必富者而後工」的觀點是成立的，
因爲文學家，包括詩人只有具有了豐富的知識學問與高超的才華及豐
富的閱歷，司馬遷所謂「讀萬卷書，走萬里路」，才能具有豐富的閱
歷、廣博的知識與驅遣這些的才華與膽識，進而創作出優美的詩文
來。如果「諸子百家束之高閣，此腹之窮也」「詹詹小言，不見江河，
此眼之窮也」，即沒有才學，結果便是「其學不足以贍其用，其才不
足以達其辭」，自然創作不出好詩文來。

〔註88〕《袁詩選序》《童山文集》卷五，叢書集成初編，北京：中華書局，
1985 年版。

不過李調元信筆下來，又提出了另外的年富、力富與家富等幾富，就有問題了。他的年富與力富，義近乎成語所謂「年富力強」，對詩歌創作來講，也有幾分道理，即年老力衰，以致動不了筆墨，還思維遲鈍，自然很難創作出好詩文來。不過此所謂年富力強是相對的，只要思維活躍，感情充沛，即便年老，但能動筆，也能創作出好詩來。考察袁枚的履歷，他於乾隆七年外調做官，曾任沭陽、江寧、上元等地知縣，政聲好。三十三歲父親亡故，辭官養母，在江寧購置隋氏廢園，改名「隨園」，築室定居。因此文中的「年富」指的是三十歲左右青壯年交替時期，而「力富」則指的是他有精力修建「隨園」，如此則限制太嚴，因為詩歌固然是需要激情與精力的青春文學，但古今都有不少名家、大家在中老年創作出名篇大作來。而家富也有一些道理，即家庭貧困得上無片瓦，下無立錐之地，生活朝不保夕，便不僅沒有「少掇巍科，遂入詞館」及「一切飲食起居無不豐贍」的可能，進而沒有「學富，故出語邁李杜；其才富，故落筆無古今」的可能，甚至還沒有條件讀書識字，當然更沒有寫詩作文的可能了。

不過，歐陽修所說之窮，指的是仕途不順、理想不達，而不是真正的「蓽門圭竇，藿藜不充」之貧困。考察整個古代，因為古代文化學習的成本很高，真正長時期的陷於饑寒的詩人極少，長時期陷於饑寒的讀書人也很少。因此李調元此處是暗中偷換了概念，將仕途不順之窮偷換成饑寒交迫之窮。其實歐陽修的「詩窮而後工」是立得住腳的，是被無數事實所反覆證明了的。因為仕途不順，進而理想不達，理想與現實產生了巨大的矛盾與碰撞，詩人於是乎充滿激情，於是乎感歎、痛苦、憤怒，胸有塊壘而不得不傾吐，發而為詩便成了既表現社會時代又表現詩人心靈的名篇大作，因此外國有痛苦出詩人、憤怒出詩人、激情出詩人之說，中國古代也有「發憤以抒情」〔註89〕、「詩三百篇，大抵皆賢聖發憤之所為作也」〔註90〕、「物不平則鳴」〔註91〕

〔註89〕〔戰國〕屈原《惜誦》，見劉向《楚辭》，四庫全書文淵閣本。
〔註90〕〔漢〕司馬遷《太史公自序》，《史記》卷一百三十，百衲本二十四史。

及歐陽修「詩窮而後工」〔註92〕之說，方之中國古代，屈原如此，曹植如此，陶淵明如此，李白如此，杜甫如此，蘇軾如此，辛棄疾如此，陸游如此，古今中外真正的大家及名家幾乎無不如此。至於所謂「富而工」者，則極少，而且其所謂「工」，只能解釋成工整、工致，而難以解釋成優秀，至於名篇大作則幾乎沒有。清代康熙乾隆時期之所以詩壇很少名家也沒有大家，關鍵在詩人不「窮」，多是如袁枚一類「家本富豪，少掇巍科，遂入詞館」的角色，其詩歌或者歎老嗟卑、或者抒發個人的小性靈，思想深度、力度與藝術感染力都不足。

　　文中的「夫世之所謂窮而後工詩者，吾知之矣。諸子百家束之高閣，此腹之窮也。詹詹小言，不見江河，此眼之窮也。而又蓽門圭竇，藜藿不充，以是爲詩，其學不足以瞻其用，其才不足以達其辭。猶之室如懸磬，家無儋石，升其堂則聊蔽風雨而已，視其身則捉衿見肘而已。以是爲工，非俗即鄙，非怪即誕」李調元確有所指，就是唐代以賈島、孟郊爲首的苦吟詩人，他們確實才學不怎麼充足，而且因爲身處亂世而較爲貧困，以至「到了室如懸磬，家無儋石，升其堂則聊蔽風雨而已，視其身則捉衿見肘而已」的程度，以其才學表現其生活，便「非俗即鄙，非怪即誕」，李調元對他們的詩歌不看好，所謂「昌谷、玉川之奇詭，東野、閬仙之寒儉」，這個評價大致合理。應該說這些苦吟詩人確實貧窮，也仕途窮，詩歌卻窮而不工，不過他們的詩歌「非俗即鄙，非怪即誕」原因很多，其中最關鍵的是沒有遠大的理想與高尚的志趣，因此與現實的反差就不大，心中的衝突也不劇烈，因此詩歌便歎老嗟卑、哭窮怨命。不過孟郊、賈島之所以能在中國詩壇佔據一席之地恰恰是因爲他們的吟苦之苦吟，而不是其他。李調元將孟郊、賈島的苦吟之詩與所謂的「黃鐘大呂之音，清廟明堂之響」

〔註91〕〔唐〕韓愈《送孟東野序》，《韓昌黎文集校注》第四冊，上海：上海古籍出版社，1987 年版 232 頁。

〔註92〕〔宋〕歐陽修《梅聖俞詩集序》：「非詩文能窮人，殆窮而後工也。」曾棗莊、劉琳主編：《全宋文》第 17 冊，卷 716，成都：巴蜀書社，1991 年第 425 頁。

相比，顯得很可笑。因為所謂的「黃鐘大呂之音，清廟明堂之響」不過是歌功頌德應景之作，比起表現真情的苦吟之詩來也遜色許多，毫無存在與流傳的價值。從這裡可以看出李調元詩學的局限性。

後面他還將袁枚「身居廊廟、黼黻皇猷、燕許文章、姚宋事業，必有偉然可觀者」的想像與「終老園圃，嘯傲林泉，慷慨抑揚，凌轢百代，自成一家」相比，認為「是豈天之愛之，欲其專力於詩以成其名。故使壽登耄耋，使得罄其懷抱乎」，其實就是達則身居廊廟、歌功頌德與窮則退隱而嘯傲林泉、詩酒自樂相比，他感歎「知先生亦必不以彼易此也」，說明他贊成以詩酒交換顯達，詩酒勝於顯達，這又推翻了他前面的詩富而工論。其實李氏還是認同「詩窮而後工」論的，他後來在《南遊集序》中說：「夫歡愉之詞難工，而愁苦之言易好，窮人之詩固然。」〔註93〕

李調元還有一篇綜合論述創作的專文《鼌塘集序》：

人喜則思陶，陶思詠，故詠詩主陶情，而作詩由陶甄。

今之善為陶者，莫過於饒。然有八法焉：一曰採石。饒窰陶土以祈門為上品，若用高嶺，則質不純正矣。二曰煉泥。以缸浸泥，細濾入絹以作坯胎。若不澄淨，則色不滋潤矣。三曰配釉。釉貴純粹，無灰不成。灰出平樂，煉以鳳尾草和泥成漿，泥十灰一。若泥少灰多，則光不鮮瑩矣。四曰護匣。瓷坯宜淨，一粘泥滓，即成斑駁。揀黑黃沙略加鏇削，燒過護坯。若不護，入火則柔不受冶矣。五曰定模。磚埴之法，器中膊豆中懸，即今模子，必須與原樣相似。若無規範，則式不畫一矣。六曰車圓。器制不一，圓者如盤、碗、鍾、碟。磚泥置盤，以竹撥輪，隨手拉坯，自然如意。如手法稍滯，則形不圓轉矣。七曰琢器。方者如瓶罍尊彝，凡有棱角壓成，刀截為段，當角者廉之，當折者挫之，然後選式付匠。若彌縫不周，則工不渾成矣。八曰選青。瓷器悉藉青料，採紹興金華諸山，名曰圓頂子，黑

綠潤澤同者爲上。若選料不精，則器不完全矣。

非陶者有之，作詩亦然。詩尤甚於陶也。採之三百、漢魏、
六朝、《騷》、《選》，以立其基，此詩中之採石也。加以淘
磨精液，簡煉熔鑄，以利其用，此詩中之煉泥也。本乎《左
傳》、《史記》、莊老諸子，以擷其精，此詩中之配釉也。去
其粗率、俚俗、不切陳言，以嚴其範，此詩中之護匣也。
參於陶、謝、徐、庾、李、杜、韓、蘇，以立其格，此詩
中之定模也。凡悲、歡、愁、樂、鳥、獸、草、木，各肖
其題，而不黏滯，此詩中之車圓也。凡雕詞琢句，長篇短
什，必極其巧而不傷雅，此詩中之琢器也。詩以氣爲主，
而尤貴有色。老杜曰：「昔聞洞庭水，今上岳陽樓。」氣也。
小杜曰：「高摘屈宋豔，濃薰班馬香。」色也。此詩中之選
青也。五色雕鏤，而無奇氣以行之，名曰餖飣。一氣呵成，
而無采色以麗之，名曰淡薄。淡薄者容有味，而餖飣者必
無神。與其餖飣，不如其淡薄也。

鳧塘之詩，深知詩者也。自少而壯，自朝廟而江湖，律則
戛玉敲金，古則橫空盤硬，喜則和風甘雨，悲則齧雪咀霜，
有王、孟、韋、柳之醇古澹腴，無盧、李、孟、賈之險僻
古怪。蓋其天資、學力二者兼到，陶鎔於諸大家，而又加
以鼓鑄萬彙。每有吟詠，無不振之以聲氣，敷之以彩色，
譬之於陶，則八法皆備，求所謂不純正潤滋、光瑩受冶、
畫一圓轉、渾成完全者，殆無一焉。又何有淡薄餖飣之誚
乎？是能陶彙萬物者也。故與之說陶。知陶者，可與讀此
詩矣。〔註94〕

這篇文章是李調元論詩之最爲全面者。文章首先說人受外物的影響而
生感情，有了感情則一定要抒發歌詠，因此吟詠詩歌的原因在於感
情，點明了詩歌的本質是抒情，而作詩則與陶鑄相似。接著他詳細地
敘述了製陶的八個工藝環節：採石、煉泥、配釉、護匣、定模、車圓、
琢器、選青，以之比喻作詩的步驟與環節，所謂「非陶者有之，作詩

〔註94〕《童山文集》卷五，叢書集成初編，北京：中華書局，1985年版。

亦然」。然後他以製陶爲喻，分別說明作詩的步驟與方法。第一步是詩中之採石，即「採之三百、漢魏、六朝、《騷》《選》，以立其基」，建立詩歌創作的基礎。第二步是詩中之煉泥，即對《詩經》到六朝的詩歌「加以淘磨精液，簡煉熔鑄，以利其用」，就是在學習的基礎上提煉融會，取其精華，以便利用。第三步是詩中之配釉，即不僅要學習前代詩歌，而且要學習前代散文，如《左傳》、《史記》、莊老、諸子，採擷其精華，以增加詩歌的色彩。第四步是詩中之護匣，即在學習研讀前代詩文時「去其粗率、俚俗、不切陳言」，目的在「嚴其範」。第五步是詩中之定模，詳參陶、謝、徐、庾、李、杜、韓、蘇等歷代大家、名家之詩，以確定自己詩歌風格範式。他所提出的風格範式有恬淡自然者，如陶淵明，有精巧典雅者，如謝靈運，有華美繁縟者，如徐庾體，更有李杜韓蘇等飄逸沈鬱雄奇豪放者，總之是陰柔陽剛、華美樸素兼有，百花齊放。第六步是詩中之車圓，即觀察把握表現對象，進而進行恰當的描寫與表現，所謂「凡悲、歡、愁、樂、鳥、獸、草、木各肖其題，而不黏滯」。第七步是詩中之琢器，即對寫成的初稿，無論長篇短什，都要精雕細刻，精益求精，達到極其巧而不傷雅的程度。最後一步是詩中之選青，即爲詩歌增添氣色。他認爲：「詩以氣爲主，而尤貴有色。」所以他對氣色論述較多。此處之氣，不是他所說的廣義的氣，即喜怒哀樂愛惡欲等情感，而是指氣勢，猶如他舉的杜甫《登岳陽樓》之「昔聞洞庭水，今上岳陽樓」一樣，語言並不華美奇巧，但卻自然樸素而又有氣度與氣勢。此處之色，指的當是詞彩之美，所謂「高摘屈宋豔，濃熏班馬香」。他說他重氣更重色，但後面卻又更重氣，認爲「五色雕鏤，而無奇氣以行之，名曰餖飣。一氣呵成，而無采色以麗之，名曰淡薄。淡薄者容有味，而餖飣者必無神。與其餖飣，不如其淡薄也」。即詩歌當有氣，有奇氣，這個氣或奇氣，便不僅僅是前面所指氣勢與氣度，而且還包括生氣、活力，人無生氣則形同木偶，詩僅僅五色雕鏤，卻無生氣活力貫注其中，則餖飣堆砌，沒有感染力了。相應，詩歌一氣呵成，而無采色以麗之，

名曰淡薄。二者都有缺陷。二者相較,他認爲「淡薄者容有味,而餖飣者必無神。與其餖飣,不如其淡薄也」。這說明他在詞彩與生氣之中選擇生氣,重視生動形象與樸素自然之美。

他講的詩歌創作的八個步驟,其中詩中之採石、煉泥、配釉是前期間接準備階段,重在學習研讀前代優秀的文學作品,包括優秀的詩歌,也包括史傳、諸子散文,學習繼承的對象是廣泛的,不僅要學習,而且更重要的是「淘磨精液,簡煉熔鑄」,「以擷其精」,以便爲我所用。詩中之護匣、定模是詩歌創作的後期直接準備階段,主要是在語言與風格上向典範學習,以確定語言範式與風格範式。最後三步,詩中之車圓、琢器、選青描述的是創作階段,車圓是下筆成詩,恰當表現與描寫對象,琢器是成稿之後的雕琢錘煉,使之完滿完美,而選青則是最後的點染與提升,即最後的畫龍點睛,貫注生氣,增添色彩,使詩歌生氣貫注,五彩繽紛,具有很強的感染力與審美性。俗話說任何比喻都是蹩腳的,所以李調元以陶鑄比喻創作詩歌也不會完全貼切。按照一般規律,製陶的採石、煉泥與配釉應當是詩歌創作的選材,李氏也以之比喻集材與選材,不過他卻只提到學習研讀前代優秀詩文,即杜甫所謂「讀書破萬卷」,司馬遷所謂「讀萬卷書」,這很重要,但是詩歌創作成功更重要的前提應該是豐富的閱歷情感與深刻的思想,即司馬遷所謂「走萬里路」,他卻沒有提到。詩歌創作的構思、立意應該是一個很重要的階段,比之陶鑄,則護匣、定模當包含著構思立意,但他卻將其比喻成在語言及風格上確立規範,漏掉了構思立意這個最重要的步驟的描述。

李調元最後結合梟塘之詩集對詩歌創作的各個方面進行了更爲概括與深入的論述。他認爲李梟塘「自少而壯,自朝廟而江湖」,經過長期的歷練與提高,終於取得很高的成就,即所謂「深知詩」:從體裁方面講是「律則戛玉敲金,古則橫空盤硬」,對體式的特色把握得很準;從情感的角度講,是「喜則和風甘雨,悲則齧雪咀霜」,表現得非常眞實恰當,富有感染力與衝擊力;從風格的角度講,則「有王、孟、韋、

柳之醇古澹腴，無盧、李、孟、賈之險僻古怪」，與時代合拍，他在《寄墨莊梟塘兩弟書》也說：「兩弟詩文，迂徐和緩，無激昂蹈厲之音。其不及阿兄處在此，其高出阿兄處亦在此。」「若長江大河則不然，彌彌平流，無岸無涘，一望了不異人，而舟楫濟焉，水族生焉，浩浩渾渾，徐行而至於海。故其源遠流長，不見其奇而多厚福。」〔註95〕表明了他對醇古澹腴的讚賞，這也受王士禎的一些影響。後面他進一步闡述梟塘之詩之所以取得這種成就的原因是「天資、學力二者兼到，陶鎔於諸大家，而又加以鼓鑄萬彙」，強調天資與學力，也即性靈與學問二者兼重，還強調向大家學習，與鼓鑄萬彙，即廣泛學習繼承，即杜甫所謂「別裁僞體親風雅，轉益多師是汝師」。〔註96〕接著又說他創作時「無不振之以聲氣，敷之以彩色，譬之於陶，則八法皆備」，再次強調上面所列八法之最後一法，即點睛提神，貫注生氣，增添色彩，因此詩歌便達到了「純正潤滋、光瑩受冶、畫一圓轉、渾成完全」的境界。

　　總之，他的這篇序言點明詩歌本質是陶情，重點在論述創作。他以製陶八步比喻創作詩歌，較爲貼切，認爲創作的前提是天資、學力兼到，既要陶鎔於諸大家，而又加以鼓鑄萬彙，最後則當振之以聲氣，敷之以彩色，使詩歌臻於完美，這些論述既有一定的理論性，也具有較強的實踐操作性。

（二）分別論述詩歌創作的具體方法與步驟。

　　李調元既綜合論述了詩歌創作步驟與方法，又在其他地方分別論述之。下面擬臚列論述之：

1、論取材造境

　　取材是詩歌創作的前提，俗語說巧婦難爲無米之炊，其次才是怎麼炊的問題。古人對這個問題認識不明確，談論得很少，要談也多祇

〔註95〕《童山文集》卷十，叢書集成初編，北京：中華書局，1985 年版。
〔註96〕〔唐〕杜甫《戲爲六絕句》，〔清〕楊倫《杜詩鏡銓》卷九，上海：上海古籍出版社，1980 年版 399 頁。

談多讀書，但也有人認識到應該多觀察體驗經歷社會生活，以獲取材料。李調元即是其中之一。他說：「近人每作詩，輒翻書尋詩料，不知詩料只在目前。嘉興陳梅岑熙有《暮春》句云：『誤除野草傷新筍，偶檢殘書得舊詩。』錢塘袁梓齋鱧句云：『棋殘因客至，書草爲花忙。』皆眼前詩料也。」〔註97〕所謂「詩料只在目前」意思是詩料在自身的經歷中，在對眼前事物的觀察思考中。文中所舉的詩例其材料都來自日常生活，就是有力的證明。他又說：「眼前話，拈出便入神妙。」〔註98〕這句話主要講用語，但也涉及到選材，因爲所謂「眼前話」來自於眼前事，所以便成了「眼前話」就是現成的詩料，一經寫入詩歌便可能得到神妙的結果，甚至使詩歌達到神妙的境界。

　　生活多多，並不是所有生活都可以成爲詩料，因此既要生活閱歷豐富，更要善於選擇，即所謂取精用弘。他在《明農初稿集序》中說：「日月星辰，天文也，而絺乎旗裳。昆蟲鳥獸，地文也，而上乎彝鼎。徐方之土於社侯，夏翟之羽於旌旄，登龍於章，升玉於藻，百工婦人雕鎪染練，以供宗廟祭祀之文何者？取精多而用物宏也，詩文之道亦然。今之嗤六朝者，率曰綺曰靡。夫所惡乎綺靡，爲其淫色蛙聲，柔而鮮振也。若啓朝華，披夕秀，樹丰骨，於選言之路，亦何害乎其綺靡乎？」〔註99〕文章用天文、地文作比較，進而說明任何美好的事物都來自取精用弘，詩文創作也如此，即材料要多，更要善於選擇，也就是「用物宏」則「取精多」。接著他論述到任何材料都是有用的，比如六朝的綺靡，或「淫色蛙聲，柔而鮮振」而爲人所鄙視，或「啓朝華，披夕秀，樹丰骨」而成爲詩歌的有益借鑒，關鍵在於會選與會用。

　　他在《謝小樓吟稿序》中說：「閱其詩（《謝小樓吟稿》），沖容大雅，淘寫性天，非塗脂抹粉作閨闥兒女態者比。詢之，乃知爲名解元謝仲玩之女，隨其父遍粵東，泛重溟，歷珠崖，如近則廣之越王臺，惠之

<hr>

〔註97〕詹杭倫、沈時蓉《雨村詩話校正》，成都：巴蜀書社，2006 年 302 頁。
〔註98〕詹杭倫、沈時蓉《雨村詩話校正》，成都：巴蜀書社，2006 年 189 頁。
〔註99〕《童山文集》卷五，叢書集成初編，北京：中華書局，1985 年版。

西湖，其足擴充耳目，抒發心胸者，罔不觸其詩思，攄其懷抱，則詩之生於情，亦由境之有以啓其情也。然則其母之松柏其節操，而又斧藻其詞賦，非其得之庭訓者為多乎？儻使其父尚存，未必如其母之婉婉聽從，以迄於成名也。余故曰：有賢父不如有賢母也。俗儒嘗言：女子不當學詩。不知三百篇半出於婦人女子，而刪詩者獨存之以垂後世。此事豈鮀生陋儒之所知乎？」〔註100〕這段話的意思非常複雜。首先讚揚《謝小樓吟稿序》「沖容大雅，淘寫性天」，在風格與思想內蘊上大別於塗脂抹粉的閨閫兒女態詩歌；接著說詩歌的作者謝氏隨父廣泛遊歷，不僅擴充其耳目，獲得豐富的詩料，而且開闊其心胸，觸發其詩思，說明了生活遊歷對詩歌創作的重要性；還進而論述了詩、情、境的關係，即境啓情而情生詩，作者的生活與閱歷具有關鍵作用，即鍾嶸《詩品》所謂「氣之動物，物之感人，故搖蕩性情，行諸舞詠。照燭三才，暉麗萬有，靈祇待之以致饗，幽微藉之以昭告，動天地，感鬼神，莫近於詩」。〔註101〕後面他還論述謝氏詩歌成功的其他因素，包括其母砥礪其節操，斧藻其詞賦，且教育委婉而易於接受，有如春風化雨。他說《詩經》本出於婦人女子，雖然前人已經說過，但他此處再說，卻說明了詩歌創作的選材與啓境問題，即只要有生活與閱歷，就有了詩料，再眞切地反映之表現之，境啓情而情生詩，就可能成為經典詩歌。

2、論構思立意

李調元論述構思立意，一是強調立意。他說：「江都江松泉昱，其詩以煉意為主。」〔註102〕認為「詩以煉意為主」，足見對立意的重視。二是強調立意當獨出心裁。他說：「丹徒嚴麗生學淦……尤工古樂府，如《斬蛇國》、《張良椎》、《釣魚城》、《常山舌》、《睢陽哭》、《司農笏》詩，皆獨出心裁，琅琅可誦。」〔註103〕古樂府唐代以後創作

〔註100〕 《童山文集》卷五，叢書集成初編，北京：中華書局，1985 年版。
〔註101〕 〔清〕何文煥《歷代詩話》，北京：中華書局，1981 年版 2 頁。
〔註102〕 詹杭倫、沈時蓉《雨村詩話校正》，成都：巴蜀書社，2006 年 344 頁。
〔註103〕 詹杭倫、沈時蓉《雨村詩話校正》，成都：巴蜀書社，2006 年 395 頁。

者極少，關鍵在受前人矩矱制約，難以出新。他認爲嚴的這些古樂府「皆獨出心裁」，故而可誦可傳。整首詩歌獨出心裁，而因爲詩當以煉意爲主，所以其立意構思也必然是獨出心裁的。他說：「故詩貴反用，詩題亦然。」〔註104〕說詩歌的構思立意都應該不蹈襲前人，而應該與前人相異甚至相反，包括詩題亦如此，因爲詩題是詩歌的眼睛，否則便難以創新。三是進而強調「意見於言外」，即立意並非是要在詩題及語言中說明，而是要「含不盡之意見於言外」，因此他說：「梅都官云：『詩之工，寫難狀之景如在目前，含不盡之意見於言外。』此言是也。」〔註105〕立意自可獨出心裁，也可翻用前人。他說：「翻用前人，其意愈深。」〔註106〕認爲立意翻用前人是可以的，關鍵在比前人之意更深，或者更新：「詩有翻用古人句而更新者。」〔註107〕他還因此而贊成江西詩派「脫胎換骨」之法。他說：「學杜而處處規撫，此笨伯也，終身不得陞其堂，況入其室？唐人陞堂者，惟義山一人而已……蓋義山自立門戶，絕去依傍，方能成家。黃山谷名爲學杜，實從義山入手，故猶隔一層；然戞戞獨造，亦成江西一派。此古人脫胎換骨，不似今人依樣葫蘆也。」〔註108〕認爲李商隱學杜甫能自立門戶，絕去依傍，所以能夠自成名家甚至大家，而黃庭堅雖然學杜甫從李商隱入手，用的多是脫胎換骨的手法，但也能在學習中重視獨創，所以能自成一派。因此脫胎換骨與依樣畫葫蘆有本質的不同，前者是一種翻新加深的創造，後者則是亦步亦趨，處處規撫的笨伯。

3、論切題合題

詩歌的立意重要，詩歌更要表現主旨，而主旨往往在詩題上即已點明，或者包含著，所以切題與合題是寫作的關鍵環節之一。李調元

〔註104〕 《雨村詩話》卷上，郭紹虞《清詩話續編》，上海：上海古籍出版社，1983 年版 1521 頁。

〔註105〕 詹杭倫、沈時蓉《雨村詩話校正》，成都：巴蜀書社，2006 年 335 頁。

〔註106〕 詹杭倫、沈時蓉《雨村詩話校正》，成都：巴蜀書社，2006 年 300 頁。

〔註107〕 詹杭倫、沈時蓉《雨村詩話校正》，成都：巴蜀書社，2006 年 199 頁。

〔註108〕 詹杭倫、沈時蓉《雨村詩話校正》，成都：巴蜀書社，2006 年 94 頁。

認爲詩歌應該切題，或者說要符合題意。他說：「詩詠地名不可使挪移他處。」〔註109〕雖然只講的詠地名詩，但也可延伸至其他詩歌，否則便寫此人可移他人，寫此物可移他物，寫此情可移他情，寫此時可移他時，便泛泛而不切實了。他說：「余獨愛傅編修良木《王露詩》云……措詞能切時事，非泛作頌體。」〔註110〕認爲即便是頌體，如《王露詩》之類也應該關切此王之此時，或者寫此時之此王，而不能移爲他王，或者此王他時。不過所謂切題又不能太粘滯，太明顯。他以詠物詩爲例，多次說明應該著題而不粘滯於題。他說：「詠物體，方萬里以爲著題一類，然語忌太切，切則盡，盡則少味。昔賢所謂『作詩必此詩，定知非詩人』是也。莊周不云乎：『以馬喻馬之非馬，不若以非馬喻馬之非馬也；以指喻指之非指，不若以非指喻指之非指也。』譬如射然，射者虎也，徐而察之，則石；貫者風也，不知其視若車輪也，氣足以蓋之，才足以馭之，不爲事縛，不爲韻拘，而能事畢矣。」〔註111〕認爲著題是可以的，但不能太切，否則便「切則盡，盡則少味」，所謂「作詩必此詩，定知非詩人」，應該多用比喻，且不能以同類比喻同類，也就是切題而不能粘滯於題。對於蘇軾的「作詩必此詩，定知非詩人」，前人的論述很多。《隨園詩話》：「東坡云：『作詩必此詩，定知非詩人。』此言最妙。然須知作此詩而竟不是此詩，則尤非詩人矣。其妙處總在旁見側出，吸取題神；不是此詩，恰是此詩。古梅花詩佳者多矣！馮鈍吟云：『羨他清絕西溪水，才得冰開便照君。』眞前人所未有。余詠《蘆花》詩，頗刻劃矣。劉霞裳云：『知否楊花翻羨汝，一生從不識春愁。』余不覺失色。金壽門畫杏花一枝，題云：『香驄紅雨上林街，牆內枝從牆外開。惟有杏花眞得意，三年又見狀元來。』詠梅而思至於冰，詠蘆花而思至於楊花，詠杏花而思

〔註109〕　詹杭倫、沈時蓉《雨村詩話校正》，成都：巴蜀書社，2006 年 317 頁。
〔註110〕　詹杭倫、沈時蓉《雨村詩話校正》，成都：巴蜀書社，2006 年 181～182 頁。
〔註111〕　詹杭倫、沈時蓉《雨村詩話校正》，成都：巴蜀書社，2006 年 164～165 頁。

至於狀元：皆從天外落想，焉得不佳？」〔註112〕李調元說：「近人詠物詩，皆太粘滯，以未見前輩法律也。……《紅葉詩》、《葉詩》、《落花詩》……數首俱於寬處著想，而題神畢露，此爲可法……《柳絮詩》……二公尾句皆包含萬象，而文正尤籠罩一切。」〔註113〕認爲詠物詩，當然也適用於其他詩歌，都不能太粘滯於題，要多聯想，從廣遠處著筆，表現「題神」，即他所謂「於寬處著想，而題神畢露」，達到「包含萬象」「籠罩一切」的境界，也即既表現此題及此物的個性，又表現其共性。他認爲最好的方法是「觸於物而不滯於物者」，他說：「（詠物詩）其佳者……此殆所謂意行轂中，神遊象表，觸於物而不滯於物者乎？」〔註114〕所謂「意行轂中」是說應該切題，但又要「神遊象表」，辯證的方法是觸於物而不滯於物。他又說：「而尤愛詠物詩，不著聲色，而言外傳神，得不黏不脫之法，《白桃》、《紅柳》尤爲得名。」〔註115〕也就是不直接寫題，但「言外傳神」，通過言外之意來切題，使用的是不黏不脫之法。他還說：「詠物詩不在切題，又有以切題爲佳者。」〔註116〕認爲詩歌既有不粘滯於題的佳作，也有直接寫題的佳作，不可一概而論。

4、論章法結構

章法結構，古體詩歌指各章各段的聯繫與變化，律詩絕句則指各聯各句的起承轉合，既有規律，也有變化，所謂有法而無定法，它雖然是技術性問題，但也很重要，所以李調元也很重視。

他說：「詩思無涯語要該，摛章琢句費安排。」〔註117〕所謂「詩

〔註112〕〔清〕袁枚《隨園詩話》卷七，民國八年掃葉山房石印本。
〔註113〕詹杭倫、沈時蓉《雨村詩話校正》，成都：巴蜀書社，2006 年 142～143 頁。
〔註114〕詹杭倫、沈時蓉《雨村詩話校正》，成都：巴蜀書社，2006 年 164 頁。
〔註115〕詹杭倫、沈時蓉《雨村詩話校正》，成都：巴蜀書社，2006 年 390 頁。
〔註116〕詹杭倫、沈時蓉《雨村詩話校正》，成都：巴蜀書社，2006 年 76 頁。
〔註117〕《高步雲親家問作詩法》，《童山詩集》卷三十四，叢書集成初編，北京：中華書局，1985 年版。

思無涯」，就是作詩立意構思時的想像聯想要廣闊，以至於無邊無際，在具體下筆成詩時則要追求語言的準確，即孔子講的「辭達」，即準確通達，而語「達」或「該」的方法就是要琢磨錘煉字句，巧妙安排章法結構。表面看，這僅僅是技術層面的問題，沒有什麼高深的理論，但卻是寫作詩文的基礎，來不得半點的虛假。

他說：「文章亦如造化也。……文之起承轉合亦然。……唯能於虛空中卒然而起，是謂妙起。本承也，而反特起，是謂妙承。至於轉，尤難言，且先將上文撇開，如杜詩云：『江雲飄素練，石壁斷空青。』此殆是轉之神境。……至於合處，或有轉而合者，有合而開者，有一往情深去而不返者。人所到，我不必爭到；人不到，我卻獨到。要在人神而明之。果能久於其道，定與古人並驅也。」〔註 118〕這段話以「文章亦如造化」，然後專論詩文的章法，即起承轉合，還形象地論述了妙起、妙承、轉之神境，與轉而合者、合而開者、一往情深去而不返者等幾種合法。既是詩人的心得，又有詩論家的理論深度，而不是一般的老生常談。他還認為所謂章法，所謂起承轉合衹是一般規律，詩歌創作時則要根據一般規律來進行創造，即他所謂「人所到，我不必爭到；人不到，我卻獨到」，要在達到「神而明之」的程度，這樣才能使詩歌的章法既符合一般規律，又能在前人的基礎上有所創新，並超越古人。他說：「論詩拘於首聯、頷聯、腹聯、尾聯，直是本領不濟，所謂跳不出古人圈套。」「《鳳凰臺》詩，太白自詠鳳凰臺耳，人乃以為太白學崔顥《黃鶴樓》而作，何其小視太白也！太白仙才，豈拾人牙慧者？」〔註 119〕

他說：「詩有借葉襯花之法。如杜詩……總之，古人善用反筆，善用傍筆，故有伏筆，有起筆，有淡筆，有濃筆，今人曾夢見否？」〔註 120〕特別賞析杜甫的《月夜》的章法之妙，闡釋借葉襯花之法，

〔註 118〕　《雨村詩話》卷上，郭紹虞《清詩話續編》，上海：上海古籍出版社，1983 年版 1520 頁。

〔註 119〕　《雨村詩話》卷下，郭紹虞《清詩話續編》，上海：上海古籍出版社，1983 年版 1526 頁。

〔註 120〕　《雨村詩話》卷下，郭紹虞《清詩話續編》，上海：上海古籍出版

實際卻論述了詩歌的種種筆法。

他說：「七言難於五言十倍，以其雜變調故也。故雖變調，必須排盪而成，不可輕易下筆。蓋八句不出起承轉收，神而明之，存乎其人爾。」〔註 121〕先說七言難於五言，所以不可輕易下筆。最後說律詩八句「不出起承轉收」，章法結構看似呆板或者簡單，但要作詩，作出好詩，則必須「神而明之，存乎其人」。所謂「神而明之，存乎其人」，就是根據作者的性格氣質才華學養，在符合基本規範的前提下感性與理性相結合，融會貫通，自具手眼，發揮內在能動性與創造性，才能巧妙地安排章法結構而創作出真正的詩歌來。

他又說：「今人易言近體，難言古詩，真乃不知甘苦者。殊不知古詩可長可短，近體限定字數，若非具大手眼，便如印板，何足言詩！故唐律之聖者，間於八句之中，別有五花八門之妙，自成黃鐘大呂之音。」〔註 122〕先比較古體、近體的特點與難易，後面再強調近體詩創作要自具手眼，甚至自具大手眼，才能在規範的形式之中，包括章法結構之中「別有五花八門之妙，自成黃鍾大呂之音」，成為聖於詩者，否則便章法結構相似甚至相同而「如印板」。所謂「自具手眼」，即用自己的眼睛去觀察，用自己的腦子去思考，用自己的手（筆）去創作，眼腦手結成有機的一體去創造。

俗話說好的開頭等於成功了一半，古代詩人如曹植等也長於發端，所以他特別強調起句。他強調律詩的起句說：「五律不易作，而起句尤不可忽，如賈長江『古戍滿黃葉，浩然離故關』……山陰杜開古，詩多於起處擅場，如《雨夜》……皆突兀有勢。」〔註 123〕作為抒情短詩，只有幾聯或者幾句，要涵容如此豐富的思想感情，又要抓

　　　社，1983 年版 1527 頁。
〔註 121〕　《雨村詩話》卷上，郭紹虞《清詩話續編》，上海：上海古籍出版社，1983 年版 1518 頁。
〔註 122〕　《雨村詩話》卷上，《清詩話續編》，上海：上海古籍出版社，1983 年版 1518 頁。
〔註 123〕　詹杭倫、沈時蓉《雨村詩話校正》，成都：巴蜀書社，2006 年 181 頁。

住讀者的心，起句當然非常重要。起句可以為全詩定下感情基調與風格基礎，所以好的起句就成功了一半。認為律詩的起句很重要，而起句妙在「突兀有勢」，即通過起句來形成氣勢，奠定全詩的基調，吸引讀者的眼球。他強調古體的起句，說：「凡作古詩必有奇氣，起句尤要。」〔註124〕

5、論下字造句

詩歌是最高的語言藝術，而語言藝術的基礎是遣詞造句，所以歷代詩人與詩論家對此都很重視，李調元當然也不例外。

首先是重視字句錘煉。他說：「詩貴錘煉，所謂百煉成字、千煉成句也。」〔註125〕只有千錘百煉，精益求精，才能寫成好詩來。但錘煉不是目的，錘煉而歸於自然才是目的，所以他又重視語言的自然。他說：「眼前話，拈出便入神妙。」〔註126〕就是語言既要錘煉，也要使用「眼前話」，這類眼前話只要表意貼切也可以成為詩歌語言，且達到自然神妙的程度。

其次是重視句法。他說：「詩先要起句得手。」〔註127〕他又說：「作詩須講句法，有句法，則著字皆活，所謂『文章切忌參死句』也。如曲江句云：『一水雲際飛。』若俗手，必作『一雲水際飛』也。放翁句云：『山從飛鳥行邊出。』若俗手，必作『鳥從山邊出』矣。知此，方可與言詩。」〔註128〕文學作品由字成句，由句成篇，反之則當以篇統句，以句統字。句處在篇與字的中間，尤其值得重視，因此講句法，以句統字，則「著字皆活」，否則便散亂無統，表意不清，美感不在。文中所舉詩例，雖僅僅交換了一字，但主語、謂語都改變了，意思也改變了，因而顯得更為生動形象，更有詩味。對句法，可

〔註124〕　詹杭倫、沈時蓉《雨村詩話校正》，成都：巴蜀書社，2006 年 208 頁。
〔註125〕　詹杭倫、沈時蓉《雨村詩話校正》，成都：巴蜀書社，2006 年 191 頁。
〔註126〕　詹杭倫、沈時蓉《雨村詩話校正》，成都：巴蜀書社，2006 年 189 頁。
〔註127〕　《雨村詩話》卷下，《清詩話續編》，上海：上海古籍出版社，1983
　　　　　年版 1528 頁。
〔註128〕　詹杭倫、沈時蓉《雨村詩話校正》，成都：巴蜀書社，2006 年 38 頁。

以自然成句，可以創新，但也可以向前代的詩文學習。他說：「袁子
才曾有句云：『若問隨園詩學某，二唐二宋是誰應……大抵句法無有
不學前人者，所謂幼而習之、壯而行之也，雖前人亦然。……輾轉相
學，亦不足爲病也。」〔註129〕論述學習與創新的關係，認爲詩歌的
句法肯定要學習前人，所謂「幼而習之、壯而行之」，日積月累，才
能學好句法，掌握句法，打好創作的基礎。

　　第三是煉字與用字。他說：「詩有借字寓意之法，廣東謠云：『雨
裏蜘蛛還結網，想晴惟有暗中絲。』以『晴』寓『情』，以『絲』寓『思』，
樂府閨怨體也。」〔註130〕認同借字，認爲借字寓意之法，即通常所說
的諧音雙關，對表意有特殊的作用，能使表意婉曲，音律和諧。但他
不贊成用替代字。他說：「詩不可用替代字，如以風爲巽二、雪爲滕六
等類，雖宋人有之，大是低品。」〔註131〕說這種代替字不可用，主要
是影響詩歌的形象性與語言美，也影響對詩意的理解，因此只能是低
劣的作品。後世王國維引申其說云：「詞忌用替代字。美成《解語花》
之『桂華流瓦』境界極妙；惜以『桂華』二字代『月』耳。夢窗以下，
則用代字更多。其所以然者，非意不足，則語不妙也。蓋意足則不暇
代，語妙則不必代。此少游之『小樓連苑』、『繡轂雕鞍』所以爲東坡
所譏也。」〔註132〕字（詞）分實詞與虛詞，虛詞即古人所謂助語字，
用得好可以使詩歌生色，反之濫用則反之。他說：「詩用助語字，始於
唐人五言。老杜云：『去矣英雄事，傷哉割據心。』孟浩然云：『重以
觀魚樂，因之鼓樵歌。』至宋則七言亦用之。東坡云：『時復中之徐邈
聖，無多酌我次公狂。』可謂善於模倣。至曾幼度云：『不可以風霜後
棄，何傷於月雨餘雲。』則更巧矣。余嘗戲擬云：『其可再乎忙止酒，
未爲晚也亟刪詩。』未知似否也？」〔註133〕這段話回顧詩歌使用虛詞

〔註129〕　詹杭倫、沈時蓉《雨村詩話校正》，成都：巴蜀書社，2006年45頁。
〔註130〕　詹杭倫、沈時蓉《雨村詩話校正》，成都：巴蜀書社，2006年311頁。
〔註131〕　詹杭倫、沈時蓉《雨村詩話校正》，成都：巴蜀書社，2006年187頁。
〔註132〕　王國維《人間詞話》，上海：上海古籍出版社，1998年版8頁。
〔註133〕　詹杭倫、沈時蓉《雨村詩話校正》，成都：巴蜀書社，2006年35頁。

的歷史，舉的都是較爲成功的例子，不成功的例子如：「後山（應是黃庭堅）詩……如『且然聊爾耳，得也自知之』二句，係集中五律起筆，竟成何語？眞謂之不可解詩可也。」〔註134〕

　　他認爲用字的關鍵是活，他說：「作詩須用活字，使天地人物，一入筆下，俱活潑潑如蠕動，方妙。杜詩『客睡何曾著，秋天不肯明』，『肯』字是也。即元方回《瀛奎律髓》之所謂『眼』也。」〔註135〕強調詩歌用活字，即能使詩歌生動形象的字詞，具有動勢動態的字詞，還可以使用通感的手法、比喻的手法使對象具有思想感情，或者化靜爲動，文中所舉的例子「秋天不肯明」的「肯」字即是如此，有此一字全詩頓時動了，靈活了，所謂「活潑潑如蠕動」，這就是眞正的詩眼。簡言之是用活字，產生活的藝術效果，也即使表現對象貼切恰當，生動形象。他還說：「……先生自誦《七盤關》句云：『山割亂雲分蜀地，寒針屛面帶秦風。』頗自得意。余曰：『割、針二字佳則佳矣，但落元人纖巧一派，若改割爲撥，改針爲沖，則巧不傷雅，而神氣完善。』先生即五體投地，稱爲『二字師』。先輩謙尊如此。」〔註136〕認爲煉字非常重要，煉則妥帖，煉則巧妙，但更要巧得有度，即所謂「巧不傷雅」，進而達到「神氣完善」的境界，實際上是提出了煉字的前提，否則巧而不雅、巧而傷神，則不如使用「眼前語」了。

　　古典詩歌有所謂詩眼及警句，所謂詩眼指的是詩句中用得巧妙字詞，所謂警句是指詩中非常出色的詩句或詩聯，如人的眼睛一樣重要。古代詩歌就警句與整首詩歌的關係看，有三種情況：一是通首佳妙，又有警句或者詩眼；二是通首渾融美妙，無所謂警句及詩眼；三是通首不佳，卻有詩眼或者警句。三種情況比較而言，前二種都很好，後一種則

〔註134〕 《雨村詩話》卷下，《清詩話續編》，上海：上海古籍出版社，1983年版 1534 頁。

〔註135〕 《雨村詩話》卷下，《清詩話續編》，上海：上海古籍出版社，1983年版 1528 頁。

〔註136〕 詹杭倫、沈時蓉《雨村詩話校正》，成都：巴蜀書社，2006 年 273頁。

次之。前面說過，李調元讚揚眞正的詩眼，但他卻一般地反對詩眼，他說：「查梧岡先生……詩本家法，格律謹嚴，有批點元人《瀛奎律髓》，深惡詩眼之非。余在平湖，曾授余讀之，大抵論詩以風韻、神韻爲主，而氣必雄渾，詞必典麗，余詩得先生而益進。」〔註137〕明確贊同查梧岡對詩眼的厭惡，認爲詩歌當以風韻、神韻爲主，而且要氣必雄渾，詞必典麗，重視整體美，在整體美的前提下可以鍛煉詩眼與警句。

6、論錘煉刪改

前面論述下字造句時涉及到錘煉，說的是寫作中對字句的錘煉，這裡所說的錘煉是指詩歌寫之後修改刪削階段的錘煉。人謂文學是遺憾的藝術，意思是文學作品無論怎麼改也有可改之處，永遠不會完美，而只能接近完美，所以又有文章不辭百回改之說，詩歌是語言藝術的最爲精妙者，便尤其如此，所以有「推敲」一類的典故。

李調元說：「詩貴錘煉，所謂百煉成字、千煉成句也。」〔註138〕前面下字造句一節曾經論述過錘煉，指的是創作中的錘煉。作品初稿形成後同樣也需要推敲、雕琢錘煉，包括對詩歌整體立意構思、章法結構的錘煉，更包括對用字造句的錘煉，應該說對字詞句的錘煉更常用，也更重要。

詩歌寫成後的修改，包括推敲與增刪，都很重要。李調元對此沒有直接論述，但他贊成趙翼的觀點。他說：「……《甌北詩鈔》，則雲松手刪，僅存什一，可謂去滓存液矣。有《自題刪改舊詩》云：『愛筍食其嫩，食蔗愛其老。愛嫩則棄根，愛老則棄杪。非人情不常，物固難兩好。何況詩文境，所歷有遲早。少時擅藻麗，疵纇苦不少。老去斯剗除，又覺才豔槁。安能美並存，病處又俱掃。晚作蔗根肥，少作筍尖小。』眞閱歷有得之言。」〔註139〕性靈派主將趙翼作爲著名詩學家、史學家兼詩人，其詩歌不如袁枚出名，但其水平卻不在袁枚

〔註137〕 詹杭倫、沈時蓉《雨村詩話校正》，成都：巴蜀書社，2006 年 122 頁。
〔註138〕 詹杭倫、沈時蓉《雨村詩話校正》，成都：巴蜀書社，2006 年 191 頁。
〔註139〕 詹杭倫、沈時蓉《雨村詩話校正》，成都：巴蜀書社，2006 年 145 頁。

之下，尤其是作品思想內涵的深廣度及感染力方面。李調元認爲趙翼的詩歌創作要勇於割愛，即將看似精妙卻可能刪除者毫不留情地刪去，最後「僅存什一」，力度很大，最終達到了「去滓存液」的程度。他引述了趙翼的《自題刪改舊詩》，表明他贊成這種觀點與做法。趙翼的詩歌先以食筍、食蔗爲比喻，「愛筍食其嫩，食蔗愛其老」，說明事物的優劣與去取是不盡相同的，甚至是完全相反的。人應該據事物的具體情況而正確去取，所謂「愛嫩則棄根，愛老則棄杪」，這種作法不是人情不常，而是因爲「物固難兩好」所形成的。相應，詩人對於自己的詩作也一樣，要敢於去取，善於去取，不過因爲人的思想感情、審美觀念是發展變化的，而詩文本身又很複雜，所以這種去取有遲早，也有變化。趙翼認爲自己的作品「少時擅藻麗，疵纇苦不少」，應該痛加刪削；而「老去斯劃除，又覺才豔槁」，眞個十分矛盾難辦。他進而認爲刪改詩歌的總原則應該是各個時期的詩歌各有特點，所謂「晚作蔗根肥，少作筍尖小」，要做到各美並存，而又病處俱掃，是很困難的，所以他有「安能」之問之歎。李調元引述這段詩歌，表明他贊同趙翼的觀點，即對各個時期的詩歌要痛加刪削，勇於割愛，以「美並存」而又「病俱掃」爲原則。

老來趙翼親手刪削的《甌北詩鈔》是做到了，而李調元則作得不十分好，他現存的詩歌近三千首，少作稚嫩響亮爽朗者多，缺乏老練沈鬱醇厚之作，以致在全國影響不大。

7、論描寫形容

詩歌多寫景狀物與寫人，形容描寫便成爲最重要的寫作表現方法，李調元對此論述較多。首先是提出了形容描寫的總原則。一是曲盡其態而神氣逼肖。他的《跋鶴峰墨蘭十二冊》說：「鶴峰畫蘭，多於醉後握筆，一掃千紙，斜斜整整，肥肥瘦瘦，曲盡其態。醒視之，有嫋娜如美人者，有秀逸如高士者，無不神氣逼肖。」〔註140〕這段

〔註140〕《童山文集》卷十四，叢書集成初編本，北京：中華書局，1985

話涉及到美學論，但也涉及到創作，論的是畫，因爲詩畫相通，所以也是在論詩。所謂「多於醉後握筆」實際上是說創作時的精神狀態，即靈感來時便忘卻世間一切，彷彿酒酣，進入了審美與創作的高峰狀態。進入了這種狀態，作畫便一掃千紙，作詩則一氣呵成，所謂文思如泉，下筆千言，而且效果極佳，作畫則無論「斜斜整整，肥肥瘦瘦」，都能「曲盡其態」，作詩則無論用什麼語言與手法來表現什麼對象形容描寫什麼事物及人物，也都能曲盡其態，且能神氣逼肖，寫美人則表現出其嫋娜，寫高士則表現出其秀逸。他說：「吳壽庭有《秧馬詩》……寫來聲色如繪。」〔註141〕認爲寫景狀物詩要有聲有色，聲色如繪，生動形象。

他贊成前人的觀點，說：「梅都官云：『詩之工，寫難狀之景如在目前，含不盡之意見於言外。』此言是也。」〔註142〕中國古代詩歌主要內容不外寫景與含意，而寫景則要寫難狀之景如在目前，也就是眞實生動，且有含意，而且是含不盡之意見於言外，融成意境。意境是中國古代詩歌，尤其是抒情詩歌追求的最高審美境界，其主要標誌是有景有情而且情景交融，景是顯露的，情是暗含的，景是基礎，如不能眞切地描寫形容景物，達到「寫難狀之景如在目前」，則很難「含不盡之意見於言外」，二者是相輔相成的良性循環關係。

李調元十分重視狀物與體物，強調狀物體物之工。他說：「人皆知丹棱有三彭，而不知先有三楊……東子詩『句極幽險』，『讀之悽楚欲絕』，周子詩『亦體物之工者』。」〔註143〕所謂體物之工首在「寫難狀之景如在目前」。他又說：「陳昆谷芝圖，諸暨詩人，有《楓溪》句云：『寒鳥亂噪爭殘核，秋蝶孤飛戀小花。』妙在『殘』字、『小』字，善體物情。」〔註144〕所謂善體物情，就是善於觀察表現事物，

年版。

〔註141〕 詹杭倫、沈時蓉《雨村詩話校正》，成都：巴蜀書社，2006 年 99 頁。

〔註142〕 詹杭倫、沈時蓉《雨村詩話校正》，成都：巴蜀書社，2006 年 335 頁。

〔註143〕 詹杭倫、沈時蓉《雨村詩話校正》，成都：巴蜀書社，2006 年 275 頁。

〔註144〕 詹杭倫、沈時蓉《雨村詩話校正》，成都：巴蜀書社，2006 年 127 頁。

描寫形容出事物的特點，及其所包含的內蘊情感，所舉詩例的「殘」字、「小」字正是這樣，既描寫形容出事物之狀貌特點，又蘊含了作者的感傷之情。

　　寫景狀物的手法多多，但主要的不外精細刻畫與白描勾勒兩種。二者相較，他更讚賞白描。他說：「蔡雪村以《畫窗稿》屬余作序，其雕肝琢腎句固多，而尤愛其善於白描。有句云：『生不擇交憐我拙，死無他恨惜君貧。』又云：『知無後會思前會，感到憐才愧不才。』直使千古才人一哭。」〔註145〕所舉之詩例是敘事而抒情，這說明不僅寫景狀物要白描，即便敘事也當白描。

　　8、論實錄議論

　　本來應該重點論述抒情，再兼及與抒情相對的議論，但所有論述中都蘊含著抒情，於是便不專門論述，而是將互相聯繫的實錄與議論結合著寫。因為實錄在論述李調元對杜甫的論述中也已經涉及，所以只簡單羅列闡述一下。

　　前面說過，楊慎是李調元學習與超越的榜樣與對象，但他在對杜甫及其詩史的評價上卻與楊完全不同。他高度讚揚杜甫的詩史，《謁杜少陵祠》說：「一朝詩史為唐作，萬丈文光向蜀留。」〔註146〕說杜甫的詩史如萬丈文光，永遠照耀巴蜀及全中國，評價極高。《謁杜少陵草堂祠》：句云：「詩自三百後，正聲淪憲章。流傳經喪亂，史官失其詳。惟公起大唐，雄文獨有光……至今草堂寺，名與江水長。醫國少靈藥，疾惡如探湯。我公真詩史，俎豆誰同香。」〔註147〕認為杜甫的詩歌是自《詩經》之後的正聲，實錄記載表現了史官失載的歷史，這種「真詩史」至今「雄文獨有光」，當享受千古俎豆祭祀，其他詩歌都黯然失色，評價更高。《移居丁字街杜耐菴親家宅和佘雲溪見寄原韻》句云：

〔註145〕　詹杭倫、沈時蓉《雨村詩話校正》，成都：巴蜀書社，2006年175頁。

〔註146〕　《童山詩集》卷三，叢書集成初編本，北京：中華書局，1985年版。26頁

〔註147〕　《童山詩集》卷三，叢書集成初編本，北京：中華書局，1985年版。

「少陵疑是我前身，漸覺詩於子建親。但見干戈紛滿眼，渾忘鵝鴨惱比鄰。」〔註148〕以杜甫作爲榜樣，表示要如杜甫一樣描寫自己的生活，記錄時代干戈戰亂，應該說他既這樣說，也這樣作了，儘管還比不上杜甫。不過他又認爲文學作品畢竟是文學作品，與歷史有本質的不同，所以不能以歷史來附會箋注杜詩。他說：「注杜者全以唐史附會分箋，甚屬可笑。」〔註149〕這說明他清楚歷史與詩史的區別。

　　詩史當然應該重視實錄，所以他也讚賞清代的表現戰亂的實錄詩歌。他說：「金川之役，總兵任舉陣亡。嘉定錢辛楣學士大昕挽詩云……實錄也。」〔註150〕

　　由詩史延伸到詠史詩，所以他讚賞清人的懷古詩與詠史詩。他說：「雲松工於懷古，《樓桑村》云……又《金門懷古》云……末二句千秋定論。」〔註151〕作爲著名歷史學家的趙翼，其懷古詩很有深度與特色，李調元對此非常讚賞，認爲《金門懷古》的末二句感慨深沉，議論獨到，評價準確，可稱千秋定論。他又說：「《桃花扇》傳奇……鐵嶺陳於玉云：『玉樹歌殘迹已陳，南朝宮殿柳條新。福王少小風流慣，不愛江山愛美人。』明末結局，一詩說盡。」〔註152〕所謂「明末結局，一詩說盡」，是說詩歌對歷史概括清楚而有高度，議論評價非常準確，所謂一針見血，而且有很強的借鑒意義。

　　自從嚴羽批評宋詩以議論爲詩以來，作爲一種表現手法的議論的名聲一直不好。李調元也認同詩歌當少議論的觀點，但他同時也認爲議論作爲一種表現手法是可以在詩歌中存在的，尤其是詠史詩。他

〔註148〕　《童山詩集》卷三十九，叢書集成初編本，北京：中華書局，1985年版。

〔註149〕　《雨村詩話》卷下，郭紹虞《清詩話續編》，上海：上海古籍出版社，1983年版1528頁。

〔註150〕　詹杭倫、沈時蓉《雨村詩話校正》，成都：巴蜀書社，2006年66頁。

〔註151〕　詹杭倫、沈時蓉《雨村詩話校正》，成都：巴蜀書社，2006年114頁。

〔註152〕　詹杭倫、沈時蓉《雨村詩話校正》，成都：巴蜀書社，2006年206頁。

說：「詠史詩應著議論，否則前人俱已道過，何處出色？」〔註153〕意思是詠史詩如單純敘述歷史事實，則前人已經多次敘述過，便了無新意，因此必須在描述史實的基礎上表現史識與史論，為後世提供借鑒。他又說：「編修合肥蕭際韶有句云：『天因礪世多磨折，人肯捐身即聖賢。』句法相同，而議論尤確。」〔註154〕認為懷古、詠史的詩歌的議論應該深刻準確，有啟發性與借鑒意義。

宏觀而言，詩歌，尤其是律詩絕句一類短詩當以抒情為本，情景交融，融成意境，但詩歌並不排斥敘述與議論，關鍵在議論要借助形象進行，而且要深刻獨到，不能為議論而議論，空洞地說教，如魏晉時的玄言詩一樣。應該說李調元對議論及實錄的認識是較為辯證合理的。

9、論用典使事

中國古典詩歌自楚辭起就有使用或借用古代故事、歷史事實及古人詩文來表現情感，或者抒情，或者寓理，或者描寫物象的傳統，此後更成為一種特殊的表現手法，甚至被人看成是否具有古典意味的標誌，名曰用典使事。典故用得恰當與適量，可以為詩歌生色，使詩歌具有一種獨特的典雅味道；用得不恰當，用得過多則成為被嘲笑的對象，被說成餖飣堆垛、掉書袋，是以學問為詩的典型。現在，人們將典故解釋為一種特殊的意象，即文化意象，與其他意象一樣，都是詩歌表現感情的表意兼審美的基本單位，是融會成意境的基礎。

李調元是學者型詩人與詩論家，他當然會重視典故的應用，也會發表對典故應用的看法。他首先認為不應當為用典而用典，而應當在前人的基上翻新與加深，賦予典故以新意與深意。他說：「詩有翻用古人句而更新者。」〔註155〕用古人成句是常用用典方法之一種，直接搬用成句者少，翻用與化用者多，翻用化用的目的在於更新，使典故在他人手中具有新的意義，否則便是用典失敗，不如不用。他說：

〔註153〕 詹杭倫、沈時蓉《雨村詩話校正》，成都：巴蜀書社，2006 年 240 頁。
〔註154〕 詹杭倫、沈時蓉《雨村詩話校正》，成都：巴蜀書社，2006 年 70 頁。
〔註155〕 詹杭倫、沈時蓉《雨村詩話校正》，成都：巴蜀書社，2006 年 199 頁。

「翻用前人，其意愈深。」〔註156〕翻用化用前人典故，不能求新則必須求深，即必須比原來的典故有更深的含義，否則便是用典失敗。

　　用典的另外一個重要的前提是必須貼切，否則便風馬牛不相及。李調元對此亦有論述。他說：「詩用典亦需相題，有典宜於近體者，有典宜於古體者，時文亦然。」〔註157〕所謂「用典亦需相題」就是典故必須與題目，以及詩句所表達的意思相適合，做到貼切妥當。他認爲古代詩歌有古體、近體之分，典故則有的宜於近體，有的宜於古體。這當是大概而言，具體應用時很難分清楚。時文用典最多，但也有宜用不宜用之別，這可能是他的經驗之談。

　　古典多爲古代儒家的經典、著名的史實，也包括其他諸子百家的言論故事。古典隨著時代而發展與增加，所以有古典便有今典。又，典者經典也，典雅也，但俗語、俗事某種情況下也可作爲典故使用。他說：「俗語經雅人說過，便可作典。亂彈，秦腔也，《綴白裘》謂之梆子腔。黃唐唐太史在桂林，有《雜詠》句云：『吳酎輸佳釀，秦音演亂彈。』注云：『雛伶演劇謂之亂彈。』自是遂可入典用。」〔註158〕文中所舉的亂彈是今人俗事與俗語，但如爲人們所熟知並理解，也可以作爲典故。李調元認爲俗語經雅人說過，就成了雅語，於是便可作典。這種觀點在理論上不一定正確，但在實際上卻被人認可，所謂名人筆下無錯字就是此意。

　　典故根據常用不常用、多見少見還可分爲常典與僻典。李調元認爲要少用僻典。他說：「詩不可用僻事，亦如醫家不可用僻藥。善醫者不得已而用藥，必擇其品之善、用之良，如參苓、耆朮可以久服而無害者，必無不驗；善詩者不得已而用事，必擇其典之雅、詞之麗，如經史、諸子可以共知而無晦者，必無不精。」〔註159〕這段話表明

〔註156〕 詹杭倫、沈時蓉《雨村詩話校正》，成都：巴蜀書社，2006 年 300 頁。
〔註157〕 詹杭倫、沈時蓉《雨村詩話校正》，成都：巴蜀書社，2006 年 37 頁。
〔註158〕 詹杭倫、沈時蓉《雨村詩話校正》，成都：巴蜀書社，2006 年 147 頁。
〔註159〕 詹杭倫、沈時蓉《雨村詩話校正》，成都：巴蜀書社，2006 年 40 頁。

了李調元用典的主要觀點，詩歌不可用僻典僻事，否則便不利於理解與傳播。他還認為如善醫者不得已而用藥一樣，一定要選擇藥中品質好、作用好的來用，而不是反之。相應，善詩者不得已而用典，注意，是不得已而用典，說明李調元認為用典要慎重，能不用最好不用，用時也要有選擇，選擇的條件有三：一是典之雅者，不雅者不用；二是詞之麗者，不麗者不用；三是經史諸子等共知而無晦者，罕見而晦者不用，也就是不用僻典。這當是李調元對用典的綜合論述，具有較強的理論意義與實踐意義，值得借鑒。

10、論音韻對仗

古代漢語詩歌與散文在形式上有明顯的區別，其主要者為詩歌押韻、分行，主要用詩化句式，而散文則不然。因此用韻便是寫作詩歌的要素之一，而值得重視。古代詩歌按體式可分為古體與近體詩詞曲兩大類，古體是古代的自由詩，除押韻分行有一些規範外，很少格律上的限制。近體詩，包括按譜而填的詞曲則講究嚴格的格律，格律主要包括篇制、用韻、平仄及對仗等要素，符合者為格律詩，不合者為出格詩，或者非格律詩，因此格律是詩歌尤其是近體詩創作必須掌握的要素，所以歷代文人士子都非常講究，李調元也不例外。

李調元對格律的總體態度是以意為主，格律為次，即所謂以格律就詩意。他說：「山陰婁元豹，號小梅……詩以東坡為鼻祖，嘗有《用坡哭乾兒》句云：『詩到得意處，格律原可忘。但存正始音，漢魏今豈亡？』旨哉斯言。」〔註160〕李調元對蘇軾之詩感情很深，《南遊集序》說：「吾蜀詩大半以眉山為宗，而先大夫尤有酷嗜，能背誦子瞻全集，教子侄輩，口講手畫，莫不以全集授受。墨莊尤久炙於春風中者，以故作為詩章，頗得汪洋浩瀚之觀。不數年與弟鼇塘俱先後成進士，入翰林，皆由此也。」〔註161〕此處以詩祖東坡為斷語，實際上

〔註160〕　詹杭倫、沈時蓉《雨村詩話校正》，成都：巴蜀書社，2006 年 185 頁。
〔註161〕　《童山文集》卷五，叢書集成初編本，北京：中華書局，1985 年版。

是一種很高的讚揚。後面引用的詩，其意當是學蘇所得，因為蘇軾才極大，情極豪，又是開闢創新的能手，寫作詩詞等自然是格律束縛不住者，即所謂「詩到得意處，格律原可忘」。這兩句詩歌既表明了以格律就詩意的正確觀點，也說明創作時對格律的處理方法，即創作時往往以意為線索而構思佈局，再一氣呵成，對格律，一般只考慮一下押韻與起收式，到修改時再推敲，使詩歌的格律趨於嚴密規範。否則，便可能詩思不暢。

　　李調元對音律的要求是響亮，對對仗亦如此。他說：「詩最響亮者，莫如蕭山陳山堂太史。至言屬對，雄整而出以流麗，真擲地金聲手也。」〔註162〕他論詩首重響，即音律響亮，連帶到對對仗的要求也是「雄整而出以流麗」，也就是他所追求的響亮、爽朗，達到擲地作金石聲的境界。因此可以說「雄整而出以流麗」是他對對仗的總體要求。所謂雄整，即雄渾精練整齊，具有雄渾精整之美，流麗主要指的是語言風格，這是唐代詩歌對仗的主要特點。李調元論詩宗唐，這也是表現之一。他論述對聯說：「對聯，即分詩中之一聯也；詩，即合對聯之數聯也。故詩與對聯為一，而對聯目中所見有最工者。」〔註163〕論述聯與詩歌的關係，及其地位與作用，即近體詩兩句組成一聯，首頷頸尾四聯組成一首律詩（排律除外），所以詩與聯是統一的一體的。不過律詩中之聯與通常所謂對聯並不完全相同而同義，律詩首頷頸尾之聯是指合乎平仄格律之上下兩句之聯，其中頷頸二聯一般要對仗，它們就是律詩中的對仗句，也可稱為詩中的對聯。律詩中的對仗句因為不僅要講平仄格律，而且還要求上下句對仗，所以寫作難度大，是詩歌錘煉推敲的要點，其特點也很鮮明，主要是具有「雄整」之美，所以其作用也很特殊。因此李調元認為它是「目中所見有最工者」──既是律詩中最工者，也是詩歌中最工者，還是漢語句子中最工者。而對聯則既指律詩中的對仗句，也指楹聯

〔註162〕 詹杭倫、沈時蓉《雨村詩話校正》卷，成都：巴蜀書社，2006 年 180 頁。

〔註163〕 詹杭倫、沈時蓉《雨村詩話校正》，成都：巴蜀書社，2006 年 187 頁。

等，它與律詩中的對仗句相同處在都講究上下聯字數相同及對仗，不同處在普通對聯的字數不限於五字、七字。

　　李調元對對仗的具體論述不多。但他認識到對仗有死活之分。他說：「詩有活對，可開無限法門。如費錫璜……」〔註164〕有活對就必然有死對，這是一種很有意思的劃分。他對對仗的死活沒有具體界定，但可以推測其意，所謂活對是指表意生動活潑且對仗靈活的對仗句，進而認為活對「可開無限法門」，即靈活多變，可以讓作者馳騁才情，而死對則反之。對仗有種種形式，主要有正對、反對、流水對等等，也有工對、寬對之分，這些都屬於常識，所以他沒有具體論述。但他對流水對特別欣賞。他說：「會稽童二樹鈺……其詩深入顯出，多流水對，工整而典麗。」〔註165〕流水對與正對、反對的區別是其前因後果，表意猶如流水一樣自然流暢而有氣勢，即他所謂「工整而典麗」，且表意有深入淺出之效。

　　李調元對詩歌的押韻與選韻非常重視，要求音律響亮。他說：「古人作近體詩，必先選韻，一切晦澀者不用。如葩即花也，而葩字不亮；芳即香也，而芳字不響，諸如此類。間有借用者，皆謂之不善選韻。」〔註166〕強調近體詩選韻的重要性，選韻的原則是「一切晦澀者不用」，也即他追求的響亮。他的《策五》說：

> 韻者均也。鶡冠子曰：「五均不同聲，謂宮商角徵羽，聲本不同。且即一均之中亦有不同者。蓋以不均為均而韻名焉。」古人作詩，二句三句無同音者，如「元首明哉，股肱良哉」、「日出而作，日入而息」之類。而其宮則同，如明良為陽庚之通，作息為藥職之通之類。韻，始於衛左校令李登取其聲之相類者而歸於一處，名之曰《聲類》。至齊中書郎周

〔註164〕　詹杭倫、沈時蓉《雨村詩話校正》，成都：巴蜀書社，2006 年 97 頁。

〔註165〕　詹杭倫、沈時蓉《雨村詩話校正》，成都：巴蜀書社，2006 年 237 頁。

〔註166〕　詹杭倫、沈時蓉《雨村詩話校正》，成都：巴蜀書社，2006 年 150 頁。

顯始著四聲，而宋沈約因之有《四聲類譜》之作。然當時雖著其書，而其說不行，故「天子聖哲」之對，雖梁武帝猶疑之。至隋開皇間有陸法言者，偶與同時劉臻輩私相擬議，謂：既名四聲，則必細加剖切，而音韻始通。於是取東、鍾、支、脂、先、仙、尤、侯等，前此總未分剖者而分之，名曰《四聲切韻類譜》，又名《廣韻》。然當時押之者，實百不得一焉。蓋其義以音韻微渺宜有分晰，實未嘗強押之者，限以是也。

唐時以詩賦律取士，欲爲拘限之法，始取《切韻》一書爲試韻，今人呼爲詩韻詩者，試之訛耳。自是逡巡唐代百餘年間，或稱《唐韻》，則孫愐之定本也。或稱《官韻》，如宋濟老於場屋，猶誤失官韻者是也。至宋仁宗時，命丁度審定韻學，則又置《廣韻》、《切韻》二書不用，而別爲《禮部韻》以頒行天下。理宗朝，有平水劉淵者，實始並二百八部爲一百七部。此其源流之可舉者也。

至若四聲者，平上去入是也，以爲經；七音者，宮商角徵羽變徵變宮是也，以爲緯。經緯錯綜，然後成文。韻字之間又分子母。子母相權，乃能別形中之聲，聲中之形。後有作者尚不知此，又何怪漢儒識文字而不識子母，江左識四聲而不識七音哉！翻切之法，共得三十六母，自見溪、群、疑、端、透、定、泥以下而天下之聲總是，如以都爲豬，以得爲登，五方之風土使然，吳楚輕清，燕趙重濁，關隴去聲似入，蜀梁平聲似去。故昔人謂音語常以中州爲極則者，亦非定論也。我朝同文之盛，凡殊方異域莫不以審音知義，以歸道一風同之化。生斯世者，其可不通知聲律，以爲歌詠太平之先資歟？〔註167〕

這篇策論專論音韻，足見李調元對詩歌及詩歌音韻的高度重視。文章首先解釋韻：韻者均也。意思是講究聲韻的目的是爲了追求詩歌的音韻和諧，很有見地。然後引述前人的話，說明宮商角徵羽五聲音階之

〔註167〕《童山文集》卷二，叢書集成初編本，北京：中華書局，1985年版。

聲各自本不相同，且一聲之中也有不同者，因此可以表示千變萬化的聲音與音韻。所謂韻，就是追求「不均為均」，達成變化而又和諧之美。然後按時代進行論述。首先是歷數原始詩歌「二句三句無同音者」，但「其宮則同」，意思是詩歌的讀音不同，但其語音的宮商音階是相同的，是可以劃分歸類的。接著歷述歷代韻部與韻書的發展變化：衛左校令李登「取其聲之相類者而歸於一處，名之曰《聲類》」，即以宮、商、角、徵、羽五聲區別字音，但尚未分立韻部；接著周顒發明四聲，沈約據四聲而作《四聲類譜》，分立韻部，不過當時創作詩歌並沒有真正使用；隋代有《四聲切韻類譜》，但當時並沒有強制推行，詩歌創作符合韻律者「實百不得一」；唐代以詩賦取士，以《切韻》一書為考試的韻書，又有孫愐定本之《唐韻》，或稱《官韻》，成了具有強制性的韻書；宋代別為《禮部韻》以頒行天下，還有劉淵並二百八部為一百七部的平水韻。後面他又論述四聲與七音的關係，認為四聲是經，七音是緯，如此「經緯錯綜，然後成文」，成為詩歌寫作的音律規範。而後韻字則更細緻地劃分子音與母音，形聲字中有聲旁與形旁。他還認為中國的讀音因有方言的區別而並不相同，故而以中州之音為標準並非定論，按方音寫詩也是可以的，且大家名家都不免有時夾有方音。他說：「北音生，故多與南音不協，阮亭、飴山皆所不免，如《廣韻》『勝任』之『勝』，平聲，在六蒸；『勝負』之『勝』，去聲，在十七證，而阮亭《梓樹鎮詩》云：『誰識諸生離講席，絕勝三十六將軍。』飴山『簾卷江湖紫禁清，山勝艮嶽是生成』，則皆以去為平也。二大詩人尚如此，不免者幾希矣。」〔註168〕

　　最後接觸策論的主題，讚揚滿清文化發達，「凡殊方異域莫不以審音知義」，其作用是「以歸道一風同之化」，為「歌詠太平之先資」。這篇音韻通論，回溯音韻學的發展演變歷史，解釋了一些重要音韻概念範疇，值得進一步研究。

〔註168〕 詹杭倫、沈時蓉《雨村詩話校正》，成都：巴蜀書社，2006 年 354 頁。

　　在對音韻的總體認識的基礎上，李調元對詩歌音韻作了一些具體的論述。他論和韻說：「和詩有倒叠前韻者，非才思橫逸，卒多牽強。惟蔣心餘書卷流溢縱橫，說來無不頭頭是道。」〔註169〕認為和韻詩本難作，而倒和前韻者則更難，「非才思橫逸，卒多牽強」，當今之人只有蔣士銓做得好。他又說：「和韻詩至順用、倒用，其法備矣。玉溪忽創逐句拈韻之法，如拈四韻，先拈為首聯，再拈為次聯，得一韻即成一聯，亦新樣也。」〔註170〕羅列了詩歌和韻之順用、倒用及拈韻法。他論限韻說：「詩有限韻難押者，謂與題絕不相涉也。然明眼慧心人，仍須從本題生發以押之。」〔註171〕認為限韻不算難，難在限韻而又與題目絕無關係。他認為這種限韻詩仍然應該從題目出發而生發之，才能寫出既能表現主題，又音韻和諧合轍押韻的好詩來。他不滿意限韻作詩。他說：「詩社吳越居多，率多出於好事者為之提倡……皆詠物，其題松球限『魚』字，柳帶限『真』字，竹粉限『侵』字，榆錢限『尤』字，一時諸作，非不雕肝刻腎，譬諸七竅鑿而混沌死，詩之生氣無存矣。其佳者……此殆所謂意行殼中，神遊象表，觸於物而不滯於物者乎？」〔註172〕認為詩社限韻作詩不是好事，詠某物限某韻更是有害，即便雕肝刻腎，做得符合音律格式，也了無生氣，猶如莊子所謂「七竅鑿而混沌死」。因為詩歌創作首先應該重視思想感情的表現，重視詩歌整體意境的形成與營造，而音韻格律則僅僅是外在的技術性技巧，即所謂「詩到得意處，格律原可忘」。

（三）論述各種詩歌創作的方法

　　詩歌從體式的角度可以分為古體與近體兩大類，古體是古代的自由詩，包括五古、七古、雜言古體，以及樂府、騷體等。近體詩是格

〔註169〕　詹杭倫、沈時蓉《雨村詩話校正》，成都：巴蜀書社，2006 年 139 頁。
〔註170〕　詹杭倫、沈時蓉《雨村詩話校正》，成都：巴蜀書社，2006 年 157 頁。
〔註171〕　詹杭倫、沈時蓉《雨村詩話校正》，成都：巴蜀書社，2006 年 35 頁。
〔註172〕　詹杭倫、沈時蓉《雨村詩話校正》，成都：巴蜀書社，2006 年 164 頁。

律詩的代表，因爲中後期的詞曲也講究嚴格的格律，所以後世常常近
體詩詞曲合稱。近體詩中又包括律詩與絕句，可以細分爲五絕、五律、
七絕、七律，及五七言排律等。各體詩歌既有正體，也有變體，即所
謂拗體。李調元對一些詩體的創作有所論述，現擇其要簡單論列如下：

一是論近體詩

他說：「今人易言近體，難言古詩，眞乃不知甘苦者。殊不知古
詩可長可短，近體限定字數，若非具大手眼，便如印板，何足言詩！
故唐律之聖者，間於八句之中，別有五花八門之妙，自成黃鐘大呂之
音。」〔註 173〕這段話總體上比較論述古體、近體的特點與難易，認
爲今人認爲近體易而古體難的觀點是皮相之見。其理由是古體詩可長
可短，寫作較爲自由，補救較爲容易，而近體詩則既限定字數，又格
律森嚴，創作便形同戴著鐐銬跳舞，所以創作者要自具手眼，甚至自
具大手眼，才能規範的形式之中「別有五花八門之妙，自成黃鐘大呂
之音」，成爲聖於詩者，否則「便如印板」。

二是論拗體

他說：「詩律有拗體，須諧音節。」〔註174〕近體詩按照格律寫作
便是正體，不完全按照格律寫作便是變體或者拗體。拗體之拗可以表
現在幾個方面，如句式節奏、平仄、韻腳等，情況頗爲複雜，其中最
常見者爲平仄格律拗，即近體詩的平仄格律不盡規範，但可以想法補
救。李氏認爲拗體可以存在，但音律必須和諧，這是近體詩創作在音
律上的總原則，不可違背，其方法便前拗後救、上拗下救，使詩歌句
內平仄和諧，或者上下聯平仄和諧，即通常所謂拗救。

三是論五律

他說：「五律不易作，而起句尤不可忽，如賈長江『古戍滿黃葉，

〔註173〕　二卷本《雨村詩話》卷上，《清詩話續編》，上海：上海古籍出版社，
　　　　　1983 年版 1518 頁。
〔註174〕　詹杭倫、沈時蓉《雨村詩話校正》，成都：巴蜀書社，2006 年 121
　　　　　頁。

浩然離故關』……山陰杜閒古，詩多於起處擅場，如《雨夜》……皆突兀有勢。」〔註175〕五律是最常見的近體詩，科舉考試就考五律，故而許多人認爲較爲容易。李調元卻認爲「五律不易作」，創作五律的第一要務是重視起句，像曹植等一樣「工於發端」，因爲有好的開頭便等於成功了一半，常見的方法是起句便「突兀有勢」，造成不凡的氣勢，爲全詩奠定基調，以吸引讀者。

四是論七律

他說：「七言難於五言十倍，以其雜變調故也。故雖變調，必須排蕩而成，不可輕易下筆。蓋八句不出起承轉收，神而明之，存乎其人爾。」〔註176〕前面說五律不易作，這裡又說七律大大難於五言，其原因是七言多變調。創作的方法是「必須排蕩而成」，也就是要在深思熟慮之後一氣呵成，而不能在沒有構思成熟時輕易下筆。最後說律詩八句「不出起承轉收」，看似呆板或者簡單，但要作詩，作出好詩，則必須「神而明之，存乎其人」。所謂「神而明之，存乎其人」，就是根據作者的性格氣質才華學養，在符合基本規範的前提下感性與理性相結合，融會貫通，自具手眼，發揮內在能動性與創造性，才能創作出真正的詩歌來。

五是論七絕

他說：「絕句須有言外意。海寧太史查浦嗣瑮，著《半緣菴絕句》，有《瘴雲》云：『瘴雲如海白漫漫，埋沒群峰一瞬間。笑爾浮空偏得氣，才從山起便吞山。』」〔註177〕絕句短小，五絕只有二十字，七絕也只有二十八字，甫開頭就意味著結尾，因此不能如律詩及古體一樣鋪敘渲染，而必須要有言外意，即他所說：「梅都官云：『詩之工，寫難狀之景如在目前，含不盡之意見於言外。』此言是也。」〔註178〕

〔註175〕 詹杭倫、沈時蓉《雨村詩話校正》，成都：巴蜀書社，2006 年 181 頁。
〔註176〕 《雨村詩話》卷上，《清詩話續編》，上海：上海古籍出版社，1983 年版 1518 頁。
〔註177〕 詹杭倫、沈時蓉《雨村詩話校正》，成都：巴蜀書社，2006 年 259 頁。
〔註178〕 詹杭倫、沈時蓉《雨村詩話校正》，成都：巴蜀書社，2006 年 335 頁。

也就是寫景狀物敘事都要簡潔生動，更要「含不盡之意見於言外」，融成優美的意境，富有餘味。

六是論古體詩

李調元論述古體詩的創作說：「凡作古詩必有奇氣，起句尤要。」〔註179〕如果說近體詩歌主要追求意境與餘味的話，那麼古體詩則因為其篇幅較長，寫作較自由，章法結構與思想感情的變化較大，因此便必須追求氣勢，而且是所謂「奇氣」，否則便喪失掉古體詩鋪陳描寫抒情議論相結合而追求縱橫捭闔、抑揚頓挫的長處了。對古體，他同樣強調起句的重要性。

七是論樂府

樂府本是漢代合樂的歌詞，後世詞存而樂亡，其文字便與古體差不多，文人不入樂的擬樂府與新樂府則乾脆就是一種有特定含義的古體詩了。李調元對樂府情有獨鍾，曾和遍了漢樂府，對樂府創作也多所論述。他說：「凱歌，即漢鐃歌，軍樂也，《周禮》所謂『王大捷，則令凱樂、短簫、鐃歌鼓吹之』，漢鐃歌鼓吹曲題如《朱鷺》、《思悲翁》是也。魏文帝始改鼓吹曲，如《戰滎陽》、《獲呂布》是也。後使繆襲造鼓吹十二曲以代漢，晉武帝令傅元製鼓吹，加二十二曲以代魏，至章華始造《凱歌二章》，大抵皆敷陳其事而直言之，亦可自創新題，蓋即古樂府之遺也。」〔註180〕這段話追溯漢樂府之鐃歌源於周代，還梳理敘述其發展演變歷史，說後世的凱歌的特點是「大抵皆敷陳其事而直言之」，即以直接鋪敘時事為主的詩歌，既可沿襲古題而舊瓶裝新酒，也可自創新題而新瓶裝新酒，如杜甫、白居易的作品。後面他記載了趙翼等祝賀擒獲林爽文凱歌，認為「錄之，可作新樂府讀」，表示了對新樂府的首肯。他自己也創作了一些表現時事的新樂府，既繼承了樂府的形式，也繼承了樂府的精神。

〔註179〕 詹杭倫、沈時蓉《雨村詩話校正》，成都：巴蜀書社，2006 年 208 頁。
〔註180〕 詹杭倫、沈時蓉《雨村詩話校正》，成都：巴蜀書社，2006 年 327 頁。

他又說：「鄞縣俞醉六先生經，先北路公壬申本房，余所受業也。詩工小樂府，多借舊題，別抒新意，有《黃雀行》云……寓意深遠。」〔註181〕因為漢樂府是合樂演唱的歌詞，所以後世也將合樂演唱的歌詞名為樂府。唐代七絕常常合樂演唱，所以便被稱為「小樂府」。不過李調元此處的小樂府不是指的七絕，而是指短小的樂府，名稱上有小誤。

詩歌還可從題材內容的角度劃分類別，李調元也這樣劃分並論述了其中一些種類。現選其要者分述如下：

一是詠物詩

李調元對詠物詩的創作論述最多。他說：「詠物體，方萬里以為著題一類，然語忌太切，切則盡，盡則少味。昔賢所謂『作詩必此詩，定知非詩人』是也。莊周不云乎：『以馬喻馬之非馬，不若以非馬喻馬之非馬也；以指喻指之非指，不若以非指喻指之非指也。』譬如射然，射者虎也，徐而察之，則石；貫者風也，不知其視若車輪也。氣足以蓋之，才足以馭之，不為事縛，不為韻拘，而能事畢矣。……皆得不粘不脫之法。」〔註182〕認為詠物詩可以著題，但不能太切，因為「切則盡，盡則少味」，否則便如蘇軾所謂「作詩必此詩，定知非詩人」了，應該使用「不粘不脫之法」，「氣足以蓋之，才足以馭之，不為事縛，不為韻拘」，才能創作出好的詠物詩來。他又說：「近人詠物詩，皆太粘滯，以未見前輩法也。……《紅葉詩》、《葉詩》、《落花詩》……數首俱於寬處著想，而題神畢露，此為可法……有《柳絮詩》……二公尾句皆包含萬象，而文正尤籠罩一切。」〔註183〕同樣認為詠物詩的寫作不能太粘滯，應該

〔註181〕 詹杭倫、沈時蓉《雨村詩話校正》，成都：巴蜀書社，2006 年 168 頁。

〔註182〕 詹杭倫、沈時蓉《雨村詩話校正》，成都：巴蜀書社，2006 年 164 ～165 頁。

〔註183〕 詹杭倫、沈時蓉《雨村詩話校正》，成都：巴蜀書社，2006 年 143 頁。

於「寬處著想」，也就是多聯想多比喻，表現題之神，也就是表現物之神，而不是質實地詠物，刻畫了物之貌而失去了物之神，簡言之就是切題而不粘滯於題，或者形神兼備，或者遺貌取神。他又說：「詠物詩不在切題，又有以切題為佳者。」〔註184〕前面他傾向於詠物詩當以不粘滯於題為佳，此處又說「有以切題為佳者」，應該是較為全面辯證的，也說明了詩歌創作是有法而無定法的原則。他說：「詩詠地名不可使挪移他處。」〔註185〕地名涉及到地方形勢與風物特色，其實也是詠物詩之一類，寫作的關鍵在於寫出特色，而「不可使挪移他處」，相應詠物詩也應該「不可使挪移他物」，甚至要「不可使挪移他時」。他說：「謁祠詩須語無泛設，若一字落空，則他祠亦可用矣。如許幼文《穎考叔祠詩》……」〔註186〕

　　二是論詩詩

　　論詩詩創自杜甫的《戲為六絕句》，此後代有創作，成為一種常見的論詩方式。但李調元卻反對以詩論詩。他說：「余雅不喜詩中說詩，以易涉率略也。而善言詩者轉於詩中琢出名句，魯星村云：『酒中萬愁散，詩外一言無。』邠州王居田天潤云：『世味隨雲淡，詩思到枕工。』歸安徐雨亭溥云：『交論古道原求淡，詩到能傳不在多。』合肥高筠村卓云：『花當極盛愁風雨，詩到干名失性情。』……皆是也。」〔註187〕他認為論詩詩有缺陷，表現為「易涉率略」，有一定道理。因為後世的論詩詩多是絕句，主要是七絕，而絕句本不大宜於議論說理；且太短，所以以其議論說理，便難以精細而容易流於粗略。不過他又認為「善言詩者轉於詩中琢出名句」，成為含義很深的論詩名句。後面所舉例子如「酒中萬愁散，詩外一言無」祇是普通的抒情，「交論古道原求淡，詩到能傳不在多」說好詩在於能傳，並沒有真正

_____

〔註184〕　詹杭倫、沈時蓉《雨村詩話校正》，成都：巴蜀書社，2006 年 76 頁。
〔註185〕　詹杭倫、沈時蓉《雨村詩話校正》，成都：巴蜀書社，2006 年 317 頁。
〔註186〕　詹杭倫、沈時蓉《雨村詩話校正》，成都：巴蜀書社，2006 年 289 頁。
〔註187〕　詹杭倫、沈時蓉《雨村詩話校正》，成都：巴蜀書社，2006 年 324 頁。

論詩，祇有「世味隨雲淡，詩思到枕工」涉及到寫詩的時機與境界，「花當極盛愁風雨，詩到干名失性情」論及詩歌的功能與本質，是論詩。他又說：「詩中言詩，皆由閱歷得之。布衣金雙野瑛《雜興》云：『人逢知己原非易，詩到名家亦大難。』又云：『筆墨漫教忙裏錯，聲名只怕老來低。』又云：『書多奇字因誰問，詩到無題只自如。』此即詩言詩也，讀者自領之。」〔註188〕他轉而又認為詩中可以言詩，但要「由閱歷得之」，而不能憑空議論說教。其所舉例子如「人逢知己原非易，詩到名家亦大難」與「筆墨漫教忙裏錯，聲名只怕老來低」祇是一種人生感喟，不是論詩，而「書多奇字因誰問，詩到無題只自如」也祇是一種感悟，與普通論詩不同。

三是悼亡詩

他說：「丹徒嚴麗生學淦，川東觀察筠亭士絃之八公子也，年甫冠餘，詩名甚噪，因就訪之，出其《悼亡詩》見示，語語動人，余尤愛其『顧我在家如在客，憐卿歸骨不歸人。』又一絕云：『春雨秋風瘁玉芽，難憑錦牒問仙家。寄聲令史司香國，休種朝開暮落花。』最為淒警，遂訂為小友。」〔註189〕讚揚嚴學淦的悼亡詩「語語動人」，說明悼亡詩的關鍵在以情感人，而且要處處、語語都動人，稍不注意便流於虛假矯情了。文中所舉例子，他贊之為淒警，也就是要求悼亡詩所表之情要悲傷悽楚，而且要警策動人。

四是竹枝詞

他說：「余試粵東諸生古學，先以詩，次必以《竹枝詞》命題，蓋以觀其土俗民情也。記其佳者，頗可入《風謠》。」〔註190〕竹枝詞產生於唐代，中唐劉禹錫等有仿作，此後代有創作，成為一種特殊的詩體。從格律形式上看，它近乎絕句；從與樂音的關係上看，它屬於民歌樂府；從表現內容上看，它又是表現地方風物風情的專用詩體。

〔註188〕 詹杭倫、沈時蓉《雨村詩話校正》，成都：巴蜀書社，2006年150頁。
〔註189〕 詹杭倫、沈時蓉《雨村詩話校正》，成都：巴蜀書社，2006年395頁。
〔註190〕 詹杭倫、沈時蓉《雨村詩話校正》，成都：巴蜀書社，2006年280頁。

因此既可將其看作題材上的一體，也可看作體裁上的一體。李調元的平民意識較濃，特別熱衷於民間文學的搜集整理與創作，所以他也特別喜歡竹枝詞。在府試及院試上考試竹枝詞他應該是第一人，值得肯定。他考試竹枝詞的目的首先在觀察地方上的土俗民情，也考察詩歌創作水平。他還將考生作品之佳者記錄整理，以便研究與傳播，這些都值得肯定。

五是行役詩

他說：「行役詩多有目前境而未經人道者。如廣元令吳明軒《嘉陵道中》句云：『酒逢茅店飲，馬過板橋騎。』簡州牧宋汝和《金臺》句云：『穿林驚宿鳥，殘夢逐村雞。』皆清切有味。」〔註191〕行役詩紀行兼寫景，可以歸入廣義的寫景詩之中。他認為行役詩在題材上應該寫「目前境而未經人道者」，選材應該新穎，所寫之景應該優美，審美追求應該是「清切有味」。

至於有關其他詩歌的論述，因為前面已經有所涉及，故略而不談。

五、論學詩作詩之忌諱

一是忌諱貌襲。他說：「五代以韓偓、韋莊二家為陞堂入室，然執牛耳者，必推羅江東。其詩堅渾雄博，亦自老杜得來，而絕不似宋江西派之貌襲，世之稱者少，何也？皮、陸輩雕文刻鏤，近乎土木偶人，少生趣矣。」〔註192〕認為羅隱為晚唐第一人，其詩風的堅渾雄博，雖然也是從老杜來，但卻是神似，而絕不似宋代江西派之貌襲。聯繫前面的論述，可知他提倡學詩的神似，而激烈反對貌襲，認為貌襲就會「雕文鏤刻，近乎土木偶人，少生趣」。

二是忌諱迂腐和郄廓。他說：「余雅不好宋詩而獨愛東坡，以其詩聲如鍾呂，氣若江河，不失於腐，亦不流於郄。由其天分高，學力厚，故縱筆所之，無不精警動人，不特在宋無此一家手筆，即置之唐

〔註191〕 詹杭倫、沈時蓉《雨村詩話校正》，成都：巴蜀書社，2006 年 289 頁。
〔註192〕 《雨村詩話》卷下，上海：上海古籍出版社，1983 年版 1532 頁。

人中，亦無此一家手筆也。公嘗自舉生平得意之句，以『令嚴鐘鼓三更月，野宿貔貅萬竈煙』一聯爲其最，實不止此也。公集中無論長篇短幅，任舉一句，皆具大魄力。如《有美堂暴雨》……。」〔註193〕李氏鮮明表態，說他不好宋詩而獨愛東坡，認爲蘇軾「天分高，學力厚，故縱筆所之，無不精警動人」，詩歌「聲如鍾呂，氣若江河」，即聲調鏗鏘，氣勢磅礡，有議論而不迂腐，有氣魄而不郛廓。

三是忌諱餖飣與濃縟。他說：「世之好西昆體者，以爲李義山從杜脫胎，不知其流弊至開餖飣一門。當時溫庭筠已嫌濃縟，今之鏤刻粉飾者，大都以此藉口矣。」〔註194〕這段話批評由西昆體發展而來的餖飣與濃縟，以及鏤刻粉飾。宋詩中名聲最差的是宋初之西昆體。西昆體效法晚唐的李商隱，而李氏則從杜甫脫胎，好像師承有自，但西昆體卻多遺神得貌，其流弊至開餖飣一門。李氏又說溫庭筠的濃縟當時已經有人不滿，而今之鏤刻粉飾者還以此爲藉口，對這類詩風進行了歷時性的批評。

四是忌諱空硬生湊與無病呻吟。他說：「西江詩派，余素不喜，以其空硬生湊，如貧人捉襟見肘，寒酸氣太重也。然黃山谷七言古歌行，如歌馬、歌阮，雄深渾厚，自不可沒；與大蘇並稱，殆以是乎？後山詩，則味如嚼蠟，讀之令人氣短。如『且然聊爾耳，得也自知之』二句，係集中五律起筆，竟成何語？眞謂之不解詩可也。擁被呻吟，直是枯腸無處搜耳。」〔註195〕宋詩中影響最大的流派是江西詩派，受後世長期議論詬病的也是江西詩派。李調元不滿宋詩，自然也不滿江西詩派。他批評江西詩派的空硬生湊，如同貧人捉襟見肘，露出濃重的寒酸氣，還反對陳師道的「擁被呻吟」、搜索枯腸的作詩方法，但他卻讚揚黃庭堅雄渾深厚的七言歌行。

五是忌諱作詩先得好句後足成之。他說：「陸放翁詩，以『小樓

〔註193〕 《雨村詩話》卷下，上海：上海古籍出版社，1983 年版 1532 頁。
〔註194〕 《雨村詩話》卷下，上海：上海古籍出版社，1983 年版 1531 頁。
〔註195〕 《雨村詩話》卷下，上海：上海古籍出版社，1983 年版 1534 頁。

一夜聽春雨，深巷明朝賣杏花』得名，其餘七律名句輻輳大類此，而起訖多不相稱。人以先生先得好句，後足成之，情理或然。然余少年頗喜之，今則棄去矣。余獨愛其《感憤》一律，頗近唐人，嘗舉以示客。」〔註196〕陸游的詩歌成就很高，尤其是七言律絕的名聯不少，常受後人稱道。但其作法往往是先得好句後足成之，而不是長期構思一氣呵成，李氏對此深感不滿，但又獨愛其《感憤》一律，認爲這首詩歌「頗近唐人」。李氏崇唐抑宋的傾向非常明顯，比起楊愼揚唐不抑宋來似有距離，其對陸游的評價也值得商榷，但其不滿先得好句後足成之的觀點卻值得參考。

　　五是忌諱過分熟滑。他說：「楊誠齋理學經學俱不可及，而獨於詩非所長。如《不寐》云：『翻來覆去體都痛。』復成何語？至其用筆之妙，亦有不可及者。如：『忽有野香尋不得，蘭於石背一花開』，又：『青天以水爲銅鏡，白鷺前身是釣翁』，皆有腕力。」〔註197〕楊萬里的詩歌在當時很有名，特色鮮明，號爲「誠齋體」，對後世也有不小的影響，李調元認爲楊氏「理學經學俱不可及，而獨於詩非所長」的評價有貶抑過甚之嫌。但他認爲「翻來覆去體都痛」等詩句太過熟滑而流於淺俗，又喜歡楊萬里「有腕力」的詩歌與詩句，因爲這類詩歌錘煉琢磨而不見痕迹，且有相當的深度與力度，這些具體評價卻是有道理的，其不滿過分熟滑的指向也是明確而值得肯定的。

　　綜上可知，李調元對詩歌創作的方方面面，諸如創作總原則，以及聲韻格律、作詩方法、學詩方法、作詩學詩的忌諱等都進行了論述，既有較高的理論意義，也有很強實踐意義，既有獨到的心得，也有較爲深入的理論探討，既有對前人論述的稱引，也有獨到的闡述，因此可以說詩歌創作論是李調元詩學用力最勤也頗爲精彩的部分。至於說

〔註196〕　《雨村詩話》卷下，上海：上海古籍出版社，1983 年版 1534 頁。
〔註197〕　《雨村詩話》卷下，上海：上海古籍出版社，1983 年版 1534～1535頁。

其「好以時文之法說詩」，〔註198〕如潘清撰的《挹翠樓詩話》謂：「李雨村詩頗有性靈，而局於邊幅。即其詩話，亦囿於貼括而有頭巾氣，不及隨園多矣。」〔註199〕朱庭珍稱：「李雨村則專拾袁枚唾余以爲能，並附和雲松。」〔註200〕尤其是其創作論，技術性的說明較多，缺乏理論開拓，當然也有一定的道理，但都有抓住一點而不及其餘的遺憾，沒有在綜合考察全面梳理的基礎上進行客觀的評價。

〔註198〕 蔣寅《清詩話考》，北京：中華書局，2005 年版 397 頁。

〔註199〕 〔清〕潘清撰《挹翠樓詩話》卷二，同治二年自刊巾箱本。

〔註200〕 〔清〕朱庭珍《筱園詩話》，《清詩話續編》，上海：上海古籍出版社，1983 年版第 2335 頁。

第五章 李調元的詩歌體式論 與發展論

　　前面較為詳細地論述了李調元的詩歌本質論、審美論、創作論，這是其詩學的精華部分。但作為一個詩學家，又有如此豐富的詩學論著，如果沒有正確的詩歌體式論與詩歌發展論，其詩學便是不完整的，也是缺乏深度的。李調元的有關詩歌體式與發展的論述不多，但卻頗有特色，值得進一步探討論述，且因為其體式論與發展論結合較為緊密，所謂本章將二者合而論之。前述《讀祝芷塘德麟詩稿》便勾勒出了以巴蜀詩歌的發展嬗變軌迹，引申而言，說明李調元能以發展變化的眼光評價歷代詩人及詩歌，具有很強的詩歌發展嬗變的歷史觀、大局觀。李調元的詩歌體式論與發展論主要在二卷本《雨村詩話》中，其他地方也有散見的論述。二卷本《雨村詩話》卷上先追溯詩歌的源頭，從更為廣遠的角度論述了詩歌體式的發展嬗變歷史，接著則論述評價漢魏六朝、唐宋以及元明的詩歌，在崇尚唐詩的同時又認為代代有詩，其他地方也有不少論述，這都體現了他鮮明的詩歌發展觀。下面擬分別論述之。

一、論述詩歌體式的演變與發展

（一）認為詩歌淵源於「天地自然之樂」，因而古代詩樂一體

他說：「三代以前，詩即是樂，樂即是詩。若離詩而言樂，是猶大

風吹竅，往而不返，不得爲樂也。故詩者，天地自然之樂也。有人焉
爲之節奏，則相合而成焉。」〔註1〕上古三代時的詩歌，主要是先秦歌
謠和《詩經》，它們都是詩樂（還應包括舞）一體的，這是詩論家公認
的觀點。如《呂氏春秋》云：「昔葛天氏之樂，三人操牛尾投足以歌八
闋：一曰載民，二曰玄鳥，三曰遂草木，四曰奮五穀，五曰敬天常，
六曰達帝功，七曰依地德，八曰總萬物之極。」〔註2〕《禮記》云：「詩，
言其志也；歌，詠其聲也；舞，動其容也。」〔註3〕李調元認同這個觀
點，認爲：「三代以前，詩即是樂，樂即是詩。」他將詩與樂的關係比
爲大風與竅：「若離詩而言樂，是猶大風吹竅，往而不返，不得爲樂也。」
認爲離詩而言樂就像「大風吹竅」一樣，其結果是所謂「往而不返」，
探不到樂的本源；反之，離樂而言詩也如此。應該說他已經隱約認識
到上古詩歌，包括古歌謠與《詩經》都是詩樂一體，且採用「樂隨詩
傳」這樣一種詞曲配合方式，與後世據詞譜曲及倚聲塡詞有本質的區
別。他進而認爲詩淵源於「天地自然之樂」。所謂「天地自然之樂」是
指天地自然中如風吹竅、鳥蟲鳴唱等自然之聲本身便具有一定的節奏
韻律與美感，聽來令人愉悅，於是先民便有意無意地模倣之，當時先
民在勞動或者休息的時候模倣之，發出「哦哦，啊啊，呼呼」以及「杭
唷、嘿喲」之類的呼聲以表達人簡單的情意。這種呼聲吆喝聲最初只
表情而不表意，是有聲無義的詩歌，到語言日益豐富，先民便將這種
吆喝呼喊聲部分轉換成能夠表達情感思想的詞語及句子，如「候人兮
猗」，〔註4〕或者全部轉換成能夠表意的詞語及句子，如「斷竹，續竹；
飛土，逐肉」，〔註5〕於是就有了有聲有義的詩歌，即最初的詩歌，這
種最初的詩歌當然是詩樂舞一體的。這個時候還沒有脫離呼喊吆喝聲

〔註1〕 二卷本《雨村詩話》卷上，郭紹虞編《清詩話續編》，上海：上海古
　　　　籍出版社，1983 年版 1517 頁。
〔註2〕 《呂氏春秋·古樂》，《諸子集成》本
〔註3〕 《禮記·樂記》，阮元刻十三經注疏本。
〔註4〕 《呂氏春秋·音初》，《諸子集成》本。
〔註5〕 〔清〕沈德潛《古詩源》卷一，北京：中華書局，1974 年影印本。

的專門的樂曲，所以便「詩即是樂，樂即是詩」。所以說先有天地自然之聲，因爲先民逐步具有一定的審美能力與模倣能力，便以欣賞之模倣之，於是便有了天地自然之樂，這種樂音表現了人的感情，進而表現了一定思想意義，於是便有了詩歌，這種詩歌與「天地自然之樂」相合，所以它也是天地自然之樂。

　　李調元認爲詩歌是上古先民對天地自然之樂的模倣的結果，其本身便也是所謂「天地自然之樂」，所以他論詩便強調自然，重視天然平易之美。根據古代音樂學的實際，上古詩樂一體，而且樂隨詩傳。這種天地自然之樂是隨意的自由的，不規範的，後來便有富有樂感的人根據天地自然之樂的節奏韻律來規範之，即他所謂「有人焉爲之節奏，則相合而成焉」，也即據詩而作曲，詞曲相合而成歌曲，也就是漢樂府常用的據詞譜曲法，以人工的節奏聲律來補足完善詩歌天然的音樂美。

（二）從詩樂聯繫角度闡述古詩、樂府到近體詩詞的發展嬗變關係

　　他說：「詩有比興不能盡，故被之聲歌，使抑揚以畢其意。自漢以後，《郊廟》、《房中》析而爲二，古詩、樂府遂分。」〔註6〕認爲上古之人的詩歌是爲了抒發情意，還經常使用比興手法來表意，「比興不能盡，故被之聲歌，使抑揚以畢其意也」，就是《尙書・堯典》「詩言志」而不能盡便使用「歌永言」來補足申發之的意思。「自漢以後，《郊廟》、《房中》析而爲二，古詩、樂府遂分。」這話頗不好理解，因爲《房中》也屬於《郊廟歌辭》，都是後世所謂漢樂府。大概是《郊廟》即《郊祀歌》，據《漢書・禮樂志》所說，是「武帝定郊祀之禮，祠太乙於甘泉，祭后土於汾陰。乃立樂府，采詩夜誦」，〔註7〕所以便是樂府。而《房中》，即《安世房中歌》，據《漢書・禮樂志》載，漢高

〔註6〕　二卷本《雨村詩話》卷上，郭紹虞編《清詩話續編》，上海：上海古籍出版社，1983 年版 1517 頁。

〔註7〕　〔漢〕班固《漢書・禮樂志》卷二十二，百衲本二十四史。

祖時「又有《房中祠樂》，高祖唐山夫人所作也。周有《房中樂》，至秦名曰《壽人》。凡樂，樂其所生，禮不忘本。高祖樂楚聲，故《房中樂》楚聲也。孝惠二年，使樂府令夏侯寬備其簫管，更名曰《安世樂》。」〔註8〕是「高祖唐山夫人所作也」，是先有詩後來才譜曲演唱的，所以便是古詩。這話說明了由上古詩樂一體的古體發展到了供演唱的樂府與不能演唱的古體並列的階段。

李調元對古代樂府的譜曲演唱情況的論述推測頗有新見。他說：「古人樂府，非如今人有曲譜而後填詞也。然亦照定十二律賦爲詞，付之樂工，叶以音律。但樂工知清濁高下，而不通文，故先分章段，爲之鈎勒，亦讀樂府入門之一法。」〔註9〕區別了樂府與詞的詞曲配合方式的不同：詞主要是倚聲填詞，而樂府則主要是據詞譜曲，但作詞的人也要懂一點音樂，不能隨便寫詞，而是要「照定十二律」再「賦爲詞」，然後「付之樂工，叶以音律」，共同完成歌辭與樂曲的創作。後面他又說樂工「知清濁高下，而不通文，故先分章段，爲之鈎勒」，即不通文的樂工將文人「照定十二律」而作的詞分爲章段，再依其「清濁高下」而「叶以音律」，其實就是選詞配樂。因此，大概只有少數眞正的音樂家才能自由地據詞譜曲。這一描述與推測應該是合理的。他又說：「樂府者以其詞付樂工，其中工尺之抑揚，乃樂工事。五季變爲詞，將所留樂工之虛字盡填滿，較古法更嚴密，不能馳騁才華，不若古樂府之松矣。」〔註10〕認爲漢魏六朝以詞配合「工尺之抑揚，乃樂工事」，與作詞之人無涉。到了唐末五代，人們便將「所留樂工之虛字盡填滿」，即朱熹所謂泛聲、合聲、虛聲變成實字，〔註11〕使

〔註8〕〔漢〕班固《漢書‧禮樂志》卷二十二，百衲本二十四史。

〔註9〕二卷本《雨村詩話》卷上，郭紹虞編《清詩話續編》，上海：上海古籍出版社，1983 年版 1517 頁。

〔註10〕二卷本《雨村詩話》卷上，郭紹虞編《清詩話續編》上海：上海古籍出版社，1983 年版 1517 頁。

〔註11〕宋代朱熹說：「古樂府祇是詩，中間卻添許多泛聲。後來人怕失了那泛聲，逐一聲添個實字，遂成長短句，今曲子便是。」朱熹《朱子語類‧

歌辭與樂曲配合得更爲緊密，這便是詞。他認爲後世的塡詞「較古法更嚴密」，是其長處，但也有短處，即詞的詞曲配合緊密，不如樂府的詞曲配合自由寬鬆，因而作者便難以「馳騁才華」。這裡已經將詩歌的發展變化從樂府延伸到詞了，不過他對詞的產生論述太簡單而又不大確切。

（三）論述近體詩的發展，以五言為正宗

他還進而以詩歌的五字配五音、七字配七音來解釋詩歌的韻律美，認爲詩歌當以五言爲正宗。他說：「天然之音，止有五字。今笛中之五六工尺上，配合宮商角徵羽之五音，猶琴之五弦。加文弦、武弦而成七，所謂變宮變徵而成七調也。故南北正調，原止有五，唐律之五言是也。若七字則爲變調，而名變宮、變徵矣。七言難於五言十倍，以其雜變調故也。故雖變調，必須排蕩而成，不可輕易下筆。蓋八句不出起承轉收，神而明之，存乎其人爾。」〔註12〕說天然之音只有五個，以配五音與五言，後加變徵、變宮而爲七，則以七音配七字，此說是李調元條石破天驚的創新，就中國音樂五音之說——輔以加上變宮、變徵的七音，而斷然論定五言爲詩之正宗，七言爲詩之變調，原原本本，就樂言詩，似乎很確切，也很有意思，但卻有附會之嫌。因爲中國古代詩歌體式的發展變化，由古歌謠的二言、三言到《詩經》的四言，再到五言及七言，還有大量的雜言詩歌，由簡潔到繁富，其原因是很複雜的，既有音樂化與詩化的影響，也有俗化與雅化、齊言化與雜言化、格律化與自由化等方面的影響，還受時代及社會生活發展的影響，不能簡單地以五音七音來比附五言及七言。〔註13〕

照常理說，既然愈早的詩愈合乎天然之樂，但《詩經》作者爲何

詩文下》卷一百四十，上海：上海古籍出版社，1992 年影印本。
〔註12〕郭紹虞編《清詩話續編》，上海：上海古籍出版社，1983 年版 1517
～1518 頁。
〔註13〕參見鄭家治《古代詩歌史論》，成都：巴蜀書社，2006 年版 197～199
頁。

採用了那麼多的四字句，還有不少三字句？因此五七言正變之說，亦啓人疑竇。這是一家之說，可供參酌，不宜偏信。其實中國古代詩歌與音樂結合爲一體，但最早的詩歌並不是五言，而是二言，前面引述的《彈歌》「斷竹，續竹；飛土，逐肉」即是顯例，今天看來最爲可靠的《易經》中的歌謠也是證明：

如《周易・屯卦・爻辭六二》：屯如，邅如；乘馬，班如；匪寇，婚媾。

《周易・屯卦・爻辭上六》：乘馬，班如；泣血，漣如。〔註14〕

《周易・賁卦・爻辭六四》：賁如，皤如；白馬，翰如；匪寇，婚媾。〔註15〕

以上的這些歌謠既可點作二言四言交錯的詩作，也可點作四言詩，還可點作二言詩。如果點作二言詩，其意思也是通達的，每句只有一個節奏，或者爲一個詞，或者爲一個省略主語的句子，它非常簡潔，每句不能表示一個完整的意思。

《歸妹・爻辭上六》：女承筐，無實；士刲羊，無血。

《艮卦・卦辭》：艮其背，不獲其身；行其庭，不見其人。

《中孚・爻辭》：鳴鶴在陰，其子和之。我有好爵，吾與爾靡之。〔註16〕

這三個例子都是雜言詩，或者二三言相雜，或者三四言相雜，或者四五言相雜，顯示出當時的歌謠除了二言外，也有三言、四言及五言句，三言以上的句子每句有兩個節奏，能表示一個相對完整的意思了，顯示了表意的周密性，是一個表意完整的句子了，且由此奠定了中國詩歌以句爲單位的基本格局。此後發展至《詩經》，就成了以四言爲主的詩歌，但其中三言句不少，據筆者初步統計共有一百多句，包括三言句，及句尾爲不是韻腳的語氣助詞的四字句，它是除了四言

〔註14〕《周易正義》卷一，阮元刻《十三經注疏》本。

〔註15〕《周易正義》卷三，阮元刻《十三經注疏》本。）

〔註16〕《周易正義》卷五，阮元刻《十三經注疏》本。

句之外最多的句式了。再次便是五言句，也有百句以上。這說明古代詩歌的表意逐漸周密，而句子也隨之加長，語言也由質樸而趨於繁富，包括雙聲疊韻等連綿詞及疊音詞的修辭手法的運用，使詩歌更為生動形象，也更具有韻律美。因此可以說初始詩歌由二言、三言到四言，句子逐漸加長，最終形成了以五言、七言為主的格局。二言、三言是基礎，由此組成各種句式，即兩個二言組成四言，二言、三言組成五言，四言、三言組成七言，也有三個二言組成六言者，詞曲中有一些八言、九言等長句子，但都可以分解成有二、三、四、五、七言組成的句子，如蘇軾的「多情應笑我早生華髮」。〔註17〕便可分解成「多情應笑我、早生華髮」。詩句的節奏主要是雙音節奏，但每句也多有一個單音節奏，一般而言雙音節奏在前，單音節奏在後，單音節或者在句尾，或者在倒數第三字，位置不定，增加了詩句的靈活性，符合這種句式的就是詩化句，否則便是散文句，或者拗句。因此詩句的字數與音樂的五音與七調沒有多大的關係。而後世以五言比附五音、七言比附七調不過是一種附會罷了。

　　他說：「樂歌必要短長相接，長取其聲之婉轉，短取其聲之促節。律詩則與管弦無涉，而天然之樂自存於中。唐以五言七言為句，此定式也。間有六字成句者，與宮商不協，不必作也。」〔註18〕認為樂歌要短長相接，（此所謂短長是指吟誦或者演唱時能夠自然延長的平聲，短聲則指吟誦演唱時不能或者難以延長的仄聲，包括上聲、去聲與入聲）使長聲（即平聲）的婉轉與短聲（即仄聲）的促節相輔相成，才能優美動聽。他認為律詩不合樂，「與管弦無涉，而天然之樂自存於中」，即以其特有的押韻與平仄造成一種聲韻之美，以便在吟誦時自有音樂之美，這是中的之說。他還認為六言律詩之所以不盛，很少

〔註17〕〔宋〕蘇軾《念奴嬌・赤壁懷古》，唐圭璋《全宋詞》，北京：中華書局，1965 年版 282 頁。

〔註18〕二卷本《雨村詩話》卷上，郭紹虞編《清詩話續編》，上海：上海古籍出版社，1983 年版 1517 頁。

人作，是因爲其「與宮商不協」，言下之意是六言詩既不合五音，也不合七調，所以難以發展。這種說法有一定道理，但最重要的原因是六言詩歌缺少一個單音節奏，因而其聲律便成了仄仄平平仄仄與平平仄仄平平兩種句型的重複，顯得單調少變化。而五言、七言律詩則有四種句式，且其中必然有一個單音節節奏，比六言詩顯得靈動多變。下面擬補述一下有關五七言近體發展定型的相關內容，以說明李調元六言不盛與「宮商不協」無關。

從整個詩歌史看，漢代以前的詩歌，包括四言、三言、五言及雜言詩與騷體詩，除屈原有部分不演唱的徒詩之外，其餘都是歌詩。但東漢末至劉宋時期，文人五言詩開始發展並興盛，詩歌與音樂逐漸分離，促使一部分作家開始從詩歌語言本身來探討聲韻和諧的規律。至齊永明年間出現了律詩的前驅——永明體，或稱齊梁體。錢木菴《唐音審體》說：「齊永明中，沈約、謝朓、王融創爲聲病，一時文體驟變。謝玄暉、王元長皆沒於當代，沈休文與是時作手何仲言、吳叔庠、劉孝綽等併入梁朝，故謂之『齊梁體』。自永明以迄唐之神龍、景雲，有『齊梁體』無『古詩』也。」〔註19〕齊梁體的產生除了詩歌形式內因的影響外，還有社會原因，即齊梁皇族與士族愛好詩歌，但思想貧乏，內容空虛，於是專門在形式上下功夫，使詩歌工於對偶與聲律，創造出一種有別於古體的新的格律詩，建立了初步的詩律學，成爲古體向近體詩過渡的詩體。永明體的詩律特徵除了對仗之外，更重要的特徵是將沈約「一簡之內，音韻盡殊；兩句之中，輕重悉異」。〔註20〕的原則結合五言詩的節奏而具體化，在齊梁以前自然聲律的基礎上造成律句及律聯。所謂律句，即根據漢詩多雙音詞、雙音頓的特點，有意識地使二三句式的五言詩句前四字的雙音頓平仄相間、二四字異聲，造成三個節奏（二三節奏，可再分爲二二一或二一二節奏，兩個雙音節奏，一個單音節奏）的律句四種：1、仄起仄收式：仄仄平平

〔註19〕〔清〕丁福保《清詩話》，上海：上海古籍出版社，1963 年版 78 頁。
〔註20〕《宋書·謝靈運傳論》，《宋書》卷六十七，百衲本二十四史。

仄；2、平起平收式：平平仄仄平；3、平起仄收式：平平平仄仄；4、仄起平收式：仄仄仄平平。所謂律聯，即上下句平仄相對（特別是二、四字及尾字相對）。上述律句可構成如下律聯：1 與 2、3 與 4 分別構成押平聲韻的律聯，2 與 1、4 與 3 分別構成押仄聲韻的律聯。前者形成平韻詩，後者形成仄韻詩。所謂齊梁體，在聲律上主要是各以一種律聯反覆重疊成篇的格律詩，即對式律，它講究一句之內的平仄相間，兩句之間的平仄相對，造成一種錯綜平衡之美。齊梁體律聯以押平韻為主，押仄韻的很少見，但它亦是由律句組成的律聯，也應算是齊梁體。後世仄韻詩不發達，根本在於押韻的末字是仄聲，發音時間較短且有較大的陞降變化，不如平聲和諧、悠揚、平暢，可以延長而顯出餘味。

　　齊梁聲律論及講究聲律的齊梁體，經過百餘年發展，至初唐隨著聲韻學、修辭學的進一步發展，有嚴密格律與固定形式的近體詩出現了，對其貢獻最大的是沈佺期、宋之問。故王世貞在《藝苑巵言》卷四中說：「六朝之末，衰颯甚矣。然其偶儷頗切，音響稍諧，一變而雄，遂為唐始（詩），再加整栗，便成沈、宋。」〔註21〕趙執信在《談龍錄》中也說：「聲病興而詩始有町畦，然古今體之分，成於沈、宋。」〔註22〕唐近體詩是在中國傳統五言、七言古體詩，尤其是八句以下短詩的句式和用韻習慣的基礎上，再加上對齊梁體詩歌的改進和補充而定型下來的。即篇制上，首有定句及定聯（排律除外）、句有定字（六言詩除外）及定韻；對仗上，律詩二三聯必對，其餘之聯自由；聲律上，字有定聲，分必平必仄與可平可仄兩類，形成既顯錯綜變化，又有平衡整齊之美的標準格律詩。

　　近體詩對齊梁體的改造主要有以下三點。一是對齊梁聲律規則加以改造簡化。齊梁聲律論以漢語四聲來彌補誦詩音樂美的不足本意很好，但一句詩四聲完全不同（即沈約所謂「一簡之內，音韻盡殊」），

〔註21〕〔清〕丁福保《歷代詩話續編》，北京：中華書局，1983 年版 1007 頁。
〔註22〕〔清〕丁福保《清詩話》，上海：上海古籍出版社，1963 年版 310 頁。

卻難以實踐，因爲樂曲也不能要求實現一個節拍中五音不同，且漢字平聲字數量約等於上、去、入三聲，寫詩時還要照顧詩意。故遭到劉勰與鍾嶸等人的批評與糾正，連沈約自己也覺得爲難，而說：「宮商之聲有五，文字之別累萬。以累萬之繁，配五聲之約，高下低昂，非思力所舉。又非止若斯而已也，十字之文，顛倒相配，字不過十，巧歷已不能盡，何況復過於此者乎。」〔註23〕唐代近體詩對齊梁聲律論的改變即是將四聲二元化，以平聲爲平，以上去入三聲爲仄，將四聲簡化爲輕重、低昂爲特點的平仄兩大類。這樣既避免了齊梁聲律的繁瑣難行，又保持了聲律之美。二是對律聯聲律規則加以發展。齊梁體聲律只解決了一句內的錯雜平衡，與一聯內的對比平衡，但聯與聯之間完全重複，顯得單調板滯。唐近體詩聲律除講一聯內上下句的「對」，還講聯與聯之間的「黏」，如：仄仄平平仄，平平仄仄平。平平平仄仄，仄仄仄平平。如此便實現了一句之內錯綜而平衡，一聯之內對比而平衡，聯與聯之間相應而平衡，使四句詩至少出現三種不同平仄句式，八句則各種句式一般重現兩遍，顯出錯綜、平衡、對比、變化、和諧之美。三是對用韻、對仗及篇章加以定型，所謂首有定句，四句者爲絕句，八句者爲律詩，十句及以上者爲排律；句有定字、定韻，定字即每句五字或七字（六字例外），定韻即通首押平聲韻，雙句押韻，第一句可押可不押，使朗誦時可以吟出餘味，造成一種迴環悠永的韻律美；定對仗，即律詩中二聯一般必須對仗，造成一種對比呼應嚴整平衡之美，絕句及律詩首尾二聯對仗與否視情況而定，一般不對仗。

　　唐近體詩除了在格律形式等方面規範發展外，還在詩句詩化及追求凝煉美、意境美等方面下功夫，使近體詩詩句以音頓爲單位，在平仄音韻之美外另有一種節奏美，即五言詩句爲二三句式，可分爲二二一或二一二句式；七言詩句爲四三句式，可分爲二二一二或二二二一

────────────

〔註23〕《答陸厥書》，《南齊書》卷五十二《文學傳・陸厥傳》，百衲本二十四史。

句式。這種節奏句式與漢語雙音節詞爲主單音節詞爲輔大致相配合，既有雙音音頓的整齊平衡（尾三字以前部分），又有單音音頓（三字尾）的活潑，還與平仄律相配，注重雙音頓節奏點及單音頓平仄（倒數第三字或末字）的重要性而將其固定，詩中儘量避免同字（尤其是對仗句），使詩歌的容量加大，且在此基礎上追求意境美和凝煉美，使近體詩在形式與風格上與古體詩有明顯的區別，對後世詞曲的語言風格，尤其是文人詞曲產生了直接而又巨大的影響。

　　近體詩都可稱律詩，即廣義的律詩，狹義的律詩則專指五七言律詩。絕句與律詩雖然都是在古體詩歌與齊梁聲律論的影響下產生發展成熟的，但絕句相對產生較早。據葛曉音《論初盛唐絕句的發展》〔註24〕中考證，五言絕句的篇制源於漢代五言四句民間歌謠，經魏晉南北朝發展而來。絕句又名「斷句」，名稱始於南朝梁時，是與「聯句」（數人作詩，一人一聯，每聯五言四句，內容相關，又大體獨立）相對比而來，是截取聯句中的四句而成。絕句分古絕、齊梁調、律絕三個發展階段，也是三種形式。古絕指用仄韻，有不對不黏聲病的絕句，多是漢魏晉南北朝五言四句清商樂府民歌；受齊梁聲律論影響押平韻、講聲律卻又不盡合律（有水渾病、木枯病、三平調及不黏四者之一）的絕句爲齊梁調；律絕指完全符合近體詩格律的絕句。七言絕句亦可分爲古絕、齊梁調、律絕三個發展階段及三種形式，唯起源較晚：國內外學者一般認爲其篇制是從北朝七言四句的樂府民歌發展而來，葛曉音認爲始於西晉民歌。七絕律化始於梁中葉，較齊代開始律化的五絕晚，但律化速度因受五絕影響而較五絕快。後世所謂絕句指唐代成熟的近體詩絕句，即律絕，唐代律絕盛行，但古絕與齊梁調亦有創作。可以說絕句主要是南北朝文人模倣以五言四句爲主、七言四句爲輔的清商樂府（即古絕），並講究聲律而成齊梁調，又再於此基礎上律化，而終成律絕，其產生、發展、成熟都早於律詩。律絕的盛期在盛唐，王維、王昌齡、李白、杜甫都是絕

〔註24〕見《文學評論》1999 年 1 期。

句大家，而完全定型卻遲至中晚唐到宋代。故元明時期流行的絕句爲「截律詩之半」的說法是根據近體律詩與絕句的實際格律關係而生，雖符合格律實際，卻不是追本探源之說。

律詩之「律」指聲律嚴如法律，即宋張表臣在《珊瑚鈎詩話》中所謂「沈宋而下，法律精切，謂之律」。〔註25〕律詩之律包括篇制、對偶與聲律。篇制即每篇五言八句或七言八句，對偶即中二聯必須對仗，聲律即必講平仄黏對。律詩之中，五言律詩因文人五言詩產生成熟較早，它也相應產生成熟較早。五言律的篇制源於漢末文人所創的五言八句詩，至齊梁時其篇制、中二聯對偶及聲律的對式已初具規模，形成篇制一定、對偶以中二聯爲主、以對句重疊爲主要聲律特點的齊梁調。據統計，南北朝有五言八句詩八百餘首，符合對仗規矩者占近一半，但完全合律者僅張正見《關山月》、庾肩吾《侍宴》、庾信《詠畫屏》等十餘首。初唐時期，五言律經楊炯、駱賓王、杜審言、李嶠等人的發展，到沈佺期、宋之問而終至成熟，至盛唐已完全定型並進入極盛階段，王維、杜甫是五律大家。文人七古創作晚於五古，相應七律也晚於五律。七律篇制發軔於梁簡文帝時的七言八句古詩，至南北朝末年、隋，北周庾信的《烏夜啼》、隋煬帝楊廣的《江都宮樂歌》（揚州舊處可淹留）等詩篇制、對偶及聲律等要素同時出現在一篇中，雖不盡合律，亦可稱七律的雛形。從初唐至開元前，經上官儀、許敬宗、崔日用的發展，到李嶠、蘇頲、李适、宋之問、沈佺期創作出對偶及黏對完全合律的七律，開元前後十年所作七律約占前九十年的一半，蘇頲、沈佺期的七律都超過十首，沈的《古意》爲音韻與意緒渾成之作，標誌著七律的基本成熟。七律的篇制當源於梁時的七言八句古體，但聲律當受五律影響，即在五律每句前面增添二相反聲調的字。不過初唐七律數量大大少於五律（僅130首），且多宮廷應制之作，風格多富麗堂皇，完全成熟要到盛中唐之交的杜甫。杜甫

〔註25〕〔宋〕張表臣《珊瑚鈎詩話》，何文煥《歷代詩話》，北京：中華書局，1981年版476頁。

是唐代大量創作七律的第一人，且使七律題材與風格多樣化，體式成熟並定型化。與絕句及五律相比，七律的極盛期在晚唐，李商隱、許渾等才是專事七律的大家。至於排律，其遠源可追溯到西晉陸機及六朝詩人重俳偶的五七言古體，其篇制與對偶是重俳偶的長篇古體的嬗變；其聲韻則源於初唐成熟定型的五七言律詩，是八句律詩聲韻的加長。五律成熟較早，五排亦然；七律成熟較晚，七排亦然。因其難寫，故唐代除杜甫有較多較成功的排律外，名家不多，對後世的影響也遠不如八句律詩。

　　近體詩萌生發展於六朝，尤其是齊梁。齊梁時重緣情的短詩（四句及八句）與聲律論相結合而產生的齊梁調是古體到近體的過渡體式，至初唐後期到盛唐，五種近體詩全部成熟並定型。以講究格律與否看，可以說先秦《詩經》至初唐是古體詩大盛的時期，盛中唐是古近體並盛的時期，而晚唐至清以至今是近體詩及詞曲的盛期，其中近體詩又最盛。其原因，一是近體詩的格律形式極其精美、規範，其篇制、對仗、韻律及平仄將漢語由建築美、音樂美、對比美、整飭美融合而成的和諧美發揮到極致，有其古體詩及詞曲所難以比擬的形式美。二是近體詩的格律比起詞曲易於掌握。也許有人要說近體詩格律嚴密如律，是作詩的鐐銬，古體比它自由，詞曲亦比它靈活而易於掌握。其實這話似是而非。古體雖比近體詩自由，利於用多種手法表現重大題材與複雜情思，以意蘊的豐厚複雜與氣勢磅礴見長，但沒有近體的韻律美和精粹美；而詞曲看似句子有長有短，押韻可平可仄，平仄聲律也似不如近體嚴密，但它卻似寬而實嚴。一個詞曲大家名家也只能掌握一二十種常見的詞牌、曲牌，且極易忘記，而一個稍具近體詩常識的人卻可以在極短的時間內掌握近體詩格律，且不易忘記。通過上面的論述，讀者想必已經知道了近體詩各體式的篇制、押韻及對仗規律，其最難的聲律（即平仄）規律也是常識，是極易掌握的。本文不擬詳細介紹格律常識，只在介紹一些聲律規律，供大家參考。

　　五七言近體詩只要記住五言近體的四種基本平仄句式，其餘就可

依規律全部掌握。五言近體以第二字及末字爲標準可分爲四種律句：a、仄起仄收式：仄仄平平仄；b、平起平收式：平平仄仄平；c、平起仄收式：平平平仄仄；d、仄起平收式：仄仄仄平平。每種句式都符合一句之內平仄相間、二四字異音的規律，其中仄收句是不入韻句，平收句是入韻句。四種句式只有 a 與 b、c 與 d 才分別相對，所謂律詩聲律上下聯的「對」即指此，首句入韻則 b 與 d 可互爲對句（齊梁體多無這種對句）；只有 d 與 a、b 與 c 才分別相似，所謂律詩聲律前後兩聯之間的「黏」即指此。分別以四種句式開始，可成四種絕句及律詩聲律格式：一聯之內相對、兩聯之間相黏，兩律聯相黏即成標準絕句格律；四聯相黏，即成律詩格律；再加長，即成排律格律。例如：以仄起仄收的 a 句式爲首句，abcd 四種句式依次排列即一首仄起仄收式五絕聲律，再重複一遍即一首仄起仄收式五律聲律，再順延即成五言排律。仄起平收式五言絕句及律詩，只需將首句的 a 句式換成 d 句式即成。記住了五言格律，七言格律則根本不須記，只在五言四種句式前面添上與前面兩字不同的平仄即成，即前二字是「平平」則添「仄仄」，是「仄仄」則添「平平」，只不過句式名稱不一樣，五言仄起仄收的 a 式前面添上兩個平聲，就成了七言平起仄收的 a 式：平平仄仄平平仄，其黏對規律與五言一樣。至於可平可仄的規律亦極簡單，一是每句末字入韻必平、不入韻必仄而不能改變，二是入韻句不能出現「孤平」（即除韻腳的平聲外另外只有一個平聲，「仄仄仄平平」句式天生如此，可不管），亦不能出現「三平調」（即末尾三字全是平聲），另外不入韻句末尾最好不要出現三仄。其餘一、三便可不論，即俗話所謂「一三五不論，二四六分明」。另一中方法更簡單：一是五七言近體詩的尾三字都不能改變，因爲句尾的三字腳是一個相對穩定的單位，末字入韻或不入韻不能改變，四字或六字亦不能改變，五言的三字與七言的五字亦不能改變，三字腳的標準平仄格式是仄平平、平仄仄、仄仄平及平平仄，如改變倒數第三字則可能成三平或三仄，既不合律，又缺少變化，還可能成爲平仄平、仄平仄，變化太多

太頻繁；二是五言句式中前列「平平仄仄平」的 b 式的第一字不能改變，其餘第一字都可改變；三是七言的可平可仄，後五字與五言律一樣，第一字都可平可仄。至於仄韻律詩及拗救等規則，可參看有關書籍。其實可不必爲此多費腦筋。因爲今所謂詩律是根據唐宋作品總結歸類出來的，多數人如此寫便是正體，出現少的便是變體、別體、拗體及講了拗救。其實古人及今人寫詩都講內容與形式的完美結合，但如發生衝突則多以形式遷就內容；寫詩時也多從內容入手構思，最多先確定一下起收格式，如遇不能就律處則能救則救，不能救則不救，後人就將這類作品解釋成別體、變體及拗救。要言之，詩歌關鍵在有詩的韻味、意境，格律方面能作到一句之內平仄大致相間（五言最好有兩仄聲，七言最好有三仄聲）、一聯之內大致相對、兩聯之間大致相黏，不犯大的格律錯誤，如能使雙字處合律、避免「孤平」與「三平調」，即可算是合格的律詩或好律詩。

　　真正弄清了五七言近體詩的格律，尤其是平仄規律，就會明白李調元所說的六言律詩之所以不盛的原因，不在它「宮商不協」，而在它的格律單調少變化，即五七言律詩與絕句每首講究一句之內平仄相間，有四種詩句；上下聯平仄相對，有四種相對句式；兩聯平仄相黏相似，有四種句式；且有三字尾，其中的單音節奏或者在末尾，或者在倒數第三字，非常靈活，因此整首詩的格律就既有規律可尋，又靈活多變，每種律詩（包括五絕、五律、五排、七絕、七律、七排）形成四種體式。而六言詩則不然，一是它沒有單音節奏，便顯得呆板；二是它的句式少，只有仄仄平平仄仄、平平仄仄平平兩種，且一句內或平聲過多，如平平仄仄平平，或者仄聲過多，如仄仄平平仄仄；三是五七言律詩有四種對句，而六言詩則只有一種，即仄仄平平仄仄對平平仄仄平平；四是它不能講究黏，仄仄平平仄仄、平平仄仄平平一聯，如果講究黏，則成了平平仄仄平平、仄仄平平仄仄。

　　李調元認爲詩歌以五言爲正宗，這種觀點來源於鍾嶸的《詩品》

的：「五言居文詞之要，是眾作之有滋味者也，故云會於流俗。」〔註26〕
鍾嶸的話在當時理由充足，因為：一是五言詩當時正方興未艾，處於繁
盛期，不僅民歌樂府多五言，而且文人也大寫五言樂府，同時漢末無名
氏文人還創作了引領潮流享譽後世的以《古詩十九首》為代表的五言古
體，文人自曹植以後也大量創作，自鍾嶸時五言詩已經成了最為流行成
就也最大的詩體。二是五言詩有《詩經》四言體、騷體及三言詩難以企
及的長處，即五言詩比三言詩、四言詩多一個節奏，便表意豐富而又富
於變化，比騷體規範而易於掌握，且騷體不過是地方性詩體，而五言詩
則是流行全國的詩體。三是五言詩正處於發展變化之中，在不久的將來
在它的影響之下產生了五言律詩與絕句，而七言律詩與絕句的產生也部
分受它的影響。到唐代，七言詩歌發展而至成熟，且七言詩歌，包括七
言律絕及古體的數量與成就也逐漸趕上甚至超過五言，且越往後越甚。
五言詩與七言詩相比較，在風格上應該各有特色，但七言比五言多一個
雙音節奏，在表意的豐富與生動形象方面應該勝出一籌，所以直至今
日，七言詩歌比五言詩多，且成就較大，名篇較多。因此處於清代的李
調元仍然認為詩歌當以五言為正宗，則在詩歌體式發展變化上顯得有些
保守了。他之所以仍然認為詩歌當以五言為正宗，其原因大概是唐代以
後朝廷的各種詩歌考試仍然為五言，所以便如此說。

　　另外還有一個原因是他認為七言的寫作偏難，所以他以五言為正
宗。他說：「七言難於五言十倍，以其雜變調故也。故雖變調，必須排
蕩而成，不可輕易下筆。蓋八句不出起承轉收，神而明之，存乎其人爾。」
〔註27〕說「七言難於五言十倍」有些誇張，說難寫的原因是因為「雜變
調故」也屬於附會，但說七言難寫是有一定道理的。因為七言詩比五言
詩多了兩個字一個雙音節奏，符合格律便相對困難一些，如果是七言律
詩，平仄格律與對仗要兼顧，便相對更困難一些，所以歷代詩人創作五

〔註26〕《詩品序》，何文煥本《歷代詩話》，北京：中華書局，1981年版3頁。
〔註27〕二卷本《雨村詩話》卷上，郭紹虞編《清詩話續編》，上海：上海古
　　　　籍出版社，1983年版1518頁。

言排律的較多，成功之作也較多，而創作七言排律則較少，成功之作也較少。總之，七言詩比五言多兩個字，其在表意的豐富複雜程度、描寫的生動形象、氣勢磅礴等方面比五言應該有一定的優勢。例如杜甫的《登高》前半云：「風急天高猿嘯哀，渚清沙白鳥飛回。無邊落木蕭蕭下，不盡長江滾滾來。」〔註28〕首聯十四個字全是主語謂語，描寫了從天上到江面的六種景物，含有八層意思，有聲有色，有動有靜，有鳥獸也有渚沙風雲，內容十分豐富，十分凝練概括而又有氣勢，意境宏闊高遠而又蒼涼蕭疏，蘊含著作者複雜的情意。頷聯則只有兩個主語和謂語，即木下、江來，其餘十字都是修飾語，「木（葉）」前面修飾以「落」，以「無邊」，「下」字前面修飾以疊音詞「蕭蕭」，「江」修飾以「長」，以「不盡」，「來」前面修飾以疊音詞「滾滾」，寫盡了落葉的蕭疏與長江的氣勢，蘊含著自然與人生的深刻哲理，氣勢磅礴，蒼涼而又蒼勁。李調元文中所謂排蕩，語出杜甫《八哀詩·贈秘書監江夏李公邕》的「衰俗凜生風，排蕩秋旻霽。」〔註29〕即排除滌蕩之意。李調元的「故雖變調，必須排蕩而成，不可輕易下筆」可以理解成寫作七言律詩應該排除變調因素，而不可輕易下筆，也可理解成七言雖然是變調，但必須追求氣勢的排蕩，而不可輕易下筆。不過他又認為七言律詩創作也沒有什麼了不起，不外講究起承轉收等基本規律與法則，將這些規律與法則「神而明之」，自由運用，誠岳飛所謂「陣而後戰，兵法之常，運用之妙，存乎一心」，〔註30〕即詩法之變，存乎一心，關鍵在作者的「神而明之」。

（四）李調元有關詩歌體式的其他論述

一是他認為近體難於古體

他說：「今人易言近體，難言古詩，真乃不知甘苦者。殊不知古

〔註28〕〔清〕楊倫《杜詩鏡銓》卷十七，上海：上海古籍出版社，1980 年版 842 頁。

〔註29〕〔清〕楊倫《杜詩鏡銓》卷十四，上海：上海古籍出版社，1980 年版 684 頁。365

〔註30〕《宋史》卷 365《岳飛傳》，百衲本二十四史。

詩可長可短，近體限定字數，若非具大手眼，便如印板，何足言詩！故唐律之聖者，間於八句之中，別有五花八門之妙，自成黃鐘大呂之音。」〔註31〕這一條比較論述古體近體的特點與難易，認爲近體難於古體，因爲古詩是古代的自由詩，不僅不拘格律，而且可長可短，所以寫作較爲容易。而近體（除開排律）則字數有限，短者二十字，長者也不過五十六字，則拘於格律及對仗，拘束限制太多太嚴，如果不是「具大手眼」者，便處處受制，寫出來的詩歌「便如印板」，格律對仗雖然無誤，但了無特色，情感內容與意境風格都趨於雷同，可謂千首一面，面目呆板可憎。但他同時又認爲律詩也可以寫得變化多端，即他所謂「別有五花八門之妙」，成功表現重大的題材與深厚複雜的思想感情而成爲名作大作，即他所謂「黃鐘大呂之音」，成功的關鍵在要如「唐律之聖者」一樣「聖」於律詩，「聖」於詩律，即對律詩的藝術表現手法「神而明之」，達到爐火純青得心應手的地步，當然也應該包括思想境界等。李調元的這種觀點有一定道理，即律詩短而多拘束，古體長短自由而少拘束，前者即俗語所謂「螺蛳殼裏做道場」，難以施展手腳，一字不對、一音不諧便留下瑕疵，後者便容易一些，即便稍有瑕疵也不失爲名篇。但這種難易是相對的，即短篇古體敘事、寫人、抒情、寫景、議論都容易成篇，而長篇古體，如屈原的《離騷》、杜甫的《自京赴奉先縣詠懷五百字》、《北征》一類，千門萬戶，縱橫捭闔，多種藝術手法綜合運用，其難度還是相當大的，因此短篇古體與長篇古體的難易不可一概而論。

　　二是論述除近體與常見古體之外的其他體式。

　　他說：「六言、九言，詩家有作，獨未有爲八言者。查太史德尹云：『賦八言詩，凡一句可兩讀者須禁之，以避四字古體。』當時諸公皆以爲然。時有貴州周起渭漁璜，自言此易耳，遂就悔余所題《匡山讀書圖》

〔註31〕二卷本《雨村詩話》卷上，郭紹虞編《清詩話續編》，上海：上海古籍出版社，1983 年版 1518 頁。

九言後作八言，其起句云：『吾不知廬山幾萬丈，但覺蒼蒼兮靄浮空。
亦不知此山之廣袤，但見跨兩郡而稱雄。』一時推爲絕唱。然究詰曲聲
牙，故從來作者頗罕，雖不作，可也。」〔註32〕認爲「六言、九言，詩
家有作」，而八言詩寫作者很少，其關鍵在要避免「一句可兩讀」，不能
成爲兩句「四字古體」，這是對的。他認爲周漁璜的八言詩起四句雖然
「一時推爲絕唱」，但仍然顯得詰曲聲牙，所以不能隨便寫作。其實這
幾句有騷體尾巴與散文句式的八言詩自有一種奇崛之美，也有氣勢，不
能算差，但這幾句詩除掉「吾不知」「但覺」「亦不知」「但見」之類的
襯詞、引詞與騷體標誌「兮」，便可縮短改寫爲簡練的五言詩：廬山幾
萬丈，蒼蒼靄浮空；此山何廣袤，兩郡跨稱雄。於此可證中國古代詩歌
以二言、三言、四言爲基礎，進而形成五言、七言爲主的格局，它較八
言、九言詩凝練而又有韻味，琅琅上口，好讀易記，所以成爲主流正體。
他說：「至如長句有九言至十三言者，九言雖始於鮑參軍昉（照），自高
貴鄉公、沈隱侯、文湖州倣之，中峰禪師用以詠梅，楊升菴從而和之，
然詰曲聲牙，總非正體。」〔註33〕論述九言至十三言的長句，認爲九言
這種長句雖然產生很早，「始於鮑參軍昉（照）」，其後至明代都有仿傚
者，但卻詰曲聲牙，總非正體，這也是有識的。但其論述卻欠嚴密。一
是高貴鄉公曹髦（241～261）在前，曹髦「少好學，夙成」，時人多以
爲望，鍾會認爲他「才同陳思，武類太祖」。〔註34〕可惜以此早卒，而
他的「九言詩」也並沒有流傳下來。鮑照（約 414～466）在後，他的
《擬行路難》中有「念此死生變化非常理」、「洛陽名工鑄爲金博山」等
九言詩，北朝民歌《木蘭辭》中「但聞黃河流水鳴濺濺」、「但聞燕山胡
騎鳴啾啾」等。所以便不應該是鮑照影響，而是反之。二是查今存之詩，
鮑照的九言詩僅僅是散見，不是眞正的九言詩。據蕭統《文選序》載：

〔註32〕詹杭倫、沈時蓉《雨村詩話校正》，成都：巴蜀書社，2006 年版 260
頁。

〔註33〕詹杭倫、沈時蓉《雨村詩話校正》，成都：巴蜀書社，2006 年版 410
頁。

〔註34〕〔晉〕陳壽《三國志·魏書四·三少帝紀》，百衲本二十四史。

「自炎漢中葉，厥途漸異。退傅有在鄒之作，降將著河梁之篇，四言、五言區以別矣。又少則三字，多則九言，各體互興，分鑣並驅。」〔註35〕南朝宋謝莊（421～466）有《明堂歌》九首，依五行數，或三言，或五言，或六言，或七言，其中《歌白帝》為九言，這可能是現在流傳的最早一首完整的九言詩。其詩曰：「百川如鏡天地爽且明，雲沖氣舉德盛在素精。木葉初下洞庭始揚波，夜光徹地翻霜照懸河。庶類收成歲功行欲寧，浹地奉渥馨宇承秋靈。」〔註36〕但這首詩雖稱九言，實際上每句九言都可以分為四五兩句讀的，如「百川如鏡，天地爽且明。雲沖氣舉，德盛在素精」，這樣讀還順口些。所以從形式上來說，還算不上一首成功的九言詩。形式上較為成功的九言詩是元代天目山僧人明本的《九字梅花》：「昨夜西風吹折中林梢，渡口小艇滾入沙灘坳。野樹古梅獨臥寒屋角，疏影橫斜暗上書窗敲。半枯半活幾個攦蓓蕾，欲開未開數點含香苞。縱使畫工奇妙也縮手，我愛清香故把新詩嘲。」但此詩手法較為笨拙，境界不高。是故明人楊慎乃以同題作九言詩曰：「玄冬小春十月微陽回，綠萼梅蕊早傍南枝開。折贈未寄陸凱隴頭去，相思忽到盧仝窗下來。歌殘《水調》沈珠明月浦，舞破山香碎玉凌風臺。錯恨高樓《三弄》叫雲笛，無奈二十四番花信催。」〔註37〕

三是論述對仗。

他說：「詩有以干支、星宿、建除、字謎、八音、人名、藥名、離合之（對）及迴文、聯綿、連環諸體，皆非大方家所為，只可入之稗官小說，皆詩家所忌也。惟隔句對如左太沖《詠史》五言詩『習習籠中鳥，舉翮觸四隅；落落窮巷士，抱影守空廬』，及鄭都官七言隔句『昔年共照松溪影，松折碑荒僧已無；今日還思錦城事，雪消花謝

〔註35〕〔梁〕蕭統《文選序》，《四部備要》本。
〔註36〕〔宋〕郭茂倩編《樂府詩集》卷二，《郊廟歌辭二》，文學古籍刊行社，1955影印本。
〔註37〕〔明〕楊慎著《升庵詩話》卷一，丁福保《歷代詩話續編》，北京：中華書局，1983年版636頁。

夢何如』，一時白樂天、李群玉、韓致堯皆有此體，亦不可不知。」
〔註38〕

　　這段話所說的「干支、星宿、建除、字謎、八音、人名、藥名」
是指詩歌的表現對象或者內容，因爲詩歌主要是抒情寫景，融成意境
美以感人，而在詩歌中寫上述內容或者嵌入上述術語則難以追求意境
美，達到感人的目的，所以是詩家所忌。而離合之（對）及迴文、聯
綿、連環諸體則是一種對仗或者詩歌結構體式，是詩人逞才或者遊戲
的手段，因爲它們也背離詩歌的抒情本質與對意境美的追求，因此同
樣爲詩家所忌，而「只可入之稗官小說」，不是詩歌的正體。李調元
還說到隔句對，又名扇對，是詩歌以及對聯中不大常見的對仗方法，
寫起來不大難，也自有其特殊的美感，所以前人多有作者。其實隔句
對產生很早，是無意識的產物，著名者如《詩經·小雅·采薇》云：
「昔我往矣，楊柳依依；今我來思，雨雪霏霏。」〔註39〕這個不甚嚴
格的隔句對非常自然，也非常優美，可爲千古典範。這裡有必要補充
一下有關對仗的常識。

　　對仗是受漢語漢字特色而成的特殊修辭手法，先秦詩文之中即有
不少自然形成的對仗，但其多不嚴整，而屬於後世所說的寬對。至魏
晉六朝時，文人在講究音韻的同時也有意追求對偶對仗，且成爲齊梁
體的標誌之一。後來齊梁體發展成了近體詩，其對仗便嚴格而固定。
詞也多對仗，但詞的對仗則相對放寬，表現爲位置不定，對與不對不
定，不避同字對，出句與對句亦不講究近體詩對仗的平仄格律。散曲
也講對仗，曲的對仗亦與詞的對仗大致相似，即對仗的位置及對與不
對不定，但多數人在應對仗處是對仗的，因此對仗當是元曲的格律特
徵之一，且大大豐富了對仗的方法。最早注意散曲對仗問題的大約是
周德清的《中原音韻》，周氏在《作詞十法》的「對偶」中列舉出三

─────────────────

〔註38〕詹杭倫、沈時蓉《雨村詩話校正》，成都：巴蜀書社，2006 年版 410
　　　　頁。
〔註39〕《毛詩正義》卷九，阮元十三經注疏本。

種對仗方法，明朱權《太和正音譜》的「對式」中又增加了七種對仗方法，如去其重複者，主要有七種：一是兩句對，亦稱「合璧隊」，句式與詩詞近似，最常見。二是三句對，亦稱「鼎足對」或「三槍」，詞裏有這種對仗，散曲更爲普遍。如馬致遠《秋思》套數：「紅塵不向門前惹，綠樹偏宜屋角遮，青山正補牆頭缺。」〔註40〕三是扇面對，或稱隔句對，詞中亦有，但曲中多見，如康進之《新水令・武陵春》套的：「花片紛紛，過雨猶如彈淚粉；溪流滾滾，迎風還似皺湘裙。」〔註41〕四是四句對，亦稱「聯璧對」，詞中絕無，曲中亦不多見。如張可久小令《梧葉兒・第一樓醉書》之「歌斂翠蛾眉，月淡冰蟾印，花濃金鳳釵，酒灩玉螺杯」。〔註42〕五是聯珠對，即多句對，五句以上連著對仗，很少見。六是重疊對，如張善鳴《金蕉葉・怨別》套中之「花影移，月影移，留花環月飲瓊杯。風力微，酒力微，乘風帶酒立金梯」。〔註43〕一與二、四與五句分別相對，一二三句與四五六句又相對，實是所謂扇面對的加長。七是鸞鳳和鳴對，即曲的首尾兩句相對，較少見。元曲對仗的種類與數量遠遠超過詩詞，其特點是既有工對，也有寬對，還句中自爲對，以大量俗語入對，可以說是大大發展了漢語的對偶手法，是散曲的特徵之一。

四是論述用韻格式

他還論述詩歌的用韻，說：「俗謂詩用韻有數格，一曰進退格，一曰轆轤格，一曰葫蘆格，皆以用韻而名也，《類編》王昌會謂始於鄭谷與僧齊己共訂《今體詩格》。進退韻者，一進一退；轆轤韻者，雙出雙入；葫蘆韻者，前二後四，失此則謬。鄭谷雖定二體，而俱未有詩，昌會因引李師中《送唐介謫英州詩》云⋯⋯大抵詩非一格，各隨筆勢所到，而後人硬分爲某格某體，以便學步耳。如白樂天詩有三

〔註40〕隋樹森《全元散曲》，北京：中華書局，1964年版269頁。
〔註41〕隋樹森《全元散曲》，北京：中華書局，1964年版455頁。
〔註42〕隋樹森《全元散曲》，北京：中華書局，1964年版846頁。
〔註43〕隋樹森《全元散曲》，北京：中華書局，1964年版1286頁。

韻律、三韻排，亦興會適然，豈前有一定章程乎？亦可笑。」〔註44〕
文中所說的用韻格式都是鄰韻通押的特殊格式，主要有進退格、轆轤
格、葫蘆格。所謂進退格亦稱「進退韻」。嚴羽《滄浪詩話》說：「有
轆轤韻者，雙出雙入。有進退韻者，一進一退。」〔註45〕魏慶之《詩
人玉屑》引《緗素雜記》說，唐代鄭谷與僧齊己、黃損等共定今體詩
格云：「凡詩用韻有數格：一曰葫蘆，一曰轆轤，一曰進退。」〔註46〕
進退格是兩韻間押，即第二、第六句用甲韻，第四、第八則用與甲韻
可通的乙韻，如「寒」、「刪」或「魚」、「虞」等，一進一退，相間押
韻，故稱。所謂轆轤格亦稱「轆轤韻」。轆轤韻者，雙出雙入。即律
詩第二、第四句用甲韻，第六、第八句用與甲韻可通的乙韻，如先用
「七虞」，後用「六魚」等，雙出雙入，此起彼落，有似轆轤，故稱。
葫蘆格亦稱「葫蘆韻」。葫蘆韻者，先二後四。如「東」、「冬」通押，
先二韻「東」，後四韻「冬」。先小後大，有似葫蘆，故稱。

　　然後對其進行評價，他認爲「詩非一格，各隨筆勢所到」，應該格
隨詩意而定，筆勢到處成什麼格就是什麼格，即所謂「興會適然」，沒
有必要強行劃分而模倣學步。後面他還說到白居易的另類詩歌體式三韻
律、三韻排，認爲只要是「興會適然」，表現了作者的眞情實感，具有
眞正的詩歌美，就是好詩，不一定一定要倣仿某種章程格式。這種觀點
應該是較爲通達的，有利於詩歌內蘊的表現與藝術水平的提高。

二、論述中國詩歌發展史

（一）三部詩話縱橫結合勾畫了中國古代詩歌發展史

　　二卷本《雨村詩話》是李調元「話古人」的詩話，它從「三代以
前，詩即是樂，樂即是詩」，即從上古歌謠開始，一直論述到明代巴

〔註44〕詹杭倫、沈時蓉《雨村詩話校正》，成都：巴蜀書社，2006年版414
　　　　頁。
〔註45〕〔宋〕嚴羽《滄浪詩話・詩體》，何文煥《歷代詩話》，北京：中華
　　　　書局，1981年版691頁。
〔註46〕〔宋〕魏慶之《詩人玉屑》卷二，乾隆刻本。

蜀著名詩人楊愼。上卷前九條主要論述詩樂關係，概括了自古歌謠到
樂府、古體、近體以及詞曲的發展歷史，屬於總論性質。上卷自第十
條到二十九條（上卷末）考察評論漢末古詩十九首、樂府到南北朝末
年的詩歌，包括建安之三曹、七子，正始之嵇康、阮籍，太康之三張
二陸兩潘一左中的六人，西晉末年的劉琨、盧諶，東晉的王羲之、陶
淵明，南朝的鮑照、謝朓、江淹、何遜、任昉、徐陵、江總、蕭衍、
蕭繹，以及北朝的庾信，特別推崇陶淵明與庾信，對曹操、曹植則肯
定其「沉雄俊爽」的美學風格與「籠罩一代」的地位，而認爲其是「文
奸」。〔註 47〕下卷第一條至三十六條論唐五代詩歌，初唐四傑、陳子
昂，推崇李杜、韓愈，論杜甫者最多，計有二十二條之多，其餘詩人
如王昌齡、王維、孟浩然、高適、岑參、韋應物、錢起、張籍、王建、
白居易、柳宗元、李賀、李商隱、杜牧、鄭谷、溫庭筠、司空圖、韓
偓、韋莊等。至第三十七條到四十七條論宋代詩歌，第一句話便是「余
雅不好宋詩而獨愛東坡」，然後論及歐陽修、司馬光、魏野、林逋、
唐庚、蘇叔黨、黃庭堅、陸游、楊萬里、范成大等人，多以唐人爲參
照。第四十八條至五十條論金元詩歌，肯定元好問，論及楊鐵崖、虞
集。第五十一條至五十四條論明詩，論及明初四傑、前後七子中的四
人、李東陽，最後論楊愼。縱向看，明代以前重要詩歌流派，如建安
詩歌、正始詩歌、太康詩歌、元嘉詩人、南朝齊梁詩人、初唐四傑、
邊塞詩派、山水田園詩派、李杜、張王、元白詩派、韓孟詩派、小李
杜、宋初隱逸詩人、北宋四大家及江西詩派、南宋四大家、明初四傑、
茶陵派、前後七子，以及獨立的名家大家如陶淵明、庾信、陳子昂、
李白、杜甫、劉禹錫、李賀、元好問、楊鐵崖、虞集、楊愼等，雖非
網羅一盡，但也可算網羅殆盡了。因此二卷本《雨村詩話》可稱一部
縱向簡明的明代以前的詩歌發展史。

他的十六卷本《雨村詩話》與四卷本《雨村詩話補遺》專門採錄

〔註47〕《雨村詩話》卷上，郭紹虞編《清詩話續編》，上海：上海古籍出版
社，1983 年版 1523 頁。

與論述清代詩人，屬於橫向的詩歌史，三部詩話合起來可稱爲縱橫結合的中國詩歌發展史，且縱向線索清楚，橫向重點突出，這既說明了他的代代有詩，後勝於前的觀點，也表現了作者宏大的歷史發展意識，與鮮明的文體意識。不過他的論述也忽略了一些重要內容，典型者是忽略了對屈原楚辭的論述，以及對清初順治康熙時期的詩歌，主要是遺民詩歌，從中國詩歌發展史的角度看，屈原的楚辭的成就及影響都是非常巨大的，而清初詩歌其影響與水平都超過了乾嘉詩歌，作者基本沒有論述，不能不是一個遺憾。

（二）理論上持「詩亦愈出而愈工」觀點

中國是一個復古意識濃厚的國家，論詩亦如此。前代人論詩或者明顯或者隱晦地持厚古薄今的觀點，具有濃厚的復古意識，即便是革新也打著復古的旗號，如陳子昂提倡漢魏風骨、韓愈柳宗元復興古文，至於明代的前後七子則乾脆提倡「文必秦漢，詩必盛唐」〔註48〕而以復古爲宗旨了。詩壇的厚古，或者以《詩經》爲萬世典範甚至經典，如多數崇尚甚至死守儒家詩教的儒生；或者以漢魏古體爲典範，認爲後世古體樂府都不值一提；或者以盛唐爲典範，如前後七子的「詩必盛唐」，一句話，在這些人看來，或者在整體上，或者在部分詩體上是後不如前的，所以就要厚古薄今，所以要復古，而不是以古爲鑒，在繼承的基礎上發展創新，實現詩歌的後對於前的超越。

李調元反對厚古薄今的觀點，反對復古。他說：「人以愈生而愈眾，詩亦愈出而愈工。沙不披不知其中有金也，石不琢不知其中有玉也。」〔註49〕李調元用了一個比喻，即以「人以愈生而愈眾」來比喻並說明「詩亦愈出而愈工」。說「人以愈生而愈眾」，雖然並不是說「人愈生而愈能」，但卻寓有這個意思，即「愈生而愈眾」的「眾」中必然有不少賢能，甚至超越前代的賢能，相應「詩亦愈出而愈工」，即

〔註48〕《明史》卷二八六《李夢陽傳》，百衲本二十四史。
〔註49〕《雨村詩話補遺》序言，詹杭倫、沈時蓉《雨村詩話校正》，成都：巴蜀書社，2006 年版 380 頁。

因爲社會的發展、文化的積纍積澱、語言的發展與藝術的發展，詩歌也應該愈來愈好，愈來愈工，從總體上趕上甚至超越前代與前賢。自然古今之人都有能與不能，詩歌也都有工與不工，各有特色，都有可傳之作。因此人不能以時代的先後來衡量能與不能，詩歌也不能以時代的先後來衡量工與不工，關鍵在考察發現眞正的好作品，即披沙揀金，琢石得玉。因此該《序言》後面論述創作時說要「我用我法，不失古規矩，亦云予取予求，聊以自怡悅爾」，即創作時既要善於學習而「不失古規矩」，更要「我用我法」，敢於勝過古人而創新，對古人要「予取予求」，關鍵在「自怡悅」而保持詩歌的抒情本質。

他說：「宋人一切綺語俱入詞曲，而詩家專以理勝，以趣行，若律以唐調曰是爲合作，何異癡人說夢。即如漢魏六朝，自當以《文選》爲正，若執是以律唐人，則無詩矣，況宋元明各有一代之詩，豈可以唐人律律乎？」〔註50〕這段話論述宋代詩歌，說宋代詩詞分途，專門將表現愛情、豔情等內容的「綺語」納入詞中，而傳統的古近體詩歌則「以理勝，以趣行」，這是高度概括的中的之論，與唐詩相比其內容情感不同，風格也不同，是一種發展變化，所以就不能以唐詩來衡量評論宋詩。追溯前代，漢魏六朝以古體樂府爲主要體裁，以《昭明文選》所選者爲正，也不能用它來衡量評價唐詩，否則便「無詩矣」，即詩歌便不能變化發展了。延伸至唐以後，李調元認「宋元明各有一代之詩，豈可以唐人律律乎」，即唐代以後每個時代都有該時代的詩歌，它們的思想內蘊、藝術風格都有變化與發展，絕不能再用唐詩來衡量評價之。這段話的理論意義是說詩歌，包括內容、風格、體式都是變化發展的，每個時期的詩歌都有各自的特點，即所謂「各有一代之詩」，所以斷斷不能以前代的詩歌來衡量與限制後代詩歌，否則詩歌便不能變化發展。

他又說：「凡詩賦，一代有一代之雄。揚子雲，漢之雄也。而論

〔註50〕詹杭倫、沈時蓉《雨村詩話校正》，成都：巴蜀書社，2006年版411頁。

者必並相如而稱之，曰揚馬。李太白，唐之雄也，而論者必並少陵而
稱之，曰李杜。」〔註51〕這段話主要論述辭賦揚馬並稱，詩歌李杜並
稱。辭賦與詩歌有聯繫，但也有區別，即騷體賦是詩歌，而以漢大賦
爲代表的散體賦是散文。李調元的前提是「凡詩賦，一代有一代之
雄」，涉及到文體的發展變化與詩人的「代雄」，即詩歌的創作與成就
是隨著社會文化的發展變化而發展變化的，每一個大的時代都有該時
代的代表性詩人與代表性體式，如《詩經》、楚辭、漢魏六朝樂府古
體、唐詩、宋詞、元散曲，與各自的代表性作家，如楚辭的屈原與宋
玉，漢魏六朝的曹植與陶淵明，唐詩的李白與杜甫，宋詞的蘇軾、辛
棄疾與柳永、周邦彥，元散曲的關漢卿、喬吉等，即一代有一代的詩
歌，一代有一代的代表性文學藝術體裁，一代有一代的稱雄的代表作
家，也即楊愼所說的「人人有詩，代代有詩」。〔註52〕王國維說：「凡
一代有一代之文學。楚之騷、漢之賦、六朝之駢語、唐之詩、宋之詞、
元之曲，皆所謂一代之文學，而後世莫能繼焉者也。」〔註53〕此所謂
「一代有一代之文學」指各個大的歷史時期都有其最有代表性的文
體，相應，也有各自的大家與名家。聯繫到詩歌，王氏說：「四言敝
而有楚辭，楚辭敝而有五言，五言敝而有七言，古詩敝而有絕律，絕
律敝而有詞。」〔註54〕王氏所說的某體敝而後產生新的體式，敝並不
是滅亡，而是在延續，新也不是憑空產生，而是在繼承的基礎上創新，
而後成爲新時代的代表性詩體或者文體，即李調元所謂的「凡詩賦，
一代有一代之雄」，前後體式不同於物質技術的後者必然代替前者，
新者必然勝過舊者，而是一種新舊更替而又新舊並存的盛衰嬗變發
展，其原因有外在的時代社會及文化的動因，也有各種詩體及文體自

〔註51〕 《重刻太白全集序》《童山文集》卷五，叢書集成初編，北京：中華
書局，1985 年版。
〔註52〕 〔明〕楊愼《李前渠詩引》，見《升庵全集》卷三，上海商務印書館，
1938 年版。
〔註53〕 《宋元戲曲史序》，《宋元戲曲史》，上海：上海古籍出版社，1998 年版。
〔註54〕 《人間詞話》，上海：上海古籍出版社，1998 年版 13 頁。

身的盛衰嬗變發展等內因。因此，它絕對不會是復古論者所謂的今不如古，後不如前，也不是機械進化論者所說的後必勝古，古必不如今。要實現這種發展變化，就必然追求創新，即蕭綱所謂「若無新變，不能代雄」。〔註55〕

李調元還說：「周書昌在京，嘗謂余云：『質文遞變，原不一途。宋末文格猥瑣，元末文格纖濃，故宋景濂諸公力追韓歐，救以春容大雅；三楊以後，流爲臺閣之體，日就膚廓，故李崆峒諸公又力追秦漢，救以奇偉博麗。隆、萬以後，流爲僞體，故長沙一派，又反唇焉。大抵能挺然自爲宗派者，其初必各有根柢，是以能傳其後；亦必各有流弊，是以互詆。然董江都、司馬文園文格不同，同時不相攻也；李杜王孟詩格不同，亦同時不相攻也，彼所得者深焉耳。後之學者論甘則忌辛，是丹則非素，所得者淺焉耳。』其論最確。」〔註56〕這段話《閱微草堂筆記》卷十四《槐西雜誌》也有記載。李氏引用周書昌的這段話主要論散文的發展演變，說明有成就的文人「挺然自爲宗派者，其初必各有根柢，是以能傳其後；亦必各有流弊，是以互詆」，即文學作品各有特點也才有存在與流傳後世的根柢，但也各有弱點與流弊，一句話，文學藝術沒有最好，只有更好，因此應該包容互補，百花齊放，而不能互相攻擊，一花獨放。文中所論的前提是「質文遞變，原不一途」，源出劉勰《文心雕龍·時序》所謂「時運交移，質文代變」，〔註57〕強調文學作品的藝術表現，即質文，質樸與文華都是發展變化的，即《周易》所謂「窮則變，變則通，通則久」，〔註58〕也即劉勰《文心雕龍·通變》所謂「文律運周，日新其業。變則其久，通則不乏」，〔註59〕而且變化的途徑是不同的，即一種文體與風格流行既久，

〔註55〕〔梁〕蕭子顯《南齊書》卷52《文學傳論》，百衲本二十四史。

〔註56〕詹杭倫、沈時蓉《雨村詩話校正》，成都：巴蜀書社，2006年版293～294頁。

〔註57〕范文瀾《文心雕龍注》，北京：人民文學出版社，1978年版671頁。

〔註58〕《周易正義·繫辭·下傳》，阮元刻《十三經注疏本》。

〔註59〕范文瀾《文心雕龍注》，北京：人民文學出版社，1978年版521頁。

便產生了流弊，於是便追求發展變化以克服這種流弊，因此文學創作是代變的，甚至可以說是代進的，而決不會是今不如古。

李調元的二卷本《雨村詩話》轉「話古人」，而十六卷本《雨村詩話》及《雨村詩話補遺》則專「話今人」。為何要在二卷本《雨村詩話》已經闡明了他的基本理論的基礎上再編寫一本卷帙不薄的「話今人」的詩話，其原因也在他持的是詩歌發展論。他說：「詩者，天之花也，花閱一春而益新，詩閱一代而益盛。穠桃繁李，比豔爭妍，而最高者為梅蘭竹菊；唐宋元明，分壇列坫而最大者為李杜韓蘇。然梅蘭竹菊高則高矣，而藝圃者不遍植奇花，非圃也；李杜韓蘇大則大矣，而談詩者不博及時彥，非話也。茲之作也，上自名公巨卿、高人宿士，下逮輿臺負販、道釋閨媛，無論隻字單詞，莫不口記手錄。譬之於花，可謂四時俱備，五方並采矣。」〔註60〕認為鮮花年年盛開，所謂「閱一春而益新」，詩歌也一樣，只要社會有詩意，人便有詩心、詩情，因而便會有詩歌，且隨著文化的發展與藝術手法的日益提高，詩歌也後「閱一代而益盛」，愈來愈發展繁盛，持的是詩歌發展論。古代如此，現當代也如此，儘管因為種種原因，詩歌在文學上地位與影響有所不同，但理論上應該如此。後面他又說，儘管唐宋詩歌高峰在前，大家、名家輩出，李杜韓蘇猶如花中的梅蘭竹菊一樣，但詩壇卻應該遍植奇花，才能百花齊放，所以不能只重梅蘭竹菊而輕視其他奇花異草，而應該一視同仁。因此他的「詩閱一代而益盛」義同楊慎的「代代有詩」。因為「詩閱一代而益盛」，代代有詩，所以便應該在「話古人」的同時也「話今人」，編寫橫向的詩話。最後他又說明十六卷本《雨村詩話》採錄當時「上自名公巨卿、高人宿士，下逮輿臺負販、道釋閨媛」的所有人的詩歌及「隻字單詞」，以詩歌藝術水平為採錄的依據，這種說明近乎楊慎的「人人有詩」之說。最後他點明編寫十六卷本《雨村詩話》及補遺的宗旨是「四時俱備，五方並采」，

〔註60〕《雨村詩話》十六卷本序言，詹杭倫、沈時蓉《雨村詩話校正》，成都：巴蜀書社，2006年版26頁。

其中「四時」是就時間縱向而言,「五方」是就空間橫向而言,近乎楊愼的「代代有詩,人人有詩」,持的是鮮明的詩歌發展論與百花齊放論,表現出作者迥異於時代的進步的詩歌發展觀。

(三)辯證地對待古代的詩歌,宗唐而不抑其他

前面論述到李調元持代代有詩說,即他所謂「詩亦愈出而愈工」與「詩閱一代而益盛」,即認識到詩歌的發展後代勝於前代,後人勝過前人,而不是一代不如一代絕對的退化論。但是不能也認爲李調元持的就是後必勝於前的機械的進化論,或者是文學藝術後勝於前的絕對進步論。這樣理解就看低了李調元的理論修養與對詩歌藝術本質的認識。我們說文學藝術後勝於前,是指整個文學藝術,即隨著社會的全面進步,文化的積纍發展,藝術表現方法的發展進步,後世的總體成就應該是可以超過前代的。但這種超越又不是絕對的。首先是文學藝術不同於物質文化與科技發展,後代勝於前代,前代的趨於落後,後代的趨於先進,落後者衰弱仍至最終滅亡,先進的逐漸興盛而終至代替落後的。文學藝術是審美的精神產品,包括遠古神話與歌謠,它具有不可複製性、不可超越性與不可替代性,比如詩歌,《詩經》、楚辭中的優秀作品,尤其是精品與極品,後世是難以超越的。即便要趕上超越,也得改變體裁,在新的體裁上創作出新的精品極品,以與前代的優秀作品並列,或者超越之。比如四言的《詩經》與騷體詩,其精品難以超越,但後世的古體樂府、近體、詞、散曲,它們也是詩歌,其精品、極品也是後世不可複製、不可超越與不可替代的,是可以與《詩經》、楚辭的優秀作品並列的,甚至也可以說具有一定的超越性。比如花,同時代者,最美的是梅蘭竹菊,但花年年開放,每一個時代都有該時代的梅蘭竹菊,即該時代最美的花朵。

其次是因爲社會政治經濟、思想文化及傳播媒介及手段的發展變化等外因的影響,又因文學藝術體式及表現手法的發展變化等內因的影響,各種體式有一個盛衰主從的變化,各種體式都具有各自的審美

特點，難以超越。大而言之，中唐以前是詩文為正宗的雅文學興盛時期，元代以後是戲劇小說興盛的俗文學時期，宋代則是雅文學為主向俗文學為主的過渡時期，20 世紀以後則是影視網路文學文藝興盛時期，再細一點則是王國維所謂「凡一代有一代之文學。楚之騷、漢之賦、六朝之駢語、唐之詩、宋之詞、元之曲，皆所謂一代之文學，而後世莫能繼焉者也。」〔註61〕也即李調元《重刻太白全集序》所說的「凡詩賦，一代有一代之雄」，具體到詩歌而言，則是先秦的《詩經》、楚辭，漢魏晉六朝的樂府與古體、唐代的近體詩、宋詞、元散曲、明清小曲、現代白話新詩，每一個大的時代都有該時代的最有特點與成就及影響的新的文藝體式，相應每一個大的歷史時代都有該時代最有特點與成就及影響的新的的詩歌體式，每個體式都有各自的審美特色，也有各自的作家、流派與優秀作品，他們與前後時代相比，都是一種發展嬗變關係，而不是一種革新、革命關係與替代關係，都有各自特有的貢獻與美感。李調元應該深刻地認識到這些觀點，因此他在持詩歌發展論的同時，也承認前代詩歌的獨特性及成就，並進而推崇之，正確評價之，既不厚古薄今，反之也不厚今薄古，持的是一種辯證的發展觀。他在二卷本《雨村詩話》中對此作出了相應的論述。下面簡述之：

一是李調元推崇《詩經》

他說：「《毛詩》三百篇，為萬世詩原，然不出比、興、賦三字。」〔註62〕這段話主要論述詩歌藝術表現手法賦比興，但推崇《詩經》的意思是明確的，所謂「《毛詩》三百篇，為萬世詩原」，一是說後世詩歌源於《詩經》，二是說《詩經》是後世詩歌難以企及的典範。後一種觀點產生的原因一是《詩經》中的優秀篇章，尤其是《國風》、《二

〔註61〕王國維《宋元戲曲史序》，《宋元戲曲史》，上海：上海古籍出版社，1998 年版。
〔註62〕《雨村詩話》卷上，郭紹虞編《清詩話續編》，上海：上海古籍出版社，1983 年版 1518 頁。

雅》的大部分詩歌確實優美而難以企及，二是受漢代以後儒家思想及歷代多數詩人與詩論家的影響，含有一些尊經的意識。但聯繫全部三部《雨村詩話》，他對《詩經》的論述不多，評價也不過分，說明他是尊經而不迷信經，或者惟經是尊，惟經是從。他論述詩歌創造說：「詩不可以貌爲……詩以道性情，自淵明而上溯《三百篇》，何嘗有不可解字句，使人眩惑，而其意之所託，或興或比，往往出人意表，千百載竟無能道破者。余嘗謂古之詩文，句平而意奇，後人句奇而意平，可笑也。」〔註63〕認爲《詩經》是抒發性情保持詩歌本質而又平易自然的典範，這種評價是十分準確的，而提倡與讚揚以平易顯然之語來抒發眞情實感的詩歌則更值得後世人深思之。他還說：「詩三百篇有正變，後人學焉而各得其性情之所近。楚騷之幽怨，少陵之憂愁，太白之飄豔，昌谷、玉川之奇詭，東野、閬仙之寒儉，從乎變者也。陶靖節以下，至於王昌齡、王維、孟浩然、高適、岑參、韋應物、儲光羲、錢起輩，俱發言和易，近乎正者也。白居易以和易享遐齡，長吉以瑰詭而致夭折。記曰：『和故百物不失，冬寒故景短，夏酷烈而秋悲，春日遲遲，信可樂也。』知此可與言詩矣。」〔註64〕這段話主要論述詩歌的學習與創造，認爲後世詩歌源於《詩經》，倡導中和之美與儒家溫柔敦厚的詩教，其主旨「詩三百篇有正變，後人學焉而各得其性情之所近」非常具有理論意義實踐意義，因爲《詩經》的風格與思想本來就是複雜多變的，即前人所謂有正變，後世詩人因爲時代社會、個人經歷思想個性與美學追求的不同，即便是學習，也一定會發生變化，即所謂「學焉而各得其性情之所近」，其結果是既不會與《詩經》相同，也不會與其他人相同，就是說學習模倣中含有創新，包含有辯證看待正變新舊的思想。從實踐的角度看，前代詩人、詩派

〔註63〕《雨村詩話》卷下，郭紹虞編《清詩話續編》，上海：上海古籍出版社，1983 年版 1530 頁。
〔註64〕《雨村詩話》卷下，郭紹虞編《清詩話續編》，上海：上海古籍出版社，1983 年版 1530～1531 頁。

及詩歌多多，學習模倣都是必然的，否則就談不上創新，而學習的對象與方法應該為「性情之所近者」，否則就不能取得預期的效果，猶如唱歌，高亢粗獷與柔和清細的嗓音各自都要選唱適合嗓音特色的曲子，否則，不是演唱者倒嗓子，就是聽眾倒胃口。

二是李調元也推崇漢魏六朝詩歌

他認為「漢魏六朝，自當以《文選》為正」，〔註65〕贊同唐代人的觀點，近乎杜甫的「詩是吾家事，精熟文選理」。〔註66〕他在《陸詩選序》中論學詩說：「夫取法乎上，僅得乎中。詩貴溯一源，漢魏以至盛唐李杜諸家，學者自當奉為鼻祖。」〔註67〕文中一反明代前後七子的「詩必盛唐」的說法，而將漢魏與盛唐李杜諸家並列，認為「漢魏以至盛唐李杜諸家」是上品，後世詩人學習仿傚的典範，所以學詩者自當奉為鼻祖。他推崇漢魏六朝詩歌的觀點從二卷本《雨村詩話》的內容上也可看出，上卷自第十條到上卷末考察評論漢末古詩十九首、樂府到南北朝末年的詩歌，包括建安之三曹、七子，正始之嵇康、阮籍，太康之三張二陸兩潘一左中的六人及張華，西晉末年的劉琨、盧諶，東晉的王羲之、陶淵明，南朝的鮑照、謝朓、江淹、何遜、任昉、徐陵、江總、蕭衍、蕭繹，以及北朝的庾信，八代詩人之名家大家除謝靈運之外幾乎都提到了，較為全面，其中特別推崇陶淵明與庾信，這是非常有見識的，因為陶淵明的詩歌雖然不流行於當時，但卻開闢了詩歌的新領域，創造了詩歌的新風格，對後世的影響是極為深遠而又巨大的，而庾信則是南北朝詩歌的集大成者。他說：「陶淵明生於晉末，人品最高，詩亦獨有千古，則又晉之集大成者也。」〔註68〕又說：「淵明清遠閒放，是其

〔註65〕詹杭倫、沈時蓉《雨村詩話校正》，成都：巴蜀書社，2006年版411頁。
〔註66〕〔唐〕杜甫《宗武生日》，楊倫《杜詩鏡銓》卷十九，上海：上海古籍出版社，1980年版414頁。
〔註67〕《童山文集》卷五，叢書集成初編，北京：中華書局，1985年版。
〔註68〕二卷本《雨村詩話》卷上，郭紹虞編《清詩話續編》，上海：上海古籍出版社，1983年版1523頁。

本色，而其中有一段深古樸茂不可及處。或者謂唐王、孟、韋、柳學焉，而得其性之所近，亦有見之言也。」〔註69〕他論述推崇庾信：「詩之綺麗，盛於六朝，而就各代分之，亦有首屈一指之人。……至北朝則唯庾信子山一人而已，不但詩凌轢百代，即賦啓四六，上下千古，實集大成，宜爲詞壇之鼻祖也。」〔註70〕又結合論杜甫讚揚庾信說：「庾子山詩對仗最工，乃六朝而後轉五古爲五律之始。其造句能新，使事無迹，比何水部似又過之。武陵陳允倩謂『少陵不能青出於藍，直是一步一趨』，則又太甚矣。名句如……少陵所云『清新』者。殆謂是也。」〔註71〕

他說：「論詩首推漢魏，漢以前無專家，至魏，曹操、植（子建）一家繼美，以沉雄俊爽之音，公然籠罩一代，可謂『文奸』矣。王粲、陳琳、劉楨、徐幹、應瑒、應璩起而和之，阮籍、嵇康輩皆淵淵乎臻於大雅。故論詩者以漢魏並論，不誣也。」〔註72〕這段話點出了一個文學史上很少有人論及的作者變化問題，即漢代以前除屈原之外多是無名氏文人及百姓，作品多是叢集式的，沒有專門的詩人，自曹魏開始隨著人的自覺而有文學的自覺，於是有了眞正的詩人。如果細分一下，則魏晉至初唐，詩人多是士族，盛唐之後詩人則多是庶族，元代以後戲劇小說興盛，其作者多是受市民文化影響的落第文人。因此應該說中國文人的覺醒有三次，一次是魏晉士族文人覺醒，盛唐之後庶族文人覺醒，元明以後是有市民意識的文人覺醒。李調元的「論詩首推漢魏」既有溯源的意思，也有推崇漢魏的意思，即建安風骨與正始

〔註69〕二卷本《雨村詩話》卷上，郭紹虞編《清詩話續編》，上海：上海古籍出版社，1983 年版 1523 頁。

〔註70〕二卷本《雨村詩話》卷上，郭紹虞編《清詩話續編》，上海：上海古籍出版社，1983 年版 1523～1524 頁。

〔註71〕二卷本《雨村詩話》卷上，郭紹虞編《清詩話續編》，上海：上海古籍出版社，1983 年版 1524 頁。

〔註72〕二卷本《雨村詩話》卷上，郭紹虞編《清詩話續編》，上海：上海古籍出版社，1983 年版 1523 頁。

之音是中國詩歌的典範之一，所以論詩學詩都不能不提及。他認爲曹操、曹植是「文奸」則有正統觀念在作怪，不過他對曹植還是非常推崇的，如「少陵疑是我前身，漸覺詩於子建親。」〔註73〕

三是持宗唐說而又不廢其他時代的詩歌

六朝以後中國經歷了唐宋元明等四個王朝，除去作爲詩歌變體的詞曲（散曲）之外，作爲雅文學的各代詩歌之古近體詩歌延續發展繁盛，而又趨向衰弱，這是一個鐵的事實。其中唐宋詩歌各有特點，自宋末之後便有宗唐宗宋之說，論者爭論不休。李調元持鮮明的宗唐說。二卷本《雨村詩話》論及唐詩者三十六條，論及宋詩者只有十一條，且對前者多讚揚，對後者多批評貶斥，便是明證。他說：「余於詩酷愛陶淵明、李太白、杜少陵、韓昌黎、蘇東坡，丹鉛數四矣，率多爲人竊去。就中少陵全集，批點最詳，今宦遊四方，半濕於水，十忘七八矣。」〔註74〕最推崇的詩人五人中唐代占三人，宋代只有蘇軾一人，也是明證。又說：「穠桃繁李，比豔爭妍，而最高者爲梅蘭竹菊；唐宋元明，分壇列站而最大者爲李杜韓蘇。」〔註75〕宗唐的態度更爲鮮明。

他整體讚揚推崇唐賢之處很多，如：

> 《嶺雲詩集序》：「詩以唐爲主。今人言詩，多趨於新，然新矣，而失之巧。多好爲異，然異矣，而失之尖。尖與新蘊於胸思，以追唐而去唐愈遠，則皆詩之歧路，而非詩之正渠也。余弟振青，字鶴林……詩其餘事也。然不作則已，作則必力追唐賢。」〔註76〕

> 「會稽羅衛水淇，康熙己未年賜武進士第一，官至提督，能作擘窠大書，氣魄如米襄陽。兼工詩，有《渡河》云……

〔註73〕《移居丁字街杜耐庵親家宅和余雲溪見寄原韻》，《童山詩集》卷三十九，叢書集成初編，北京：中華書局，1985年版。

〔註74〕二卷本《雨村詩話》卷上，郭紹虞編《清詩話續編》，上海：上海古籍出版社，1983年版1526頁。

〔註75〕十六卷本《雨村詩話》序言，詹杭倫、沈時蓉《雨村詩話校正》，成都：巴蜀書社，2006年版26頁。

〔註76〕《童山文集》卷六，叢書集成初編，北京：中華書局，1985年版。

不愧唐賢。」〔註77〕

「吳縣惠天牧士奇……詩有《南中集》，皆學盛唐。其《廣州抒懷》云……觀末句，可謂不愧文宗矣。」〔註78〕

「江寧馬秋田幾先，詩多傑句，如《泊臨江寺》句：『二更聞雁月在水，半夜打鐘天有霜。』不減唐人。」〔註79〕

「明詩一洗宋、元纖腐之習，逼近唐人。」〔註80〕

至於讚揚推崇唐代的某個詩人詩歌的地方就更多了，首先是對李白、杜甫的評價與推崇，因爲下面有專門論述，此處不多說，而專論除李杜之外的其他詩人。

他評價讚揚初唐詩歌。他說：「唐王、楊、盧、駱四傑，渾厚樸茂，猶是開國風氣。自吾蜀陳子昂，始以大雅之音，振起一代，渢渢乎清廟明堂之什矣。昌黎詩云：『國朝盛文章，子昂始高蹈。』信不誣也。吾蜀文章之祖，司馬相如、揚雄而後，必推子昂。」〔註81〕

盛讚初唐四傑，評價其詩「渾厚樸茂」，甚爲準確。接著高度讚揚陳子昂，認爲陳氏復興漢魏風骨與風雅精神，振興了整個唐代的詩歌，因此可與司馬相如、揚雄並列，是他學習的榜樣。

他結合詩、騷，綜合評價盛、中、晚三唐詩歌。他說：「詩三百篇有正變，後人學焉而各得其性情之所近。楚騷之幽怨，少陵之憂愁，太白之飄豔，昌谷、玉川之奇詭，東野、閬仙之寒儉，從乎變者也。陶靖節以下，至於王昌齡、王維、孟浩然、高適、岑參、韋應物、儲光羲、錢起輩，俱發言和易，近乎正者也。白居易以和易享遐齡，長吉以瑰詭而致夭折。記曰：『和故百物不失，冬寒故景短，夏酷烈而

〔註77〕詹杭倫、沈時蓉《雨村詩話校正》，成都：巴蜀書社，2006年版104頁。
〔註78〕詹杭倫、沈時蓉《雨村詩話校正》，成都：巴蜀書社，2006年版71頁。
〔註79〕詹杭倫、沈時蓉《雨村詩話校正》，成都：巴蜀書社，2006年版332頁。
〔註80〕二卷本《雨村詩話》卷下，郭紹虞編《清詩話續編》，上海：上海古籍出版社，1983年版1535頁。
〔註81〕二卷本《雨村詩話》卷下，郭紹虞編《清詩話續編》，上海：上海古籍出版社，1983年版1525頁。

秋悲，春日遲遲，信可樂也。』知此可與言詩矣。」〔註82〕這段話說
《詩經》有正變，後人學習應該「各得其性情之所近」，或者得其正，
或者得其變，他之所謂正是指「發言和易」，情感趨於平淡溫和，即
儒家所謂溫柔敦厚；所謂變，則是怨憤飄豔奇詭寒儉等種種有別於中
和之美的詩風，其個性趨於張揚，風格鮮明。從他認為「白居易以和
易享遐齡，長吉以瑰詭而致夭折」來看，他是趨向於提倡的是和易中
和之美的。

　　他還比較論述盛中唐時期從風格來劃分的兩大流派，即即王孟境
界與杜韓風骨。他說：「作詩須自成一家言，若徒東摹西仿，千百世
後，又安知我為誰乎？曾記康熙中，新城最盛，時有編修戊辰金補山
以成，會稽進士，未第前，以百韻長篇投新城王公，公曰：『詩家上
乘，全在妙悟。』取所訂《唐賢三昧集》貽之。補山忽悟曰：『新城
一生只到得王孟境界。杜之《北征》，韓之《南山》，豈是一味妙悟者？
蓋妙敏出自靈府，而沉酣資於學力。』於是獨持一論，縱覽經典，刻
意闢新，遂成一家。至今浙西論詩，必首屈焉。有《出都作》云：『四
庫橫陳作老饕，南徐豈比北徐高？坐中客笑羊公鶴，帳底人窺魏武
刀。到處啖名如畫餅，幾番檢韻失題糕。翠毛零落炎州冷，重為山雞
惜羽毛。』亦可謂能自樹立，不隨人俯仰者矣。」〔註83〕這段話論述
創作應該「自成一家言」，而不能「東摹西仿」，然後評價王士禎的「妙
悟」說與《唐賢三昧集》，借金補山的話認為王氏「一生只到得王孟
境界」，而沒有達到杜甫韓愈的境界，認為王孟與杜韓都是典範，只
不過王孟層次較低而已。

　　他進而論述說：「述菴云：『詩之為道，偏至者多，兼工者少。分
茆設蕝，各據所獲以自矜。學陶韋者，斥盤空硬語、妥帖排奡為粗；
學杜韓者，又指不著一字、盡得風流為弱。出主入奴，二者恒相笑，

〔註82〕二卷本《雨村詩話》卷下，郭紹虞編《清詩話續編》，上海：上海古
　　　籍出版社，1983 年版 1530～1531 頁。
〔註83〕詹杭倫、沈時蓉《雨村詩話校正》，成都：巴蜀書社，2006 年 179 頁。

亦互相紐也。吾五言詩期於抒寫性情，清眞微妙，而七言長句頗欲驅使典籍，縱橫變化。世之偏至者或可以無譏也。』又云：『士大夫略解五七字，輒以詩自命，故詩教日卑。吾之言詩也，曰學、曰才、曰氣、曰調，學以經史爲主，才以運之，氣以行之，調以舉之，四者兼而弇陋生澀者，庶不敢妄廁於壇坫乎？』其論如此，今觀所著《述菴詩鈔》，清華典麗，經史縱橫，然學、調其長，而才、氣略短，總之近體勝於古體，七律勝於五律，而七律尤以《從軍》諸詩爲最。蓋身列戎行，目所經歷，故言之親切而痛快也。〔註84〕這段話論述詩歌創作的偏至與兼工，認爲陶淵明、韋應物的「不著一字、盡得風流」與杜甫、韓愈的「盤空硬語、妥帖排奡」都值得借鑒學習，但也都有弱點，所以不應該互相譏諷，而應該取其所長去其所短，達到「親切而痛快」的境界，也就是司空圖所謂「優遊不迫」與「沉著痛快」的融合。〔註85〕

他評價讚揚盛唐邊塞詩派代表詩人王昌齡，說：「奉節傅副憲濟菴汝楫……曾從出征厄魯特，至烏泥圖，即所謂渤海也，故詩有橫槊之風。著有《雪堂》、《燕山》、《遼海》、《西征》、《南行》等集，美不勝收，已選入《蜀雅》。其佳句如……高健雄渾，李於鱗不足多也。七絕如《感懷》云……其音節洪亮，直逼龍標。」〔註86〕這段話讚揚傅汝楫的邊塞征戰詩歌，高健雄渾，音節洪亮，直逼盛唐時期詩名極大的「詩家天子」王昌齡，標舉盛唐邊塞詩歌的陽剛詩風。

他評價中唐新樂府的前期代表詩人張籍、王建，說：「王建、張籍樂府，何曾一字險怪。而讀之入情入理，與漢魏樂府並傳。古人不朽者以此，所以詩最忌艱澀也。」〔註87〕認爲王建、張籍的樂府平易自然，入情入理，與漢魏樂府一樣不朽。

〔註84〕詹杭倫、沈時蓉《雨村詩話校正》，成都：巴蜀書社，2006年209頁。
〔註85〕《滄浪詩話・詩辨》，《詩人玉屑》卷一，乾隆刻本。
〔註86〕詹杭倫、沈時蓉《雨村詩話校正》，成都：巴蜀書社，2006年272頁
〔註87〕二卷本《雨村詩話》卷下，郭紹虞編《清詩話續編》，上海：上海古籍出版社，1983年版1531頁。

他評價柳宗元的詩歌，說：「《紅梨書屋集》，成都李光緒耿堂作也。向余晤重慶守朱子穎孝純於省中護國寺見之，近體未見超脫，而五古獨造幽淡，於遊瑩華諸作尤妙，如《入關》云……於古峭中寫出閒淡光景，此得柳州筆法者。」〔註88〕讚揚李耿堂的作品五古「獨造幽淡」，「於古峭中寫出閒淡光景」，得柳宗元筆法。

他又說：「渠縣李藝圃漱芳……有自題小照四圖……張玉溪亟稱之，謂情詞懇摯，必傳無疑。有《晚秋江上》云……氣味逼近韋柳。」〔註89〕這段話讚揚李漱芳的寫景詩歌「情詞懇摯」，「氣味逼近韋柳」。

他評價韓愈，說：「韓昌黎詩云：『險語破鬼膽，高詞媲皇墳。』此是公自贊其詩，不可作贊他人詩看。然皆經藉光芒，故險而實平。」〔註90〕認爲韓愈詩歌的風格就是奇險，即他自己所謂「險語破鬼膽，高詞媲皇墳」，但因爲讀書多，用典活，便有「經藉光芒」，「險而實平」，與後世專求奇險不同。

他高度評價讚揚白居易的新樂府，說：「白樂天新樂府，夭矯變化，用筆不測，而起承轉收井然。其規諷勸誡，直是理學中古文，不可作詞章讀。元微之則宛然柔媚女郎詩矣。」〔註91〕白居易的新樂府歷代評價差異極大，一般論者都肯定其平易性與諷勸性，而近來不少人則認爲其思想單純載道，藝術上粗糙，否定的聲浪甚高。李調元卻獨具隻眼地認爲白居易的新樂府藝術上「夭矯變化，用筆不測」而又「承轉收井然」，思想上則「規諷勸誡」，充分發揮了詩歌興觀群怨的作用，因此值得肯定。李調元批評元稹「宛然柔媚女郎詩」，比較中肯，但這既是元稹之短，也是元稹之長，應當辯證看待評論之。

他評價晚唐代表詩人溫庭筠、李商隱，說：「莆田鄭愼人王臣……

〔註88〕詹杭倫、沈時蓉《雨村詩話校正》，成都：巴蜀書社，2006 年 105 頁。
〔註89〕詹杭倫、沈時蓉《雨村詩話校正》，成都：巴蜀書社，2006 年 274 頁。
〔註90〕二卷本《雨村詩話》卷下，郭紹虞編《清詩話續編》，上海：上海古籍出版社，1983 年版 1531 頁。
〔註91〕二卷本《雨村詩話》卷下，郭紹虞編《清詩話續編》，上海：上海古籍出版社，1983 年版 1531 頁。

有《閒情集》三十首，蓋本淵明《閒情賦》而名，大抵皆作客依人不得意之什，情詞工麗，爲溫李後第一作家。」〔註92〕讚揚鄭王臣的《閒情集》三十首遠效陶淵明，近學溫庭筠、李商隱，抒發了作客依人者的不得意之情，其情詞工麗，具有一定的感染力，所以能流譽後世。

他又說：「世之好西崑體者，以爲李義山從杜脫胎，不知其流弊至開餖飣一門。當時溫庭筠已嫌濃縟，今之鏤刻粉飾者，大都以此藉口矣。」〔註93〕縱向回顧與論述「鏤刻粉飾」之風的來源是李商隱好用隱晦之典，溫庭筠則偏於濃縟，西崑體又從而效法之，說明他不喜歡餖飣、濃縟與鏤刻粉飾的詩風。

他評價杜牧說：「杜牧之詩輕倩秀豔，在唐賢中另是一種筆意。故學詩者不讀小杜，詩必不韻。」〔註94〕點明了杜牧的詩風是「輕倩秀豔」，具有雋永的韻味，在唐詩中具有特色，值得肯定與效法。

他評價唐末詩人司空圖，說：「晚唐人品最高潔，以司空圖爲第一。唐室凌夷，不食而卒，忠烈之義，千載如生。吳融亦不事異姓，大義凜然。」〔註95〕從人品的角度評價司空圖與吳融的詩，認爲有人品才有詩品，間接說明了李調元對人格操守的重視。

他聯繫五代，綜合評價唐末詩人，說：「五代自以韓偓、韋莊二家爲陞堂，然執牛耳者，必推羅江東，其詩堅渾雄博，亦自老杜得來，而絕不似宋江西詩派之貌襲，世人稱之者少，何也？皮、陸輩雕文刻鏤，近乎土木偶人，少生趣矣。」〔註96〕唐末詩人有末世享樂心理，所以香奩詩盛行，韓偓是代表，其詩注重官能的刺激與傳達情色的享

〔註92〕詹杭倫、沈時蓉《雨村詩話校正》，成都：巴蜀書社，2006 年 366 頁。
〔註93〕二卷本《雨村詩話》卷下，郭紹虞編《清詩話續編》，上海：上海古籍出版社，1983 年版 1531 頁。
〔註94〕二卷本《雨村詩話》卷下，郭紹虞編《清詩話續編》，上海：上海古籍出版社，1983 年版 1531 頁。
〔註95〕二卷本《雨村詩話》卷下，郭紹虞編《清詩話續編》，上海：上海古籍出版社，1983 年版 1531～1532 頁。
〔註96〕二卷本《雨村詩話》卷下，郭紹虞編《清詩話續編》，上海：上海古籍出版社，1983 年版 1532 頁。

受，著名詞人兼詩人的韋莊也多香豔詩，其新樂府《秦婦吟》著名當時，但他編集卻不收，以致失傳，到千餘年後才在敦煌文獻中發現。李調元對二人的詩歌頗爲不然，而推崇注重抒憤諷刺的羅隱的詩歌，認爲他的詩歌「堅渾雄博」，得杜甫之神，而不似宋代江西詩派只得杜甫之貌，但他對同是諷刺抒憤詩人的皮日休與陸龜蒙卻持否定態度，其原因是其詩歌「少生趣」，而近乎土木偶人。

　　李調元對宋詩則很不滿意。二卷本《雨村詩話》論宋詩第一句話前幾個字便是「余雅不好宋詩」，厭惡之情溢於言表，但他在具體論述中卻頗爲客觀與辯證，即不單以時代論詩，也不以單人論詩，而是據詩論詩。他說：「余雅不好宋詩而獨愛東坡，以其詩聲如鍾呂，氣若江河，不失於腐，亦不流於郛。由其天分高，學力厚，故縱筆所之，無不精警動人，不特在宋無此一家手筆，即置之唐人中，亦無此一家手筆也。公嘗自舉生平得意之句，以『令嚴鐘鼓三更月，野宿貔貅萬竈煙』一聯爲其最，實不止此也。公集中無論長篇短幅，任舉一句，皆具大魄力。如《有美堂暴雨》……。」〔註97〕「雅不好宋詩」的斷語下得很陡，但他卻又「獨愛東坡」，且從各個方面盡情讚美，以至到了無以復加的程度，這說明他重視一個時代詩歌的總體評價，但又不單純以時代論詩。

　　他說：「西江詩派，余素不喜，以其空硬生湊，如貧人捉襟見肘，寒酸氣太重也。然黃山谷七言古歌行，如歌馬、歌阮，雄深渾厚，自不可沒；與大蘇並稱，殆以是乎？後山詩，則味如嚼蠟，讀之令人氣短。如『且然聊爾耳，得也自知之』二句，係集中五律起筆，竟成何語？眞謂之不解詩可也。擁被呻吟，直是枯腸無處搜耳。」〔註98〕這段話中後山詩「且然聊爾耳，得也自知之」所記有誤，此詩出自黃庭

〔註97〕二卷本《雨村詩話》卷下，郭紹虞編《清詩話續編》，上海：上海古籍出版社，1983 年版 1532 頁。

〔註98〕二卷本《雨村詩話》卷下，郭紹虞編《清詩話續編》，上海：上海古籍出版社，1983 年版 1534 頁。

堅《德孺五丈和之字詩韻難而愈工輒復和成可發一笑》之詩句,載《山谷集》卷十一。對流行宋代近二百年的江西詩派表示不滿,且進行了嚴厲的批評,所謂「空硬生湊,如貧人捉襟見肘,寒酸氣太重」,但對黃庭堅的一些七言古歌行卻持讚賞態度,認爲其「雄深渾厚,自不可沒」,仍至可以與蘇軾並列。這也說明他既不單純地以時代論詩,不單純地以流派論詩,而是以詩歌本身的內涵與水平來評論其高下優劣,具有實事求是之風。

　　李調元對金代著名詩人元好問評價極高,也極確,他說:「元遺山詩,精深老健,魄力沉雄,直接李杜,上下千古,能並駕者寥寥。」〔註99〕說元氏的詩歌「直接李杜」,但就文中所說的風格「精深老健,魄力沉雄」來講,以及就元氏的整個詩歌的思想精神內蘊與風格來講,應該主要近乎杜甫,但也不乏李白詩歌中個性的張揚與風格雄奇恣肆。說元好問的詩歌直接李杜,即接近他所推崇的盛唐詩歌的最高峰,這個評價是非常準確的。

　　他對元詩的論述僅僅兩條,評論元代最有成就最有特點的詩人楊維楨與虞集。元代最有特點的詩歌是所謂「鐵崖體」,他說:「楊鐵崖詩,太險怪矣,然其樂府,則不減宋謝皐羽也。」〔註100〕論定並肯定鐵崖體的特點是險怪,又認爲其險怪有些過,還認爲他的樂府紀事抒情眞實激切,近乎宋末詩人謝翱。一般人認爲元代最有成就與影響的詩人是祖籍巴蜀的虞集,李調元說:「虞道園有遺稿十二卷……七律尤工……。」〔註101〕認爲虞集的詩歌卷帙頗豐,在古近體中尤工七律,評價較爲準確。李調元對明詩評價頗高,他說:「明詩一洗宋、元纖腐之習,逼近唐人。高、楊、張、徐四傑始開其風,而季迪究爲

〔註99〕二卷本《雨村詩話》卷下,郭紹虞編《清詩話續編》,上海:上海古籍出版社,1983年版1535頁。

〔註100〕二卷本《雨村詩話》卷下,郭紹虞編《清詩話續編》,上海:上海古籍出版社,1983年版1535頁。

〔註101〕二卷本《雨村詩話》卷下,郭紹虞編《清詩話續編》,上海:上海古籍出版社,1983年版1535頁。

有明冠冕。前七子應之，空同、景明，其唐之李、杜乎？後七子王弇州、李於鱗輩，未免英雄欺人，而王爲尤甚。然集中樂府變可歌可謠，固足壓倒元、白。」〔註102〕認爲明詩總體上超過了宋、元詩歌，標誌是「一洗宋、元纖腐之習」，而逼近他所崇奉的唐詩。後面他簡述明代主要詩人與流派，即明初四傑改變了宋元朝纖弱迂腐的詩風，而奠定了明朝詩歌的基調，且認爲高啓爲明代詩人之冠。後面他又認爲前七子相應繼承明初四傑，進而還說李夢陽、何景明的詩歌近乎唐代的李杜，這個評價有些過。他批評後七子的主將李攀龍、王世貞「未免英雄欺人」，以至名實不符。但又肯定其樂府，認爲其樂府可以壓倒元稹、白居易。從總體上看，明代詩歌始終在復古主義的泥坑裏倒騰，倡導「詩必盛唐」，但多數詩歌只有盛唐之貌，而無盛唐之神，比宋詩的成就要低。大約是因爲明詩以唐詩爲參照，在形貌上及氣勢上有近似之處，所以彰揚太過。對明代巴蜀才子詩人楊愼，李調元肯定不會忘記。他說：「吾蜀楊升菴，爲有明博學第一，其詩亦以典麗爲宗，嫌其太似六朝，如《春興八首》是也。然其吐屬雋豔，富有萬卷，故是有明一大家。」〔註103〕肯定楊愼的博學，胸中「富有萬卷」，論定楊愼的詩風是「典麗爲宗」，創作「吐屬雋豔」，在整個明代都宗盛唐的情況下倡導六朝詩風，獨樹一幟，這些評價都是中肯的。但他也絕不因爲其是老鄉而一味讚譽，而「嫌其太似六朝」。

從以上例子可以看出李調元具有鮮明的宗唐觀念，但是卻不同於明代前後七子的「詩必盛唐」之說，單純以時代論詩，而是重視時代而又不唯時代，持宗唐說而又不廢其他時代的詩歌，即以詩歌的實際成就爲據，實事求是地給予評論。具體的表現爲：一是給中唐、晚唐詩歌以充分的論述與很高的地位，中晚唐時期有重大影響與成就的詩

〔註102〕二卷本《雨村詩話》卷下，郭紹虞編《清詩話續編》，上海：上海古籍出版社，1983年版1535頁。

〔註103〕二卷本《雨村詩話》卷下，郭紹虞編《清詩話續編》，上海：上海古籍出版社，1983年版1535～1536頁。

歌流派與詩人他都予以論述，詩派如張王樂府、韓孟奇險派、元白平
易派、韋柳、小李杜及溫李，唐末玩世香豔詩人與入世諷刺詩人，詩
人如韋應物、錢起、張籍、王建、韓愈、白居易、元稹、柳宗元、李
賀、李商隱、杜牧、鄭谷、溫庭筠、司空圖、韓偓、韋莊、羅隱、皮
日休、陸龜蒙等，對韓愈極為推崇，列其為唐宋四大詩人之一，祇是
對重要詩人詩豪劉禹錫沒有論及，卻在《與沈雲椒同年書》中說劉是
奔走權門而最終身敗名裂的名士。他說：「唐貞元時柳宗元、劉禹錫，
皆名士也，奔走於王叔文之門，與翰林學士韋執誼及當時朝士有名而
求速進者，定為死友。順宗即位，以執誼為相，王叔文為起居舍人，
轉相交結，每事先下叔文可否，然後宜中書承行，謀議唱和，日夜如
狂，互相推獎，皆以為伊、周、管、葛。素與往還者，相次拔擢，日
除數人。俄而王叔文敗，賜死，執誼貶崖州司馬，柳貶永州，劉貶連
州。由此觀之，名士多有失身於權門者。」〔註104〕這對劉禹錫頗為
不公。二是雖然「雅不好宋詩」卻較為公允地評論宋代詩人與詩歌，
所評論的詩派如宋初隱逸派詩人、北宋四大家、江西詩派、南宋四大
家等，詩人如魏野、林逋、歐陽修、司馬光、蘇軾、唐庚、蘇叔黨、
黃庭堅、陳師道、陸游、楊萬里、范成大、謝翱等人，給蘇軾以極高
的評價與崇高的地位，對其最不滿意的江西詩派首領黃庭堅也給予較
高的評價，祇是他將王安石與蔡京並列而不屑評論甚為偏頗。三是對
金、元、明的詩人與詩歌也給予簡要的論述，對清人貶斥很烈的元明
詩歌給予基本恰當的評價肯定，沒有厚古薄今，詩以代降的觀點。

　　這裡有必要談談唐宋詩歌的比較與特點問題。繆鉞先生說：

> 唐代為吾國詩之盛世，宋詩既異於唐，故褒之者謂其深曲
> 瘦勁，別闢新境；而貶之者謂其枯淡生澀，不及前人。實
> 則平心論之，宋詩雖殊於唐，而善學唐者莫近於宋，若明
> 代前後七子之規摹盛唐，雖聲色格調，或亂楮葉，而細味

〔註104〕《與沈雲椒同年書》《童山文集》卷十，叢書集成初編本，北京：
　　　　中華書局，1985 年版。

之，則如中郎已亡，虎賁入座，形貌雖具，神氣弗存，非
真賞之所取也。何以言宋人之善學唐人乎？唐人以種種因
緣，既在詩壇上留空前之偉績，宋人欲求樹立，不得不自
出機杼，變唐人之所已能，而發唐人之所未盡。其所以如
此者，要在有意無意之間，蓋凡文學上卓異之天才，皆有
其宏偉之創造力，決不甘徒摹古人，受其籠罩，而每一時
代又自有其情趣風習，文學爲時代之反映，亦自不能盡同
古人也。

唐宋詩人之異點，先粗略論之。唐詩以韻勝，故渾雅，而
貴蘊藉空靈；宋詩以意勝，故精能，而貴深折透闢。唐詩
之美在情辭，故豐腴；宋詩之美在氣骨，故瘦勁。唐詩如
芍藥海棠，穠華繁彩；宋詩如寒梅秋菊，幽韻冷香。唐詩
如啖荔枝，一顆入口，則甘芳盈頰；宋詩如食橄欖，初覺
生澀，而回味雋永。譬諸修園林，唐詩則如疊石鑿池，築
亭闢館；宋詩則如亭館之中，飾以綺疏雕檻，水石之側，
植以異卉名葩。譬諸遊山水，唐詩則如高峰遠望，意氣浩
然；宋詩則如曲澗尋幽，情境冷峭。唐詩之弊爲膚廓平滑，
宋詩之弊爲生澀枯淡。雖唐詩之中，亦有下開宋派者，宋
詩之中，亦有酷肖唐人者；然論其大較，固如此矣。〔註105〕

緲鉞先生認爲「善學唐者莫近於宋」，所謂「欲求樹立，不得不自出
機杼，變唐人之所已能，而發唐人之所未盡」，因此成績大者也是宋。
進而認爲唐宋詩歌各有特點，亦各有流弊，因此唐宋詩歌沒有優劣之
別，而只有特點的不同，於是宋代以後的宗唐宗宋之說各有道理。這
是有道理的。但不能因此認爲唐宋詩歌是並列的高峰，在詩歌史上的
地位一樣高。綜合而言，唐詩應該是中國詩歌的最高峰，而宋詩則是
唐詩之後的又一高峰，其總體成就與影響是不如唐詩的。其原因如
下：一是唐詩的總體成就超越前代，而宋詩則不能。二是唐代是充滿
詩意詩情且將一切情感思想及生活都用詩歌來表現，即唐詩是「詩唐」

〔註105〕　《論宋詩》，《緲鉞全集》（第二卷），石家莊：河北教育出版社，2004
　　　　　年版155～156頁。

的詩意表現，唐詩是唐代幾乎惟一的文學形式，而宋代則有更具代表性與活力的詞，即人們常說的唐詩與宋詞。三是唐詩的名家大家及詩歌名篇大作超過宋詩，儘管宋代的蘇軾、陸游也可稱爲大家，但比起李白、杜甫而言還是略遜一籌的，而唐代還有王維、韓愈、白居易、李商隱等也可進入大家的行列，而宋代的王安石、黃庭堅、楊萬里、范成大等則難以稱爲大家，作品亦如此，《杜甫詩選》就可頂大半部《宋詩選》。四是唐代是儒釋道兼重的思想開放、精神高昂的時代，庶族士人初登政治舞臺，便精神高昂，事事關切，理想主義、英雄主義、浪漫主義與現實主義前後相續而又交相輝映，如李白一樣狂傲不羈、個性張揚，如杜甫、白居易一樣積極入世、憂國憂民，都爲宋代及以後所少見或者沒有，其詩歌的巨大的情感衝擊力與深刻的批判性也是後世所少有的。五是唐詩的風格如雄渾典雅、蘊藉空靈、高華流麗、恬淡自然等較之宋詩的風格也更爲人所喜愛與欣賞。因此宋代以後宗唐的時期多，宗唐的詩人多，宗唐的詩歌也多，也因此，李調元的既持「詩亦愈出而愈工」的觀點，反對復古與厚古，又宗唐而不廢其他的觀點是較爲正確的，符合詩歌創作實際與發展實際的。

（四）學詩尚李白，論詩贊杜甫

因爲他多次反覆主張學詩當從李白入手，且李白也是他推崇的唐宋四大詩人之首，古代五大詩人之一。對杜甫，則論述讚揚最多，僅二卷本《雨村詩話》卷下就達二十多條，居論述的古代詩人之首，其餘論述與讚揚也不少，如論元好問說：「元遺山詩，精深老健，魄力沉雄，直接李杜，上下千古，能並駕者寥寥。」〔註106〕說元氏的詩歌「直接李杜」，但就文中所說的風格「精深老健，魄力沉雄」來講，以及就元氏的整個詩歌的思想精神內蘊與風格來講，應該主要近乎杜甫。

他說：「此地獨千古，爲因子美祠。只容人載酒，不許客題詩。

〔註106〕 二卷本《雨村詩話》卷下，郭紹虞編《清詩話續編》，上海：上海古籍出版社，1983 年版 1535 頁。

今遇雙星至，同參百世師。不知滄海上，誰定掣鯨鯢。」〔註107〕讚美杜甫草堂「獨千古」，杜甫則是「百世師」，肯定杜甫並稱許其具有的「碧海掣鯨」的風格。

他又說：「詩自三百後，正聲淪憲章。流傳經喪亂，史官失其詳。惟公起大唐，雄文獨有光……至今草堂寺，名與江水長。醫國少靈藥，疾惡如探湯。我公眞詩史，俎豆誰同香。」〔註108〕評價並讚揚杜甫的史詩，認爲杜甫的史詩是詩歌自《詩經》之後的「正聲」，是「起大唐」的「獨有光」的「雄文」，以至使其暫住過的草堂也聲名永遠流傳，其推崇之情溢於言表，讚揚高於其他所有詩人。

這裡簡要說說李調元的李杜觀。大體而言，杜甫的詩名在唐代要小於李白，其後逐漸上升，以至被稱爲「詩聖」而與「詩仙」並列。首先大力肯定與讚揚杜甫並有揚杜抑李傾向的是中唐元稹，他在《唐故工部員外郎杜君墓係銘並序》中說：「至於子美，蓋所謂上薄風騷，下該沈宋，言奪蘇李，氣吞曹劉，掩顏謝之孤高，雜徐庾之流麗，盡得古今之體勢，而兼人人之所獨專矣。使仲尼考鍛其旨要，尚不知貴其多乎？苟以爲能所不能，無可不可，則詩人以來，未有如子美者！時山東人李白，亦以奇文取稱，時人謂之李杜。予觀其壯浪縱恣，擺去拘束，模寫物象，及樂府歌詩，誠亦差肩於子美矣。至若鋪陳終始，排比聲韻，大或千言，次猶數百，詞氣豪邁，而風調清深，屬對律切，而棄脫凡近，則李尚不能歷其藩翰，況堂奧乎？」〔註109〕白居易《與元九書》亦云：「李白之詩，才矣，奇矣，人不逮矣；求其含有賦比興者，十無一焉。杜詩最多可傳者千餘首。至於貫穿古今，盡美盡善，又過於李焉。」〔註110〕元稹揚杜有理，但抑李則有些偏頗。同時代

〔註107〕　《陪祝芷塘鄧筆山兩太史游少陵草堂》《童山詩集》卷三卷十一，叢書集成初編，北京：中華書局，1985 年版。

〔註108〕　《謁杜少陵草堂祠》《童山詩集》卷三，叢書集成初編，北京：中華書局，1985 年版。

〔註109〕　〔唐〕元稹《元氏長慶集》卷五十六，《四部叢刊》影明嘉靖本。

〔註110〕　〔唐〕白居易《白居易集》，北京：中華書局，1979 年版 961 頁。

的韓愈則持李杜並列論，他說：「李杜文章在，光焰萬丈長。不知群兒愚，那故用謗傷。」〔註111〕

此後因爲時代社會及其思想文化等原因，宋代揚杜者居多，典型者如王安石，他編選《四家詩》，將李白排在杜甫、韓愈、歐陽修之後，並特意指出：「太白詞語迅快，無疏脫處，然其識汙下，詩詞十句九句言婦人、酒耳。」〔註112〕王安石在危機重重的北宋中期以政治家的立場來評論李白，肯定其藝術性，而認爲其「識汙下」，有一定道理。其後元代揚李者居多，明代則多持李杜並列論。

一般的詩人及詩論家都繞不開李杜這個話題，巴蜀詩人更是如此。宋代第一號文學家蘇軾從總體上讚揚杜甫的詩歌與人格，他說：「故詩至於杜子美，文至於韓退之，書至於顏魯公，畫至於吳道子，而古今之變，天下之能事畢矣。」〔註113〕蘇軾之弟蘇轍則從思想義理的角度批評李白：「李白詩類其爲人：駿發豪放，華而不實，好事喜名，而不知義理之所在。」〔註114〕明代巴蜀著名才子、詩人兼學者的楊愼則從詩歌本身來揚李抑杜。如他反對「史詩」之說，激烈批評杜甫的史詩，他說：「宋人以杜子美能以韻語紀時事，謂之『詩史』。鄙哉宋人之見，不足以論詩也。……杜詩之含蓄蘊藉者，蓋亦多矣，宋人不能學之。至於直陳時事，類於訕訐，乃其下乘末腳，而宋人拾以爲己寶，又撰出『詩史』二字以誤後人。如詩可兼史，則《尚書》、《春秋》可以並省。又如今俗卦氣歌、納甲歌，兼陰陽而道之，謂之『詩易』可乎？」〔註115〕這段話引起王世貞的批評，王說楊「其言

〔註111〕〔唐〕韓愈《調張籍》，《全唐詩》卷340，北京：中華書局，1960年版3814頁。

〔註112〕〔宋〕釋惠洪《冷齋夜話》卷五，四庫全書文淵閣本。

〔註113〕〔宋〕蘇軾《書吳道子畫後》，孔凡禮點校《蘇軾文集》卷七十，北京：中華書局，1986年版2210頁。

〔註114〕〔宋〕蘇轍《欒城集》三集卷八《詩病五事》，孔凡禮點校《蘇轍集》，北京：中華書局，1982年版1228頁。

〔註115〕〔明〕楊愼《升庵詩話》卷十一，《歷代詩話續編》，北京：中華書局，1982年版868頁。

甚辯而核，然不知向所稱皆興比耳。《詩》固有賦，以述情切事爲快，不盡含蓄也。語荒而曰『周餘黎民，靡有子遺』，勸樂而曰『宛其死矣，它人入室』，譏失儀而曰『人而無禮，胡不遄死』，怨讟而曰『豺虎不受，投畀有昊』，若使出少陵口，不知用修何如貶剝也。且『愼莫近前丞相嗔』，樂府雅語，用修烏足知之。」〔註116〕二人的辯駁明在臧丕「詩史」，實則說明詩歌的表現手法及美學追求：楊認爲詩歌應當比興，追求含蓄蘊藉；王則認爲詩歌可以賦，「以述情切事爲快，不盡含蓄」。楊愼的說法有爲詩歌辨體、維護詩歌抒情性本質的意思，認爲詩歌應以比興爲主，應追求含蓄蘊藉的風格美，也有在「詩史」一說已成定論的情況下換位思考，敢於對成說予以批評的膽量，但他過分武斷，否定了賦及直抒胸臆的必要性，有故意貶低杜甫的意思。「子美贈花卿」說：「唐人樂府多唱詩人絕句，王少伯李太白爲多。杜子美七言絕近百，錦城妓女獨唱其《贈花卿》一首。蓋花卿在蜀頗僭，子美作此諷之。當時妓女獨以此詩入歌，亦有見哉。杜子美詩，諸體皆有絕妙者，獨絕句本無所解，而近世乃傚之而廢諸家，是其眞識冥契，猶在唐世妓女之下乎？」〔註117〕對杜甫七絕的評價較低，其實杜甫絕句既有一些風華流麗含蓄蘊藉之作，其餘多數作品在表現對象、風格及體式都有很多創新與突破，「本無所解」之說偏頗了。「學選詩」條說：「李太白始終學選詩。杜子美好者亦多是傚選詩，後漸放手，初年甚精細，晚年橫逸不可當。」〔註118〕所謂「選詩」即蕭統所編《文選》收的詩歌，主要是漢魏及南朝詩歌，多爲五古。楊愼認爲杜甫的五古「好者亦多是傚選詩」，言下之意是其差者便「不效選詩」，即杜甫後來逐漸「放手」，不專效選詩，什麼都學，於是就不大好了。他還認爲杜甫初年的五古詩歌甚「精細」，與選詩區別不大；

〔註116〕　〔明〕王世貞《藝苑巵言》卷四，《歷代詩話續編》，北京：中華書局，1982 年版 1010 頁。

〔註117〕　王仲鏞《升菴詩話箋注》，上海：上海古籍 1987 年版 234 頁。

〔註118〕　王仲鏞《升菴詩話箋注》，上海：上海古籍 1987 年版 224 頁。

「晚年橫逸不可當」，即什麼都學，什麼都表現描寫，多議論敘述，
於是風格大變，特多直抒胸臆與諷刺批判之作。楊慎對杜甫這類詩歌
不大滿意，但沒有說明，祇以「橫逸不可當」的表述之。「巫峽江陵」
條引詩文後說：「雖同用盛弘之語，而優劣自別。今人謂李杜不可以
優劣論，此語亦太憒憒。」〔註119〕批評杜詩「過實」，有揚李抑杜的
意思。作品抑揚可以，詩人抑揚可以，但得擺事實講道理，自然個別
作品的抑揚不能代表整個人的抑揚，而且李白的這首詩歌主旨在抒
情，抒發愉快浪漫之情，而杜甫的詩歌則立意在敘事寫實，題材雖然
差不多，但立意不同，表現手法不同，風格自然也就不同，沒有可比
性。而現代的郭沫若則從所謂批儒評法的角度來抑杜揚李，講過不少
近乎無理的過頭話，不值得一提。

　　自中唐以後，將中國兩個頂級詩人李白、杜甫進行比較評論，或
者李杜並列並尊、或者揚李抑杜，或者揚杜抑李，都是一種受時代思潮
與個性影響的正常的理論爭辯，無可厚非。因爲作品在流傳過程中必然
產生影響，讀者在接受過程中可以作種種解讀，不同的歷史時期的不同
的讀者對同一作品的評論是不同的，甚至同一讀者在不同時期及心態下
對同一作品的評論也可能是不同的。因此揚杜抑李、揚李抑杜與李杜並
重都是合理的，關鍵在閱讀作者的全部作品，辯證地進行評析，使抑揚
褒貶有據。約略而言，李白的詩歌是大唐盛世的青春之歌，語言清新自
然，風格飄逸豪放，才大而難學，杜甫的詩歌是唐朝由盛轉衰的亂世悲
歌，語言精工凝練而又豐富多彩，但有時較李詩艱深，風格沈鬱頓挫而
又多變，學深而可法。後世在承平之時多喜歡李白，衰亂艱危之世多喜
歡杜甫，年輕人及生活較順者多喜歡李白，而中年以後及命運坎坷者則
較喜歡杜甫，個性張揚者多喜歡李白，而個性沈毅者則多喜歡杜甫。例
如李綱說：「平時讀之，未見其工；迨親更兵火喪亂之後，誦其詩如出
其時，犁然有當於人心，然後知其語之妙也。」〔註120〕文天祥在獄中

〔註119〕 王仲鏞《升菴詩話箋注》，上海：上海古籍 1987 年版 229 頁。
〔註120〕 〔宋〕李綱《重校正杜子美集序》《梁溪集》卷一百三十八，文淵

將杜詩集成五絕二百首，且在序中說：「凡吾意所欲言者，子美先代爲言之。」〔註121〕王世貞說：「十首以前，少陵較難入，百首以後，青蓮較易厭。」〔註122〕

　　作爲一生都以楊愼爲效法超越對象的同爲才子、詩人兼學者的李調元的李杜觀，與楊愼不大一樣，具體而言就是處處李杜並列，認爲李杜二人各有所長，其立論依據是詩歌本身的藝術性與思想性。他說：「人各有所長，李白長於樂府歌行而五七律甚少，杜少陵長於五七律而樂府歌行亦多，是以人捨李而學杜。蓋詩道性情，二公各就其性情而出，非有偏也。使太白多作五七律，於杜亦何多讓。若今人編集，必古今體分湊平勻，勻則勻矣，而詩不傳也。」〔註123〕這段話認爲李杜各有所長，李白長於樂府歌行而五七律甚少，杜少陵長於五七律而樂府歌行亦多，這是準確的。至於後人多學杜而少學李，其原因很複雜，並非簡單的杜甫所長詩歌體式多。他從詩歌的抒情本質出發，認爲李杜「二公各就其性情而出」，什麼體裁能充分表現性情就使用什麼體裁，不是有意有所偏長。後面說李白對律詩，不是不能，而是不爲。最後認爲作詩對體裁應該根據性情與所長而定，不必「古今體分湊平勻」，否則便難以寫出眞正的好詩。他對李白的具體評價與讚揚不多，但卻多次倡導學詩當從李白入手，如說：「唐詩首推李杜，前人論之詳矣。顧多以杜律爲師，而於李則云仙才不能學，何其自畫之甚也？大約太白工於樂府，讀之奇才絕豔，飄飄如列子御風，使人目眩心驚，而細按之，無不有段落脈絡可尋，所以能被之管弦也。」〔註124〕認爲李白的詩歌雖然「奇才絕豔，飄飄如列子御風，使人目

閣四庫全書本。

〔註121〕　〔宋〕文天祥《文山先生全集》卷十六，四部叢刊本。

〔註122〕　〔明〕王世貞《藝苑巵言》，《歷代詩話續編》，北京：中華書局，1983 年版 1006 頁。

〔註123〕　二卷本《雨村詩話》卷下，郭紹虞編《清詩話續編》，上海：上海古籍出版社，1983 年版 1526 頁。

〔註124〕　二卷本《雨村詩話》卷下，郭紹虞編《清詩話續編》，上海：上海

眩心驚」，但如仔細研讀，其段落脈絡是可尋的，且可以被之管弦，因而是可學的。這種說法是歷代很少有人提倡，卻頗爲新穎而有又一定道理，因創作論一章有論述，茲不多論。對杜甫的評價與讚揚則表現爲：一是對杜甫的論述評價最多，達到二十條之多，是明代以前詩人之最多者；二是對杜甫的評價極高，如「百世師」，列其爲五大詩人之一，且既無鑽洞尋蛇、吹毛求疵之舉也無批評之語；三是高度讚揚評價其史詩；四是評價讚揚其詩歌風格美，如精深老健，魄力沉雄，「碧海掣鯨」，五是讚揚其憂國憂民的膽氣和精神「醫國少靈藥，疾惡如探湯」。六是他對「少陵全集，批點最詳」，所受影響也最大最深，不僅理論上如此，創作上亦如此，《童山詩集》中多憂國憂民表現時事之作，還有不少類乎杜甫秦中詩的新樂府，就是明證，儘管李調元與杜甫所處的時代不同，個人經歷與思想也頗有差別，成就也有大小之別。

以上從詩歌體式的發展演變與詩歌史的發展演變兩個大的方面論述了李調元的詩歌體式觀與詩歌發展觀，他認爲詩歌淵源於「天地自然之樂」，因而古代詩樂一體，進而從詩樂相聯繫的角度闡述古詩、樂府到近體詩詞的發展嬗變關係，且以五言爲宗而不廢其他，既持「詩亦愈出而愈工」的觀點，反對復古與厚古，又宗唐而不廢其他，以及李杜並列並尊的觀點都是較爲正確的，符合詩歌創作實際與發展實際的，在其他方面也有不少創新，論述切實有據，體現了巴蜀詩人詩論家的實事求是、注重創新而又不倡極端之論的一貫治學風格。

古籍出版社，1983 年版 1525 頁。